KB246370

셜록 홈즈 걸작선

클래식 보물창고 12

셜록 홈즈 걸작선

펴낸날 초판 1쇄 2012년 10월 25일
지은이 아서 코난 도일 | **옮긴이** 민예령
펴낸이 신형건 | **펴낸곳** (주)푸른책들 | **등록** 제321-2008-00155호
주소 서울특별시 서초구 양재천로7길 16 푸르니빌딩(양재동 115-6) (우)137-891
전화 02-581-0334~5 | **팩스** 02-582-0648
이메일 prooni@prooni.com | **홈페이지** www.prooni.com

ISBN 978-89-6170-301-7 04840

＊잘못된 책은 구입한 곳에서 바꾸어 드립니다.

이 도서의 국립중앙도서관 출판시도서목록(CIP)은 e-CIP홈페이지(http://www.nl.go.kr/ecip)와
국가자료공동목록시스템(http://www.nl.go.kr/kolisnet)에서 이용하실 수 있습니다.
(CIP제어번호:CIP2012004122)

보물창고는 (주)푸른책들의 유아, 어린이, 청소년, 문학 도서 임프린트입니다.

셜록 홈즈 걸작선

클래식

셜록

펴낸날
지은이 (
펴낸이
주소 서
전화 02
이메일

ISBN 9
* 잘못

© (주)
* 이 책
(주)푸른

이 도서
국가자
(CIP제(

보물창고

Sherlock Holmes

셜록 홈즈 걸작선

아서 코난 도일 지음 | 민예령 옮김

보물창고

차례

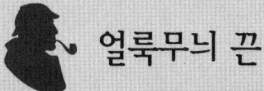 얼룩무늬 끈

나의 친구 셜록 홈즈가 지난 8년간 해결해 온 70여 건의 사건을 기록한 공책을 보면, 그가 평범하거나 조금이라도 특별하지 않은 사건에는 손도 대지 않았다는 사실을 알 수 있다. 홈즈의 사건은 모두 극도로 끔찍하거나, 기가 막힐 정도로 우스꽝스럽거나, 굉장히 기이한 것뿐이었다. 이 친구는 돈을 벌기 위해 일하지 않았다. 사건을 해결하는 과정 자체를 사랑하고 그것을 즐기려고 일할 뿐이었다. 그 중 서리 주 스토크 모란 지역의 로일롯 가문 사건은 유독 끔찍하고 기이한 사건이었다. 이 사건이 일어났을 땐 홈즈와 나 둘 다 결혼하기 전이었기 때문에 베이커 가에서 세를 얻어 함께 살고 있었다. 이런 엄청난 사건을 언론에 터뜨리지 않고 이제껏 아무에게도 말하지 않은 이유는 사건을 맡을 당시 의뢰인과 이 사건에 관해서 침묵을 지키기로 약속했기 때문이다. 하지만 지난달에 의뢰인이었던 부인이 갑작스럽게 세상을 떠나 이제 사건에 대해 말할 수 있게 되었다. 사실 나는 로일롯 가문 사건의 진실을 하루빨리 세상에 밝혀야 한다고 생각했다. 사람들이 여전히 그 사건을 기억하는 데다 그림스비 로일롯 박사의 죽음을 둘러싼 소문과 억측이 무성했기 때문이다. 그리고 안타깝게도 사람들이 알고 있는 수많은 소문과 추측은 모두 내가 지금부터 말하려는 진실과 거리가 있었다.

1883년 4월 초의 어느 날이었다. 평소 늦잠을 즐기는 홈즈가 이른 아침부터 옷을 말끔하게 갖춰 입고 내 침대 옆에 서 있었다. 나는 놀란 눈을 껌뻑이며 그를 올려다보았다. 벽난로 선반 위에 놓아둔 시계는 이제 겨우 7시 15분을 가리키고 있었다. 나는 평소 규칙적으로 생활하는 사람이라 살짝 화가 나려던 참이었다.

"잠을 깨워 정말 미안하네, 왓슨."

그가 나를 내려다보며 말했다.

"오늘 아침 허드슨 부인이 억울하게 잠에서 깼는데 그게 내 탓이라며 나를 깨우질 않았겠나? 그래서 나는 또 이렇게 자네를 깨우고 있지."

"무슨 일인데 그래? 불이라도 난 건가?"

"아니, 의뢰인이야. 젊은 부인 한 명이 아주 흥분한 상태로 문 앞에서 떨고 있었다더군. 게다가 나를 꼭 만나야겠다고 고집을 부린 모양이야. 지금 거실에서 기다리고 있어. 내가 자고 있을 걸 알면서도 새벽부터 런던 거리를 헤치고 나를 찾아왔다면, 뭔지 몰라도 굉장히 다급한 일이겠지? 만일 이 일이 흥미로운 사건으로 들어가는 길목이라면 자네도 함께하고 싶어할 것 같아

깨운 거야."

"물론이지, 친구. 절대 놓칠 수 없네."

홈즈가 탐정으로서 사건을 해결해 나가는 과정은 이 세상의 그 어떤 일보다 흥미로웠다. 그의 추리 과정은 신속하고 명쾌해서 지켜보는 사람이라면 누구나 감탄을 금치 못할 것이다. 지체하거나 망설이지 않고 순식간에 추리해 나가는 모습은 언뜻 보면 직감으로만 추리하는 것 같았다. 하지만 그의 추리에는 언제나 그것을 뒷받침하고 증명하는 확실한 근거가 있기 마련이었다. 그리고 이것이 그가 난해한 사건을 많이 해결할 수 있었던 이유이기도 하다. 나는 서둘러 옷을 챙겨 입고 홈즈와 함께 거실로 나갔다. 검은 옷을 입고 검은 베일로 얼굴을 가린 한 여인이 창가에 놓인 의자에 앉아 있었다. 그녀는 홈즈와 내가 거실로 들어서자 조심스럽게 자리에서 일어섰다.

"좋은 아침입니다."

홈즈가 밝게 인사했다.

"저는 셜록 홈즈입니다. 그리고 여기 이 신사는 왓슨 박사입니다. 저의 벗이자 조력자이니 편하게 말씀하셔도 됩니다. 이런, 고맙게도 허드슨 부인이 난로에 불을 지펴 주셨군요. 이쪽으로 와서 앉으세요. 많이 떨고 계시는군요. 몸을 녹일 수 있는 따뜻한 커피를 드리겠습니다."

"추워서 떨고 있는 게 아니에요."

여인은 홈즈가 권한 대로 벽난로 쪽으로 자리를 옮겨 앉으며 나지막한 목소리로 대답했다.

"그럼 왜 떨고 계신가요?"

"무서워서일 거예요, 홈즈 씨. 두려움 때문예요."

여인이 얼굴을 가리고 있던 베일을 들추며 대답했다.

여인의 얼굴은 커다란 충격을 받은 듯 두려움에 가득 차 잿빛을 띠고 있었고, 잔뜩 굳어 있었다. 그녀의 눈은 사냥꾼에게 잡혀 죽음을 목전에 둔 동물의 눈처럼 파르르 떨렸다. 몹시 애처로워 보였다. 여인은 얼굴이나 차림새로 보면 30대 초반 같았지만, 매우 지치고 여윈 데다가 눈에 띄게 난 새치 때문에 나이를 가늠하기가 어려웠다. 홈즈는 여인을 한 번 힐끗 쳐다봤다. 아마 그것만으로도 여인에 대해 많은 것을 알아냈을 것이다.

"두려워할 필요 없습니다."

홈즈가 여인 쪽으로 몸을 굽혀 그녀의 팔을 토닥이며 말했다.

"곧 문제가 해결될 것입니다. 오늘 아침에 기차를 타고 오셨군요."

"혹시 저를 알고 계신가요?"

"아닙니다. 왼손의 장갑에서 삐져나온 왕복 기차표를 봤을 뿐입니다. 이른 새벽에 출발해 역까지 진흙길을 달려오셨군요. 이륜마차를 타고 말이죠."

여인은 깜짝 놀라며 당황스러운 눈빛으로 홈즈를 바라봤다.

"이상하게 생각하실 거 없습니다. 왼쪽 소매에 튄 흙탕물을 보고 알았을 뿐입니다. 일곱 군데 정도 묻은 지 얼마 안 된 얼룩이 있군요. 이런 모양으로 진흙을 묻힐 만한 것은 이륜마차뿐이고, 왼쪽 소매에만 진흙이 튀었다는 건 부인이 마부의 왼쪽에 앉았다는 것을 말해 주지요."

"그렇군요. 홈즈 씨가 지금 하신 말씀은 모두 사실이에요. 6

시가 되기 전에 집에서 출발했고, 6시 20분쯤 레더헤드에 도착해서 첫차를 타고 워털루 역까지 왔어요. 홈즈 씨, 저는 더 이상 견딜 수 없습니다. 정말이지 이대로 가다가는 미쳐 버리고 말 것 같아요. 지금 제게는 이 문제를 믿고 상의할 만한 사람이 아무도 없어요. 저를 걱정해 주시는 분이 한 분 있기는 하지만 그분은 썩 도움이 되지 않아요. 알고 지내는 파린토시 부인에게 홈즈 씨 얘기를 들었습니다. 파린토시 부인이 큰일을 당했을 때도 당신이 도와주었다고 하더군요. 그분이 제게 홈즈 씨의 주소를 알려 주면서 한번 가 보라고 했습니다. 저를 도와주세요, 홈즈 씨. 저를 둘러싼 이 깊은 어둠 속에 한 줄기 빛이라도 비춰 주셨으면 해요. 지금 당장 사례를 할 수는 없을 것 같아요. 하지만 한두 달 뒤에 결혼을 하게 되면 제가 융통할 수 있는 돈이 생길 거예요. 그때 은혜를 갚을 수 있을 것 같아요."

홈즈가 몸을 돌려 뒤쪽에 있던 책상에서 사건 수첩을 꺼냈다.

"파린토시 부인이라, 아 그래요, 기억합니다. 오팔 머리 장식과 연관된 사건이었죠. 왓슨, 이 사건은 우리가 함께 일하기 전이었던 것 같아. 부인, 저는 기꺼이 당신의 사건을 맡을 생각입니다. 파린토시 부인의 사건을 맡았던 것처럼 말입니다. 지금으로선 드릴 말씀이 이것밖에 없습니다. 또 사례금에 관한 거라면 제게 이 사건을 맡겨 주신 것 자체가 보답이니 부담 갖지 마세요. 하지만 마음이 불편하시다면 나중에 여유가 생겼을 때 제가 사건을 해결하면서 사용한 비용을 처리해 주시면 감사하겠습니다. 자, 이제 말씀해 보세요. 참고가 될 수 있는 것은 하나도 빠뜨리지 말아야 하며, 숨기는 것 또한 없어야 할 것입니다."

"아, 감사합니다! 하지만 가장 어려운 건 지금 제가 처한 상황을 설명하는 일이에요. 무엇이 두려운 건지도 확실하지 않고, 제가 의심을 품고 있는 것도 어쩌면 다른 사람에게는 하찮은 일일 테니까요. 이런 문제를 상의하고 의지할 수 있는 분이 한 분 계시지만, 그분조차도 제가 신경이 예민해져서 극단적인 상상을 한다고밖에 생각하지 않죠. 직접적으로 얘기한 건 아니지만, 제 고민을 듣고 쳐다보지도 않은 채 심드렁하게 위로하는 모습을 보고 알 수 있었어요. 홈즈 씨, 당신은 사람 마음속에 깊이 감춰진 악의까지도 꿰뚫어 볼 수 있는 분이라고 들었습니다. 저를 뒤덮은 위험에서 제가 빠져나갈 수 있도록 도와주세요."

"알겠습니다, 그렇게 하겠습니다."

"제 이름은 헬렌 스토너입니다. 양아버지와 함께 살고 있습니다. 양아버지는 서리 주 서쪽 끝에 있는 스토크 모란 지역에서 가장 유서 깊은 색슨 계의 전통 가문, 로일롯가의 마지막 남은 후손이에요."

"그 가문에 대해서는 저도 알고 있습니다."

홈즈가 고개를 끄덕이며 대답했다.

"네, 한때는 영국에서 가장 부유한 집안 중 하나로 손꼽혔죠. 집안의 영토가 주의 경계를 넘어서 북쪽으로는 버크셔 주, 서쪽으로는 햄프셔 주 끝까지 뻗어 있었다고 들었어요. 하지만 지난 한 세기 동안 4대에 걸친 가문의 주인이 낭비벽이 심하고 방탕한 사람들이었고, 섭정 시대(*통치할 능력이 없는 국왕을 대신하여 섭정자가 통치하는 시대. 이하 *표시−옮긴이 주.)에 도박에 빠졌던 한 후손 때문에 결국 몰락했다고 들었습니다. 몇 평의 땅과 지은

13

지 200년 된 낡은 저택이 남아 있는 유일한 재산인데, 그것마저도 여기저기 저당 잡혀 있는 걸로 알고 있어요. 그 저택에서 간신히 생활을 이어 가던 후손은 귀족이라는 허울뿐인 이름만 유지하고 있을 뿐 아주 비참한 생활을 했죠. 그리고 그의 외아들이었던 제 양아버지는 그런 상황에도 불구하고 학업에 대한 의지를 더욱 불태우셨어요. 양아버지는 친척 중 한 분에게 돈을 빌려 의학 박사 학위를 받고 인도 콜카타로 가서 의사 생활을 했습니다. 열심히 환자를 돌보며 실력을 인정받아 큰 병원도 개업하게 되었죠. 그러던 어느 날, 집 안에서 무언가가 없어지는 사건이 벌어졌어요. 화가 난 양아버지는 그만 인도인 집사를 때려죽이고 말았습니다. 양아버지는 사형은 면했지만 오랜 수감 생활을 해야 했지요. 출감 후 영국으로 다시 왔을 때는 양아버지가 이미 비관적이며 무뚝뚝하고 냉소적인 사람이 된 뒤였습니다. 양아버지는 인도에서 저희 어머니를 만나 결혼했는데, 당시 저희 어머니는 벵골 포병대의 스토너 소령과 결혼했다가 사별하는 바람에 젊은 나이에 미망인이 되어 있었습니다. 제게는 줄리아라는 쌍둥이 언니가 있었고, 언니와 저는 어머니가 재혼할 당시 두 살이었습니다. 어머니는 재산이 조금 많았던 걸로 알고 있어요. 한 해 수입이 1,000파운드가 넘었던 것 같아요. 어머니는 돌아가실 때 재산을 전부 양아버지에게 넘긴다는 유언을 남겼어요. 대신 조건이 있었는데, 저희가 결혼하기 전에는 1,000파운드 전액을 양아버지가 가질 수 있지만 결혼한 뒤에는 일부를 저희 둘에게 나눠 줘야 한다는 것이었어요. 어머니는 우리 가족이 영국에 온 지 얼마 되지 않아 크루 근처에서 발생한 기차 사고로 갑자기 돌아가셨어요. 8년 전이었죠. 당시 양아버지는 런던에서 병원 개원을 준비하다가 어머니가 돌아가시자 계획을 접고 스토크 모란에 있는 아버지의 선조가 물려준 저택으로 저희를 데리고 들어가셨습니다. 어머니가 남긴 유산 덕분에 경제적으로 별 어려움 없이 편안한 생활을 할 수 있었고요.

하지만 그 무렵부터였을 거예요. 양아버지는 끔찍하게 변해갔습니다. 오랫동안 비어 있던 집에 사람이 들어왔다고 기뻐하며 반겨 주던 마을 사람들은 물론이고 오래 전부터 알고 지내던 고향 사람들과도 멀리하며 두문불출했지요. 가끔 외출이라도 하면 으레 마을 사람들과 시비가 붙어 싸움을 하곤 했습니다. 비정상적일 정도로 급하고 욱하는 성격은 로일롯 가문 남자들의 공통점이라고 하는데, 양아버지는 더운 지방에서 오래 생활한 탓인지 그 성격이 더 강해진 것 같았어요. 그렇게 불미스러운 사건이 자주 일어났고, 양아버지가 경찰서 내에서 즉결 심판을 받은 적도 두 번이나 됐죠. 양아버지는 점점 마을 사람들에게 악명 높은 인물이 되어서 요즘은 양아버지가 나타나기만 해도 사람들이 슬슬 자리를 피할 정도예요. 힘이 굉장히 센 데다가 한번 화가 나면 스스로도 제어하지 못하는 것 같아요. 지난주에는 글쎄, 스토크 모란의 대장장이 한 명을 다리 난간 너머로 내던져 강물에 빠뜨린 사건까지 있었어요. 제가 가진 돈을 거의 다 쏟아 대장장이와 겨우 합의하고 사건을 무마시켰습니다. 이해할 수 없는 건, 친구는 사귀지도 않으면서 떠돌이 집시에게는 로일롯가의 땅에서 야영을 하고 가시나무숲 한쪽까지 쓸 수 있도록 배려하며 매우 호의적인 태도를 보인다는 거예요. 그 보답으로 아버지는 집시들의 초대를 받아 그들의 야영 장소에 방문하기도 하고 몇 주일씩 떠돌이 생활을 즐기기도 해요. 그리고 양아버지는 인도 동물을 좋아해서 인도에 편지를 보내 종종 현지 동물들을 영국으로 들여오기도 하죠. 요즘은 치타와 개코원숭이를 정원에 풀어놓고 기르는데, 마을 사람들은 이 동물들을 양아버지만큼 싫어하고 무서워한답니다. 저와 언니 줄리아가 그다지 행복하지 않은 생활을 했을 거라는 것을 짐작할 수 있으시겠지요? 하인들조차 저희 집에서 일하기를 원치 않아 이미 오래 전부터 언니와 제가 집안일을 분담하고 있었습니다. 언니가 죽었을 당시 언니는 서른 살이었는데, 그때 이미 머리가 희끗희끗했답니다. 저처럼 말이에요."

"그럼 언니분이 돌아가셨단 말인가요?"

"네, 언니는 2년 전에 죽었습니다. 제가 말씀드리고 싶은 것도 언니의 죽음에 관한 것이고요. 말씀드렸다시피 언니와 저는 늘 집 안에서만 생활했기 때문에 저희와 비슷한 신분의 또래 남자들을 만날 기회가 거의 없었어요. 양아버지는 저희가 이모를 만나는 건 간간히 허락하셨지만 그마저도 아주 짧은 기간 동안이었죠. 이모는 미혼이고 해로 근처에 살고 계세요. 2년 전 크리스마스에 이모님 댁에 갔다가 언니는 휴직 중인 해병대 소령을 만나 약혼했어요. 스토크 모란의 저택에 돌아와 양아버지께 이 사실을 말씀드렸는데 양아버지도 결혼을 반대하지 않으셨죠. 그런데 결혼 2주일 전쯤 끔찍한 일이 벌어져, 저는 유일한 혈육인 언니를 영원히 잃고 말았습니다."

홈즈는 그때까지 쿠션을 베고 의자에 깊숙이 앉아 몸을 뒤로 젖힌 채 눈을 감고 이야기를 듣고 있었다. 이야기가 여기까지 진행되자 홈즈는 가늘게 눈을 뜨고 그녀를 쳐다보며 이렇게 말했다.

"조금 더 자세하게 이야기해 주셨으면 합니다."

"네, 그럴게요. 당시의 끔찍했던 일을 하나도 빠짐없이 생생하게 기억하고 있으니 어렵지 않습니다. 말씀드렸듯이 스토크모란의 저택은 매우 오래됐고, 저희는 건물의 한쪽만 사용했어요. 건물 1층을 침실로 썼고 옆 건물 한가운데 있는 큰방을 거실로 썼어요. 거실에서 가까운 순서대로 양아버지, 언니, 그리고 제 침실이에요. 모두 하나의 복도로 연결되어 있고, 복도를 지나지 않고는 서로 드나들 수 없는 구조이고요. 제가 설명을 잘했나요?"

"완벽합니다."

"다행이에요. 그리고 방 세 개 모두 정원 쪽으로 창문이 나 있어요. 언니가 죽은 운명의 날 밤, 양아버지는 평소보다 일찍 침실로 들어갔지만 바로 잠들지는 않은 것 같았어요. 아버지가 항상 피우는 독한 인도산 담배 연기 때문에 언니가 제 방으로 왔거든요. 저희는 언니 결혼식에 대해서 이런저런 이야기를 나누었고, 언니는 11시쯤 되어서 언니 방으로 돌아가려고 일어났어요. 그런데 언니가 방을 나서다 말고 발걸음을 멈춘 채 제게 이렇게 물었어요.

'헬렌, 혹시 한밤중에 휘파람 소리 들은 적 없니?'

'아니.'

제가 대답했죠.

'혹시 네가 자면서 휘파람을 불 리는 없겠지? 그렇지?'

'설마. 그런데 왜?'

'며칠 전부터 새벽 3시쯤 되면 꼭 휘파람 소리가 들려. 작지만 또렷하게. 난 깊이 잠드는 편이 아니잖아. 그래서 항상 그 소리에 잠이 깨. 어디서 들려오는 건지는 정확히 모르겠어. 옆방이나 정원에서 들려오는 것 같기도 하고……. 혹시 너도 그 소리를 들었나 하고.'

'아니, 한 번도 들은 적 없어. 숲 속에서 야영하는 집시가 내는 소리 아닐까?'

'그렇겠지? 그런데 밖에서 들려오는 거라면 왜 네가 한 번도 못 들었는지 이상해.'

'응, 난 언니보다 훨씬 깊게 자니까 그럴 거야, 아마.'

'글쎄, 별로 중요한 일은 아니니까 신경 쓰지 말아야지.'

언니는 이렇게 말하고 웃으며 제 방을 나갔고, 조금 뒤에 언니가 방문 잠그는 소리가 들렸어요."

"그랬군요. 그런데 밤에 항상 방문을 잠그시나요?"

홈즈가 물었다.

"네, 언제나요."

"왜 그런지 여쭤 봐도 되겠습니까?"

"양아버지가 치타와 개코원숭이를 기르고 있다고 말씀드렸죠? 이런 동물들 때문에 문을 잠그지 않으면 안심이 되지 않거든요."

"그렇군요. 계속 이야기를 들려주시죠."

"그날 밤에는 좀처럼 잠들 수가 없었어요. 자꾸만 불길한 예감이 들었거든요. 언니와 제가 쌍둥이라는 건 말씀드렸죠? 왜, 쌍둥이는 마음이 통하거나 그런 부분이 있잖아요. 그날은 날씨도 굉장히 안 좋았어요. 바람이 윙윙 소리를 내며 세차게 불어 댔고 굵은 빗방울이 연신 창문을 두드렸죠. 그런데 바람 소리에 섞여 갑자기 여자 비명 소리가 들렸어요. 언니 목소리였어요. 저는 침대를 박차고 일어나 숄만 걸치고 얼른 복도로 뛰어나갔어요. 복도로 나가는 순간 언니가 말했던 낮은 휘파람 소리가 들렸고, 곧이어 철커덕하고 작은 금속 물체가 떨어지는 듯한 소리가 들렸어요. 언니 방 쪽으로 달려가니 문은 이미 열려 있었어요. 저는 너무 놀라고 긴장해서 멍하니 지켜볼 수밖에 없었어요. 잠시 후 열린 문 사이로 언니가 보였는데, 언니는 새하얗게 질린 얼굴로 두 팔을 앞으로 뻗고 비틀거리면서 제 쪽으로 걸어오려 했어요. 무언가 도움이 필요하다는 눈빛이었어요. 저는 달려가 언니를 붙잡아 안았지만 그 순간 언니가 바닥에 쓰러져 버렸어요. 어딘가 몹시 아픈 것처럼 몸을 뒤틀며 괴로워했고 온몸을 부들부들 떨었어요. 처음에는 언니가 저를 못 알아보는 듯했지만 제가 언니에게 조금 더 가까이 몸을 굽히니 언니가 절대 잊을 수 없는 목소리로 이렇게 소리쳤어요.

'헬렌! 끈이야! 얼룩무늬 끈!'

언니는 양아버지 방을 가리키며 무언가 더 말하려 했지만 다시 경련을 일으키는 바람에 말을 잇지 못했어요. 저는 언니가 하려던 말을 영영 들을 수 없었어요. 저는 언니의 방을 뛰쳐나가 양아버지를 소리쳐 불렀습니다. 곧이어 아버지가 가운을 입고 놀란 표정으로 방에서 뛰어나오셨어요. 하지만 언니에게 다가왔을 때 언니는 이미 의식을 잃은 상태였어요. 아버지가 언니 입에 브랜디를 흘려 넣어 응급처치를 한 뒤 의사에게 데려갔지만 언니는 회복하지 못하고 그대로 죽음을 맞이했어요. 이렇게 해서 저는 사랑하는 언니를 영원히 잃었습니다."

"잠깐, 휘파람 소리와 금속 물체 소리를 들었다고 했죠? 확실한가요?"

홈즈가 물었다.

"검시관도 같은 것을 물어보던데, 네, 확실히 들었어요. 바람 소리가 워낙 컸고 집이 낡아 여기저기 삐걱거리는 탓에 제가 착각했는지도 모르겠지만요."

"언니분이 옷을 제대로 갖춰 입고 계셨나요?"

"아뇨, 언니는 잠옷을 입고 있었어요. 오른손에는 타다 남은 성냥을, 왼손에는 성냥갑을 들고 있었고요."

"두려워서 성냥불을 켜고 방 안을 살펴보려고 했던 것 같군요. 이건 아주 중요한 사실입니다. 그래서 그 검시관은 어떤 결론을 내리던가요?"

"양아버지가 워낙 난폭하기로 악명 높은 분이고 검시관도 이 사실을 잘 알고 있기 때문인지 사건을 자세히 조사해 줬지만, 확실한 사인을 밝혀내지는 못했어요. 언니의 방문은 안에서 굳게 잠겨 있었고 창문은 튼튼한 이중창에 두꺼운 걸쇠까지 달려 있었어요. 매일 밤 걸쇠를 단단히 걸어 두었고요. 벽이며 바닥도 모두 꼼꼼하게 조사했고, 굴뚝도 폭이 넓긴 했지만 못을 박아 막아 놓았기 때문에 그곳으로 누군가가 들어 올 수 없다는 것을 확인했죠. 때문에 언니가 방에 혼자 있었다는 것은 의심할 여지가 없었어요. 누군가에게 폭행을 당한 흔적도 전혀 없었고요."

"독살의 흔적은요?"

"의사들이 독에 대한 검사도 해 보았지만 독은 발견되지 않았어요."

"그럼 당신은 언니가 왜 죽었다고 생각하나요?"

"제 생각에⋯⋯ 언니는 그때 무언가에 큰 충격을 받아 완전히 겁에 질린 것 같았어요. 아마도 그것 때문에 언니가 죽은 게 아닐까 싶어요. 아무리 생각해 봐도 그것 말고는 잘 모르겠어요."

"사고 당시 집시들은 근처에 있었겠죠?"

"네, 집시들은 저택이나 숲 근처에 항상 몇 명씩 머물고 있으니까요."

"아, 그리고 언니가 끈이라고 말했다고 하셨죠. 얼룩무늬 끈이라고 했나요?"

"생각해 봤는데, 그때 언니는 제 정신이 아니었을 테니 무의식중에 아무 말이나 했을 수 있어요. 또 끈은 '밴드'라는 의미도 있으니 사람들의 모임이라는 뜻으로 본다면(*band에는 무리라는 의미도 있다.) 숲 속에 모여 있는 집시들을 말하는 게 아니었을까 하는 생각도 들고요. 집시들이 얼룩무늬 두건을 자주 두르고 다녔거든요."

홈즈가 무언가 부족하다는 표정으로 고개를 저었다.

"단순한 사건이 아닌 것 같군요, 계속 말씀해 보세요."

"그 뒤로 2년 동안, 전 언니가 살아 있을 때보다 더 외롭고 힘든 날들을 보냈습니다. 그러다가 한 달 전쯤 오래 전부터 알고 지내던 퍼시 아미티지라는 사람에게 청혼을 받았습니다. 레딩 근처 크레인 워터에 살고 있는 아미티지 씨의 차남인데, 양아버지도 이 결혼을 반대하지 않아서 이번 봄에 결혼할 계획이었어요. 그런데 이틀 전부터 저택의 서쪽에서 뭔지 모를 공사를 시작했고 제 침실 벽에 구멍이 뚫렸어요. 저는 하는 수 없이 수리가 끝날 때까지 언니가 쓰던 방으로 옮겨 생활하기로 했습니다. 언니가 쓰던 바로 그 침대에서 잠을 자면서요. 그런데 그 일이 제게도 일어나고 말았습니다. 바로 어젯밤, 침대에 누워 언니의 끔찍한 사고를 생각하던 중에 언니가 들었다던 낮은 휘파람 소리가 들려왔어요. 저는 공포에 휩싸여 황급히 자리에서 일어나 램프에 불을 붙이고 주변을 살펴봤습니다. 방 안에는 아무것도 없었어요. 하지만 너무 무서워서 다시 침대에 누울 수가 없더군요. 저는 옷을 챙겨 입고 날이 밝기를 기다렸다가 바로 집을 나섰습니다. 그리고 당신께 도움을 청해야겠다는 생각에 집 건너편에 있는 크라운 여관에 가서 이륜마차를 불러 타고 레더헤드로 갔다가, 그곳에서 기차를 타고 곧장 이곳으로 왔어요."

"네, 아주 잘하셨습니다. 그런데 그것이 전부인가요?"

"네, 전부예요."

"헬렌 양, 그것이 전부가 아닙니다. 왜냐하면 당신은 지금 양아버지에 대한 것은 감추고 있으니까요."

"네? 그게 무슨 말씀이시죠?"

홈즈는 대답 대신 헬렌 양의 소매 끝에 있는 검은 레이스 장식을 들췄다. 하얀 손목 위에 엄지와 나머지 네 손가락의 자국으로 보이는 다섯 개의 조그만 검푸른 색 멍이 들어 있었다.

"또 다른 공포도 겪고 계시는군요."

헬렌 양은 얼굴을 붉히며 멍이 든 손목을 황급히 감추었다.

"양아버지는 굉장히 힘이 세죠. 하지만 자신의 힘이 얼마나 센지 가끔 잊곤 해요."

홈즈는 깍지 낀 양손에 턱을 괸 채 타닥타닥 소리를 내며 타고 있는 난롯불만 한참 동안 바라보았다. 그렇게 오랜 침묵이 흐른 뒤 드디어 홈즈가 말했다.

"간단하지 않은 사건이군요. 앞으로 이 일을 어떻게 풀어 나갈지 결정해야겠는데, 그전에 제가 알아야 할 것이 수천 가지는 더 됩니다. 물론 시간도 부족합니다. 오늘 저희가 스토크 모란의 저택에 간다면 양아버지에게 들키지 않고 방을 조사할 수 있을까요?"

"아버지가 마침 오늘 중요한 볼일이 있어서 런던에 나올 거라고 하셨어요. 밤이 되어야 돌아오실 테니 방을 조사할 수 있을 거예요. 나이가 많은 가정부가 한 명 있긴 하지만 그다지 눈치가 빠르지도 않고, 제가 잠시 다른 곳으로 보내면 될 것 같아요."

"좋습니다. 왓슨, 자네도 물론 이 여행에 동행해 주겠지?"

"물론이네."

"그럼 우리 두 사람 모두 가겠습니다. 헬렌 양은 어떻게 할 계획인가요?"

"저는 런던에 두어 가지 볼일이 더 있어요. 하지만 늦어도 정오에 출발하는 기차는 탈 수 있을 거예요. 그러면 괜찮겠지요?"

"저희도 이른 오후쯤 도착할 것 같은데 잘 됐습니다. 저희도 이곳에서 처리해야 할 일이 몇 가지 있거든요. 저희와 함께 아침 식사를 하고 가시겠습니까?"

"감사하지만 사양할게요. 이렇게라도 제 문제를 털어놓으니 마음이 한결 가벼워졌습니다. 감사해요, 그럼 오후에 뵙겠습니다."

헬렌 양은 검은색 베일을 내려 다시 얼굴을 가리고는 서둘러 방을 빠져나갔다.

"왓슨, 어떻게 생각하나?"

홈즈가 의자 깊숙이 몸을 기대며 내게 물었다.

"어쩐지 아주 어둡고 음침한 느낌이 드는 사건 같아, 홈즈."

"어둡고 음침하지. 음흉하기까지 해."

"그런데 홈즈, 만약 저 아가씨의 말이 맞는다면 바닥에도 벽에도 이상한 점은 없어. 문이나 창문, 그리고 굴뚝으로도 그 방에 들어갈 수 없고. 사건이 일어난 당시 헬렌 양의 언니가 방 안에 혼자 있었다는 건 의심할 여지가 없는데 말이야."

"한밤중에 들려왔다던 휘파람 소리는 그럼 뭔가? 언니가 죽기 전에 했다던 이상한 말은?"

"아, 모르겠어. 난 도통 모르겠네."

"잘 생각해 보게. 한밤중에 들려오는 휘파람 소리, 양아버지란 작자와 친하게 지내는 집시들. 그 의사 양반은 자신의 딸들을 시집보내지 않는 것이 훨씬 더 이득일 테고. 언니가 죽기 직전에 말했다는 '끈'이라는 단어와 헬렌 양이 들었다던 금속 물체가 부딪치는 소리, 이 소리는 어쩌면 걸쇠에서 난 소리였겠지. 모든 덧창에 걸쇠가 튼튼하게 잠겨 있었다고 했지만, 그 중 하나가 떨어지면서 난 소리였을 수도 있다는 말이지. 이 정도의 힌트면 교묘한 정황의 비밀을 밝혀낼 수도 있을 것 같군."

"그렇다면 집시들은 무슨 연관이 있는 거지?"

"음, 그건 나도 아직 잘 모르겠네."

"자네의 추리에도 아직 부족한 점이 많군, 홈즈."

"알고 있네. 그래서 오늘 스토크 모란의 저택으로 가려는 거야. 지금의 내 추리가 완전히 틀린 것인지 아니면 역시 내 추리가 맞는 건지, 확인해 봐야겠어. 헉, 이런!"

홈즈가 소리친 이유는 갑자기 방문이 벌컥 열리며 한 사내가 문 앞에 떡하니 나타났기 때문이었다. 그는 농부의 옷차림과 의사의 옷차림을 섞은 듯한 독특한 행색을 하고 있었다. 검은색 중산모(*꼭대기가 둥글고 높은 서양 모자.)에 긴 프록코트(*18~19세기의 남성용 정장의 한 종류로 길이가 무릎까지 오는 두툼한 소재의 코트.)를 입고 있었는데, 다리에는 긴 각반(*걸음을 걸을 때 발목 부분을 가뜬하게 하기 위해 발목에서부터 무릎 아래까지 돌려 감거나 싸는 띠.)을 착용하고 있었던 것이다. 손에는 말을 타고 사냥할 때 쓰는 채찍을 들고 있었다. 사내는 모자 끝이 문틀에 닿을 만큼 키가 컸고 양쪽 문설주에 어깨가 닿을 만큼 거구였다. 검게 그을린 얼굴에 깊이 팬 주름은 그의 괴팍한 성격을 짐작케 했으며, 신경질적인 눈빛과 크고 높은 코는 사냥감을 노리는 늙은 맹금류를 연상시켰다. 그는 나와 홈즈를 번갈아 가며 노려보고 있었다.

"누가 홈즈 선생이신가?"

불청객이 물었다.

"홈즈라면, 저를 찾아오셨군요. 당신은 누구신지요?"

홈즈가 차분하게 되물었다.

"스토크 모란의 그림스비 로일롯 박사올시다."

"그러시군요. 들어와서 앉으시지요."

홈즈가 상냥하게 말했다.

"그런 호의 따위는 필요 없소. 내 딸아이가 여기 왔을 것이오. 내가 미행을 했지. 내 딸이 뭐라고 지껄이든가?"

"계절에 비해서 날이 너무 춥지 않나요, 박사님?"

홈즈가 말했다.

"무슨 허튼수작이야. 내 딸이 뭐라고 지껄였느냐고 묻잖아!"

"크로커스(*외떡잎식물 백합목 붓꽃과의 봄에 꽃을 피우는 여러해살이 풀.)도 곧 필 것 같다고 하더군요."

홈즈가 계속 딴청을 피우며 말했다.

"이 자식! 지금 나하고 장난하는 건가!"

불청객이 손에 들고 있던 채찍을 이리저리 휘두르며 방 안으로 한 걸음 더 들어왔다.

"내가 당신을 좀 알지, 이 불한당 같은 놈! 오지랖만 넓은 헛똑똑이 같으니라고!"

이 말을 들은 홈즈의 입가에 미소가 일었다.

"참견쟁이!"

이번엔 홈즈의 얼굴 전체에 미소가 번졌다.

"런던 경찰의 앞잡이!"

홈즈가 소리 내어 껄껄 웃기 시작했다.

"재미있는 평가 감사합니다. 나가실 때 문 좀 꼭 닫아 주십시오. 찬바람이 들어와서 말입니다."

"경고 하나 하고 가지. 잘 듣게, 젊은이. 남의 일에 쓸데없이 나서지 말게. 헬렌이 여기에 왔다는 걸 알고 있지만, 나는 그렇게 만만한 상대가 아니란 말이지!"

사내가 갑자기 우리 쪽으로 성큼성큼 다가와 부젓가락을 집어 들더니 커다란 두 손으로 구부러뜨렸다.

"봤나? 내 손에 이렇게 되고 싶지 않으면 조용히 있는 게 좋을 것이네."

그는 휘어진 부젓가락을 난로 속으로 던지고는 성큼성큼 걸어 밖으로 나가 버렸다.

"꽤 귀여운 분이군."

홈즈가 웃으며 말했다.

"방금 저 의사만큼은 아니더라도 나도 한힘 하는데 말이야. 시간이 조금만 더 있었다면 내 실력도 보여 줄 수 있었을 텐데, 아쉽군 그래."

이렇게 말하며 홈즈는 휘어진 부젓가락을 집어 들어 원래대로 다시 펴 놓았다.

"경찰의 앞잡이라. 이런, 기분이 조금 상하긴 하는군. 하지만 덕분에 이 사건을 더욱 맡고 싶어지는데? 헬렌 양이 아까 그 양반에게 더 이상 미행이나 당하지 않았으면 좋겠군. 왓슨, 이젠 정말로 아침을 먹어야 하네. 그 다음에 나는 법률 사무소에 들러 볼 생각이네. 이 사건을 해결하는 데 도움 되는 것이 있을 거야."

홈즈는 오후 1시가 거의 다 되어서 돌아왔다. 그는 급히 휘갈겨 쓴 듯한 글씨와 숫자가 적힌 파란색 종이를 들고 있었다.

"로일롯 박사 부인의 유언장을 보고 오는 길이야. 남겨진 유산의 가치가 지금은 어느 정도인지 보고 왔어. 부인이 사망할 당시에는 1,100파운드 정도는 됐지만 요즘은 농작물 가격들이 떨어져 750파운드도 안 되더군. 딸들은 결혼을 하게 되면 각각 250파운드씩을 받을 권리가 생기지. 두 딸이 모두 결혼한다면 박사가 실제 받는 돈은 극히 적어지네. 박사 입장에서는 딸들 중 한 명만 결혼해도 상당한 치명타야. 다녀오길 잘 했어. 박사에게 딸들의 결혼을 원하지 않을 이유가 충분하다는 사실을 알게 되었으니 말이야. 왓슨, 이건 생각보다 심각한 사건이야. 더구나 그 고약한 노인 양반이 우리가 이 사건에 관해 알고 있다는 사실을 알고 있으니 서두르는 게 좋겠어. 어서 채비를 하고 마차를 불러 워털루로 가세. 참 권총도 함께 챙겨 주게. '엘리 넘버 투' 정도가 괜찮지 않을까 싶네. 상대가 부젓가락을 맨 손으로 구부릴 정도의 장사이니 그 정도는 우리도 챙겨가야 하지 싶어. 그것과 칫솔 하나면 이 사건에 대한 준비는 충분할 걸세."

홈즈와 나는 워털루 역에서 레더헤드로 가는 열차에 바로 오를 수 있었다. 레더헤드 역 앞에 있는 여관에서 마차로 갈아타고 서리 주의 아름다운 시골길을 7킬로미터 정도 더 달렸다. 날씨가 무척 좋았다. 태양이 눈부시게 빛났고 하늘 곳곳에 뭉게구름이 떠 있었다. 이제 막 푸른 잎사귀가 돋아나는 나무들이 보였고 이슬에 촉촉이 젖은 흙냄새가 기분 좋게 풍겼다. 봄기운이 만연한 것이다. 이렇게 아름다운 봄날에 끔찍한 사건을 조사하러 가고 있으려니 나는 문득 기분이 묘해졌다. 갑자기 홈즈가 자리에서 벌떡 일어나더니 내 어깨를 두드리며 목장 건너편을 손가락으로 가리켰다.

"저길 봐!"

홈즈가 말했다.

넓디넓은 땅 위로 나무가 빼곡했다. 위로 올라갈수록 나무의 수는 점점 더 많아졌고 정상 부근에 가서는 아예 작은 숲이 형성되어 있었다. 그 나뭇가지들 사이로 오래된 저택의 회색 지붕과 지붕 사이로 솟아 있는 마룻대가 보였다.

"저것이 스토크 모란 저택인가?"

홈즈가 마부에게 물었다.

"예, 그림스비 로일롯 박사의 저택입죠."

마부가 대답했다.

"저기 공사가 진행 중인 곳으로 가 주게."

홈즈가 말했다.

"마을은 저쪽인뎁쇼."

마부가 이렇게 말하며 왼쪽을 가리켰고, 저택에서 조금 떨어진 그곳에는 집들이 옹기종기 모여 작은 마을을 이루고 있었다.

"저 저택으로 가실 거라면 저쪽 계단으로 올라가서 좁은 길을 따라 걸어 올라가는 것이 더 빠릅니다요. 저기, 저 여자가 걷고 있는 길로 말이죠."

마부가 이어 말했다.

홈즈가 따갑게 내리쬐는 햇볕을 손으로 가린 채 마부가 가리키는 쪽을 바라봤다.

"아니, 저건 헬렌 양인 것 같군. 자네 말대로 하지."

홈즈가 마부에게 말했다.

우리는 돈을 지불하고 마차에서 내렸고 마차는 곧장 방향을 돌려 레더헤드 쪽으로 사라졌다.

"마부는 우리가 건축가나 공사 관계자인 줄 알 테지. 저 공사 때문에 이곳에 온 것처럼 보인 것 같아. 잘 됐어. 저 마부가 우리에 대해 쓸데없는 소문을 내지는 않겠어. 안녕하세요, 헬렌 양. 약속한 대로 이렇게 만나는군요."

아침에 런던에서 만났던 우리의 의뢰인은 반가운 표정으로 우리를 맞아 주었다.

"얼마나 애타게 기다렸는지 몰라요."

그녀는 반가움이 가득한 목소리로 이렇게 말하며 우리에게 악수를 청했다.

"일이 순조로울 것 같아요. 아버지는 런던에 가셨고, 저녁 때까지는 돌아오지 않으실 듯해요."

"이걸 어쩐다, 불행하게도 우리는 이미 로일롯 박사와의 조우를 마쳤지요."

홈즈가 아침에 있었던 일을 간단히 설명했고 이야기를 듣는 헬렌 양의 얼굴은 금세 창백해졌다.

"어쩜! 그러니까 제가 미행을 당한 거로군요?"

"그런 것 같습니다."

"눈치가 빠른 분이라 한순간도 마음을 놓을 수가 없네요. 아버지가 돌아오시면 그 일을 뭐라고 설명하는 게 좋을까요, 홈즈 씨?"

"사실 지금쯤이면 제 코가 석자라는 것을 깨달았을지도 모르죠. 자신보다 한 수 위인 사람이 자신을 뒤쫓고 있다는 것을 알아차렸을지도 모르니까요. 오늘 밤에는 방문을 꼭 잠그고 당신의 양아버지가 절대 들어오지 못하도록 특별히 더 주의하십시오. 무섭다면 이모님 댁으로 잠시 몸을 피하는 것도 좋은 방법입니다. 자 그럼, 시간이 얼마 없으니 방을 조사하겠습니다."

스토크 모란의 저택은 낡은 석조 건물로, 전체적으로 모두 회색이었고 곳곳에 얼룩이 져 있었다. 중앙이 높이 솟아 있고 양쪽으로 두 개의 건물이 곡선을 이루며 뻗어 있는 구조였다. 두 개의 건물 중 한쪽 건물은 유리창이 깨져 곳곳을 나무판으로 막아놓았으며 지붕도 군데군데 내려앉아 매우 을씨년스러워 보였다. 중앙 건물은 어느 정도 관리가 되고 있는 듯 보였으나 음산스럽기는 마찬가지였다. 오른쪽 건물은 그래도 훨씬 잘 유지되고 있었다. 덧창을 댄 창을 보나 연기가 올라오고 있는 굴뚝을 보나, 가족이 실제로 생활하고 있는 건물이 틀림없어 보였다. 오른쪽 끝 외벽에 공사용 골조들이 세워져 있고 그 돌벽에는 구멍이 뚫려 있었는데, 정작 공사를 진행하는 인부는 눈에 띄지 않았다. 홈즈는 전혀 손질하지 않는 듯 보이는 정원의 잔디밭을 천천히 거닐며 건물 외부를 꼼꼼히 살폈다.

"그러니까 오른쪽 끝 방이 헬렌 양이 쓰는 침실이고 가운데가 언니의 침실이었단 말이죠? 다음 방이 로일롯 박사의 침실이고요. 맞습니까?"

"네, 맞아요. 하지만 말씀드렸다시피 저는 지금 가운데 방을 쓰고 있어요."

"오른쪽 방의 수리가 끝날 때까지 그 방을 쓰셔야 하는 거죠?

그런데 어쩐지 서둘러 수리하는 것 같지 않군요."

"전혀요. 사실 한 번도 수리하는 걸 본 적이 없어요. 제 방을 수리하는 건 제게 언니의 방을 쓰게 하려는 의도인 것 같기도 해요."

"그럴지도 모르지요. 자, 길고 좁은 건물에 복도가 있고, 각 방으로 들어가는 문은 전부 복도 쪽으로 나 있다고 했죠? 물론 복도 쪽으로도 창문이 있겠고요?"

"네, 하지만 굉장히 조그만 창문이에요. 사람이 통과할 수 없을 정도로 작지요."

"헬렌 양과 언니분 모두 밤에 문을 잠갔다고 하니, 복도 쪽으로는 누구도 방에 들어갈 수 없었겠죠? 방에 들어가서 걸쇠를 한번 걸어 주시겠습니까?"

헬렌 양은 곧 홈즈가 시킨 대로 걸쇠를 걸어 창을 닫았고, 홈즈는 창문을 꼼꼼히 살폈다. 홈즈는 헬렌 양이 걸쇠를 걸어 놓은 창을 열어보려고 여러 가지 시도를 했지만 불가능했다. 덧창에는 칼날 하나 통과할 틈조차 없었기 때문에 덧창을 떼어 내는 것 자체도 불가능해 보였다. 홈즈가 돋보기를 꺼내 덧창의 경첩에 수상한 부분이 있는지 조사했지만 단단한 철로 된 경첩은 벽에 철석같이 붙어 있었다.

"흠!"

홈즈가 당혹스럽다는 표정으로 턱을 긁적이며 말했다.

"추리가 그리 순조롭지만은 않을 것 같군. 걸쇠를 걸어 놓은 상태라면 누구도 창문으로는 방 안에 들어갈 수 없을 것 같아. 방 안을 조사해 봐야겠어."

우리는 건물 옆에 나 있는 작은 문으로 복도에 들어갔다. 흰색 회반죽이 발린 복도 벽면으로 방문 세 개가 나란히 나 있었다. 홈즈는 헬렌 양의 원래 방인 세 번째 방을 무시하고 곧장 두 번째 방으로 갔다. 지금 헬렌 양이 침실로 쓰고 있는, 이전에는 헬렌 양의 죽은 언니가 쓰던 침실이었다. 아늑한 느낌이 나는 작은 방이었다. 낮은 천장에 큰 벽난로가 설치되어 있는 옛 시골집 분위기가 나는 소박한 방이었다. 방 한 켠에 갈색 옷장이 세워져 있었고 맞은편에는 하얀 침구가 씌워진 작은 침대가 있었다. 그 밖에 방에 있는 가구라고는 작은 등나무 의자 두 개가 전부였다. 방 한가운데에는 사각형의 갈색 카펫이 깔려 있었고 바닥재로 쓰인 판자와 벽에 대어 놓은 판자는 모두 갈색 참나무로 만든 것이었다. 곳곳에 벌레 먹은 흔적이 눈에 띄었다. 홈즈는 의자 하나를 한쪽 구석으로 끌고 가 앉은 후 아무 말 없이 방 안을 구석구석 살폈다.

"저 줄은 어디와 연결되는 겁니까?"

한참이 지나서 홈즈가 침대 옆으로 늘어져 있던 줄을 가리키며 물었다. 그러고 보니 끝 부분을 동그랗게 묶어 놓은 줄 하나가 침대 머리맡까지 내려와 베개에 닿을 듯했다.

"가정부의 방과 연결된 거예요."

"설치한 지 그리 오래되어 보이진 않는군요."

"네, 한 2년 정도 되었을 거예요."

"언니분이 원하셨던 건가요?"

"아뇨. 제가 알기로 언니는 저걸 한 번도 쓰지 않았어요. 저희 자매는 평소에 가정부의 도움을 받지 않는 편이에요."

"그럼 애초에 저런 줄은 필요 없었단 얘기군요. 잠시 바닥을 조사해 보겠습니다."

홈즈는 이렇게 말하고 엎드려 돋보기로 바닥에 깔린 널빤지를 꼼꼼하게 조사했다. 그리고 똑같은 방법으로 벽에 붙여 놓은 판자도 조사했다. 조사를 마친 홈즈는 침대로 가서 한동안 바닥을 바라보다가 다시 벽 쪽으로 시선을 돌렸고, 이번에는 천장에서부터 바닥까지 다시 한번 꼼꼼히 살폈다. 그리고 마지막으로 줄을 힘껏 잡아당겼다.

"역시, 가짜였어."

홈즈가 말했다.

"작동이 안 되나요?"

헬렌 양이 물었다.

"네, 이 끈은 무엇과도 연결되어 있지 않습니다. 아주 흥미롭군요. 헬렌 양, 저 위를 한번 보세요. 환기구의 조그만 구멍 위에 있는 갈고리가 보이시죠? 저기에 끈을 묶어 놓았을 뿐입니다."

"어떻게 이럴 수 있죠? 지금까지 전혀 눈치채지 못했어요."

"정말 이상해."

홈즈가 줄을 잡아당기며 중얼거렸다.

"이 방은 아주 이상한 점이 몇 가지 있습니다. 예를 들면 환기구의 끝이 옆방과 연결되어 있다든가 하는 것 말이죠. 아주 멍청한 자가 설치한 것 같군요. 이왕 환기구를 설치할 바에는 바깥쪽으로 뚫어야 할 텐데 말입니다."

"사실 그 환기구도 생긴 지 얼마 안 됐어요."

"저 줄을 달았을 때쯤인가요?"

"네. 그때 몇 가지를 함께 새로 만들었던 것 같아요."

"무슨 사정이 있었나 보군요. 연결된 곳 없는 당김줄과 환기되지 않는 환기구라니. 헬렌 양, 괜찮으시다면 옆방도 한번 살펴보고 싶습니다만."

로일롯 박사의 방은 딸의 방보다 조금 넓었을 뿐 가구 몇 개만 놓여 있어 옆방과 별다를 바 없이 간소했다. 접이식 침대와 작은 나무 책장이 있었고 책장에는 책이 가득했는데, 대부분 의학 전문 서적이었다. 침대 옆으로 팔걸이의자 한 개, 벽 쪽에 일반 의자가 하나 놓여 있었으며, 원탁 하나와 커다란 철제 금고 정도가 전부였다. 홈즈는 천천히 방 안을 돌며 가구 하나하나를 꼼꼼히 조사했다.

"여기엔 뭐가 들어 있나요?"

홈즈가 금고를 두드리며 물었다.

"아버지의 서류들이 들어 있어요."

"그럼 헬렌 양이 직접 이 안을 본 적은 있나요?"

"몇 년 전에 딱 한 번이요. 서류로 가득했어요."

"혹시 고양이가 들어 있진 않던가요?"

"네? 설마요!"

"이건 어떻게 설명해야 할까요, 그럼?"

홈즈가 금고 위에 놓인 우유가 든 접시를 들어 올리며 말했다.

"고양이는 키우지 않으세요. 치타와 개코원숭이는 키우시지만요."

"치타는 고양잇과이니 이 우유가 그럴싸해 보이긴 하는군요. 하지만 우유 한 접시로 과연 치타를 키울 수 있을까요? 한 가지만 더 확인해 보도록 하겠습니다."

이렇게 말하고 홈즈는 의자 앞에 웅크리고 앉아 의자의 바닥 부분을 자세히 살펴보기 시작했다.

"됐습니다. 이제 대충 감이 오는군요."

홈즈는 자리에서 일어나 돋보기를 주머니에 넣었다.

"이런, 여기에 또 재미있는 물건이 있군!"

홈즈가 발견한 것은 침대 옆에 놓여 있던 개를 훈련할 때 쓰일 법한 조그만 채찍이었다. 채찍은 이상한 형태로 꼬여 감겨 있었다.

"왓슨, 어떻게 생각하는가?"

"그저 흔한 채찍 같은데. 저렇게 묶여 있는 것이 좀 이상하긴 하네만."

"흔한 채찍이 아니야. 오, 이런! 그 좋은 머리를 이런 나쁜 일에 쓰다니. 끔찍하군 그래. 헬렌 양, 더 이상 방을 조사할 필요는 없을 것 같습니다. 잔디밭으로 나가실까요?"

나는 여태껏 홈즈의 표정이 그렇게 어두워지는 것을 본 적이 없었다. 우리는 한동안 잔디밭을 왔다 갔다 했다. 헬렌 양과 나는 홈즈가 생각을 정리할 동안 그를 방해하지 않으려고 침묵을 지켰고 그저 잔디밭을 함께 걸었다.

"잘 들어주십시오, 헬렌 양. 무슨 일이 있어도 제가 일러드린 대로 하셔야 합니다."

"네, 그렇게 하겠어요."

"생각보다 일이 심각한 데다 더 이상 지체할 시간조차 없습니다. 제 말대로 하지 않는다면 헬렌 양의 목숨을 장담하지 못합니다."

"무슨 일이 있어도 말씀하신 대로 하겠어요."

"일단 오늘 밤에는 왓슨과 제가 헬렌 양의 방에서 묵을 것입니다."

헬렌 양과 나는 뜬금없는 말에 놀라 동시에 눈을 크게 뜨고 홈즈를 바라봤다.

"네, 꼭 그래야만 합니다. 저쪽에 보이는 게 마을의 여관이지요?"

"네, 크라운 여관이에요."

"좋습니다. 저기에서 헬렌 양 침실의 창문이 보입니까?"

"그럴 거예요."

"양아버지가 돌아오면 머리가 아픈 체를 하고 침실로 들어가 계십시오. 그리고 그가 잠자리에 드는 기척이 들리면 덧창을 열고 걸쇠를 푼 뒤 램프를 창틀에 올려놓으세요. 그게 우리 사이의 신호가 될 것입니다. 그 다음 필요한 물건을 챙겨 원래 쓰던 오른쪽 방으로 옮겨 가십시오. 수리 중이라지만 하룻밤 정도는 참을 수 있으시겠지요?"

"그럼요, 괜찮아요."

"그럼 나머지는 저희에게 맡겨 주십시오."

"어떻게 하실 건데요?"

"언니분의 방에서 하룻밤을 묵으며 밤마다 들려온다는 소리의 정체를 밝히려고 합니다."

"제 언니가 왜 죽은 건지 알려 주실 수 있나요? 부탁드려요."

"그 질문에 대답하려면 조금 더 확실한 증거를 확보해야 합니다."

"아, 그렇다면 제 생각이 맞는지만이라도 알려 주세요. 언니가 무언가에 놀라서 죽은 건가요?"

"아닙니다. 조금 더 복잡한 일이 진행되었을 것입니다. 헬렌양, 시간이 그리 많지 않습니다. 로일롯 박사가 돌아와서 우리가 여기에 있는 걸 발견한다면 모든 일은 허사가 됩니다. 용기를 가지고 제가 일러드린 대로만 해 주십시오. 그러면 곧 헬렌 양을 위험에서 구할 수 있을 것입니다."

홈즈와 나는 그대로 크라운 여관으로 갔다. 그리고 어렵지 않게 방을 얻을 수 있었다. 2층 방이었는데 창문으로 스토크 모란 저택으로 난 오솔길과 저택 전체가 훤히 내려다보였다.

땅거미가 질 무렵 우리는 로일롯 박사가 마차를 타고 가는 모습을 볼 수 있었다. 마부석에는 작은 소년이 앉아 있었고, 소년의 옆에는 아침에 보았던 우람한 체격의 로일롯 박사가 있었다. 대문 앞에서 소년은 무거운 철문을 좀처럼 열지 못했고, 박사는 소년에게 주먹을 휘두르며 거세게 소리쳤다. 마차가 저택으로 들어가자 거실에 불을 켠 듯 나무 사이로 불빛 하나가 새어 나왔다. 저택 전체에 어둠이 점점 드리웠고, 홈즈와 나는 그저 멍하니 시간을 보내고 있었다.

"그거 아는가, 왓슨? 사실 난 오늘 자네를 데려가고 싶지 않아. 너무 큰 위험이 도사리고 있거든."

"그래도 내가 도움이 되지 않을까?"

"자네가 옆에 있어 주면 당연히 고맙지."

"그럼 가야지."

"고맙네."

"그런데 큰 위험이 도사리고 있을 거라고 했나? 집 안에서 내가 보지 못한 것을 발견했나 보군."

"그런 건 아니야. 그저 자네보다 조금 더 추리를 했을 뿐이야. 내가 본 것은 모두 자네도 보았을 걸세."

"특별히 마음에 걸리는 것은 당김줄뿐이었던 데다 솔직히 난 그 줄을 왜 달아 놓은 건지 아직도 전혀 감이 잡히질 않아."

"환기구도 봤지 않은가?"

"물론 봤지. 하지만 작은방 두 개를 연결하고 있는 것이 특별히 수상하다고는 생각하지 않아. 게다가 너무 작아서 쥐 한 마리도 드나들지 못할 것 같던데, 뭘."

"나는 말이야, 이곳에 오기 전부터 방 사이에 환기구가 있을 것이라고 생각했어."

"홈즈!"

"그래, 정말이네. 헬렌 양이 말한 것 기억하나? 언니인 줄리아 양이 로일롯 박사의 담배 냄새 때문에 자신의 방으로 건너왔다고 했지? 그 말을 듣자 두 방 사이에 어떻게든 구멍이 나 있을 거란 사실이 바로 짐작되더군. 구멍은 조그맣거나 교묘해야 했을 거야. 그렇지 않으면 경찰이나 검시관이 조사할 때 의심을 할 테니까. 나는 환기구일 가능성이 높다고 짐작했네."

"하지만 환기구가 있는 것이 무슨 문제가 된단 말인가?"

"글쎄, 이게 과연 우연의 일치일까? 환기구가 만들어지고, 줄이 매달리고, 그 방의 침대에서 자던 여성이 죽은 이 상황이?"

"글쎄, 나는 잘 모르겠네."

"침대에서 수상한 점을 알아차리지 못했나?"

"아니."

"침대가 꺾쇠로 바닥에 고정되어 있었어. 침대가 고정되어 있다니! 이게 흔한 경우라고 생각하는가, 왓슨?"

"그렇지 않지."

"줄리아 양이 사용하던 침대는 움직일 수 없게 되어 있어. 침대는 언제나 환기구와 당김줄, 아니 그냥 줄이라고 부르지, 어차피 그 줄은 당기는 목적으로 그곳에 달려 있던 것이 아니니까. 아무튼 침대는 줄이 내려오는 지점에 놓여 있어야만 했던 거야."

"아, 홈즈!"

나는 소리쳤다.

"자네의 말을 듣고 보니 이제야 어렴풋이나마 알 수 있을 것 같아. 우리는 이 끔찍한 범죄를 겨우 막을 수 있게 되었군. 하마터면 큰일을 또 치를 뻔했어."

"참으로 교묘하지 않나? 의사가 나쁜 마음을 품으면 최고의 범죄자가 될 수 있지. 의사는 대담하고 의학 지식이 풍부하니까 말이야. 아내와 형제를 독살한 팔머, 아내와 양어머니를 독살한 프리처드, 두 사람 모두 최고의 의사였지. 로일롯 박사는 그들을 뛰어넘는 훌륭한 의학 지식을 가지고 있네. 무섭지. 하지만 왓슨, 우리는 그를 이길 수 있을 거야. 아무래도 오늘 밤에는 굉장히 끔찍한 사건을 치르게 될 모양이니 그 전까지 두어 시간 정도는 담배나 피우면서 조금 즐겁게 보내기로 하세."

9시쯤이 되자 나무 사이로 보이던 불빛이 꺼지고 어둠이 저택을 완전히 집어삼켜 버렸다. 두 시간 정도의 지루한 시간을 더 견딘 후 열한 시를 알리는 시계 소리가 들려왔다. 그때 오른쪽에서 불빛 하나가 나타났다.

"우리의 신호일세. 가운데 창에서 나오는 빛이 맞아."

홈즈가 자리에서 일어나며 말했다.

홈즈는 여관을 나서며 주인에게 친구를 만나러 가는데 오늘 밤에는 그곳에서 묵게 될 것 같다는 말을 전했다. 한밤의 스산한 바람이 연신 얼굴을 쓸고 지나갔다. 저 앞쪽으로 노란 불빛이 어둠 속에서 반짝였고 우리는 그 불빛에 의지해 음흉한 사건으로 나아갔다. 정원을 에워싼 울타리는 낡을 대로 낡아 제 구실을 못한 채 방치되어 있었고, 우리는 별 어려움 없이 저택 안으로 들어갈 수 있었다. 나무 사이사이로 몸을 숨겨가며 정원의 잔디밭을 지나고 창문을 통해 방 안으로 들어가려던 그때, 갑자기 키 작은 월계수가 늘어선 곳에서 기괴한 얼굴의 작은 물체가 훅하고 튀어나왔다. 그것은 잔디에 뻗어 누운 채 몸에 경련이 이는 듯 사지를 흔들다가 다시 어둠 속으로 홱 하고 사라졌다.

"신이시여! 자네도 봤나?"

내가 소리를 낮춰 물었다.

홈즈를 돌아보니 그도 적잖이 놀란 듯 내 손목을 꽉 잡고 있었다. 하지만 그는 곧 내 귀에 이렇게 속삭였다.

"멋진 집이지? 이 집의 또 다른 식구, 개코원숭이라네."

나는 로일롯 박사가 특이한 동물을 기른다는 사실을 완전히 잊고 있었다. 갑자기 박사가 기르던 치타도 곧 우리를 덮칠지 모른다는 불안감이 들었다. 이런 내 불안감은 홈즈와 함께 침실 안으로 들어가서야 완전히 사그라들었다. 홈즈는 최대한 소리가 나지 않도록 덧창을 닫고 램프를 테이블로 가져온 후 방 안을 둘러보았다. 모든 것이 낮에 봤던 그대로였다. 발소리를 한껏 죽이고 내 옆에 선 홈즈는 두 손을 모아 내 귀에 대고 모기같이 작은 소리로 속삭였다.

"조그만 소리도 우리 계획에 치명적이야."

나는 고개를 끄덕였다. 알겠다는 뜻이었다.

"불을 끄고 조용히 기다리세. 환기구로 불빛이라도 새 나가 박사가 눈치채면 모든 것이 끝이야."

나는 다시 고개를 끄덕였다.

"잠이 들어서도 안 돼. 목숨이 걸린 일이야. 만일을 위해 권총을 준비해 놓게. 나는 침대에 앉아 있을 테니 자네는 저쪽 의자에 앉게."

나는 권총을 꺼내 탁자 한 켠에 올려놓았다. 홈즈는 길고 얇은 지팡이 하나를 가지고 와서 침대 위에 올려놓았다. 그 옆에 성냥갑과 작은 초를 하나 올려놓은 다음 램프의 불을 끄고 다시 어둠 속에서 조용히 기다렸다.

그날의 무시무시했던 밤을 어떻게 잊을 수 있을까? 숨소리조차 들리지 않았다. 나는 홈즈가 조금 떨어진 곳에서 신경을 곤두세운 채 자리를 지키고 있을 것이라 믿었다. 나 역시 긴장감에 몸이 으스러질 것 같았다. 창문의 덧창이 달빛마저 완전히 차단하고 있었기 때문에 우리는 칠흑 같은 어둠을 고스란히 감내해야만 했다. 이따금씩 밤새의 울음소리가 들려왔고 한 번은 고양이 울음소리 같은 길고 날카로운 울음소리도 들려왔다. 박사가 정말 치타를 기르고 있었던 것이다. 15분마다 저 멀리서 시간을 알리는 교회의 낮고 굵은 종소리가 들려왔다. 그 15분은 아마 내가 기억하는 한 가장 긴 15분으로 기억될 것이다. 12시, 1시, 2시, 3시, 우리는 숨을 죽이고 앉아 그 무언가를 기다렸다.

그때였다. 갑자기 천정의 환기구에서 섬광이 번쩍 비쳤다. 빛은 곧 사라졌지만 뒤이어 기름 타는 냄새와 뜨거워진 금속에서 나는 냄새가 한꺼번에 코를 찔렀다. 옆방에서 누군가 램프에 불을 붙인 것이었다. 나지막한 움직임 소리도 들려왔으나 곧 다시 조용해졌다. 냄새는 더욱 강해졌고, 그 뒤로도 우리는 30분간 더 옆방에 귀를 기울인 채 잠복해야 했다.

이번에는 다른 소리가 들려왔다. 아주 부드럽고 조심스러운 소리였는데, 마치 주전자의 물이 끓어 수증기가 올라오는 듯한 소리였다. 그 순간 홈즈가 잽싸게 침대에서 몸을 내빼더니 성냥을 집어 불을 켰다. 그러고는 미친 사람처럼 지팡이로 침대 옆의 줄을 사정없이 내리치기 시작했다.

"보이나?"

홈즈가 소리쳤다.

"보이지, 왓슨?"

홈즈가 다시 소리쳤다.

하지만 당시 내 눈에는 아무것도 보이지 않았다. 홈즈가 성냥불을 켜는 순간 낮은 휘파람 소리를 분명히 듣긴 했지만 어둠 속에 너무 오래 있었던 것인지 눈이 부셔 그가 열심히 내리치고 있는 것이 무엇인지는 알아볼 수 없었다. 그럼에도 불구하고 공포에 차 망자의 얼굴처럼 하얗게 질려 있던 홈즈의 얼굴은 똑똑히 보았다.

홈즈가 하던 행동을 멈추고 환기구를 올려다볼 때였다. 갑자기 찢어지는 듯한 비명이 들려왔다. 평생 그토록 크고 소름 끼치는 비명은 들어 본 적이 없다. 비명 소리는 점점 커지다가 거친 신음 소리로 바뀌었다. 이건 후에 들은 이야기지만, 그때 당시 저택과 멀리 떨어져 있던 사제관까지도 그 소리가 들려 사람들이 잠을 깼다고 한다. 비명 소리는 홈즈와 나의 심장을 얼어붙게 하고도 남을 정도로 끔찍했다. 우리는 마지막 메아리가 완전히 사라질 때까지 서로를 바라보며 서 있었다.

"뭐, 뭐가 어떻게 된 건가?"

나는 겨우 입을 떼어 홈즈에게 물었다.

"하……. 모든 것이 끝났네. 결국 이렇게 되었군. 어쩌면 잘된 일인지도 모르겠네. 권총을 들게. 로일롯 박사의 방으로 가야지."

홈즈는 긴장과 공포가 가시지 않은 얼굴로 램프에 불을 붙여 복도로 나갔다. 방문을 두 번 두드렸지만 대답이 없어 문을 열고 안으로 들어갔다. 나도 권총을 손에 쥔 채 홈즈의 뒤를 따랐다.

내 앞에 펼쳐진 광경은 기이하고 끔찍했다. 탁자 위에 있던 랜턴은 갓이 반쯤 벗겨져 흉흉한 모습을 드러내고 있었고, 랜턴에서 뿜어져 나오는 불빛은 문이 조금 열린 철제 금고를 비추고 있었다. 탁자 옆에 있던 나무 의자에는 그림스비 로일롯 박사가 앉아 있었다. 그는 긴 회색 가운을 입고 맨발에 빨간색 터키풍의 실내화를 신고 있었다. 무릎 위에는 채찍의 손잡이가 가로로 놓여 있었는데 우리가 어제 낮에 보았던 채찍이었다. 박사는 턱을 앞으로 내밀고 번뜩이는 눈빛을 한 채 천장의 한쪽 귀퉁이를 노려보고 있었는데, 눈썹 부근에 갈색 얼룩무늬가 들어간 노란색 끈이 감겨 있었다. 우리가 방 안으로 들어갔는데도 그는 말을 하지도, 움직이지도 않았다.

"끈, 그 얼룩무늬 끈이야."

홈즈가 속삭이듯 말했다.

더욱 놀라웠던 사실은 내가 박사 쪽으로 한 걸음 움직이자 갑자기 그 얼룩무늬 끈이 움직이기 시작했다는 것이다. 그 끈은 박사의 머리카락 속에서 납작한 마름모꼴 모양의 머리를 치켜세우며 자신의 부풀어 오른 목을 내밀었다.

"늪 살모사!"

홈즈가 외쳤다.

"인도에서 가장 위험한 뱀이야. 아마 박사는 저 뱀에게 물리고 10초도 안 되어 저세상으로 갔을 거야. 다른 사람에게 해를 가하면 결국에는 자신에게 되돌아오게 마련 아닌가? 그게 진리이지. 우선 저 녀석을 어딘가에 가둬 두어야 할 거야. 그리고 헬렌 양을 안전한 곳으로 모시도록 하지. 경찰에게는 모든 일을 어느 정도 추스른 다음에 알려도 늦지 않을 듯싶네."

홈즈는 죽은 로일롯 박사의 무릎 위에 놓여 있던 채찍을 집어 끝에 매듭을 지었다. 그러고 나서 뱀의 머리에 매듭을 던져 뱀을 챈 다음 바닥으로 끌어내렸다. 홈즈는 조심스럽게 뱀을 철제 금고까지 끌고 가 그 안에 뱀을 집어넣고 문을 닫았다.

이것이 바로 스토크 모란 저택에 살던 그림스비 로일롯 박사의 죽음에 관한 전말이다. 이야기가 너무 길어진 것 같아 이후의 과정에 대해서는 간단하게 설명하겠다. 우리는 공포에 떨고 있던 헬렌 양에게 사건을 설명한 뒤 그날 아침 기차로 해로에 있는 그녀의 이모님 댁까지 데려다 주었다. 상황을 정확하게 파악하지 못한 경찰은 박사가 위험한 동물을 기르다가 부주의하여 죽음에 이르렀다는 결론을 내렸던 것으로 기억한다. 사실 나조차도 사건을 완전히 이해하지 못하고 있었다. 하지만 다음날 런던으로 돌아오는 기차 안에서 홈즈가 나의 궁금증을 말끔하게 정리해 주었다.

"왓슨, 사실 나도 완전히 잘못된 결론을 낼 뻔했어. 충분하지 않은 자료를 바탕으로 추리하고 결론을 내린다는 게 얼마나 위험한 일인지 이번에 다시 한번 느꼈네. 헬렌 양이 '끈'이라고 말했지? 헬렌 양의 언니 줄리아 양은 겁에 질린 채 성냥불에 의지해 보았던 그것이 끈인 줄 알았겠지. 또 집시들이 저택 근처에 체류하고 있다고 했네. 나는 이 두 가지 말을 듣고 잘못된 추리를 했어. 하지만 다행히도 누구도 문이나 창문을 통해 안으로 들어가서 사람을 해칠 수 없다는 사실을 알게 됐고 바로 추리를 수정했네. 천만다행이었지. 말했듯이 방을 조사할 때 내 눈에 가장 먼저 띄었던 것은 환기구와 침대 아래로 늘어져 있던 당김줄이었어. 하지만 그 줄은 그저 장식에 불과했고 침대는 바닥에 고정되어 있었지. 순간 불길한 느낌이 머리를 스쳤어. 그리고 곧 그 줄이 환기구의 구멍에서 침대로 무언가를 보내기 위한 장치라고 생각했네. 순간 뱀이 떠올랐어. 박사가 인도의 동물을 구해 기르고 있다는 걸 이미 알고 있었기 때문에 그런 생각을 빨리할 수 있었지. 뱀을 떠올리자 앞뒤가 맞지 않고 뒤죽박죽이던 내 추리가 정리되었네. 아시아에서 오랜 의사 생활을 한 뛰어난 두뇌의 소유자가 여러 화학 검사에서도 발견되지 않는 독을 썼다, 그렇다면 당연히 뱀이야. 게다가 뱀의 독은 효과가 매우 빠르게 나타나. 유능한 검시관이었다면 헬렌 양 언니의 목에서 뱀에게 물린 작은 이빨 자국 두 개를 발견했을지도 모르지만, 안타깝게도 자매에게는 그 정도로 유능한 검시관을 만나는 행운이 없었지. 그다음 내게 실마리를 준 것은 휘파람이었어. 자매의 양아버지는 자신이 원하는 일을 마친 뒤, 날이 밝기 전까지 독사가다시 자신의 방으로 되돌아오도록 만들어야 했겠지. 그래서 박사는 열심히 훈련을 시켰을 거야. 아마 우유를 이용했겠지. 적당한 시간에 뱀을 환기구 안으로 들여보내면 뱀은 당김줄을 타고 침대 위로 내려갔을 거야. 뱀이 꼭 사람을 물라는 법은 없어. 하지만 반복해서 뱀을 내려보내다 보면 언젠가는 사람을 물겠지. 박사의 방을 조사하기 전에 이렇게까지 추리를 끝낸 상태였어. 방에서 의자를 살펴보고는 박사가 의자 위에 자주 올라갔다는 사실을 알 수 있었지. 천장에 달린 환기구에 뱀을 보내려면 당연히 의자에 올라가야만 했을 테니까. 금고와 우유가 담긴 접시, 그리고 동글게 말려 있던 채찍은 내 추리에 확신을 주는 증거물이었어. 헬렌 양이 들었다던 금속이 떨어지는 듯한 소리 있지? 틀림없이 금고의 문을 여닫는 소리였을 거야. 뱀을 감추어

났던 장소는 바로 그 금고니까. 그 뒤는 자네가 본 그대로야. 왓슨, 자네도 들었지? 쉬이익쉬이익하던 뱀의 소리를. 나는 그 소리를 듣자마자 바로 불을 켜고 뱀을 공격한 거네."

"그렇게 해서 뱀을 다시 환기구 안으로 보낸 거였지?"

"그래, 환기구를 통해서 다시 주인에게 되돌아가도록. 하지만 내 지팡이로 강한 공격을 받은 뱀은 화가 치밀었을 테고, 독도 오를 대로 올랐을 거야. 그래서 돌아가자마자 그곳에 있던 그림스비 로일롯 박사를 물었던 거지. 자신의 주인도 몰라보고 말이야. 사실 그림스비 로일롯 박사의 죽음에 나는 얼마만큼의 책임이 있는지도 모르네. 그다지 죄책감이 들진 않지만 말일세."

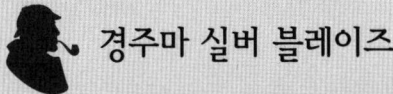 경주마 실버 블레이즈

"아무래도 안 되겠어, 왓슨. 내가 가 봐야 할 것 같아."

아침 식사 중에 대뜸 홈즈가 말했다.

"가다니, 어디로?"

"다트무어의 킹즈 파일랜드 말일세."

대답을 듣고 나니 놀랍지 않았다. 아니, 오히려 홈즈가 현재 영국 전체를 떠들썩하게 만들고 있는 그 이상한 사건에 여태껏 개입하지 않고 있었다는 것이 더 놀라웠다. 어제 홈즈는 하루 종일 축 처진 어깨를 하고 미간을 찌푸린 채 방 안을 왔다 갔다 하며 갖고 있는 것 중 가장 독한 담배를 파이프에 채우며 시간을 보냈다. 깊은 고뇌에 빠진 듯했다. 조간신문부터 석간신문까지 새로운 신문이 속속 도착했고 홈즈는 그것을 모두 빠르게 훑어본 후 기다리던 소식이 없단 듯이 옆으로 치워 버렸다. 하지만 나는 그가 무슨 생각을 하고 있는지 짐작할 수 있었다. 지금 그의 추리 능력에 도전한 상대는 웨식스 컵 경주에 나갈 한 인기 경주마가 실종되고 경주마의 조련사가 살해된 사건, 바로 그것이었다. 그가 사건 현장인 다트무어의 킹즈 파일랜드에 가겠다고 한 것은 어쩌면 너무나 당연한 일이었다.

"방해가 되지 않는다면, 나도 데리고 가 주겠나?"

내가 물었다.

"왓슨, 당연하지. 자네에게도 시간 낭비는 아닐걸. 이것은 전례가 없는 아주 독특한 사건이 될 거야. 지금 패딩턴 역에 가면 기차를 탈 수 있을 테니 일단 출발하세. 자세한 것은 기차 안에서 얘기해 주겠네. 자네의 성능 좋은 쌍안경도 챙겨 가면 좋겠군."

한 시간 뒤에 우리는 엑서터로 가는 기차의 일등석에 앉아 있었다. 홈즈는 귀덮개가 달린 여행 모자를 쓴 채 패딩턴에서 산 신문들을 읽는 데 몰두하고 있었다. 홈즈는 레딩을 지난 지 한참 지났을 때 마지막 신문을 좌석 밑에 넣고는 나에게 담배 케이스를 내밀었다.

"기차가 아주 잘 달리는군. 시속 85킬로미터야."

홈즈가 창밖을 내다본 뒤 슬쩍 시계를 확인하며 말했다.

"거리 표지판은 안 보이던데."

내가 말했다.

"그건 나도 못 봤어. 하지만 선로의 전봇대가 55미터마다 서 있으니 계산이 나오지. 그런데 참, 실버 블레이즈의 실종과 조련사 존 스트레이커의 죽음에 대해서는 자네도 알고 있겠지?"

"〈텔레그래프〉와 〈크로니클〉에 난 기사를 보긴 했네."

"지금 이 사건은 새로운 증거가 필요하다기보다 이미 나와 있는 증거를 추슬러 추리를 해야 하네. 절대 흔치 않은 사건인 데다 정황이 너무 명확해. 말은 실종됐고 조련사는 살해됐다는 두 가지 사실 말일세. 게다가 많은 사람들이 깊게 연루되어 있어서 추측과 억측과 가설이 난무하지. 배가 점점 더 산으로 가고 있는 꼴이야. 우선 지금 나와 있는 정보 중 확실한 사실을 토대로 사건의 골격을 알아내고, 그 위에서 추론해 내야겠지. 일단 사건 속 수수께끼를 풀 열쇠를 찾아야만 하네. 왓슨, 사실 나는 화요일 밤에 실버 블레이즈의 주인인 로스 대령과 이 사건을 맡은 그레고리 경감에게 협력을 부탁한다는 전보를 받았어."

"아니, 화요일 밤? 지금은 목요일 아침인데, 어째서 어제 출발하지 않은 겐가?"

내가 소리쳤다.

"실수였어. 고백하건데, 나란 사람은 자네가 기록하는 사건 일지로만 나를 알고 있는 사람들이 생각하는 것보다 이런 실수를 훨씬 자주 저지르곤 하지. 나는 사실 영국 최고의 명마를 다트무어 북부처럼 인구가 적은 지방에서 누군가 오래 숨기는 것이 불가능하다고 생각했네. 그래서 어제 하루 종일 말은 발견되었고, 존 스트레이커를 죽인 사람이 바로 말을 잡아간 범인이었다는 보도가 들리기를 기다렸네. 그런데 피츠로이 심슨이라는 용의자가 체포되었다는 소식 외에 실버 블레이즈에 관한 소식은 아무것도 없더군. 수사는 오늘 아침까지도 아무런 진전이 없었고, 결국은 내가 나서야 된다고 생각했지. 하지만 어제 하루를 그냥 보낸 것이 나쁘지만은 않았다는 생각이 드네."

"그럼 어제 사건에 대한 추리가 어느 정도 완성되기라도 했단 말인가?"

"적어도 주요한 사실은 그렇네. 얘기해 볼까? 사건의 정황을 확실히 정리하려면 남에게 들려주는 것이 가장 좋지. 그리고 자네도 이 사건의 시작부터 제대로 알고 있어야 내게 더 많은 도움을 줄 수 있을 것이고."

나는 좌석 쿠션에 몸을 기대고 담배를 피워 물었다. 홈즈의 이야기를 들을 나름의 준비였다. 홈즈는 중요한 것을 말할 때면 늘 그렇듯 가늘고 긴 집게손가락으로 왼쪽 손바닥을 두드리며 이야기를 시작했다. 우리를 여행길에 오르게 만든 사건의 전개는 대략 이러했다.

"경주마 실버 블레이즈는 아이소노미의 혈통을 이어받은 아주 유명한 경주마야. 조상 못지않은 기록들이 많지. 나이는 다섯 살, 경주에 출전할 때마다 로스 대령에게 큰 상금을 안겨 주었네. 이번 사건 당시까지 웨식스 컵 경주의 우승 후보였고 배당률 3대 1이야. 실버 블레이즈는 사람들의 기대를 저버린 적이 없어. 경마 팬 사이에서는 단연 인기 최고지. 배당률은 낮지만 많은 사람들이 이 말에게 우승을 걸었기 때문에 막대한 돈이 걸려 있어. 만일 다음 화요일 대회에 실버 블레이즈가 출전하지 못한다면 누군가는 아주 많은 이익을 얻겠지.

로스 대령의 마구간이 있는 킹즈 파일랜드에서는 당연히 이 사실을 잘 알고 있었고, 인기마를 보호하기 위해 모든 방법을 동원했네. 말의 조교사(*승마를 훈련하는 사람.)인 존 스트레이커는 몸에 살이 붙기 전까지 로스 대령의 기수(*경마에서 말을 타는 사람.)였어. 기수로서 5년, 그리고 조교사로서 7년을 대령 밑에서 일하고 있었는데, 성실하고 정직한 친구라고 하더군. 스트레이커 밑으로는 젊은이 세 명이 일하고 있었네. 마구간이 작은 규모라 말은 모두 네 마리뿐이었거든. 밤에는 그 중 한 명이 마구간 보초를 서 말을 지키고 나머지 두 명은 마구간 2층의 숙소에서 잠을 잤다고 하네. 세 명 모두 믿음직한 사람이었네. 존 스트레이커는 결혼을 했기 때문에 마구간에서 200미터쯤 떨어진 집에서 따로 살고 있었어. 마구간은 굉장히 외진 곳에 있긴 하지만 1킬로미터 정도 떨어진 곳에 태비스톡의 건축업자가 지은 작은 별장이 몇 채 있다더군. 북 다트무어의 신선한 공기를 원하는 사람이나 요양을 온 환자가 몇 명 모여 살고 있지. 태비스톡은 서쪽으로 3킬로미터 정도 떨어진 곳에 있는데, 황야 너머로 3킬로미터쯤 더 떨어진 곳에는 킹즈 파일랜드보다 조금 더 규모가 큰 메이플턴 마구간이 있다네. 이 마구간은 백워터 경의 소유인데 실라스 브라운이라는 사람이 관리를 맡고 있다고 해. 그 밖에는 어느 방향이나 전부 황야이고 몇몇 집시의 무리가 떠돌며 살아가고 있을 뿐이지. 이게 지난 월요일 밤 참사가 일어났던 곳의 대략적인 상황이야.

문제의 그날 밤, 마부들은 평소와 마찬가지로 말을 훈련시키고 물을 준 다음 9시쯤 마구간 문을 닫았다고 하네. 일꾼 세 명 중 두 명은 조교사의 집에 저녁을 먹으러 갔고 나머지 한 명이 남아 마구간을 지켰다고 하는데, 네드 헌터라는 젊은이야. 9시가 조금 지나 하녀인 에디스 백스터가 저녁으로 양고기 카레를 마구간으로 가져왔어. 마구간에도 수도가 있고, 근무 시간에는 물 이외에 아무것도 마실 수 없다는 규정이 있기 때문에 별다른 음료를 준비하지는 않았다고 하네. 밤이 어두웠고, 황야를 가로질러 와야 했으니 하녀는 손전등을 가지고 있었어. 에디스가 마구간에서 30미터쯤 떨어진 곳까지 도착했을 때 갑자기 어둠 속에서 웬 사내 하나가 나타나더니 그녀를 불러 세우더래. 손전등의 노란 불빛 안으로 비춰진 남자는 회색 모직 웃옷을 입고 납작한 모자를 쓰고 있었다고 하네. 각반을 차고 손잡이가 둥근 굵은 지팡이를 든 채로 말이야. 하녀는 사내를 봤을 때 깜짝 놀랐다고 진술했네. 서른이 갓 넘어 보이는 젊은 사내의 얼굴이 너무나 창백했고, 굉장히 불안하고 신경질적으로 보였기 때문이었다고 알고 있네.

'여기가 어딘가요? 황야에서 자야겠다는 생각을 할 무렵에 손전등 불빛이 보여 따라왔습니다만.'

남자가 이렇게 물었다지.

'여기는 킹즈 파일랜드 마구간 옆이에요.'

하녀가 대답했어.

'아, 정말인가요? 오늘 제가 운이 아주 좋은 모양입니다. 마구간에는 마부가 있나요? 그러고 보니 당신이 지금 저녁 식사를 가져다주는 길이었군요.'

이렇게 말하다가 남자가 갑자기 조끼 주머니에서 하얀색 쪽지 같은 것을 꺼내더래.

'부탁 하나만 하지, 이것을 오늘 밤 그 마부에게 전달해요. 대신 최고급 드레스를 한 벌 장만할 수 있게 해 주겠소. 설마 이렇게 좋은 기회를 날려 버릴 생각은 아니겠지?'

하녀는 돌변한 남자의 태도에 기분이 상해 그녀가 항상 식사를 넣어 주던 마구간의 창문으로 달려갔지. 마부 네드 헌터는 창을 열어둔 채 작은 탁자 앞에 앉아 있었어. 하녀가 방금 일어난 일을 설명하려고 하는데 아까 그 남자가 다시 나타났어.

'안녕하십니까.'

남자가 창 안을 들여다보며 말했어.

'당신에게 하고 싶은 이야기가 있는데…….'

하녀의 말에 따르면 그때 남자가 손에 쥐고 있던 작은 종이의 끝이 언뜻 보였대.

'무슨 일이십니까?'

헌터가 물었네.

'당신에게 돈이 되는 일이지. 웨식스 컵 경주에 출전하기로 예정된 말 두 마리, 실버 블레이즈와 바야르가 여기에 있다죠. 내게 한 가지 정보를 제공한다면 당신에게도 좋은 일이 생길 거요. 내가 알기론, 부담 중량(*경주마가 등에 짊어지고 달려야 하는 중량. 경마에서는 각 경주마의 능력 차이를 조정하기 위해 경주마의 나이, 성별, 벌어들인 상금의 합계, 경주마의 능력 등을 고려해 부담 중량을 달리 정한다.)으로 바야르는 실버 블레이즈에 다섯 펄롱(*경마에서 사용되는 길이의 단위이며 1펄롱은 약 200미터이다.)당 90미터의 차이가 나고, 때문에 마주들이 바야르에게 돈을 걸었다던데, 사실인가?'

'뭐야, 당신 암표상이잖아! 킹즈 파일랜드에서 당신 같은 짓을 하면 어떻게 되는지 보여 드리죠!'

마부는 이렇게 외치며 벌떡 일어나서 개를 풀러 마구간 반대편으로 갔고, 하녀는 두려움에 집 쪽으로 뛰어 도망갔다네. 하녀가 뛰어가면서 돌아보니 남자는 창문으로 몸을 반쯤 들이밀고 있었다고 해. 하지만 헌터가 개를 데리고 마구간으로 돌아왔을 때 남자는 이미 사라졌다고 하더군."

"잠깐, 홈즈! 마부가 개를 데리고 나오면서 마구간 문에 자물쇠를 채우지 않았단 말인가? 그 사이 말이 빠져나올지도 모르는데?"

내가 물었다.

"훌륭해, 왓슨. 훌륭한 질문이야. 나도 그 점이 중요하다고 생각해서 어제 다트무어 쪽으로 특별 전보를 보내 알아봤지. 답이 왔는데, 마부는 마구간을 나올 때 자물쇠를 채웠다고 하더군. 창문 크기도 작아서 그리로는 사람이 들어갈 수 없다고 하네.

어쨌든 헌터는 동료 마부가 저녁 식사를 마치고 돌아올 때까지 기다렸고 그들이 돌아오자 그 일을 조교사인 스트레이커에게 보고했어. 그는 이야기를 듣고 흥분했지만 실제로 어떤 일인지는 짐작하지 못했어. 하지만 어떤 불안한 기운을 느꼈는지 새벽 1시에 옷을 챙겨 입었고, 인기척에 잠이 깬 스트레이커 부인은 무슨 일이냐고 물었다고 하네. 그는 말이 걱정되어 잠이 안 온다며 마구간에 한번 가 봐야겠다고 대답했다네. 창밖으로 비가 내리고 있었기 때문에 부인은 가지 말라고 만류했지만, 그는 큰 우비를 걸치고 집을 나섰네. 다음날, 부인은 7시쯤에 일어났는데 그때까지도 남편은 돌아오지 않았네. 부인은 서둘러 옷을 챙겨 입고 하녀와 함께 마구간으로 갔지. 마구간 문은 활짝 열려 있었는데, 그 안에는 마부 헌터가 의자에 웅크린 채 잠들어 있었을 뿐 남편도 경주마 실버 블레이즈도 보이지 않았다네. 부인은 마구간 창고 2층 방에서 자고 있던 두 명의 젊은 마부를 깨워 상황을 물어봤어. 둘 다 깊이 잠들어 있었는데 자면서 무슨 소리를 듣지는 못했다고 했네. 아래층에서 자고 있던 헌터를 깨웠는데 그는 약에 취한 듯 정신을 못 차리고 횡설수설해서 조금 더 재울 수밖에 없었다지. 그렇게 젊은 마부 두 명과 조교사의 부인, 그리고 하녀는 사라진 경주마 실버 블레이즈와 조교사 존 스트레이커를 찾으러 동분서주했어. 사실 그때까지도 그들은 조교사가 말을 훈련 시키려고 새벽부터 데리고 나갔을 가능성에 한 줄기 희망을 걸고 있었네. 하지만 황야가 모두 훤히 내려다보이는 언덕에 올라가 샅샅이 둘러봐도 실버 블레이즈는커녕 개미 새끼 한 마리도 보이지 않았어. 그들은 그제야 자신들에게 불행이 닥쳤다는 것을 확실히 깨닫게 된 거야.

그때, 그들 중 누군가가 마구간에서 400미터쯤 떨어진 가시 금작화 덤불 위로 스트레이커 씨의 우비가 너풀거리는 것을 발견했지. 그리고 덤불 뒤쪽의 움푹 꺼진 구렁 밑바닥에서 스트레이커의 시체가 발견됐다네. 머리는 둔탁한 흉기에 맞은 듯 박살나 있었고 허벅지에는 날카로운 칼에 찔린 듯한 가늘고 긴 상흔이 있었어. 하지만 스트레이커 씨도 가해자에게 저항을 많이 한 듯 그의 오른손에는 칼자루 주변까지 피범벅이 된 작은 칼이 들려 있었네. 왼손에는 붉은색과 검은색이 섞인 스카프 넥타이가 쥐어져 있었는데, 전날 밤 마구간에 온 그 낯선 남자가 매고 있었던 거라는 하녀의 증언이 뒤따랐지.

반 혼수상태였던 헌터가 깨어났고, 그가 스카프 넥타이에 대한 하녀의 증언에 동의하면서 스카프 넥타이는 그 낯선 사내의 것이라는 사실에 신빙성이 더해졌네. 또 헌터는 그 남자가 자신이 먹은 양고기 카레에 약을 섞어 자신을 잠들게 했을 거라고 주장했어. 살인 현장 부근의 진흙 구렁은 말 발자국으로 가득했기 때문에 스트레이커가 살해당할 당시에 말이 근처에 있었던 것은 확실해 보였네. 하지만 그 후에 말의 종적이 묘연해졌지. 대령 측에서 막대한 현상금을 걸어 놓은 덕에 다트무어 일대의 집시들이 눈에 불을 켜고 찾고 있긴 하네. 현재까지는 아무런 소득이 없지만 말이야. 헌터가 먹다 남은 저녁 식사를 분석해 보니 다량의 아편 분말이 검출되었다고 해. 그날 저녁 같은 음식을 먹은 다른 사람들은 별다른 이상이 없었고.

여기까지가 사건의 간략한 내용이고 이제부터 경찰 수사의 진전 상황을 말해 주겠네. 사건은 그레고리라는 유능한 경감이 맡았어. 추리력이 조금만 더 받쳐 준다면 이 분야에서 상당한 출세 가도를 달릴 수 있는 사람으로 꽤 능력이 있는 경감이야. 그는 현장에 도착하자마자 유력한 용의자인 그 낯선 남자를 찾아내 바로 구속했지. 지역에서는 꽤 알려져 있는 사람이라 곧 찾을 수 있었네. 피츠로이 심슨이란 사람인데, 집안도 좋고 교육도 잘 받았지만 경마에 빠져 모든 재산을 탕진하고 현재는 런던에 있는 스포츠 클럽에서 작은 사설 마권 판매소를 하는 자였지. 그의 장부를 조사하니 실버 블레이즈와 우승을 다툴 말에 5,000파운드라는 거금을 건 상태였어.

심슨은 자신이 다트무어에 온 이유를 킹즈 파일랜드에 있는 두 마리의 말과 메이플턴 마구간의 실라스 브라운이 관리하는 말, 데스버로에 대한 정보를 얻기 위해서였다고 말했네. 데스버로는 실버 블레이즈에 이어 두 번째로 인기가 높은 말이지. 그는 그날 밤 자신의 행동에 대해서는 모두 인정했지만, 나쁜 목적을 가지고 있었던 것이 아니라 그저 직접 정보를 얻으려던 것뿐이라고 주장했어. 하지만 자신의 스카프 넥타이에 대해서는 얼굴이 새하얗게 질려서 변명 한 마디 하지 못했지. 젖어 있는 옷은 전날 밤 비가 내릴 때 집 밖에 있었다는 것을 증명해 주었고, 그의 야자나무 지팡이는 손잡이의 일부가 납이었기 때문에 사람들의 추측을 뒷받침해 줄 훌륭한 흉기가 될 것 같았어. 하지만 이상한 것은 스트레이커가 손에 쥐고 있던 칼이 피투성이였던 사실로 미루어 보아 가해자도 어느 정도 심한 부상을 당했어야 논리적으로 맞는 건데, 심슨은 멀쩡했다는 걸세. 여기까지네, 왓슨. 무슨 단서가 될 만한 것을 생각해 봐 줄 수 있겠나?"

홈즈의 정리는 정말 명쾌했다. 나도 대략적인 사실은 이미 알고 있었지만 홈즈가 정리하여 설명해 주니 사건이 한눈에 확 들어왔다.

"음, 스트레이커의 허벅지 상처는 머리를 얻어맞은 뒤 그가 몸부림치는 과정에서 자신의 칼로 자신을 찔렀다고도 해석할 수 있지 않겠나?"

내가 말했다.

"가능성이 있군. 정말 그럴지도 몰라. 그렇게 되면 심슨에게 유리한 증거 하나가 사라지는 거지."

홈즈가 대답했다.

"그런데 나는 경찰이 어떤 가정으로 수사를 하는지 통 모르겠어."

내가 다시 한 번 묻자 홈즈가 이렇게 대답해 주었다.

"아마 우리 생각과는 많이 다를 걸세. 그들이 생각하는 사건의 전개는 아마 이런 것일 테지. 피츠로이 심슨은 보초를 서는 마부에게 약을 먹여 재운 다음, 마구간에 오기 전에 어딘가에서 구해 가지고 있던 열쇠로 마구간 문을 열어 말을 끌어냈다. 말의 고삐가 없어진 것으로 보아 심슨은 고삐 채 데려갔다. 그는 마구간의 문을 열어 놓고는 훔친 말을 타고 그대로 황야 쪽으로 내달렸다. 그러다 조교사 스트레이커의 추격을 받았고, 황야 한가운데서 격투가 벌어졌다. 심슨이 자신의 지팡이로 조교사의 머리를 내리쳐 죽였으나 용케도 자신은 하나도 다치지 않았다. 그리고 실버 블레이즈는 심슨이 어느 은신처에 숨겨 놓았거나 아니면 지금도 황야 어딘가에서 배회하고 있을 것이다. 이렇게 말이야. 뭐, 별로 논리적이지 않지만 이게 그들로서는 최선이었겠지. 어쨌든 나도 더 조사를 해 봐야 하네. 그때까지는 나도 결론을 내릴 수가 없지."

우리가 태비스톡에 도착한 때는 이미 저녁이었다. 태비스톡은 방패 중앙에 있는 돌기처럼 다트무어 황야의 한가운데에 위치한 외딴 마을이었다. 역에는 신사 두 명이 마중 나와 있었다. 한 명은 사자 머리에 턱수염을 길렀으며 키가 컸는데, 그의 옅은 푸른색 눈동자는 사람을 꿰뚫어 보는 듯한 느낌을 주었다. 다른 한 사람은 턱수염이 잘 손질되어 있었으며 프록코트에 각반을 찬 단정한 차림이었다. 몸집은 작지만 민첩해 보였고 외눈 안경을 끼고 있었다. 첫 번째 남자는 영국 경찰계에서 막 명성을 쌓기 시작한 그레고리 경감이었으며 두 번째 남자는 경마계의 유명 인사인 로스 대령이었다.

"홈즈 씨, 이렇게 와 주셔서 기쁩니다."

대령이 말했다.

"여기 그레고리 경감님이 애를 많이 써 주셨지만, 저로서는 제가 아끼던 스트레이커의 원수도 갚아야 하고 말도 빨리 찾아야 하기 때문에 모든 방법을 다 동원하고 싶었습니다."

"그 이후로 뭔가 새로운 것이 있습니까?"

홈즈가 물었다.

"아닙니다, 그 뒤로 아무 진전이 없었습니다."

경감이 대답하며 우리를 안내했다.

"역 밖에 마차를 대기시켜 놓았습니다, 홈즈 씨. 날이 어두워지기 전에 현장을 보고 싶어하실 것 같아서요. 이야기는 마차 안에서 드리겠습니다."

우리는 고급스러운 사륜마차로 데번셔의 이색적이고 고풍스러운 거리를 달렸다. 그레고리 경감은 사건 생각으로 머리가 터질 것 같은지 자신이 아는 모든 것을 끊임없이 토해 냈다. 홈즈는 때때로 짧은 질문을 하거나 감탄사를 던졌다. 로스 대령은 모자를 눈까지 내려 쓰고 팔짱을 긴 채 혼자만의 사색에 잠긴 듯했고, 나는 그저 경감과 홈즈의 대화를 듣고 있었다. 놀라운 것은 홈즈가 내게 이야기해 줬던 경찰의 예상 수사 방향이 그레고리 경감이 직접 설명한 수사 상황과 완전히 일치했다는 점이다.

"지금 상황은 피츠로이 심슨에게 굉장히 불리하게 돌아가고 있습니다."

경감이 말했다.

"저는 그가 범인이 틀림없다고 믿습니다. 정황 증거만 있을 뿐이라 다른 새로운 증거가 나타난다면 언제든 상황이 달라질 수 있겠지만요."

"스트레이커의 칼과 상처는 어떻게 보고 계십니까?"

"그건 스트레이커가 쓰러질 때 스스로가 낸 상처라는 결론을 냈습니다."

"여기 왔슨 선생도 제게 같은 말을 해 주었습니다. 만약 그게 사실이라면 심슨이 범인이라는 사실을 다시 한 번 확인시켜 줄 뿐이겠군요."

"그렇습니다. 심슨은 칼을 갖고 있지도 않았고 몸에 상처 하나 없었어요. 그가 범인이라는 증거들은 모두 명백합니다. 실버 블레이즈가 실종되면 그에게는 커다란 이득이 될 것이고, 마부에게 약을 먹였다는 혐의도 확실하며, 또 큰 비가 내리는 시간에 집 밖에 있었던 것도 분명합니다. 흉기가 될 수 있는 무거운 지팡이를 소지하고 있었고, 피해자가 그의 스카프 넥타이를 들고 있었습니다. 이만한 증거면 배심원도 그가 범인이라는 것을 쉽게 인정할 것입니다."

홈즈가 고개를 저었다.

"만일 심슨 씨가 유능한 변호사를 고용한다면 그런 증거는 쉽게 무효가 될 것입니다. 심슨이 왜 마구간에서 말을 끌어냈는지, 말에 상처를 내는 것이 목적이라면 왜 그 장소에서 일을 처리하지 않았는지 모두 명확하지 않습니다. 그가 마구간의 열쇠를 가지고 있었다고 하는데 그럼 열쇠는 어디에 있나요? 또 그가 아편을 구입했다는 약국은 어딘가요? 이 지역 지리에 낯선 심슨이 그렇게 유명한 말을 어디에 숨길 수 있었을까요? 그런데 마부에게 건네주라며 하녀에게 부탁했던 종이쪽지에 대해 심슨은 뭐라고 말하던가요?"

"아, 그 쪽지는 10파운드짜리 지폐였다는 자백을 받아 냈습니다. 하지만 당신이 지금 지적해 주신 부분은 그다지 중요한 것이 아닌 것 같습니다. 심슨은 이 지역 지리에 그리 어둡지 않습니다. 그는 휴가 때 태비스톡에서 두어 번 정도 여름을 보낸 적이 있습니다. 아편은 아마 런던에서 구입한 것 같습니다. 그리고 열쇠는 어딘가에 버렸겠지요. 말은 황야 어딘가의 웅덩이나 폐광에 쓰러져 있을 것이라고 추정하고 있습니다."

"스카프 넥타이에 대해서는 뭐라고 말하던가요?"

"자기 것은 맞지만 어딘가에서 분실했다고 했습니다. 참, 그리고 심슨이 말을 마구간 밖으로 끌어낸 이유로 보이는 새로운 사실이 하나 나타났습니다. 지난 월요일 밤, 살인 현장에서 1.5킬로미터도 채 떨어지지 않은 장소에서 집시가 야영을 했다는 것이 밝혀졌습니다. 화요일에는 그곳을 떠났고요. 심슨이 말을 끌고 가는 도중 스트레이커에게 추격을 당했을 수도 있습니다. 만일 심슨과 집시가 사전에 어떤 약속을 했다면 말은 집시의 손에 넘어갔다고 볼 수도 있는 것 아니겠습니까?"

"불가능한 일은 아니군요."

"지금 그 집시의 행방을 쫓아 황야를 수색 중입니다. 태비스톡과 그 근방 15킬로미터 이내의 마구간과 농가를 수색했습니다."

"근처에 다른 경주마의 마구간이 있지요, 아마?"

"네, 그곳에는 실버 블레이즈 다음으로 인기 있는 경주마이며, 실버 블레이즈의 실종과 커다란 이해 관계가 있는 데스버로라는 말이 있습니다. 그 말의 조교사인 실라스 브라운은 이번 경주에 거액의 돈을 걸어 놓은 것이 밝혀졌고요. 게다가 그는 죽은 스트레이커와의 사이도 그다지 좋지 않았습니다. 이런 이유로 저희도 그의 마구간을 철저하게 조사했지만 그 조교사가 이번 사건과 연관이 있다는 단서는 전혀 발견할 수 없었습니다."

"심슨과의 연결점은요?"

"심슨과도 아무런 연관이 없어 보입니다."

홈즈가 등을 뒤로 기댔고, 그렇게 두 사람의 긴 대화가 끝났다. 몇 분 뒤에 마부가 도로를 따라 지어진, 처마가 있는 아담한 크기의 벽돌 건물 앞에 우리가 탄 마차를 세웠다. 조교용 소목장의 맞은편에는 회색 지붕의 긴 별관인 마구간이 보였다. 말라 죽은 양치류가 갈색으로 덮인 황야가 높낮이를 달리며 지평선까지 이어져 있었다. 멀리로 태비스톡 교회의 십자가 탑과 서쪽에 옹기종기 모여 있는 메이플턴 마구간 건물이 눈에 띄었을 뿐이다. 홈즈는 우리가 마차에서 모두 내릴 때까지 자리에 기댄 채하늘을 올려다보며 생각에 잠겨 있었다. 내가 손을 내저어 보이자 그제야 우리가 목적지에 도착했음을 알아채고 마차에서 내렸다.

"실례했습니다. 정신을 잠시 딴 데 두었군요."

놀란 눈으로 홈즈를 바라보는 로스 대령에게 홈즈가 사과했다.

홈즈의 눈빛은 반짝거렸고 애써 흥분을 억누르는 듯 보였다. 홈즈를 잘 알고 있는 나는 그런 홈즈의 모습을 보며 홈즈가 무언가 단서를 얻었다는 사실을 알 수 있었다. 물론 나는 그게 무엇이며 어떻게 얻었는지 짐작조차 할 수 없었지만 말이다.

"홈즈 씨, 바로 현장으로 가시겠습니까?"

그레고리 경감이 물었다.

"그러기 전에 몇 가지 여쭤 보고 싶은 게 있습니다. 스트레이커의 시체는 이곳으로 옮겨 오셨겠지요?"

"네, 2층에 있습니다. 내일 검시할 예정입니다."

"로스 대령님, 스트레이커가 댁에서 오래 일했지요?"

"그렇소, 내가 아주 아끼던 사람이오."

"경감님, 스트레이커의 주머니에 있던 소지품은 이미 조사하셨지요?"

"그렇습니다. 물건을 방에 모아 두었으니 원하면 가서 볼 수 있습니다."

"네, 꼭 그러고 싶군요."

우리 일행은 현관을 지나 중앙에 놓인 탁자에 둘러앉았다. 경감은 사각형의 작은 양철 상자를 열어 안에 있는 물건을 꺼내 놓았다. 베스타스 성냥 한 갑, 5센티미터 크기의 동물성 기름 초, A.D.P.가 새겨진 브라이어(*진달래과의 상록 관목이며 이 나무의 뿌리로 만든 담뱃대는 세계적으로 굉장히 유명하다.) 뿌리로 만든 담뱃대, 가늘게 썬 캐번디시(*향료를 넣어 압축한 씹어 먹을 수 있도록 휴대용으로 만든 담배.)가 15그램쯤 담긴 물개 가죽의 담배 주머니, 골드 체인이 달린 은시계, 금화 다섯 개, 알루미늄 필통, 종이 몇 장, 그리고 마지막으로 '바이스&컴퍼니, 런던'이라는 회사 상표가 박힌 매우 정교하고 날카로운 칼날에 상아 손잡이가 달린 칼 한 자루가 나왔다.

"특이한 칼이군. 핏자국이 묻어 있는 걸 보면 죽은 사람이 들고 있었던 것 같긴 한데 말이야. 왓슨, 이 칼에 대해서는 아무래도 자네의 전문적인 설명을 들어야만 할 것 같네."

홈즈가 칼을 들고 차분히 살펴보다 내게 물었다.

"이것은 의사들이 '백내장 메스'라고 부르는 칼이네."

내가 말했다.

"그럴 거라고 생각했어. 복잡하고 어려운 수술을 위해서 만들어진 아주 정교한 칼이야. 거친 일을 하러 나간 남자가 이런 칼을 들고 나갔다니 이상하군. 접히지 않아 주머니에 넣을 수도 없었을 텐데 말이지."

"칼끝에 꽂는 코르크가 시체 옆에 떨어져 있었습니다."

경관이 설명했다.

"부인 말로는 며칠 전부터 이 칼이 화장대 위에 있었는데 스트레이커가 집을 나갈 때 들고 나갔다고 합니다. 무기로서는 빈약할지 모르겠지만 마땅한 것이 없어 들고 나간 것 아닐까요?"

"그럴지도 모르지요. 이 종이는 무엇입니까?"

"세 장은 건초 상인의 계산서인데 이미 지불한 것입니다. 또 하나는 로스 대령의 지시가 적힌 편지이고, 나머지 한 장은 런던 본드가에 있는 마담 레수리어의 의상실에서 윌리엄 다비셔 앞으로 발행된 37파운드 15실링의 청구서입니다. 스트레이커 부인에게 물어보니 다비셔는 스트레이커의 친구인데 전에도 가끔씩 다비셔 앞으로 된 문서가 집에 왔다더군요.”

“다비셔 부인은 꽤나 사치스러운 여자인 것 같군.”

홈즈가 청구서를 보며 말했다.

“옷 한 벌에 22기니(*영국의 옛날 금화로 현재의 1.05파운드에 해당한다.)나 되다니, 대단한 가격이야. 자, 이제 여기에서는 더 이상 조사할 것이 없네. 범행 현장으로 가 봅시다.”

우리가 거실을 나서자 복도에서 기다리고 있던 스트레이커 부인이 다가와 그레고리 경감의 팔을 잡았다. 무척이나 진지한 표정이었고 안색이 굉장히 안 좋았다. 이 사건이 부인에게 얼마나 큰 고통을 주었는지 알 수 있었다.

“범인은 잡혔나요? 찾아냈나요?”

부인이 절실하게 물었다.

“범인은 아직 못 잡았습니다. 말도 아직 발견되지 않았습니다. 하지만 부인, 런던에서 셜록 홈즈 씨가 오셨으니 곧 좋은 결과가 있을 것입니다.”

“부인, 언젠가 플리머스에서 있었던 가든파티 때 뵈었죠.”

옆에 있던 홈즈가 대뜸 이렇게 말했다.

“아닌데요, 잘못 보셨어요.”

“아, 그렇습니까? 확실히 뵈었던 것 같은데요. 타조 깃털 장식이 달린 비둘기색 실크 드레스를 입고 계셨죠.”

"제게는 그런 드레스가 없어요."

"아, 그렇다면 제가 착각했나 보군요. 실례했습니다."

홈즈는 이렇게 사과하고 경감과 함께 밖으로 나갔다. 황야를 조금 지나자 시체가 발견된 구렁이 나타났다. 구렁 가장자리에 스트레이커의 우비가 걸려 있었다던 가시금작화 덤불도 보였다.

"그날은 바람이 없었던 것이 분명하군요."

홈즈가 말했다.

"네, 비는 많이 내렸지만 바람은 전혀 없었습니다."

"그러면 우비는 바람에 날아간 것이 아니라 누군가가 갖다 놓았다는 말이 되겠군요."

"네, 그렇지 않아도 덤불 위에 얌전히 얹혀 있었습니다."

"재미있군요. 그나저나 땅이 엉망인데, 월요일 밤 이후 사람들이 이 위를 많이 걸어 다녔나요?"

"아닙니다. 저희는 옆에 매트를 깔아 놓고 모두 그 위에서 조사했습니다."

"잘하셨군요."

"이 가방 안에 스트레이커가 신고 있던 장화와 피츠로이 심슨의 구두, 그리고 실버 블레이즈의 발에서 떨어진 것으로 보이는 편자(*말발굽을 보호하기 위해 말굽 바닥에 장착하는 쇠붙이.)가 들어 있습니다."

경감이 가방 하나를 홈즈에게 건넸다.

"감사합니다, 경감님."

홈즈는 가방을 받아 들고 구렁 아래로 내려가서, 매트를 가운데로 옮겨 놓고 그 위로 엎드려 누워 두 손으로 턱을 괸 채 진흙을 세심히 살폈다.

"그렇지! 여기 딱 있군!"

홈즈가 갑자기 소리쳤다.

홈즈가 손에 들고 있던 것은 반쯤 타다 남은 밀랍 성냥개비였는데, 온통 진흙이 묻어 있어 언뜻 보기에는 작은 나뭇조각으로밖에 보이지 않았다.

"어째서 저희가 그걸 발견하지 못했을까요?"

경감이 당혹스러움을 감추지 못한 채 말했다.

"진흙에 파묻혀 있어 그랬겠지요. 나는 이것을 찾으려고 작정하고 살펴보았기 때문에 찾을 수 있었던 겁니다."

"네? 일부러 찾고 계셨다고요?"

"네, 이것이 여기 있을 것이라고 생각했습니다."

이렇게 말하며 홈즈는 가방에서 구두를 꺼내 진흙 위의 발자국과 대조해 보았다. 그리고 구렁의 가장자리로 다시 올라와 양치류 관목 사이를 기어다니며 뭔가를 더 조사했다.

"다른 곳에는 발자국이 더 이상 없을 겁니다. 모든 방향으로 100미터까지는 제가 꼼꼼히 조사를 마쳤습니다."

경감이 말했다.

"그러셨다니 여기서 제가 더 수색한다면 실례가 될 것 같습니다. 하지만 어두워지기 전에 황야를 산책하면서 지리도 둘러보고 내일 조사에 대한 준비도 조금 더 하고 싶습니다. 그리고 편자는 행운의 부적 삼아 제가 간직했으면 합니다."

홈즈가 자리에서 일어나며 말했다.

홈즈의 유난히 세심하고 찬찬한 수사 모습에 인내심을 잃은 것 같아 보였던 로스 대령이 시계를 보며 이렇게 말했다.

"경감, 이제 슬슬 돌아가시지요? 의논할 것이 두어 가지 있습니다. 특히 이번 경주 출마표에서 실버 블레이즈의 이름을 삭제하는 것에 대해 논의하고 싶습니다."

"그러실 필요 없습니다."

홈즈가 확신에 차 말했다.

"출전표는 그대로 두셔도 좋습니다. 제 이름을 걸고 말씀드리지요."

"그렇게 말씀해 주시니 고맙습니다. 그럼 스트레이커의 집에서 기다리고 있을 테니 산책이 끝나면 그리로 와 주십시오. 함께 태비스톡으로 가십시다."

대령과 경감이 떠난 후 나와 홈즈는 황야를 천천히 거닐었다. 해가 메이플턴 마구간 너머로 지고 있었고 그 덕분에 완만한 비탈을 이루고 있는 황야는 금빛으로 물들었다. 말라죽은 양치류와 가시나무가 저녁노을을 받아 찬란하게 빛나고 있었다. 하지만 이런 황홀한 풍경도 깊은 고민에 빠진 내 친구의 눈에는 그다지 들어오지 않는 듯했다.

"왓슨, 이렇게 하지."

홈즈가 드디어 입을 열었다.

"존 스트레이커의 살인자를 가리는 문제는 잠시 잊고 먼저 말을 찾는 것에 전념해야 해. 만약 말이 두 사람이 싸우는 도중이나 직후에 어디론가 도망친 거라면 도대체 어디로 갔을까? 말은 군거성(*무리를 지어 사는 성향.)과 귀소성(*둥지나 집에서 멀리 다른 곳으로 갔다가도 이내 되돌아오는 성향.)이 매우 강한 동물이야. 한 마리만 풀어놓았다면 본능적으로 킹즈 파일랜드 마구간이나 메이플턴 마구간으로 돌아갔을걸세. 말이 왜 황야를 헤매고 다니겠나. 그랬다면 이미 누군가의 눈에 띄었겠지. 집시가 말을 가져갔을 가능성도 있긴 해. 하지만 집시는 경찰을 아주 싫어하기 때문에 어떤 문제가 생기면 반드시 그곳을 떠나지. 그리고 전국이 이 말의 실종 사건으로 떠들썩한 때이니 쉽게 말을 팔지도 못할 거야. 말을 데리고 있어 봤자 위험하기만 하지 이득이 없단 말일세. 아무래도 집시가 말을 데리고 갔다는 것은 납득이 되지 않아."

"그럼 말이 대체 어디 있단 말인가?"

"내가 말한 대로 킹즈 파일랜드로 돌아갔거나, 아니면 메이플턴의 마구간으로 갔을 거야. 킹즈 파일랜드에는 돌아오지 않았으니까 메이플턴에 있겠군. 어쨌든 확인을 해 봐야겠네. 경감이 말했듯이 이 부근 황야는 땅이 단단한 데다 메말라 있어. 그런데 메이플턴 쪽으로 갈수록 땅이 물러지네. 저쪽만 봐도 움푹한 곳이 보이지 않나? 저렇게 움푹한 곳은 월요일 밤 비로 질어진 땅일 거야. 우리의 가정이 맞는다면 분명 저기에도 말의 발자국이 남아 있겠지."

우리는 대화를 하면서 계속 걸었기 때문에 몇 분 후 그 움푹한 곳에 도착했다. 홈즈가 지시하는 대로 내가 낮은 지대의 오른쪽 가장자리로 내려갔고 홈즈가 왼쪽으로 내려갔다. 50걸음을 내려가기도 전에 홈즈가 큰 소리로 나를 부르며 자신 쪽으로 오라고 손짓했다. 그곳에 가 보니 진흙 위에 선명한 말 발자국이 있었다. 홈즈가 주머니에서 편자를 꺼내 맞춰 보니 정확하게 들어맞았다.

"상상력의 가치를 알 수 있지 않나?"

홈즈가 뿌듯한 듯 말했다.

"그레고리 경감은 상상력이 부족한 거네. 어떤 일이 일어났을지 상상하고 가설을 따라가다 보면 훨씬 더 시간을 절약할 수 있어. 자, 계속 가 보세."

우리는 물컹물컹한 저지대를 지나쳐 단단한 잡초 지대를 400미터쯤 걸었다. 다시 움푹한 진흙땅이 나타났고 그곳에서 말의 발자국을 발견했다. 그 후 800미터쯤은 아무것도 발견하지 못하다가 메이플턴 마구간 가까이에 도착했을 때 다시 말 발자국을 볼 수 있었다. 말 발자국은 홈즈가 발견했는데, 그는 뿌듯한 표정을 지으며 말 발자국과 나란히 찍힌 사람의 발자국을 가리켰다.

"이제까지는 말 발자국뿐이었지 않았나!"

내가 소리쳤다.

"그랬지, 지금까지는. 아니 그런데 이것은!"

사람과 말의 발자국은 갑자기 방향을 바꾸어 킹즈 파일랜드 마구간 쪽으로 향하고 있었다. 우리는 그대로 발자국을 따라 걸었다. 홈즈는 휘파람을 불며 눈으로는 계속 발자국을 주시했다. 나는 문득 옆을 보았는데 우리가 걷고 있는 길에서 약간 떨어진 곳에 같은 발자국이 보였다. 그 발자국은 메이플턴 마구간 쪽을 향하고 있었다.

"잘했어, 왓슨!"

홈즈는 나의 발견에 기뻐했다.

"이렇게 됐으니 우리가 헛걸음할 필요가 없어졌어. 이대로 따라가면 한참 걷다가 다시 돌아오겠지. 자, 돌아 나온 이 발자국을 따라 다시 가 보세."

발자국은 그리 멀리 가지 않고 메이플턴 마구간의 문으로 통하는 도로 앞에서 끊겼다. 우리가 문에 다가가자 마부 하나가 급하게 나오며 우리를 막아섰다.

"저희는 낯선 사람을 들이지 않아요."

그가 말했다.

"뭐 하나만 여쭤 보겠습니다."

홈즈가 엄지와 집게손가락을 조끼 주머니에 넣은 채 말했다.

"이곳 주인인 실라스 브라운 씨를 만나려고 합니다. 내일 아침 5시쯤 뵐 수 있을까요?"

"물론입니다. 저희 나리는 항상 일찍 일어나십니다. 아, 저기 주인 나리가 오십니다. 직접 여쭤 보도록 하세요. 아니, 안 됩니다! 돈 받는 것을 나리가 아시면 저는 끝입니다. 혹시 주실 수 있다면 나중에……."

우락부락하게 생긴 늙은 남자가 사냥용 채찍을 이리저리 휘두르며 문으로 걸어왔고 홈즈는 조끼 주머니에서 꺼낸 반 크라운짜리 은화를 도로 집어넣었다.

"뭐하는 건가, 도슨!"

그가 소리쳤다.

"지금 잡담할 시간이 있나? 빨리 가서 일을 하란 말이야! 당신들은 누구요?"

"당신과 한 10분쯤 이야기를 나누고 싶습니다."

홈즈가 공손하게 말했다.

"당신들 상대할 시간 없어. 게다가 여기는 외부 사람들이 마음대로 들락날락거릴 수 있는 데가 아니야! 얼른 돌아가시오, 그렇지 않으면 개를 풀 테니."

홈즈는 몸을 앞으로 숙여 브라운의 귀에 뭐라고 속삭였다. 그는 움찔하며 관자놀이까지 시뻘게졌다.

"사실이 아니외다! 그 말은 터무니없는 거짓이오!"

브라운이 거세게 소리쳤다.

"그렇습니까? 그럼 여기서 말씀드릴까요, 아니면 집 안에서 조용히 말씀드릴까요?"

"드, 들어오십시오."

홈즈가 미소를 지어보였다.

"왓슨, 몇 분이면 끝나니 여기서 기다려 주게. 자, 브라운 씨, 들어가시지요."

홈즈와 브라운은 20분쯤 지나서 나왔는데, 그때는 이미 해가 완전히 져 사방에 어둠이 짙게 깔린 뒤였다. 그 20분 사이에 실라스 브라운은 상당히 달라져 있었다. 얼굴은 창백해졌고 이마에 땀이 맺혀 있었으며 사냥 채찍을 든 손은 부들부들 떨리고 있었다. 거만하고 공격적이던 태도는 온데간데없이 사라지고 무서운 주인 앞의 개처럼 홈즈에게 쩔쩔 맸다.

"말씀하신 대로 하겠습니다. 꼭 하겠습니다."

브라운이 말했다.

"조금의 실수도 없어야 합니다."

홈즈가 브라운의 눈을 지긋이 응시하며 말했다.

브라운은 홈즈의 눈빛에서 위협을 느낀 듯 벌벌 떨었다.

"물론입니다, 절대 실수하는 일 없도록 하겠습니다. 반드시 데리고 가겠습니다. 그리고……. 그것은 어떻게 할까요? 아예 처음부터 바꿔 둘까요?"

홈즈는 잠시 생각하는 듯하더니 이내 크게 웃고는 이렇게 말했다.

"아니, 그럴 필요는 없습니다. 그것에 관해서는 나중에 편지로 따로 연락하죠. 이제부터는 잔머리 굴릴 생각은 안 하시는 게 좋을 것입니다. 만일 그랬다가는……."

"아, 아닙니다. 저를 믿어 주십시오!"

"알겠소. 내일 다시 연락하죠."

브라운이 떨리는 손으로 악수를 청했지만 홈즈는 무시하고 몸을 홱 돌려 킹즈 파일랜드 마구간으로 갔다.

"저 사람처럼 교만하고 비열한 데다 겁까지 많은 사람은 처음 보는군. 온갖 나쁜 것을 다 갖추었잖나."

황야를 걸으며 홈즈가 내게 말했다.

"말은 그가 갖고 있던 것이 맞나?"

"처음에는 온갖 말을 다 지어내며 날 속이려 들더군. 그래서 내가 그날 아침 그가 무엇을 했는지 읊어 주니 그제야 꼬리를 내리더군. 내가 현장을 목격했다고 생각한 모양이야. 자네도 알다시피 그 발자국은 앞부분이 특이하게 각져 있었는데, 브라운이 신고 있던 구두와 완전히 일치했네. 그리고 남의 밑에서 일하는 사람은 이렇게 엄청난 짓을 저지르지 못해. 나는 그에게 이렇게 얘기했네. 당신은 평소처럼 제일 먼저 일어나 밖에 나왔다가, 황야를 어슬렁거리는 말을 보았다. 확인해 보니 그 유명한 실버 블레이즈였다. 이마의 은빛 털 때문에 붙은 이름이라 말의 색깔을 확인하고는 실버 블레이즈가 틀림없다는 것을 알았다. 당신은 데스버로에게 큰돈을 건 상황이었고, 데스버로를 이길 유일한 적수인 실버 블레이즈를 수중에 넣게 되었으니 기회가 아닌가 생각했다. 처음에는 킹즈 파일랜드 마구간으로 데려다 주려고 했지만 결국 유혹을 이기지 못하고 경주가 끝날 때까지 숨겨 두기로 했다. 그래서 지금 당신은 메이플턴 마구간에 그 말을 숨기고 있다. 이렇게 말이야. 그랬더니 그는 모든 것을 체념하고 자신이 어떻게 해야 처벌받지 않겠냐고 묻더군."

"아니, 그런데 마구간은 한 번 수색이 들어가지 않았나?"

"이런 능구렁이 같은 작자라면 경찰을 속이는 것쯤은 식은죽 먹기였을 거야."

"그나저나 저 사람에게 말을 맡겨 두고 가도 괜찮을까? 말에게 조금만 이상한 짓을 해도 큰돈을 벌게 되잖나?"

"그런 걱정은 안 해도 될 거야. 저 자는 아마 그 말을 신줏단지 모시듯 해야 할 걸세. 벌을 피하려면 말을 건강하게 돌려보내는 것이 최선이라고 얘기해 두었으니."

"벌을 피한다고? 로스 대령이 자신의 말을 빼앗아갔던 도둑에게 그런 자비를 베풀어 줄까? 그도 꽤나 고약한 사람 같던데."

"벌을 주고 말고는 로스 대령이 결정할 일이 아니네. 내 방식대로 일을 진행한 다음 대령에게 적당히 말할 걸세. 그 점이 경

77

찰 공무원이 아닌 자의 특권이지. 눈치챘는지 모르지만 대령은 나를 깔보는 듯했어. 그래서 복수를 조금 할 생각이야. 말을 찾았다는 말은 대령에게 하지 말아 주게."

"알았네, 자네가 허락할 때까지 입 다물고 있지."

"물론 이건 존 스트레이커를 죽인 범인을 찾는 문제에 비하면 아주 사소한 문제겠지만 말일세."

"지금부터는 그 문제를 집중적으로 파고들 생각인가?"

"아니, 오늘 밤 기차로 우리 둘 다 런던으로 돌아갈 거야."

나는 이 말에 깜짝 놀랐다. 덴버셔에 온 지 겨우 몇 시간밖에 지나지 않았고 수사는 아주 순조로웠다. 이런 상황에서 돌아간다는 것이 이해가 가지 않았다. 하지만 스트레이커의 집에 도착할 때까지 홈즈는 더 이상 아무 말도 해 주지 않았다.

"저와 왓슨은 오늘 밤 급행 기차로 런던으로 돌아가겠습니다."

홈즈가 거실에서 우리를 기다리고 있던 대령과 경감에게 말했다.

"덕분에 다트무어 황야의 신선한 공기를 한껏 누리다 갑니다."

경감은 놀라서 눈을 크게 떴고, 대령은 그럴 줄 알았다는 듯이 냉소로 입을 삐죽였다.

"그럼 스트레이커를 죽인 범인을 밝혀내는 일은 포기한다는 말로 이해해도 되겠지요."

대령이 말했다.

홈즈는 이 말에 어깨를 으쓱해 보였다.

"마음대로 생각하십시오. 아직 중요한 문제가 남아 있으나, 화요일 경주에 당신의 말이 출전하는 것은 변함없을 것입니다. 허니 기수나 준비하십시오. 그리고 스트레이커의 사진을 한 장 제게 주셨으면 합니다."

홈즈가 말했다.

경감이 서류 봉투에서 사진 한 장을 꺼내 홈즈에게 건네주었다.

"언제나 제가 필요한 것을 준비해 주시니 감사할 따름입니다. 잠시만 여기 기다려 주십시오. 하녀에게 몇 가지 물어보고 싶습니다."

"런던에서 오신 탐정 나리는 어째 이름값을 못 하시는 듯하군."

홈즈가 자리를 뜨자 로스 대령이 홈즈를 비난하기 시작했다.

"그가 오고 나서 나아진 게 하나도 없지 않소?"

"적어도 당신의 말이 경주에 출전할 수 있다는 확신을 얻지 않으셨습니까, 대령님."

내가 홈즈를 변호했다.

"확신만 하면 뭐합니까. 일단 말이 내 눈 앞에 없는 것을."

나는 이렇게 말하는 대령에게 뭐라 말하고 싶었지만 이내 홈즈가 돌아왔다.

"여러분, 이제 태비스톡으로 가시지요."

우리가 마차에 오르는 동안 젊은 마부가 문을 잡아 주었다. 그런데 홈즈가 갑자기 무슨 생각이 났는지 몸을 앞으로 내밀어 마부의 소매를 잡아당기며 물었다.

"목장에 양이 있는 것 같던데, 누가 돌보나?"

"제가 돌봅니다."

"최근 양에게 무슨 이상한 점 못 느꼈나?"

"아, 네. 뭐 별 것 아니지만, 양 세 마리가 다리를 절던걸요."

홈즈는 이 대답에 크게 만족한 듯 양손을 비비며 클클클 웃었다.

"찾았어! 찾았다고, 왓슨!"

홈즈가 내 팔을 잡으며 말했다.

"그레고리 경감, 양에게 이상한 현상이 일어났더군요. 마부, 이제 출발합니다."

로스 대령은 홈즈의 말을 무시하는 듯했지만, 경감은 무언가가 떠오른 듯 갑자기 얼굴이 파래졌다.

"그것이 중요하다고 보십니까?"

경감이 물었다.

"아주요."

"그 밖에 저희가 주의를 더 기울여야 할 것은 또 무엇이 있습니까?"

"그날 밤 개의 이상한 행동이겠죠."

"그날 밤 개는 평소와 다를 바 없었는데요."

"바로 그게 이상한 겁니다."

나흘이 지난 후 홈즈와 나는 웨식스 컵 경주를 관람하기 위해 윈체스터행 기차를 탔고, 역에는 약속했던 대로 로스 대령이 우리를 기다리고 있었다. 우리는 대령의 사륜마차를 타고 시의 변두리에 위치한 경마장에 갔다. 대령은 표정이 매우 어두웠고 우리를 대하는 태도도 왠지 모르게 어색했다.

"내 말은 어디 있는지, 원."

대령이 들으라는 듯 투덜거렸다.

"보면 알아는 보시겠습니까?"

홈즈가 이렇게 묻자 대령이 욱하며 말했다.

"경력 20년 차의 경마계의 큰손에게 그런 질문을 하다니! 게다가 실버 블레이즈는 은빛 이마와 오른쪽 앞다리의 반점 때문에 어린아이라도 쉽게 알아볼 것이오."

"그러시군요. 그나저나 내기는 어떻게 되어 갑니까?"

"흠, 그 점은 좀 이상하긴 하오. 어제는 분명 15대 1이었는데 점점 비율이 나빠져 지금은 3대 1도 어렵게 되어 버렸소."

"음! 낌새를 챈 사람이 있는 게 분명하군."

홈즈가 중얼거렸다.

마차는 곧 정면 스탠드 근처의 특별석에 멈추어 섰고, 나는 출마표를 올려다봤다. 출마표에는 이렇게 적혀 있었다.

웨식스 플레이트. 말 한 마리 당 등록비 50파운드. 4, 5세 말 출주.

1등 상금 1,000파운드. 2등 300파운드. 3등 200파운드.

새로운 코스 (1.6킬로미터 5펄롱)

1. 히스 뉴턴의 니그로 (빨간색 모자 / 황토색 재킷)

2. 워드로 대령의 푸질리스트 (분홍색 모자 / 파란색과 검은색 재킷)

3. 백 워터 경의 데스버로 (노란색 모자 / 노란색 소매)

4. 로스 대령의 실버 블레이즈 (검은색 모자 / 빨간색 재킷)

5. 발모럴의 아이리스 (노란색과 검은색 줄무늬)

6. 싱글퍼드 경의 래스퍼 (자주색 모자 / 검은색 소매)

"나는 다른 말을 출전시킬 수도 있었지만 당신 말을 믿고 참 았소."

홈즈에게 이렇게 말하던 로드 대령은 곧 깜짝 놀라 크게 소리 쳤다.

"아니! 이게 무슨 일이지? 실버 블레이즈가 우승 후보라니!"

"실버 블레이즈에 5대 4!"

경마장 안에 소리가 울려 퍼졌다.

"실버 블레이즈에 5대 4! 데스버로에 15대 5! 그밖에는 5대 4!"

경마장은 떠들썩했다.

"출마표가 나왔어요. 모두 여섯입니다."

내가 큰 소리로 일러 주었다.

"모두 여섯 마리라고? 그럼 내 말도 나오는 건가!"

대령이 흥분해서 소리쳤다.

"왜 검은 모자에 빨간색 재킷을 입은 기수가 안 보이는 거 야!"

"현재 다섯 마리가 나왔습니다. 이번에 나올 것 같아요."

내가 대답해 주었다.

그때 늠름한 밤색 말 한 마리가 계량소를 나섰다. 그리고 로 스 대령이 내세운 검은색 모자를 쓰고 빨간색 재킷을 입은 기수 가 그 말을 타고 관중석 앞을 천천히 달려 지나갔다.

"저건 내 말이 아냐! 몸에 흰 털이라고는 없지 않나! 이봐, 홈즈! 당신 대체 일을 어떻게 한 거요!"

대령이 흥분하며 말했다.

"어쨌든 경주를 지켜보지요."

홈즈는 침착하게 나의 쌍안경을 들고 경기에 집중했다.

"좋아! 스타트 좋은데! 왔다! 코너를 돌았군!"

홈즈가 소리쳤다.

말이 직선 코스로 들어서자 말을 더 자세히 볼 수 있었다. 여섯 마리의 말들은 카펫 한 장으로 가릴 수 있을 만큼 서로 붙어 치열하게 달리고 있었는데, 중간까지 메이플턴 마구간의 데스버로가 선두를 지키고 있었다. 하지만 말이 우리 앞을 지날 때는 데스버로의 속력이 많이 줄어들어 로스 대령의 말이 앞섰다. 그리고 6마신(*경마에서 말과 말 사이의 거리를 나타내는 단위. 말의 전체의 길이를 뜻하는 단어로도 쓰이며, 1마신은 말의 코끝에서 엉덩이까지의 길이이다.) 차이로 여유롭게 결승선을 넘었다. 발모럴 공작의 아이리스는 뒤늦게 3위로 들어섰다.

"어랏, 어쨌든 내가 이긴 경기 아닌가!"

대령은 한 손으로 눈가를 쓸어내리며 숨을 헐떡였다.

"하지만 아직까지 뭐가 뭔지 모르겠소. 홈즈 씨, 이제는 우리에게 뭐라도 좀 알려 줘야 하는 것 아니오?"

"그러지요, 대령님. 모두 말씀드리겠습니다. 자, 저리로 가십시다."

홈즈는 마주와 관계자만 출입할 수 있는 경기장 안으로 들어가며 말을 시작했다.

"이 말의 얼굴과 발을 알코올로 씻어 내면 곧 이 말이 실버 블레이즈라는 사실을 알 수 있을 것입니다."

"뭐라!"

"말이 어떤 사기꾼의 품에 있더군요. 오늘은 찾았을 때의 모습 그대로 달리게 해서 이렇게 되었습니다."

"놀랍군. 말이 아주 상태가 좋은 모양이오. 지금까지 봐 왔던 것보다 훨씬 더 컨디션이 좋아 보이니 말이오. 당신의 능력을 의심하고 있었던 것을 늦게나마 사과하오. 말을 찾아 주었으니 존 스트레이커를 죽인 범인도 잡아 주면 감사하겠소."

"벌써 잡았습니다."

홈즈가 담담하게 말했다.

대령과 나는 홈즈의 말에 너무 놀랐다.

"잡았다니! 그럼 그는 어디에 있소?"

"이곳에 있습니다."

"이곳이라니? 대체 이곳 어디에 있단 말이오?"

"지금 바로 이곳에 우리와 함께 있단 말씀입니다."

대령은 얼굴까지 붉히며 화를 냈다.

"탐정 양반, 말을 찾아 준 건 고맙지만 지금 날 놀릴 생각이오?"

셜록 홈즈는 크게 웃었다.

"대령님, 당신이 범인이라고 한 것도 아닌데 왜 그렇게 열을 내시는지 모르겠군요. 범인은 바로 당신 뒤에 있습니다!"

홈즈가 한 발 앞으로 나와 실버 블레이즈의 목에 손을 얹으며 말했다.

"실버 블레이즈가!"

나와 대령은 동시에 외쳤다.

"그렇습니다. 이 녀석이 바로 범인입니다. 말을 잠시 변호하자면, 이것은 완전한 정당방위였습니다. 존 스트레이커는 당신이 그렇게 신뢰할 만한 사람이 아니었습니다. 아, 종이 울리는 군요. 다음 경주에 돈을 조금 걸었는데, 자세한 설명은 경기 후에 드리도록 하겠습니다."

그날 밤 우리는 기차의 특별 칸을 타고 런던으로 돌아갔다. 나와 로스 대령에게는 이 여행이 아주 짧게 느껴졌다. 홈즈가 월요일 밤 다트무어 마구간 사건의 전말을 모두 들려주었기 때문이다.

"고백하자면……."

홈즈가 말했다.

"제가 신문기사들을 토대로 처음에 세웠던 추리는 완전히 빗나갔더군요. 맞는 단서가 분명 있었음에도 불구하고 다른 여러 가지 것들 때문에 그것을 놓쳤던 겁니다. 저는 피츠로이 심슨이 진범이라고 확신하고 덴버셔에 갔습니다. 물론 증거가 불충분했던 것도 큰 이유지만, 마차가 스트레이커의 집 앞에 도착해서야 겨우 양고기 카레의 중요성을 깨닫게 됐습니다. 모두 마차에서 내렸는데도 저 혼자만 잠시 딴 생각을 하고 있었던 것이 기억나십니까? 저는 그때 확실한 단서 하나를 놓쳤다는 생각에 잠시 멍해져 있었습니다."

"나도 고백을 하나 하자면, 나는 아직도 그 중요성이 뭔지 전혀 모르겠소."

대령이 말했다.

"그것은 제 추리의 첫 번째 고리였습니다. 분말 아편은 결코 맛이 이상하진 않지만 아편이라는 것을 알 수 있을 정도의 독특한 향이 있습니다. 보통 요리에 섞어 놓으면 누구라도 뭔가 이상하다는 것을 눈치챌 수 있지요. 하지만 카레는 워낙 자체의 향이 강하기 때문에 아편 냄새를 덮을 수 있습니다. 조교사 가족의 저녁 식단을 피츠로이 심슨이 마음대로 정할 수는 없습니다. 마침 카레 요리가 나오는 밤에 아편 분말을 가지고 왔다는 가정도 말이 안 되고요. 가족의 식사 메뉴를 결정하는 건 스트레이커 부부뿐입니다. 범인은 그날 밤 보초를 서는 마부 몫으로 덜어 놓은 접시에만 아편을 살짝 넣었을 겁니다. 그럼 하녀에게 따로 지시를 내리지 않아도 그 접시가 보초를 서는 마부에게 전달될 테지요. 그럼 부부 중 하녀가 눈치채지 못하게 그 접시에 접근할 수 있는 건 누구일까요? 이 문제를 풀기 전, 저는 그날 밤에 개가 짖지 않았다는 중요한 사실을 알게 되었습니다. 추리가 하나 성공하면 그 추리는 곧 두 번째, 세 번째로 이어지기 마련이지요. 심슨의 사건을 통해서 마구간에 개가 있다는 사실을 알았는데, 밤에 누군가 들어와서 말을 끌어내는데도 개는 2층의 두 마부가 잠을 깰 만큼 짖지 않았습니다. 그 밤에 말을 끌어낸 자는 분명 개가 잘 알고 있는 인물이었다는 확신이 들었습니다. 그런 이유로 저는 존 스트레이커가 마구간에서 실버 블레이즈를 끌어낸 사람이라고 확신했습니다. 하지만 무슨 의도였을까요? 당연히 나쁜 의도였을 겁니다. 그렇지 않으면 자신이 돌보는 말을 끌어낼 때 자신의 조수를 약으로 재울 필요가 없었을 테니까 말입니다. 하지만 전 이때까지도 그의 의도를 확실히 알 수 없었습니다. 사실 말의 조교사가 대리인을 고용하여 자신의 말이 승리하지 못하도록 조작하고 돈을 버는 것은 어제오늘 일이 아니지요. 자신의 말과 맞수인 말에게 돈을 건 뒤 기수를 매수하기도 하니까요. 이 사람은 어떤 수법을 썼을지 궁금했습니다. 저는 스트레이커의 주머니에서 나온 물건에 초점을 맞추었습니다. 그리고 제 예상이 맞았습니다. 죽은 스트레이커의 손에 들려 있던 특이한 단도 기억하시죠? 보통 사람은 그런 단도를 무기로 선택하지 않지요. 그 단도는 왓슨이 말한 대로 아주 정밀한 외과 수술에 사용하는 칼입니다. 그리고 그날 밤도 아마 복잡하고 정교한 수술이 계획되어 있었을 것입니다. 로스 대령, 경마에 대해서 경험이 풍부하니 아시겠지요. 말의 뒷다리 무릎 힘줄에는 겉으로는 아무 흔적도 남지 않게 피하 수술로 작은 상처를 낼 수 있습니다. 시술을 받은 말은 다리를 약간 절게 되지만 조교사들은 근육통이 생겼거나 가벼운 관절염이 있는 모양이라고 생각하지 다른 부정행위가 있다고는 의심하지 않습니다."

"이런 악당! 이런 불한당 같은 놈을 보았나!"

대령이 외쳤다.

"스트레이커는 말을 황야로 끌고 나가야 했을 겁니다. 말은 아주 민감한 동물이라 칼로 살짝만 상처를 내도 크게 소란을 피울 것이고, 그렇게 되면 잠에 곯아떨어진 하인들이 깰 테니까요."

"내가 한심했군! 그래서 초도 필요했던 거고 성냥도 발견된 거군!"

대령이 소리쳤다.

"그렇습니다. 한 가지 더, 그의 소지품을 조사하면서 저는 범행 방법뿐 아니라 범행 동기까지 파악할 수 있었습니다. 대령은 세상 돌아가는 이치를 잘 아시니 타인의 청구서를 주머니에 넣고 다니는 일이 흔치 않다는 것을 아실 것입니다. 그는 다비셔라는 이름으로 발행된 영수증을 하나 가지고 있었는데, 저는 스트레이커가 다른 곳에 여자가 한 명 더 있었으며 이중생활을 했다는 것을 알게 되었습니다. 청구서를 보면 그의 정부는 아주 사치스러운 여자였습니다. 대령이 스트레이커의 연봉을 아무리 높게 주고 있었다 해도 자신의 부인에게 20기니짜리 드레스를 사 줄 정도는 안 되었을 것입니다. 그래서 부인에게 지나가는 말로 드레스에 대해 물어보았지만 역시나 부인은 드레스의 주인이 아니었죠. 저는 스트레이커의 사진을 들고 드레스를 만든 의상실로 가, 다비셔라는 사람에 대한 미스테리를 간단히 해결했습니다.

범행 과정은 그리 어렵지 않게 풀 수 있었습니다. 스트레이커는 수술을 해야 했으므로 자신이 켜게 될 불빛이 눈에 띄지 않도록 저지대의 움푹한 곳으로 말을 데려갔습니다. 도중에 심슨이 돌아가다 떨어뜨렸을 스카프 넥타이를 주웠습니다. 말의 발을 묶는 데 사용할 요량이었을 것입니다. 움푹한 곳으로 들어간 후 스트레이커는 말의 뒤편에서 성냥을 그어 불을 켜려 했겠지요. 그런데 갑작스러운 불빛에 말이 놀랐을 테고, 자신에게 나쁜 일이 벌어질 것이라는 것을 직감하고 뒷발을 차 댔을 것입니다. 이때 편자가 스트레이커의 이마에 정통으로 맞은 것 같습니다. 그게 스트레이커의 사망 원인입니다. 스트레이커는 세밀한 작업을 하기 위해 비가 오는데도 우비를 벗어 덤불 위에 걸쳐 두었고, 말에게 머리를 맞아 쓰러지면서 들고 있던 칼로 자신의 허벅지를 찌르게 된 것입니다. 이제 확실하게 설명이 되었나요?"

"정말 대단하오! 마치 내가 거기 있었던 것 같이 설명하는구려."

대령이 감탄했다.

"확실한 단서를 얻은 곳은 따로 있었습니다. 스트레이커처럼 철저한 사람이 말 다리의 힘줄을 끊는 어려운 작업을 연습도 하지 않고 진행할 리 없다고 생각했습니다. 이 점이 계속 신경 쓰이던 차에 양이 제 눈에 들어왔고 마부에게 물어보니 제 추측이 맞았습니다. 양의 다리에 몇 차례 시험을 했던 거지요."

"아주 완벽하게 들어맞는군요!"

"런던 의상실에 가 보았더니 스트레이커는 비싼 드레스를 탐하는 사치스러운 아내를 둔 다비셔라는 이름의 사내로 또 다른 삶을 살고 있었습니다. 스트레이커는 이 사치스러운 정부 때문에 심각한 경제난을 겪고 있었고, 그 때문에 사건을 저지르게 되었던 거죠."

"모든 것이 설명되는군요. 그런데 말은 대체 어디서 발견하신 겁니까?"

대령이 물었다.

"실버 블레이즈 말씀이시군요. 그 녀석은 그렇게 범행 현장을 탈출했고, 근처에 있던 누군가가 우연히 발견해서 아주 잘 돌보

고 있었답니다. 이건 여기까지만 아시는 게 좋겠군요. 아, 벌써
클래펌 나들목입니다. 빅토리아 역까지는 10분도 안 걸릴 겁니
다. 대령, 괜찮으시다면 저희 집에서 담배라도 한 대 피우고 가
시지요. 다른 궁금한 것이 있으시다면 기꺼이 궁금증을 풀어 드
리겠습니다."

 너도밤나무 저택의 비밀

"예술 자체를 사랑하는 사람은 말이네, 왓슨."

셜록 홈즈가 광고 면이 펼쳐진 신문 〈데일리 그래프〉를 옆으로 던지며 뭔가 거창한 말을 하려는 듯 이렇게 운을 뗐다.

"하찮은 표현에도 큰 기쁨을 느끼는 경향이 있지. 그리고 자네는 이 사실에 딱 들어맞는 아주 좋은 예야. 자네는 내가 해결한 사건을 기록할 때 내가 유명해졌던 큰 사건보다는, 사건 자체는 작아도 내 추리력이 유난히 빛을 발했던 사건을 더 집중적으로 기록하고 있지? 그래, 그건 아주 마음에 들어, 하하."

"그런가, 홈즈? 고맙네. 하지만 내 글이 너무 자극적이라고 비판하는 사람도 많아. 뭐, 어쩔 수 없지."

내가 웃으며 대답했다.

"자네 글의 문제점은 바로 그거야, 왓슨."

홈즈가 불에 발갛게 달아오른 숯덩이 하나를 부젓가락으로 집어 올려 긴 벚나무 담배 파이프에 불을 붙였다. 홈즈는 명상을 그만두고 토론을 할 때면 언제나 사기 파이프 대신 벚나무 파이프를 사용했다.

"문제는, 자네가 글을 쓸 때 감성에 치우친 내용을 지나치게 많이 쓴다는 거야. 사실 제일 중요한 건 원인과 추리의 과정과 결과뿐인데 말이지. 이런저런 군더더기는 좀 자제하는 게 어때?"

나는 살짝 기분이 나빠지려 했지만 마음을 가다듬고 이렇게 대답했다.

"그래도 이야기를 왜곡한 적은 한 번도 없지 않은가."

나는 홈즈 스스로가 지향하는 냉철하고 유능한 탐정에 대한 자아상을 내가 십분 존중하고 있다는 것을 강조하기 위해 힘주어 말했다.

"왓슨, 나는 그저 내 일을 조금 엄격하게 취급해 달라고 요구하는 것뿐이네. 그리고 이건 범죄라는 것이 워낙 사회 전체의 일이고 어디에서나 누구에게나 일어나는 일이기 때문이네. 나를 위한 것이 아니란 말일세. 그러니 자네도 너무 사건의 이야기에만 빠지지 말고 사실과 추리 자체에 조금 더 초점을 맞춰 줬으면 하는 바람이야. 자네의 글은 사실을 소설로, 또는 강의를 이야기로 전락시켜 버리는 느낌이야."

홈즈는 내 성격의 장점과 단점을 잘 알고 있었다.

봄이지만 꽤 추운 어느 날 아침이었다. 홈즈와 나는 아침 식사를 마친 뒤 우리의 오랜 보금자리인 베이커가의 방 벽난로 앞에 앉아 이런 이야기를 나누고 있었다. 창밖으로 짙은 안개가 끼어 집들이 음침해 보였다. 맞은편 집의 창문은 소용돌이치듯 휘 감은 뿌연 안개 때문에 마치 검은 얼룩처럼 보이기까지 했다. 아 직 치우지 않은 식탁 위 하얀 식탁 보에 놓인 그릇들은 우리 방 에 켜진 밝은 가스등 불빛 덕분에 반짝거리고 있었다. 홈즈는 여 러 신문의 광고와 사설을 열심히 뒤지다가 마침내 포기한 듯 안 타까운 표정으로 내 글을 비판하고 있었다.

"하지만 말이지."

홈즈가 담배를 피우며 벽난로 속의 타오르는 장작불을 잠시 바라본 다음 말을 이었다.

"자네의 글이 자극적이라고 비판하는 것 또한 옳지 않아. 왜 냐하면 자네가 집중적으로 기록한 사건은 대부분 법률상으로는 범죄에 들어가지 않는 것이었으니까. 충분히 감정적으로 이야기 를 풀어 나가도 괜찮다는 말이지. 예를 들면 보헤미아의 왕을 도 우려고 한 장난이나, 메리 서덜랜드의 일도 그렇고, 또 삐뚤어 진 입술의 남자나, 귀족 독신남 사건 같은 것들 말이네. 또 내가 한 가지 느낀 점은 자네가 그런 비판에 몸을 사린 나머지 감상적 으로 쓰지 않으려고 노력하다가 글이 너무 평범해져 버린 것 같 단 말이네."

"그렇게 되었는지도 모르지. 하지만 원래부터 내가 쓰려고 한 것은 신기하고 흥미로운 것이니까."

"쳇, 누군가의 이를 보고도 방직공(*천을 짜는 사람.)이라는 것 을 알아채지도 못하고 누군가의 왼손 엄지손가락을 보고도 식자 공(*글을 베껴 쓰는 일을 하는 사람.)이라는 것을 알아보지 못할 사 람들이 분석이나 추리처럼 품격 높은 아름다움을 이해나 할 수 있을까? 신경 쓰지 마. 왓슨, 사실 큰 사건은 이미 일어날 대로 다 일어났어. 이렇게 말하는 내가 나쁜 놈일지는 모르지만 더 이상 불타는 모험심과 아찔한 창의성을 가진 범죄자가 나타나지 않는 것을 보게. 아, 이제 나는 잃어버린 연필을 찾아 주거나 기숙사 학교를 갓 졸업한 어린 아가씨에게 충고하는 일 따위를 하게 됐지. 그리고 오늘 드디어 그 바닥을 친 듯하네. 이것 좀 봐, 오늘 아침에 받은 편지인데 아주 기가 막히는군!"

나는 홈즈가 건네준 편지를 받아 읽었다. 어젯밤 몬태규 플레이스에서 온 편지였고 아래와 같은 내용이 적혀 있었다.

친애하는 셜록 홈즈 선생님께

가정 교사 자리를 제안받았습니다. 하지만 이 제안을 받아들여야 할지 아니면 거절해야 할지 고민하고 있습니다. 홈즈 선생님의 조언을 꼭 듣고 싶습니다. 괜찮으시다면 내일 아침 10시 30분에 방문하겠어요. 감사합니다.

바이올렛 헌터로부터

"원래 알던 아가씨인가?"
내가 물었다.
"웬걸."
"벌써 10시 30분인데?"
"그래, 지금 이 벨소리의 주인공이겠지."

"기분 상해하지 말게, 홈즈. 푸른 카벙클 사건 때도 처음에는 단순한 장난이라고 생각했는데 실제로는 엄청난 사건이었지 않나? 혹시 모르잖아? 이번 일도 그런 사건일지."

"그러면 오죽 좋겠나! 어쨌든 곧 알게 되겠지."

홈즈의 말이 끝나기도 전에 문이 열리고 젊은 여인이 들어왔다. 단정하고 검소한 차림새에 물떼새의 알처럼 주근깨가 많은 숙녀였는데, 생기 있고 현명해 보였다. 언뜻 나타나는 그녀의 자신감 넘치는 태도로 매우 독립적인 여성이라는 것을 짐작할 수 있었다.

"폐를 끼치는 것 같아 죄송해요."

그녀가 홈즈를 따라 들어오며 말했다.

"아주 이상한 경험을 했는데, 딱히 의논할 만한 사람이 없어 오게 되었답니다."

"아닙니다. 기다리고 있었습니다. 제가 도움이 될 수 있는 일이라면 기꺼이 그렇게 해야지요."

조금 전만 해도 투덜거리던 홈즈가 갑자기 아주 친절한 어조로 말해 나는 약간 놀랐다. 나는 그가 우리의 새 의뢰인에게서 무언가 발견했다는 것을 알 수 있었다. 홈즈는 분명 특유의 예리한 관찰력과 직감으로 몇 가지 정보를 알아냈을 것이다. 그는 눈을 감고 양손의 손가락 끝을 맞댄 채 이야기 들을 채비를 마쳤다.

"저는 스펜스 먼로 대령 댁에서 5년 정도 가정 교사로 일했습니다."

아가씨가 이야기를 시작했다.

"그런데 두 달 전쯤에 대령이 노바스코샤의 핼리팩스로 발령을 받아 아이들과 함께 이사를 가셨어요. 저는 일자리를 잃고 말았지요. 신문 광고를 내 보기도 했는데 쉽게 다른 일자리를 구할 수가 없었습니다. 그동안 저축해 둔 돈도 다 떨어져 가고 참 막막했답니다. 웨스트엔드에는 '웨스터웨이'라는 유명한 여성 전문 가정 교사 소개소가 있어요. 저는 일주일에 한 번 정도 그곳을 찾아 적당한 일자리가 나오는지 확인하고 있었어요. '웨스터웨이'라는 사무실 이름은 회사 설립자의 이름을 따서 지은 것이라고 했지만 지금은 스토퍼라는 분이 혼자 꾸려 가고 계세요. 스토퍼 씨는 직무실에서 업무를 보고 구직자들은 대기실에서 기다리다가 차례가 되면 들어가 상담을 하지요. 스토퍼 씨는 그동안 들어온 일자리를 장부에 적어 두고 각각의 손님에게 적합한 일자리를 찾아 알려 주세요. 계속 그래왔던 것처럼 저는 지난주에도 사무실을 방문했어요. 그런데 그날은 처음 보는 신사분이 계셨어요. 뚱뚱하고 턱과 목에도 살집이 두툼하게 붙은 인상 좋아 보이는 분이셨어요. 그분은 스토퍼 씨 옆에 앉아 코안경을 쓴 채 구직자들을 하나하나 유심히 살펴보고 계셨죠. 그런데 제가 들어가니까 그분이 갑자기 의자에서 벌떡 일어나더니 스토퍼 씨에게 이렇게 말씀하셨어요.

'이 아가씨가 좋겠군요.'

신사분은 흡족하다는 듯 손바닥을 비벼 대며 싱글벙글 웃으시더라고요.

'이 아가씨만 한 분을 찾는 것도 힘들겠소.'

성품이 너그러운 분처럼 느껴져서 저도 마음이 편했어요.

'아가씨, 일자리를 찾고 있지요?'

'예, 어르신.'

'가정 교사?'

'예.'

'급여는 어느 정도를 원하지요?'

'전에 있었던 스펜스 먼로 대령님 댁에서는 한 달에 4파운드를 받았습니다.'

'쯧쯧, 그렇게 짜게 주다니!'

신사분은 화가 난 듯 손을 내저으며 소리치셨어요.

'이렇게 교양이 넘치고 아리따운 아가씨에게 그것밖에 안 주다니, 정말 노랑이였나 보군!'

'저는 그렇게 교육을 많이 받지는 못했습니다. 불어와 독어를 조금 할 줄 알고, 음악과 미술을 조금······.'

제가 이렇게 대답했더니 그분이 다시 혀를 차며 이렇게 말씀하셨죠.

'쯧쯧, 그런 것은 별 문제가 아니오. 숙녀로서 얼마나 정숙한 태도와 인품을 갖췄는지가 중요하지. 만일 아가씨가 이런 것을 갖추지 못했다면 훗날 이 나라에 아주 커다란 업적을 남길 우리 아이를 가르치는 데 적합하지 않겠지요. 하지만 제대로 갖춘 분이라면, 보수가 적어도 세 자릿수는 되어야지요. 아가씨, 우리 집에서 가정 교사 일을 한다면 연봉으로 100파운드를 드리지요.'

홈즈 씨, 이런 조건의 일자리라니 사실 믿기지 않았어요. 그런데 신사분이 제 얼굴에 나타난 표정을 읽으셨는지 지갑에서 지폐 한 장을 꺼내시더군요.

'이건 내 방식이긴 한데 나는 급료의 반을 먼저 주는 습관이 있어요. 필요한 데 미리 쓰시오.'

그분은 두툼한 눈두덩 사이로 가늘게 보이는 눈에 미소를 흠뻑 띄운 채 이렇게 말씀하셨죠. 이렇게 너그러운 분이 또 있을까 하는 생각이 들었어요. 이미 여러 가게에 약간씩이지만 빚을 지고 있어서 선불로 임금을 받는다는 것은 행운이었죠. 하지만 섣불리 결정을 하기는 싫더라고요. 저는 조금 더 자세하게 알고 싶어서 여러 가지 질문을 했습니다.

'실례지만 댁은 어디신지요?'

'햄프셔 주에 있는 아름다운 시골 마을이에요. 윈체스터에서 약 8킬로미터 정도 떨어진 곳인데 집 역시 옛 분위기가 고스란히 남아 있지요.'

'제가 할 일은 무엇인가요? 미리 알면 준비를 할 수도 있으니까요.'

'어린 아이가 하나 있어요. 올해 여섯 살이 됐는데 좀 개구쟁이지요. 슬리퍼로 바퀴벌레를 잡기도 하는데, 아가씨께도 보여주고 싶군. 탁, 탁, 탁, 한 번에 한 마리씩, 세 마리를 아주 순식간에 잡아낸다오.'

신사분은 의자에서 몸을 젖힌 채 싱글벙글 웃으셨지요.

저는 어린아이가 너무 잔인하게 놀지 않나 하는 생각에 조금 놀랐어요. 하지만 웃으면서 말씀하시는 걸 보고 반쯤은 농담일 거라고 생각했지요.

'그 아이만 돌보면 되는 건가요?'

'그건 아니고, 또 한 가지가 있습니다. 이미 짐작하셨겠지만 내 아내가 부탁하는 일도 좀 해야 합니다. 그리 대단한 것은 아니고 그냥 이런 저런 간단한 일들 말이오. 괜찮겠소?'

'네, 그렇게 하겠습니다.'

'그리고 별다른 건 아니지만 우리가 옷 입는 것에 조금 유난스러워서……. 우린 나쁜 사람들이 아니라오. 우리가 옷을 주며 그걸 입어 달라고 한다면 그렇게 해 주겠소?'

그렇게 하겠다고 대답하긴 했지만 사실 조금 당황스러웠어요.

'그리고 또 어딘가에 앉아 달라고 부탁해도 괜찮겠지요?'

'네, 괜찮습니다.'

'그럼 혹시 우리 집에 오기 전에 머리를 좀 잘라 달라고 부탁해도 괜찮겠소?'

아, 홈즈 씨! 저는 그때만큼은 제 귀를 의심했어요. 머리를 잘라 달라는 말은 너무 터무니없었어요. 제 머리카락은 숱도 많고 예쁜 갈색이에요. 저는 그동안 머릿결이 좋다는 소리를 많이 들어 와서 머리를 유난히 아끼는 편이기도 하고요. 일자리 하나 때문에 소중한 제 머리카락을 자르고 싶지는 않았어요, 절대로.

'아……. 죄송하지만 그것만큼은 조금 어려울 것 같은데요.'

제가 말했습니다.

그랬더니 실눈을 뜨고 제 대답을 기다리던 신사분은 난색을 표하셨습니다.

'사실 머리가 가장 중요한 건데……. 아내의 취향이지요. 아가씨도 잘 아시겠지만 여성의 취향이란 참 맞추기 어려운 데다

맞춰 주지 않으면 애를 먹거든요. 정말로 머리는 못 자르나요?'

'네, 머리만은 조금 힘들 것 같습니다.'

저는 확실하게 제 의사를 표현했습니다.

그랬더니 그분이 이렇게 말씀하시더군요.

'그럼 할 수 없군요. 이야기를 여기서 끝낼 수밖에. 참으로 안타깝구려. 아가씨는 딱 제가 찾던 그런 분이었는데 말이지요. 스토퍼 씨, 다른 분을 계속 보지요.'

스토퍼 씨는 계약이 불발되는 것을 보고 무척 안타까워했습니다. 저도 저 나름대로 적지 않은 수수료를 계속 이렇게 없애는 것이 아닌가 하고 마음이 좋지 않았고요.

'그럼 구직자 명단에는 계속 등록해 놓을 건가요?'

스토퍼 씨가 제게 물었습니다.

'네, 그렇게 해 주세요.'

'아가씨도 참 대단하네요. 이렇게 좋은 자리를 단칼에 거절할 배짱도 있으시고.'

스토퍼 씨의 말에서는 가시가 느껴졌습니다.

'이런 좋은 자리가 또 날지도 의문이고 말예요. 어쨌든 그럼 오늘은 이만 돌아가세요.'

스토퍼 씨가 책상 위에 놓인 종을 흔들어 다음 구직자를 불렀고 저는 방을 나왔습니다. 하숙집에 돌아온 저는 먹을 것이 거의 없는 찬장과 공과금 청구서들을 보며 제가 괜한 허세를 부렸던 게 아닌가 하는 생각에 마음이 몹시 안 좋아졌습니다. 따지고 보면 신사분의 가족은 조금 유별난 취향을 가졌을 뿐이었어요. 그래서 가정 교사에게 그들이 원하는 것을 요구했을 뿐이었죠. 또 그에 맞는 높은 보수를 약속하셨기 때문에 크게 잘못된 것 같지도 않았어요. 영국에서 연봉 100파운드를 받는 여자 가정 교사는 거의 없습니다. 홈즈 씨도 아시지요? 그리고 생각해 보면 머리를 완전히 삭발하라는 것도 아니고 그저 좀 짧게 잘라 달라는 것뿐이었고, 어쩌면 짧은 머리가 제게 훨씬 더 잘 어울리지도 모르는 일이었어요. 다음날이 되자 제가 경솔했을지도 모른다는 생각이 더 커졌고, 또 그 다음날에는 제가 잘못했다는 확신마저 들었습니다. 저를 어쩌면 좋을까요? 저는 민망하긴 하지만 다시 소개소에 가서 아직 그 자리가 유효한지 물어볼까 하는 고민을 하고 있었어요. 그런데 그 와중에 글쎄, 그 신사분이 정중하고도 긴 편지를 보내셨지 뭐예요? 여기 가지고 왔으니 홈즈 선생님도 한번 읽어 봐 주세요, 네?"

친애하는 헌터 양에게

스토퍼 씨가 아가씨의 주소를 가르쳐 주었기에 이렇게 편지를 드릴 수 있게 되었습니다. 집에 돌아와 아내에게 아가씨 이야기를 했더니 아내가 아주 좋아하며 아가씨에게 꼭 저희 아이를 맡기고 싶다고 합니다. 그날 저의 요구가 일반적인 것이 아님을 잘 아는 바이기에 보상하는 의미에서 세 달에 30파운드, 그러니까 1년에 120파운드를 연봉으로 정했으면 합니다. 조금 특이한 요구 사항이긴 하지만 그다지 어려운 요구는 아니라는 생각이 듭니다. 아내가 좀 특별한 데가 있어 오전 중에는 집 안에서 푸른색 옷을 입어 달라고 할지도 모르겠습니다. 하지만 아가씨가 자비로 옷을 살 필요는 없고, 지금은 필라델피아에 가 있는 딸 앨리스의 옷이 이곳에 많으니 그것을 입으면 될 것입니다. 우리가 원하는 장소에 앉아야 하거나 어떤 게임을 해야 하는 경우도 있겠지만 그것 또한 전혀 어려운 것이 아닙니다. 머리카락은 저도 소개소에서 만났을 때 첫눈에 참 아름다운 머릿결을 가졌다고 느꼈을 정도이니, 정작 본인은 얼마나 아낄지 십분 이해합니다. 하지만 이 문제는 우리 부부가 양보할 수 없는 부분입니다. 이에 급료를 더 높게 측정하여 드리니 한번 잘 생각해 봐 주시길 바랍니다. 아이를 돌보는 것 또한 그리 어렵지 않은 일이니 긍정적인 결정 부탁드리겠습니다. 기차 시간을 알려 주시면 윈체스터까지 마차로 직접 마중을 나가겠습니다.

윈체스터 근처의 너도밤나무 저택에서
제프로 루캐슬 보냄

"홈즈 씨, 저는 이 일자리에 가기로 결정했어요. 하지만 일을 시작하기 전에 홈즈 씨의 의견을 꼭 듣고 싶어요."

"당신이 가겠다고 마음먹었다면 그래야 하겠지요."

홈즈가 얼굴에 미소를 머금고 말했다.

"하지만 거절하는 게 좋을지도 모르잖아요?"

"솔직히 말씀드리면, 만일 아가씨가 제 친동생이거나 가족이라면 찬성하진 않겠어요."

"그건 무슨 뜻이지요?"

"제가 정보가 많지 않아 현재로서는 확실하게 말씀드리지 못하겠습니다. 하지만 헌터 양도 뭔가 느끼는 게 있으니 이렇게 저를 찾아오신 거 아닐까요?"

"글쎄요, 한 가지 확실한 것은 루캐슬 씨가 아주 좋은 분이란 생각이 든다는 거예요. 생각해 봤는데 어쩌면 루캐슬 부인은 정신병자가 아닐까요? 그래서 그런 이상한 요구를 하는 거고요. 루캐슬 씨는 그 사실이 밖에 알려지면 부인을 정신 병원에 보내야만 할 테니 부인의 이상한 요구를 다 들어주며 사는 것일 수도 있어요."

"그럴 가능성도 있지요. 지금 상황만 본다면 그렇게 해석하는 것이 최선이겠지요. 하지만 어쨌든 그 집으로 가시는 건 그다지 추천하고 싶지 않습니다."

"아무래도 돈 때문에요, 홈즈 씨."

"네, 연봉이 너무나 좋군요. 하지만 그렇기 때문에 더 추천하지 않습니다. 40파운드의 연봉만으로도 충분한데 120파운드나 주면서 고용한다는 것은 그만한 이유가 있기 때문일 겁니다."

"홈즈 씨에게 미리 말씀드려 놓았으니 혹시라도 나중에 도움을 청하게 되면 더 잘 도와줄 수 있으시겠지요? 제가 그곳에 있다는 사실을 홈즈 씨가 알고 계신다는 것만으로도 마음이 놓일 것 같아요."

"네, 안심하십시오. 그럼 결정하신 대로 그 집으로 들어가시지요. 헌터 양의 이야기는 제가 지난 몇 달 동안 해결했던 일 중 가장 흥미로운 일이 될 것 같기도 합니다. 아주 기이하군요. 만일 수상한 일이 있거나 어떤 위험이 느껴지면……."

"위험, 위험이라고요? 제가 어떤 위험에 처할 것 같은가요?"

홈즈가 얼른 고개를 저었다.

"그것을 알면 위험이라고 이야기하지 않았을 겁니다. 하지만 밤낮을 가리지 말고 언제든 무슨 일이 생기면 전보를 치세요. 즉시 도우러 가지요."

"네, 정말 감사해요!"

헌터 양은 밝은 얼굴이 되어 의자에서 일어났다.

"저는 이제 편안한 마음으로 햄프셔로 갈게요. 루캐슬 씨에게 편지를 쓰고 머리를 자르고 내일 윈체스터행 기차를 탈 거예요."

그녀는 홈즈에게 작은 사례금을 내밀더니 종종걸음을 쳐 방을 나갔다.

"어리긴 하지만 적어도 제 몸 하나는 잘 지킬 수 있을 것 같아 보이는군."

그녀의 가벼운 걸음소리가 계단 밑으로 멀어지는 것을 들으며 홈즈에게 말했다.

"그래야겠지. 그런데 내 짐작이 맞는다면 분명 얼마 안 가서 무슨 연락이 올 걸세."

얼마 후 홈즈가 추측한 일이 벌어지고야 말았다. 그 뒤로 2주 동안 나는 그 숙녀가 나쁜 운명의 구렁텅이 속으로 들어간 게 아닌가 하는 염려에 그녀의 근황이 궁금해지곤 했다. 상식을 뛰어넘는 엄청난 보수에 줄줄이 붙은 이상한 조건, 가정 교사라는 본업은 별로 중시되지 않는 점. 모든 것이 정상적이지 않았다. 단순한 특이 사항인지 아니면 무슨 음모라도 있는 건지 의심스러웠다. 루캐슬이란 사람이 너그러운 부자일 뿐인지 어떤 거대 조직의 일원은 아닌지도 의심스러웠다. 홈즈 역시 이따금 눈썹을 찌푸리며 무언가를 생각하고 있는 듯 보였다. 하지만 내가 무슨 이야기를 꺼내려 들면 귀찮다는 듯이 손을 내저으며 이렇게 말했다.

"자료, 자료, 자료! 진흙도 없이 무슨 벽돌을 만들라는 거야!"

그러면서도 말끝에는 항상 이렇게 중얼거렸다.

"내 동생이었음 절대로 보내지 않았어."

한밤중에 전보가 하나 도착했다. 나는 잠자리에 들려는 참이었고 홈즈는 으레 밤을 새며 하던 화학 실험에 몰두하던 중이었다. 이런 경우, 내가 홈즈의 증류기와 시험관을 한번 쓱 들여다본 뒤 잘 자란 인사를 하고 잠이 들었다가, 다음날 아침에 와 보면 그는 여전히 같은 자세로 앉아 있곤 했다. 홈즈가 노란색 봉투를 뜯어 편지를 읽더니 나에게 넘기며 이렇게 말했다.

"브래드쇼(*여행 안내서의 이름.)에서 기차 시간을 좀 알아봐 주게."

그리고 홈즈는 다시 실험 기구에 눈을 돌렸다. 전보는 짧지만 긴박한 내용이었다.

내일 낮에 윈체스터의 블랙스완 호텔로 와 주세요. 더 이상은 안 되겠어요. 홈즈 씨가 와 주시길 부탁드릴게요.

― 헌터

"같이 가겠나?"

홈즈가 말했다.

"그러고 싶네."

"그럼 시간표를 알아봐 주게."

"9시 30분 기차가 좋을 것 같은데, 11시 30분 도착이고."

내가 시간표를 보며 말했다.

"좋아. 아세톤 분석 실험은 다음 기회로 미뤄야겠군. 쓸데없이 이런 데 에너지를 쏟을 순 없어."

다음 날 11시쯤 우리는 윈체스터에 거의 도착해 가고 있었다. 윈체스터는 잉글랜드의 옛 수도였다. 홈즈는 계속 조간신문을 읽는 데 몰두하다가, 햄프셔 주에 들어서니 그제야 신문을 옆으로 밀어 놓고 창밖 풍경에 눈길을 주었다. 완연한 봄이었다. 푸르른 하늘에 흰 솜이 둥둥 떠다니고 있었고 햇빛은 찬란했으며 상쾌한 산들바람이 불어왔다. 기분이 맑아지는 느낌이었다. 저 멀리로 앨더숏 마을을 둘러싸고 있는 언덕이 보였고, 주위로 빨갛고 흰 농가의 지붕이 언뜻언뜻 보였다.

"너무 상쾌하고 아름답지 않은가?"

내가 소리쳤다.

베이커가의 안개에 파묻혀 있다 나왔으니 오죽했겠는가.

하지만 이런 나를 보며 홈즈는 무겁게 고개를 저었다.

"그거 아나, 왓슨? 나 같은 사람에게는 소위 직업병이라는 게 있지. 무엇을 보든 자신이 하고 있는 일과 연관지어 생각하는 건데, 자네가 농가들이 띄엄띄엄 있는 전원 풍경을 보며 아름답다고 감탄하고 있을 때 나는 이곳이 너무 고립되어 있다는 생각을 하지. 은밀한 범죄가 일어나기에는 최상의 장소야."

"집어치우게! 이렇게 아름다운 풍경을 범죄 따위와 연관짓다니!"

내가 소리쳤다.

"이런 곳에서 설명할 수 없는 음탕한 기운이 감지되는 것은
어쩔 수 없어. 왓슨, 경험으로 얻은 확신인데 말이야. 아름다운
시골 마을이 으슥한 런던의 뒷골목보다 더 끔찍한 범죄의 현장
이 되는 경우는 흔해."

"겁 좀 그만 주게!"

"그 사실을 뒷받침해 주는 게 뭔지 아는가? 도시에는 사람들
사이에 여론이라는 게 형성되어 있어서 법의 손길이 미처 닿지
않는 사건이라 해도 범행을 압박할 수 있어. 범죄가 자주 벌어지
는 어두운 뒷골목에서 아이가 학대를 받아 울고 있다고 가정해
보세. 범인의 험악한 외침이나 아이 우는 소리라도 들리면 거리
를 지나는 사람 중 누군가가 그것을 말려 주겠지. 범인에게는 그
것은 옳지 못한 일이라고 훈계할 테고 말이야. 그리고 즉시 경
찰이란 권력에 신고를 할 것이네. 그럼 경찰은 범인을 잡아 처벌
하겠지. 반면에 이런 한적한 농가는 어떤가? 논밭은 끝없이 펼
쳐져 있고, 사람들은 그저 무지하고 선하지. 어디선가 끔찍하고
악랄한 범죄가 벌어지고 있다고 해도 사람들의 눈에 띄기란 모
래밭에서 바늘 찾기보다 더 힘든 일이야. 그 아가씨? 만일 아가
씨가 일하러 간 장소가 윈체스터이기만 해도 난 이렇게 걱정하
지 않겠지. 하지만 윈체스터에서 8킬로미터나 더 들어가야 한다
고? 그렇다면 아무것도 장담하지 못하네. 다행히도 아직 그녀에
게 신변의 위험이 닥친 것 같진 않지만 말이야."

"그렇지. 우리를 만나러 윈체스터까지 나온다는 것은 아직 다

친 곳도 없고 마음만 먹으면 도망칠 수도 있다는 뜻이겠지?"

"그래. 아직까지 행동에 제약은 없는 것 같아."

"그렇다면 무슨 일일까, 홈즈?"

"일곱 가지의 가능성이 있어. 지금까지 내가 알고 있는 사실을 토대로 가정해 본다면 말이야. 하지만 그 중 어느 경우인지는 그 아가씨를 만나기 전까지 알 수 없어. 저기 유명한 성당의 탑이 보이네. 곧 헌터 양을 만나게 되겠지."

블랙스완이란 호텔은 역에서 멀지 않은 곳에 있는, 마을에서 제일 유명한 호텔이었다. 헌터 양은 그곳에 도착해 있었다. 이미 방을 얻어 놓았으며 점심까지 준비해 놓았다.

"이렇게 와 주셔서 얼마나 기쁜지 몰라요! 아, 저는 정말 어떻게 해야 할지 모르겠어요, 홈즈 씨. 좀 도와주세요."

"무슨 일이 있었는지 말씀해 보시지요."

"그렇게 할게요. 하지만 루캐슬 씨에게 그저 잠시 나갔다 오겠다고, 3시까지 돌아오겠다고 약속했기 때문에 시간이 그리 많지 않아요."

"차례대로 있었던 일을 말해 봐요."

홈즈가 길고 마른 다리를 벽난로 쪽으로 뻗고 앉아 이야기 들을 준비를 하며 말했다.

"루캐슬 부부는 좋은 분들이신 것 같아요. 그것만은 확실해요. 하지만 저는 그들을 도저히 이해할 수가 없고 자꾸 불안해져요."

"어떤 점이 말입니까?"

"그런 일을 하는 이유 말이에요. 처음부터 들려 드릴게요. 제가 처음 이곳에 도착하니 루캐슬 씨가 이륜마차를 타고 마중 나와 계셨어요. 루캐슬 씨가 직접 마차를 몰아 함께 너도밤나무 저택까지 왔지요. 저택이 위치한 곳은 아름다웠지만 건물은 그렇지 않았어요. 회반죽을 발라놓은 사각형의 평범한 건물인 데다 관리도 소홀했는지 낡고 허름했어요. 주위에 다른 건물도 없고 삼면은 숲으로 둘러싸여 있었죠. 그 중 한 면은 사우스햄프턴 도로 쪽으로 풀밭이 나 있었고요. 집 앞쪽의 땅만 루캐슬 씨의 소유이고 나머지 세 방면으로 난 숲은 사우서튼 경의 사냥터라고 했어요. 정면 현관 바로 앞에는 너도밤나무가 많이 심겨져 있었는데 그 나무들 때문에 너도밤나무 저택이라는 이름이 붙었다고 했어요.

집에 도착해서 그날 저녁에 부인과 아이를 소개 받았는데 제가 그곳으로 가기 전에 했던 추측은 틀린 것이었어요. 부인은 말수가 적고 안색이 안 좋긴 했지만 정신병자는 아니었어요. 루캐슬 씨는 40대 중반 정도로 보였는데 부인은 아주 어린 분이었어요. 서른 살도 채 안 되어 보였어요. 말씀하시는 것을 들어 보니 루캐슬 씨가 7년 전쯤에 재혼을 하신 것 같더군요. 전 부인의 딸이 필라델피아에 가 있는데 분위기로 봐서는 새어머니와 지내기가 힘들어서 미국으로 간 것 같아요. 지금 그 딸의 나이는 스무 살이래요. 한창 사춘기였을 때 새어머니를 맞게 되어 여러 가지로 힘들었겠죠? 루캐슬 부인은 사실 안색뿐 아니라 성격도 그리 밝은 분이 아니었어요. 저는 루캐슬 부인이 싫은 건 아니지만 그렇게 좋지도 않아요. 하지만 한 가지 확실한 것은 부인이 자신의 남편과 자신이 낳은 아들만큼은 너무나 사랑하고 있다는 것이었어요. 그녀의 연회색 눈동자는 언제나 그들을 향해 있었고 그들에게 무슨 일이 있으면 말하기도 전에 재빨리 그들을 도왔어요. 루캐슬 씨도 허세나 위선이 없는 분이시니 부인에게 권위 의식을 보이거나 격식을 차리지 않으세요. 겉으로 보기에 부부는 별문제가 없어 보였죠.

하지만 얼마간 계속 그 집에서 생활해 보니 부인이 무언가를 숨기고 있을지도 모른다는 느낌이 들었어요. 슬픈 표정으로 오랫동안 생각에 잠겨 있거나 갑자기 눈물 흘리는 것을 몇 번이나 봤거든요. 저는 부인의 근심이 아이 때문이 아닐까 생각해 봤어요. 아이는 또래에 비해 체격은 작고 머리는 유난히 큰 아이예요. 그런데 정말이지, 그런 악동은 처음 봐요. 응석받이에 변덕도 심하고 심통을 부리는 데에는 누구도 따라갈 자가 없을 거예요. 게다가 동물이나 곤충을 학대하는 아주 끔찍한 취미가 있는데 쥐나 새, 곤충을 잡기 위해서 기발한 생각들을 해 내고 잡은 뒤엔 잔인하게 죽이죠. 아이의 이야기는 이 정도만 할게요. 별로 상관없는 얘기인 것 같아서……."

"아닙니다. 자세하게 다 말씀해 주세요. 상관없지 않을 수도 있으니 모두 말씀해 보세요."

홈즈가 말했다.

"중요하게 생각하는 것은 빠뜨리지 않을게요. 사실 가장 먼저 저를 불편하게 했던 것은 하인 부부의 태도였어요. 톨러라고 하는 바깥분은 머리가 희끗희끗한 남자예요. 거칠고 교양도 없는데다 항상 술 냄새를 풍기고 있어요. 하지만 루캐슬 씨는 별다른 조취를 취하지 않으시더군요. 아내는 키와 체격이 크고 늘 무뚝뚝한 얼굴을 하고 있어요. 루캐슬 부인 이상으로 정이 안 가는 사람이에요. 다행인 것은 저는 제 방이나 아이의 방에서 거의 시간을 보내는데 두 방이 건물의 가장자리에 마주 보고 있기 때문에 다른 사람들과 마주칠 일이 그다지 많지 않다는 거예요. 제가 저택에 도착한 후 첫 이틀은 별다른 일 없이 지나갔어요. 그런데 사흘째 되는 날 아침 식사 직후에 부인이 내려와 남편에게 뭐라고 속삭였고 루캐슬 씨는 알겠다고 대답하더군요. 그러고는 제게 이렇게 말했어요.

'헌터 양, 저희 때문에 머리까지 잘라 주셔서 참 미안하고 고맙게 생각합니다. 짧은 머리도 아주 잘 어울리시오. 오늘은 이전에 말했던 파란색 옷이 당신에게 어울리는지 한번 보고 싶군요. 당신 침대에 옷을 올려놓았으니 실례가 아니라면 오늘 그 옷을 한번 입어 보겠소?'

제 방으로 돌아와 보니 정말 파란색 원피스가 한 벌 놓여 있더라고요. 고급 소재의 원피스였지만 누군가 입던 옷이라는 것은 확실히 알 수 있었어요. 원피스는 신기하게도 제 몸에 너무나 완벽하게 맞았어요. 제가 그 옷을 입고 거실에서 기다리고 있던 부부에게 가니 그들은 호들갑을 떨며 기뻐했어요. 응접실에는 아주 큰 창 세 개가 있는데 그 중 가운데 창문 앞에 의자 하나가 놓여 있었어요. 루캐슬 부부는 저에게 그 의자에 앉아 보라고 했고 저는 그렇게 했어요. 그러자 루캐슬 씨가 응접실을 왔다 갔다 하며 저에게 아주 재미있는 이야기를 들려주기 시작했어요. 루캐슬 씨는 워낙에 입담이 좋은 분이세요. 저는 그 분의 이야기를 들으며 웃느라 나중에는 힘이 다 빠져 버릴 정도였답니다. 하지만 루캐슬 부인은 그 와중에도 웃음기 없는 얼굴을 계속 유지한 채 무릎에 두 손을 얹고 슬픔에 잠겨 계셨어요. 그렇게 한 시간쯤 거실에 있었는데 루캐슬 씨가 갑자기 아이에게 공부를 가르쳐야 할 시간이 되었다며 옷을 갈아입고 에드워드에게 가라고 했어요. 물론 저는 그렇게 했지요. 이틀 후, 똑같은 장면이 연출 되었어요. 저는 지난번처럼 옷을 갈아입은 채 창가 의자에 앉고 루캐슬 씨가 온갖 재미있고 진기한 이야기를 풀어 놓아 저를 파안대소하게 만드는 그런 장면 말이에요. 또 루캐슬 씨가 제게 뒷면이 노란 책을 한 권 주면서 제 그림자가 책에 드리워지니 살짝 돌려 앉으라고 말씀하신 다음, 그 책을 읽어 달라고 하시더군요. 10분 동안 책의 첫 단원을 중간까지 읽었을 거예요. 갑자기 루캐슬 씨가 이제 옷을 갈아입으라고 말하더군요. 당신은 이해할 수 있으신가요, 홈즈 씨? 대체 왜 이런 이상한 것을 제게 시킬까요? 주인 부부는 제가 창문 쪽을 바라보지 못하도록 신경 쓰는 듯했어요. 창문 밖에서 무슨 일인가 일어나고 있는 느낌이 들어 매우 궁금했지만 창밖을 볼 수는 없었죠. 하지만 결국 한 가지 방법을 생각해 냈어요. 바로 손거울이에요, 홈즈 씨. 그리고 다음번에 또 그런 것을 요구할 때 제 헌 손거울을 손수건에 감춰서 가지고 갔죠. 저는 루캐슬 씨의 이야기에 집중한 것처럼 재미있단 시늉을 하면서 몰래 거울로 창밖을 비춰 보았어요. 아무것도 보이지 않기에 실망했지요. 그래요, 적어도 처음에는 말이에요. 그런데 다시 자세히 보니 턱수염을 기른 작은 체구의 남자 하나가 회색 옷을 입고 사우스햄프턴 고가에 서서 이쪽을 쳐다보고 있는 것이 아니겠어요? 큰길이라 오고 가는 행인들이 많긴 했지만 그는 길을 오가는 사람이 아니었어요. 마당에 둘러쳐진 산울타리에 기대서서 저택을 뚫어지게 들여다보고 있었거든요. 제가 거울 보는 것을 잠시 멈추고 부인을 봤는데 부인은 저를 물끄러미 바라보고 있었어요. 아무 말도 하지 않으셨지만 분명 제가 손 안에 거울을 감추고 창밖을 조사하는 것을 눈치채셨을 거예요. 부인은 갑자기 일어나서 이렇게 말씀하시더군요.

'여보, 저 윗길에서 뻔뻔스런 남자 하나가 자꾸 헌터 양을 훔쳐봐요!'

'바이올렛 양의 친구는 아니겠지요?'

루캐슬 씨가 제게 이렇게 물으셨죠.

'아니에요. 저는 이 지역에 아는 사람이 하나도 없는걸요.'

'이런! 그렇다면 얼마나 뻔뻔스러운 놈인가! 뒤돌아서 저리 가라고 손을 흔드시오, 헌터 양!'

'모르는 체하는 것이 좋지 않나요?'

제가 물었죠.

'아니, 아니오. 버릇을 고치지 않으면 계속해서 찾아올 테지. 저쪽으로 돌아 이렇게 손을 흔들어 봐요.'

루캐슬 씨가 시늉까지 해 가며 제게 그 남자에게 손을 흔들라고 했어요.

저는 시키는 대로 뒤돌아 고가도로 쪽으로 손을 흔들었어요. 그리고 나자 부인이 즉시 커튼을 쳤지요. 2주 전이었어요. 그런데 이상하게 그 후로는 주인 부부가 제게 파란색 옷을 입고 창가에 앉으란 소리도 하지 않았고, 길가의 그 남자도 다시 보이지 않았어요."

"계속 들려주시죠. 이야기가 아주 흥미롭습니다."

"이제부터 드릴 말씀은 아무 상관없는 이야기일지도 모르지만, 어쨌든 말씀드릴게요. 너도밤나무 저택에 도착한 첫날, 저는 루캐슬 씨의 안내를 따라 부엌문 바로 옆에 있는 작은 창고로 갔어요. 그곳에 다가갔을 때 안에서 흔들리는 사슬 소리가 크게 들렸는데 루캐슬 씨가 판자 사이에 난 좁은 틈새를 가리키며 제게 이렇게 말했어요.

'거기로 들여다 보시오. 어떻소? 귀엽지 않소?'

제가 안을 들여다보니 어떤 물체가 번뜩이는 두 눈을 부릅뜬 채 웅크리고 앉아 있었죠. 사실 어두워서 잘은 보지 못했어요.

'두려워할 것 없소.'

루캐슬 씨가 놀라 뒤로 물러나는 저를 보고 웃으며 말했어요.

'마스티프(*영국이 원산지인 맹수 사냥용으로 사육되는 대형 싸움견.)인데 이름은 칼로라고 하지. 이 녀석을 다룰 수 있는 사람은 마부 톨러뿐이오. 하루에 한 번 먹이를 주는데 부족한지 언제나 바짝 독이 올라 있소. 밤이 되면 톨러가 사슬을 풀어 주는데, 저택 안으로 들어오는 수상한 사람을 보면 바로 물어 치명상을 입히죠. 그러니 바이올렛 양도 밤에는 무슨 일이 있어도 집 밖으로 나오면 안 되오, 죽을지도 몰라.'

아주 중요한 얘기였어요, 홈즈 씨. 이틀이 지나고 저는 새벽 2시쯤 별 생각 없이 침실 창문으로 바깥을 내다보았어요. 달이 밝게 뜬 밤이어서 앞마당의 잔디가 반짝반짝 빛났고, 밖이 아주 밝았어요. 고즈넉하고 청아한 경치라 저도 모르게 한동안 감상에 빠져 있었어요. 그런데 그때 너도밤나무 그늘 속에서 무언가 움직이는 게 보였어요. 그 움직임은 곧 그림자에서 벗어나 달빛 아래로 모습을 드러냈죠. 송아지만큼 큰 갈색 개였어요. 턱살이 늘어지고 코는 검었는데, 그 거대한 몸집이라니! 그 개는 어슬렁어슬렁 잔디 위를 걸어 반대편 너도밤나무 그늘로 들어갔어요. 등줄기로 식은땀이 흘렀어요. 어찌나 섬뜩하고 소름이 돋던지요! 아참, 그리고 또 이런 일도 있어요. 아시다시피 제가 런던에서 머리를 자르고 왔잖아요? 저는 자른 머리를 묶어 트렁크속에 넣어 왔어요. 이곳에 도착한 뒤 한동안은 간단한 것만 풀어놓고 지냈어요. 그러다가 짐을 완전히 풀어 정리하려고 방의 구석구석을 조금 자세히 살펴보았어요. 에드워드가 잠든 뒤 짬을낸 것이었죠. 낡은 서랍장이 하나 있었는데, 세 개의 서랍 중 위의 서랍 두 개는 금방 열렸고 비어 있었어요. 하지만 맨 아래 서랍만큼은 웬일인지 열쇠로 잠겨 있었어요. 하는 수 없이 위의 두서랍에 속옷을 넣었지만 수납공간이 모자라서 참 안타까웠어요. 저는 문득 마지막 서랍에 뭔가가 들어 있는 게 아닐까 하는 생각이 들었어요. 그래서 받아 놓은 열쇠 중에 서랍에 맞는 열쇠가있는지 보기로 했죠. 우연히도 맨 처음으로 넣어 본 열쇠가 딱그 서랍의 열쇠였어요. 그 속에 뭔가가 들어 있었는데 글쎄, 무엇인지 상상할 수 있으시겠어요, 홈즈 씨? 바로 잘린 저의 머리다발이었어요! 저는 그것을 꺼내 제 머리카락이 맞는지 살펴보았는데 특유의 갈색과 머릿결이 틀림없는 제 머리카락이었어요. 하지만 도저히 이해가 가지 않았죠. 제 머리 다발이 그 서랍 속에 들어 있다니요. 저는 떨리는 마음을 진정시키며 트렁크 가방을 열어 제가 런던에서 가져온 제 머리 다발을 찾아봤어요. 찾은

116

머리를 꺼내 두 개를 나란히 놓고 보니 두 머리 다발은 놀랍도록 똑같았어요. 색깔, 결, 길이까지도요. 아무리 생각해도 저와 낯선 머리 다발의 연관성에 대해 알아낼 수 없었어요. 그래서 하는 수 없이 서랍에 있던 머리 다발을 원위치에 넣어 두고 지금까지 아무에게도 말하지 않았어요. 잠겨 있던 서랍을 제가 마음대로 열어 발견한 것이니 떳떳하지는 않잖아요. 홈즈 씨, 벌써 눈치채셨을지도 모르지만 저는 원래 눈썰미가 좋은 편이에요. 그래서 저택의 구조를 빨리 파악했어요. 저택에는 평소에 전혀 쓰지 않는 듯한 별관이 있는데 톨러 부부가 지내는 쪽으로 나가면 그 건물로 가는 문이 있어요. 그 문은 언제나 자물쇠로 굳게 닫혀 있지요. 언젠가 루캐슬 씨가 열쇠 꾸러미를 들고 그곳에서 나오시는 것을 봤어요. 밝고 호탕한 분인데 그날은 얼굴이 벌겋게 달아오른 데다 이마의 주름이 더 깊게 패여 있었어요. 이마 옆 관자놀이 부분에는 굵은 핏줄까지 서 있어서 완전히 다른 사람 같았죠. 그는 문을 걸어잠그고 나서 저를 본 듯했지만 웬일인지 휙지나쳐 버렸어요. 그 후로 저는 궁금증이 생겨 에드워드를 데리고 정원에 산책을 나갔다가 일부러 그 건물의 창문이 보이는 곳까지 가 보았어요. 저도 참 호기심이 유별나긴 하지요? 건물에는 무척 낡은 네 개의 창문이 나 있었는데 그 중 세 개에는 먼지가 그득 쌓여 있었고 나머지 한 창문에는 덧창이 대어 있었어요. 저는 창문을 올려다보며 그 부근에 조금 오래 머물렀어요. 그런데 그때 루캐슬 씨가 평소의 밝은 얼굴을 되찾고 제 쪽으로 걸어오시더군요. 그리고 이렇게 말씀하셨어요.

'바이올렛 양! 아까는 내가 인사도 안 하고 지나갔지요? 다른

117

생각을 하느라 그랬지 뭐요.'

저는 괜찮다고 말씀드렸어요. 그리고 물었죠.

'그런데요, 이 건물에는 빈방이 많은가 봐요. 그 중 하나에는 저런 덧창까지 대어져 있네요?'

'나는 사진에 취미가 있죠. 저 방은 암실이라오. 그나저나 바이올렛 양은 눈썰미가 참 대단하시오. 우리 집에 이렇게 관찰력 뛰어난 사람이 있다니 영광이군요.'

루캐슬 씨가 이렇게 말씀하셨죠. 농담처럼 말씀하셨지만 저를 바라보는 그의 눈빛은 전혀 그렇지 않았어요. 당혹스러움과 경계심이 그득 찬 눈이었어요. 저는 그 방에 제가 알면 안 되는 무언가가 있을 것이라고 확신했어요. 그리고 그 후부터는 그것이 무엇인지 알고 싶어 견딜 수가 없었답니다. 제가 조사를 하면 무언가 사악한 비밀이 밝혀질 것만 같았어요. 흔히 여자의 직감은 무서운 것이라고들 하지요. 저는 유난히 더 직감이 강한 편이에요. 저는 그 비밀의 방에 대해 정말 알고 싶었어요. 그러다가 어제 드디어 좋은 기회가 찾아왔어요. 참고로 그 방을 드나드는 것은 루캐슬 씨뿐만이 아니었어요. 톨러 부부도 그 방을 드나들었죠. 톨러가 큰 자루를 들고 그 건물 안으로 들어가는 것을 본 적이 있거든요. 톨러는 근래에 술을 더 많이 마시며 지냈는데 어젯밤도 잔뜩 취해 있었죠. 제가 그 건물의 계단을 올라가 보니 문에 열쇠가 그대로 끼워져 있었어요. 술김에 열쇠 챙기는 것을 잊은 것이겠죠. 루캐슬 부부는 에드워드와 함께 즐거운 시간을 보내고 있었기 때문에 저는 안심하고 열쇠를 돌려 문을 열고 안으로 들어갔어요. 카펫도 깔리지 않고 벽에 벽지도 발리지 않은 짧은 복도가 나왔는데 끝에서 직각으로 꺾여 있었어요. 그 끝으로 돌아가 보니 방문 세 개가 나란히 나 있었죠. 맨 앞과 맨 끝 방은 문이 열려 있었는데 모두 음침한 기운이 느껴지는 아주 기분 나쁜 빈방이었어요. 한 방은 창문이 하나였고 다른 방은 창문이 두 개였는데, 창문들 사이로 저녁노을이 희미하게 비치고 있었죠. 가운데 방문은 닫혀 있었는데, 자물쇠로 잠겨 있었고 열쇠는 없었어요. 저는 이 문이 덧창이 달린 방의 문일 것이라고 확신했어요. 그런데 글쎄, 그 문 사이로 빛이 새어 나오지 않겠어요? 분명 덧창이 닫혀 있을 텐데 말이에요. 저는 혹시 천장에 창이 나 있나 싶었어요. 도대체 이 방에는 어떤 비밀이 있을까 하는 생각에 긴장이 되었어요. 그런데 갑자기 방 안에서 사람의 기척이 느껴졌고 문 틈 사이로 새어 나오는 빛 속에서 얼핏얼핏 사람 그림자가 보였어요. 제가 얼마나 놀랐는지 아세요, 홈즈 씨? 저는 두려움이 덜컥 밀려들어 정신없이 달리기 시작했어요. 마치 뒤에서 누군가 제 치맛자락을 잡고 쫓아오는 것 같았거든요. 복도를 지나쳐 겨우 건물 밖으로 나왔는데, 세상에나! 그곳에 루캐슬 씨가 떡 버티고 서 있는 게 아니겠어요? 저는 뜀박질을 멈추지 못하고 루캐슬 씨의 품에 부딪히고 말았죠.

'이런, 바이올렛 양이었군요. 문이 열려 있어 누군가 했소.'

루캐슬 씨가 미소를 지으며 말했죠.

'아, 너무 무서워요!'

제가 미처 숨을 고르지 못하고 말했어요.

'이런, 이런. 바이올렛 양. 이제 괜찮소.'

루캐슬 씨는 아주 다정하고 부드러운 말투로 저를 능숙하게 다독였어요.

'바이올렛 양, 뭐가 그리 무서운가요?'

하지만 이상할 정도로 다정했지요. 그는 저를 다독이는 체하는 것 같았어요. 이런 의심이 든 저는 조금 생각한 다음 이렇게 말했어요.

'바보같이 빈방에 들어갔지 뭐예요. 텅 비어 있으니 이상한 느낌마저 들더라고요. 겁이 나서 그대로 도망쳐 나오는 길이에요. 아, 아직까지도 진정이 안 돼요.'

'그게 단가?'

루캐슬 씨가 갑자기 저를 노려보며 날카롭게 물었어요.

'왜요, 무슨 말씀이세요?'

제가 물었어요.

'내가 이곳을 잠가 두는 이유가 뭐라고 생각하시오?'

'모르겠어요.'

'사람들이 쓸데없이 드나들지 못하게 하기 위해서요. 알겠소?'

그가 다시 미소를 지었고 말투도 다정해졌어요.

'모, 몰랐어요. 알았더라면…….'

'그래요, 이제 알았으니 됐어요. 하지만 다시 저 안에 발을 들여놓는다면…….'

다정한 미소가 순식간에 또 사라지고 악마 같은 표정으로 저를 노려봤어요.

'그런다면…… 그 개를 당신에게 풀어놓을 거야.'

이런 무시무시한 말이 또 어디에 있을까요. 저는 너무나 겁에 질려 그 다음에 어떻게 되었는지도 모르겠어요. 아마 그대로 도망쳐 제 방으로 돌아왔겠죠. 정신을 차렸을 때는 침대 위에 쓰러져 있었거든요. 온몸이 떨려 왔어요. 그때 홈즈 씨가 생각났어요. 믿을 사람이 아무도 없었고 하루도 더 그 집에 있을 수가 없었어요. 집도, 루캐슬 씨도, 루캐슬 부인도, 하인들도, 심지어는 아이까지 무서워요. 홈즈 씨만이 절 도와주실 수 있을 거라고 생각했어요. 물론 그냥 그 집을 떠나면 될 일이지만 두려움이 큰 만큼 저는 호기심도 큰 게 탈이에요. 그래서 더욱더 홈즈 씨에게 전보를 칠 수밖에 없었어요. 그렇게 일어나서 곧바로 집에서 1.5킬로미터 떨어진 우체국으로 가 전보를 쳤는데, 돌아올 때 얼마나 마음이 든든했는지 몰라요. 다시 집으로 돌아와 문 앞에 섰을 때는 혹시라도 루캐슬 씨가 개를 풀어놓지는 않았나 하고 걱정했지만 다행히 톨러가 취해 있었다는 사실이 떠올랐지요. 그 개를 마음대로 다룰 수 있는 사람은 톨러밖에 없다고 했으니까, 아마 루캐슬 씨 혼자 개의 사슬을 풀지는 않았을 거라고 생각한 거예요. 역시 별일은 없었어요. 그 후로는 홈즈 씨가 올 시간만을 오매불망 기다렸어요. 아침에 윈체스터에 잠시 볼일을 보러 다녀오겠다고 했더니 루캐슬 씨는 별다른 말 없이 허락해 주셨죠. 그래도 3시까지는 돌아가야 해요. 루캐슬 부부도 3시쯤 외출을 한다고 했으니 아이도 돌봐야 하고요. 홈즈 씨, 저는 다 이야기했어요. 대체 저는 어떤 집안에 들어가 있는 걸까요? 저는 앞으로 어떻게 해야만 좋지요?"

홈즈는 이 오묘한 이야기가 끝나자 의자에서 일어나 주머니에 두 손을 넣고는 심각한 얼굴을 한 채 방 안을 서성거렸다.

"톨러가 아직도 취해 있나요?"

그가 물었다.

"네, 톨러 부인이 남편을 자신의 힘으로는 어떻게 할 수 없다고 루캐슬 부인에게 말하는 것을 듣고 오는 길이에요."

"잘됐습니다. 루캐슬 부부는 오늘 밤 늦게 돌아오시고요?"

"네."

"혹 그 저택에 밖에서 완전히 봉쇄할 수 있는 지하 공간이 있나요?"

"네, 와인 창고가 있어요."

"헌터 양, 아가씨는 아주 용감하고 똑똑한 여성입니다. 큰 모험을 하나 해야 할 것 같은데, 동참할 의사가 있으신지요? 아가씨가 평범한 분이라면 아마 이번 일에는 빠져 달라고 했을 겁니다."

"네, 할게요. 어떤 모험인가요?"

"제가 오늘 저녁 7시에 왓슨과 함께 저택에 갈 것입니다. 루캐슬 부부도 돌아오려면 멀었을 테고 톨러도 술이 깨지 않았을 겁니다. 톨러 부인이 마음에 걸리니 적당한 핑계를 대어 그 사람을 지하실에 잠시 가두고 밖에서 자물쇠를 채워 주셨으면 합니다."

"네, 알겠어요."

"감사하군요. 그럼 이제부터 사건을 조금 연구해 볼까요. 지금 상황으로 봐서 가능한 건 딱 하나예요. 아가씨는 누군가를 대신해서 이곳으로 오게 된 거고 아가씨를 닮은 그 사람이 지금 밀실에 감금되어 있는 겁니다. 자, 그럼 감금당한 사람은 누구일까요? 아마도 지금 미국 필라델피아에 있다는 루캐슬 씨의 딸일 겁니다. 아가씨가 고용된 이유는 아가씨가 그 딸 즉, 앨리스 루캐슬과 키와 체격과 머리카락이 닮았기 때문입니다. 앨리스가 어떤 이유로 머리를 자른 상태였기 때문에 아가씨에게도 머리를 자르라고 했겠지요. 아마 무슨 병을 앓고 있었나 봅니다. 길에 서 있었다는 남자, 그 남자는 분명 앨리스의 애인 혹은 약혼자일 테지요. 당신을 앨리스처럼 보이게 꾸미고 재미난 이야기에 웃게 만들어 그 남자가 앨리스가 행복하게 살고 있다고 믿도록 했던 겁니다. 루캐슬 씨가 아가씨에게 손을 흔들어 가라는 손짓을 하라고 했다고요? 그 남자는 그 손짓을 보고 이제 앨리스가 자신을 보고 싶어하지 않는다고 생각했을 것입니다. 루캐슬 씨가 잔머리를 굴린 거지요. 밤마다 왜 그렇게 무시무시한 개를 풀어 놓았을까요? 남자가 몰래 들어와 앨리스와 만나는 것을 방지하기 위해서입니다. 그리고 이 사건에서 가장 중요한 것은 헌터 양이 별로 중요하지 않으며 상관없는 부분이라고 말했던 에드워드라는 아이의 성격입니다."

"응? 그 아이의 성격이 무슨 관계란 말인가?"

내가 놀라 물었다.

"왓슨, 의사인 자네가 언젠가 이렇게 말한 적이 있지? '아이의 성격은 그 부모의 성격과 아주 긴밀한 상관관계가 있다'고 말이네. 그렇다면 반대의 경우도 그렇지 않겠나? 아이의 성격을 통해 부모의 성격을 유추하는 것. 내가 경험한 것만 봐도 신빙성이 높아. 아이의 성격은 비정상적으로 잔인해. 내가 보기에는 아버지에게 물려받은 성격인 것 같은데 혹시 모르지, 그 어머니

일 수도. 하여간 이런 모든 정황을 종합해 봤을 때 지금 그 딸은 매우 위험해."

"맞아요! 홈즈 씨의 말을 듣고 보니 이제야 앞뒤가 맞네요. 자, 어서 가요!"

"그렇다고 서둘러서도 안 됩니다. 우리의 상대는 아주 교활한 남자입니다. 7시 전까지는 아무것도 하면 안 됩니다. 7시가 되면 저희가 저택으로 가겠습니다. 그때까지는 어느 것도 섣불리 하지 마십시오."

우리는 근처의 선술집에 이륜마차를 맡겨 놓고 약속대로 7시에 너도밤나무 저택에 도착했다. 헌터 양이 환하게 웃으며 돌계단 아래까지 우리를 마중 나와 있었다. 꼭 헌터 양이 나와 있어서가 아니라 노을빛에 찬란하게 반짝이는 너도밤나무 숲은 '이곳이 루캐슬의 너도밤나무 저택'이라고 말해 주는 문패 같았다.

"제가 일러 드린 대로 했나요?"

홈즈가 이렇게 물을 때, 나는 땅 밑 어딘가에서 쿵쿵거리는 소음을 들었다.

"톨러의 아내예요. 와인 창고에 가둬 놨더니 저러네요. 톨러는 주방의 깔개에서 코까지 골며 자고 있으니 한동안 일어나지 않을 거예요. 이게 톨러가 갖고 있던 열쇠고요. 루캐슬 씨가 갖고 다니는 것과 같은 거예요."

헌터 양이 대답했다.

"너무 훌륭합니다. 그럼 안내해 주시겠습니까? 음흉스러운 그의 행각이 곧 드러날 겁니다."

우리 일행은 계단을 올라가 문을 열고 복도를 지나 문제의 방에 도착했다. 문은 헌터 양의 말대로 쇠막대로 잠겨 있었다. 홈즈가 줄을 잘라 쇠막대를 제거했고, 열쇠 꾸러미에서 열쇠를 하나하나 자물쇠에 꽂아 보았다. 하지만 불행하게도 하나도 맞는 것이 없었다. 조용한 복도 안으로 우리 세 사람의 초조한 숨소리만 메아리쳤다.

"아직 시간은 많아. 헌터 양, 당신은 여기 있는 게 좋을 것 같습니다. 왓슨, 아무래도 문을 부숴야겠네."

홈즈가 굳은 얼굴로 말했다.

문은 원체 낡아서 나와 홈즈가 한꺼번에 달려들어 밀자 그대로 나자빠졌다. 우리는 재빨리 방으로 들어섰다. 하지만 예상과는 달리 그 방에는 개미 한 마리 없었다. 짚으로 만든 이불과 작은 탁자, 그리고 속옷이 담긴 바구니 하나가 덩그러니 놓여 있을 뿐이었다. 천장에 창이 나 있는 것 같다던 헌터 양의 짐작도 맞았다.

"빼돌렸어! 그자가 헌터 양의 낌새를 눈치채고 벌써 다른 곳으로 옮겼네!"

홈즈가 소리쳤다.

"어떤 방법으로?"

"저 천장이겠지. 어떻게 데리고 나갔는지 한번 볼까?"

홈즈가 천장으로 올라가 지붕으로 훌쩍 뛰어나갔다.

"그래, 이거였어!"

홈즈의 외침이 들렸다.

"사다리 하나가 처마에 세워져 있어!"

"음…… 하지만 이상한걸요. 루캐슬 씨 부부가 외출할 때는 사다리가 없었는데."

"중간에 돌아왔겠죠. 말했죠? 교활하고 빈틈없는 사람이라고. 이런, 계단에서 발소리가 들리는군요. 그 사람일 겁니다. 왓슨, 권총을 준비하게."

어느새 뚱뚱한 남자가 두꺼운 막대를 손에 쥔 채 문 앞에 서 있었다. 헌터 양이 그를 보고 비명을 지르며 벽에 달라붙었고 홈즈가 앞으로 나가 루캐슬 앞에 정면으로 섰다.

"악당이 오셨군! 당신의 딸을 어디다 감추었나?"

뚱뚱한 남자가 방 안으로 들어와 열려 있던 천장의 창문을 올려다보고는 이렇게 소리쳤다.

"그건 내가 물어봐야 할 것 같은데, 강도 양반! 자네는 이제 독 안에 든 쥐야. 절대 못 도망치지. 복수를 할 테다!"

이 말을 끝내자마자 그는 큰 소리를 치며 건물 밖으로 뛰어나갔다.

"앗! 개를 데리러 갔을 거예요!"

헌터 양이 놀라 소리쳤다.

"우리에겐 권총이 있으니 염려 말아요."

내가 말했다.

"아무래도 일단 건물로 통하는 문 자체를 닫아야겠어!"

홈즈가 이렇게 외치자 우리는 함께 계단을 뛰어 내려갔다. 우리가 현관에 도착했을 때는 이미 개의 으르렁거리는 소리가 선명하게 들려왔다. 그런데 어떤 고통스러운 비명 소리도 함께 들려왔다. 그 절규가 얼마나 크고 괴상하던지 등줄기에 소름이 쫙 끼쳤다. 그때 다른 한쪽에서 얼굴에 아직도 취기가 남아 있는

50대 남자 하나가 비틀거리며 걸어 나왔다.

"큰일이군! 대체 누가 개를 풀어놓은 거야! 그 개는 이틀이나 굶었어! 서둘러! 어서! 안 그럼 다 죽어!"

홈즈와 나는 재빨리 건물 뒤쪽으로 뛰었고 그 남자도 우리를 쫓아왔다. 그곳에는 참혹한 장면이 펼쳐져 있었다. 이틀 동안 굶주린 야생 개가 루캐슬의 목을 물고 있었던 것이다. 루캐슬은 괴성을 지르며 살려고 몸부림을 치고 있었다. 내가 개의 머리에 권총을 쐈지만 그 개는 제 주인의 살찐 목덜미를 놓지 않았다. 우리가 간신히 개를 떼어 놨을 때는 이미 루캐슬의 생명을 장담하기 어려웠다. 우리는 루캐슬을 저택 안으로 옮겨 소파 위에 눕히고, 너무 놀란 나머지 술에서 완전히 깬 톨러에게 부인을 불러오라고 말했다. 내가 응급 처치를 하고 있을 때 키 큰 여자 하나가 들어왔다.

"톨러 부인!"

헌터 양이 소리쳤다.

"그래요, 나예요. 주인님이 밖에서 돌아와 저를 꺼내 주셨죠. 헌터 양, 이런 일을 벌이기 전에 왜 내게 상의하지 않았나요? 그랬다면 상황이 이렇게까지 되지는 않았을 텐데 말이에요."

"그랬겠군요! 그래, 이번 일을 누구보다도 잘 알고 있었을 거야, 당신이라면!"

홈즈가 그녀를 날카롭게 쏘아보며 말했다.

"그렇죠. 이미 늦어 버렸지만 그래도 제가 아는 것을 다 말하겠습니다."

"그럼 이야기해 보시죠. 실은 나도 아직 완전히 다 파악한 것은 아니니 말입니다."

"와인 창고에 갇히지만 않았어도 조금 더 빨리 알려 드릴 수 있었을 텐데 안타깝네요. 저는 당신들과 같은 편이에요. 앨리스 아가씨 편이니까요. 경찰에서 조사를 한다면 더 확실하게 밝혀지겠죠."

톨러 부인이 말을 이었다.

"새어머니가 들어온 후 앨리스 아가씨는 불행한 나날을 보내야 했죠. 무시당했고 차별을 받았어요. 그래도 잘 버텨 주었어요, 우리 아가씨. 그러던 어느 날 아가씨는 친구분 댁에서 파울러란 분을 만났습니다. 그게 화근이었어요. 제가 아는 바로는 아가씨가 누군가에게 유산으로 꽤 많은 재산을 물려받았어요. 워낙 순하고 성품이 착한 분이라 모든 걸 아버지에게 맡기고 있었죠. 하지만 아가씨가 결혼을 한다면 이야기가 달라지겠죠. 사위가 유산에 대한 권리를 주장할 테니까요. 주인 나리는 어떻게든 그 돈을 지키고 싶으셨던 것 같습니다. 앨리스 아가씨의 결혼과 상관없이 돈에 대한 권리는 자신에게 있다는 각서를 만들어서명까지 받으려고 했지요. 하지만 앨리스 아가씨는 거절했어요. 그러자 주인 나리가 매일같이 아가씨를 괴롭혔습니다. 제정신으로 살 수 없을 만큼 괴롭혔습니다. 아가씨는 심신이 약해져서 죽을 만큼 아팠습니다. 그렇게 시달렸으니 오죽했겠어요? 한 달 반 동안이나 앓던 아가씨는 겨우 살아났지만 살이 다 빠졌고 머리카락도 다 잘라 내야 했죠. 결혼을 약속한 파울러 씨는 아가씨를 사랑하기는 했지만 방법이 없었습니다."

"아, 거기까지만 말씀해 주셔도 됩니다. 다음부터는 제가 알

고 있습니다. 루캐슬 씨가 극단적인 방법으로 감금을 선택했겠
죠?"

"그래요."

"런던에서 헌터 양을 데려온 것은 여전히 앨리스를 잊지 못하
는 파울러를 아예 떼어 내려는 속셈이었고요?"

"정확합니다."

"파울러는 건실한 뱃사람이 으레 그렇듯 뚝심이 강한 사내라
항상 집 주변을 떠나지 못했을 테죠. 그러다 당신과 안면을 트게
됐고 파울러와 당신이 아가씨를 구하기 위한 동맹을 맺었겠죠."

"파울러 씨는 다정하고 착한 신사분이지요."

톨러 부인이 진심으로 말했다.

"당신은 남편이 늘상 술에 취해 있도록 해 달라는 것과 루캐
슬 부부가 외출할 때 사다리를 놓아 달라는 부탁을 받았을 겁니
다, 그렇지요?"

"에그, 어떻게 아셨을까."

"톨러 부인, 죄송했습니다. 그리고 감사합니다. 덕분에 확실
하게 알지 못했던 부분을 모두 다 이해할 수 있게 되었습니다.
곧 루캐슬 부인과 의사가 당도할 것이네. 왓슨, 상황이 애매하
니 우리는 이만 철수하세. 헌터 양과 함께 윈체스터로 가지."

바로 이것이 너도밤나무 저택의 비밀이었다. 루캐슬은 다행
히 살아났지만 그의 삶은 완전히 망가졌다고 한다. 그의 어린 부
인이 시중들고 있어 그나마 버티는 것일 테다. 그들은 여전히 톨
러 부부를 집에 두었는데 이 부부가 루캐슬의 과거를 전부 알고
있으니 다른 곳으로 내쫓는 것이 오히려 나중에 문제가 될 것 같

아 그리하지 않았을까 싶다. 파울러와 앨리스는 너도밤나무 저택을 떠났고 사우스햄프턴에서 결혼했다. 나는 앨리스 양이 지금쯤 인도양의 모리셔스 섬에서 공무원으로 일하는 남편과 함께 행복하게 지내고 있을 것이라고 믿어 의심치 않는다. 홈즈는 사건이 끝나고 나서는 바이올렛 헌터 양에게 도무지 관심을 두지 않아 나에게 약간의 실망감을 안겨 주었다. 그녀는 현재 월솔(* 영국 잉글랜드의 중서 지방 월솔 보로에 있는 마을.)에서 사립 학교의 교장이 되었다. 좋은 교장 선생님이 되었으리라 믿는다.

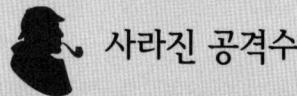 사라진 공격수

홈즈와 함께 베이커가에서 오래 지내다 보면 사건을 제보하거나 의뢰하는 전보를 수도 없이 받는다. 그래서 웬만큼 놀랍고 이상한 내용이 아니면 놀라지도 않게 된다. 하지만 7, 8년 전 스산했던 2월의 어느 아침에 받은 전보는 아마 절대로 잊을 수 없을 것이다. 전보를 읽은 홈즈는 너무나 당황한 나머지 15분 동안이나 말을 잇지 못했다. 아래는 전보의 내용이다.

나를 기다려 달라. 끔찍한 사태. 내일 경기에 없어선 안 될 스리쿼터백(*럭비 경기에서의 후위 공격수.) 실종됨.

— 오버튼

"스트랜드의 10시 36분 발송 소인이 찍혀 있어."
홈즈가 전보를 다시 읽으며 내게 말했다.

"오버튼 씨가 굉장히 흥분한 상태에서 전보를 친 모양이군. 횡설수설하는 것을 보니. 내가 〈타임즈〉를 다 읽을 때쯤이면 도착하시겠군. 그때까지 기다려 보세. 그렇지 않아도 조금 지루하던 참이었는데 이럴 때는 작은 문제라도 달가운 법이지."

홈즈의 말처럼 우리는 그 시기에 일이 별로 없었다. 나는 간간이 찾아오는 그런 비수기가 두려웠다. 왜냐하면 지금까지 내 친구를 겪어 본 바에 의하면 그의 두뇌는 비정상적으로 활발히 움직이고 있는데, 그 움직임의 원동력이 떨어지면 다른 것을 찾기 때문이다. 나는 오랜 공을 들여 그의 경력에 치명적인 오점을 남길 수도 있는 약물 중독 증세를 치료했다. 이제 그는 일상 속에서는 자극제를 찾지 않았다. 하지만 나는 홈즈의 약물 의존증이 완전히 사라진 것이 아니라 잠시 잠들어 있다는 것을 알고 있었다. 그런 악마의 잠은 아주 얕아서, 나는 홈즈의 얼굴이 굳어지거나 그의 눈에 수심이 어리기 시작하면 악마가 다시 기지개를 켜고 있음을 눈치챘다. 나는 전보를 보낸 오버튼이라는 사람에게 진심으로 감사했다. 오랫동안 지루하고 자극이 없는 상태를 견디기 힘들어 하는 홈즈에게 이 사건은 다시금 두뇌를 움직일 기회가 될 터였다. 그리고 홈즈의 몸에서 고개를 쳐들려던 악마는 다시 몸을 움츠리고 말 것이었다.

예상했던 대로 전보가 도착한 지 얼마 되지 않아 전보의 주인도 베이커가에 도착했다. 케임브리지대학의 트리니티 단과대학 소속 시릴 오버튼이라는 명함을 건넨 그는 강단 있는 뼈대에 근육이 잘 발달한 거구의 청년이었다. 그의 떡 벌어진 어깨가 양쪽 문설주에 닿을 정도였다. 그는 의외로 미남이었으며 순수해 보였다. 그는 마음고생을 많이 했는지 해쓱한 얼굴로 우리를 차례로 바라봤다.

"셜록 홈즈 씨?"

"네."

홈즈보다 한참 어린 청년이었지만 홈즈가 고개를 숙이며 의뢰인을 맞이했다.

"아, 홈즈 씨! 저는 지금 런던 경찰청에 가 홉킨스 경위님을 만나고 오는 길입니다. 그분이 선생님을 추천해 주셨습니다. 사건의 성격상 정식 경찰보다는 홈즈 씨가 해결해 주시는 것이 더 빠를 것 같다고 말입니다."

"이쪽으로 와 앉으시죠. 그리고 무슨 일인지 차근히 말해 보세요."

"홈즈 씨, 이건 정말 있어서는 안 되는 일입니다! 제 머리를 보십시오, 그 사이 새하얗게 세지 않았습니까? 고드프리 스탠턴, 아마 홈즈 씨도 아실 거예요. 우리 팀의 심장이나 마찬가지인 친구 말입니다. 저는 우리 팀에서 다른 선수 둘을 뺐으면 뺐지, 스리쿼터 라인(*럭비 경기에서 후위 공격수들이 배치되는 지점.)의 고드프리는 절대 빼지 않을 것입니다. 패스면 패스, 태클이면 태클, 드리블이면 드리블, 아무도 그 녀석의 발꿈치도 못 따라갑니다. 게다가 녀석은 머리도 좋고 팀원을 이끄는 능력도 뛰어납니다. 저희 팀은 이제 어떻게 되는 걸까요? 제발 알려 주십시오. 무어하우스라는 후보 선수를 두긴 했지만 그 친구는 하프백(*럭비에서 포워드와 스리쿼터의 중간에 위치하는 경기자.)으로 훈련받았기 때문에 항상 스크럼(*럭비 경기에서 공격진용의 8명이 공을 중심으로 둘러싸 만들어지는 진영.) 쪽에서만 이동하려고 합니다. 무어하우스는 플레이스킥(*럭비 경기에서 공을 땅에 놓고 차는 것.)을 잘하긴 하지만 판단력도 부족하고 달리기도 많이 취약합니다. 옥스퍼드 팀의 모튼이나 존슨처럼 잘 뛰는 선수들과 붙는다면 도저히 상대가 되지 않습니다. 반면 스티븐슨은 뛰기는 잘 뛰는데 25미터 선에서의 드롭킥을 잘 못합니다. 이런 상황에서는 아무 쓸모가 없는 선수지요. 홈즈 씨, 만약 당신이 고드프리 스탠턴을 찾아 주지 못한다면 우리는 이대로 끝입니다."

홈즈는 중요한 대목이 나올 때마다 커다란 손으로 자신의 무릎을 내리쳐 가며 격렬하게 분노하고 절박함을 드러내는 오버튼을 바라보며 이야기를 경청했다. 의뢰인이 이야기를 마치자 홈즈가 손을 뻗어 'S'라는 글자가 붙은 책을 책장에서 꺼냈다. 그리고 책을 뒤졌으나 결국 아무것도 찾아내지 못했는지 이렇게 말했다.

"찾아보니 문서 위조의 세계에 혜성같이 등장했던 아서 H. 스탠턴, 그리고 교수형을 당한 헨리 스탠턴, 이것뿐이야. 고드프리 스탠턴이란 이름은 참으로 생소하군요."

의뢰인이 믿기지 않는다는 듯 눈을 크게 뜨고 홈즈를 바라봤다.

"저는 선생님이 다 아실 줄 알았는데! 정말 고드프리 스탠턴을 모르십니까? 그럼 저 시릴 오버튼도 모르시겠군요?"

홈즈가 빙긋 웃으며 고개를 저었다.

"이럴 수가!"

의뢰인이 소리쳤다.

"저는 잉글랜드 대 웨일즈 경기의 후보 선수였고 케임브리지 대학팀 주장입니다. 아니, 저는 그렇다 치더라도 어떻게 영국에 고드프리 스탠턴을 모르는 사람이 있을까요! 케임브리지, 블랙히스, 그리고 그 외 다섯 개 국제 대회의 주인공을 모르다니요! 홈즈 씨, 대체 어디서 살다 오신 분입니까?"

거구의 젊은이가 순진한 눈을 뜨고 놀라니 홈즈가 귀엽다는 듯 웃었다.

"오버튼 군, 당신은 저와 전혀 다른 세계에 살고 있군요. 아마 그쪽이 훨씬 더 건강하고 좋은 세계겠죠. 나는 사회 각계각층에 관심을 두고 있지만 지금까지 영국에서 가장 멋지고 건전한 아마추어 스포츠의 세계와는 일할 기회가 한 번도 없었습니다. 오늘 아침에 당신이 찾아온 걸 보니 내가 드디어 그런 세계에도 발을 들여놓게 된 것 같아 기쁘기 그지없군요. 이제 무슨 일이 일어난 건지 내 도움이 왜 필요한 건지 조금 작은 목소리로, 조금 천천히, 자세히 들려주었으면 합니다."

오버튼의 얼굴에서 두뇌보다는 근육을 쓰는 일에 더 익숙한 사람 특유의, 설명에는 자신이 없다는 곤혹스러운 표정이 얼핏 일었다. 그리고 잠시 뒤 그는 이야기를 시작했다. 그는 말주변이 없는 편이어서 어떤 부분은 반복하기도 했고 어떤 부분은 잘 알아들을 수가 없었다. 나는 이 기록에서 그런 것은 적지 않겠다.

"이야기를 시작하자면, 일단 아까 말씀드린 대로 전 케임브리지대학 럭비팀 주장이며 고드프리 스탠턴은 저희 팀에서 가장 우수한 선수입니다. 내일은 저희 팀과 옥스퍼드와의 대결이 있는 날입니다. 그를 대비해 우리는 어제 모두 벤틀리에 있는 한 호텔에서 합숙을 시작했습니다. 강도 높은 훈련 후에는 충분한 수면이 필수이기 때문에 저는 어젯밤 10시에 선수들의 방을 돌며 모두 잠자리에 들었는지 확인했습니다. 하지만 웬일인지 고드프리가 자지 않고 있더군요. 그래서 그와 몇 마디 이야기를 나누었습니다. 얼굴이 창백해서 무슨 일이 있는 것이 아닌가 물어보았지만 그저 가벼운 두통 때문이라고 대답하더군요. 저는 고드프리에게 잘 자란 인사를 하고 방을 나왔어요. 그런데 30분쯤 후에 호텔 안내인이 와서 턱수염을 기른 한 사내가 편지를 들고 고드프리를 찾아왔다고 말했습니다. 고드프리가 잠자기 전이라 직접 편지를 전해 주었는데 편지를 읽던 고드프리가 글쎄 도끼에 머리를 얻어맞기라도 한 듯이 털썩 주저앉아 버렸답니다. 안내인이 걱정이 되어 주장인 나를 부르겠다고 했지만 고드프리는 한사코 말렸다고 합니다. 고드프리는 물을 한 모금 마신 뒤 아래층으로 내려갔고, 로비에서 기다리고 있던 편지를 가져온 남자와 몇 마디 이야기를 나누더니, 그 남자와 함께 그대로 호텔을 나가 버리더랍니다. 그리고 그 남자와 함께 스트랜드 방향으로 다급하게 뛰어가는 모습이 안내인이 본 고드프리의 마지막 모습이었습니다. 오늘 아침, 고드프리가 묵고 있던 방에 가 보니 방은 비어 있고 침대에는 사람이 잔 흔적도 없었습니다. 하지만 고드프리가 사용하던 물건들은 그대로였어요. 그 녀석은 낯선 남자의 편지를 받고 호텔을 나갔고 그 뒤로 실종된 것입니다. 제 예감으로는 그가 다시 돌아올 것 같지 않아요. 녀석은 절대 제멋

대로 훈련장을 이탈하고 주장을 배신할 그런 놈이 아닙니다. 무슨 중대한 이유가 있고 그 때문에 떠난 겁니다. 아주 말이죠. 우리는 그를 두 번 다시는 볼 수 없겠지요."

홈즈는 이야기를 집중해서 들었다.

"그래서 다음에는 어떻게 했지요?"

"혹시나 하는 마음에 케임브리지로 전보를 쳤고 답장을 받았습니다. 고드프리를 본 사람은 아무도 없었습니다."

"그가 케임브리지로 돌아갈 방법은 있었나요?"

"네, 11시 15분에 출발하는 야간 기차가 있었습니다."

"하지만 당신이 알아본 바에 의하면 스탠턴 군이 그 기차를 탄 것은 아니다?"

"네, 그를 본 사람이 없습니다."

"그 다음은 어떻게 했나요?"

"마운트제임스 경에게 전보를 쳤습니다."

"마운트제임스 경? 왜 그 사람에게 연락을 했지요?"

"사실 고드프리는 고아입니다. 제일 가까운 친척이 바로 마운트제임스 경입니다. 삼촌이라고 알고 있습니다."

"마운트제임스 경이라면 영국에서 손꼽히는 자산가인데, 이거 새로운 사실을 알았군요."

"네, 고드프리에게 언뜻 그렇다고 들은 것 같습니다."

"삼촌이라면 꽤 가까운 친척이군요."

"네, 고드프리가 상속자인 것으로 알고 있습니다. 그분은 연세가 여든 가까이 되신 데다 통풍이 심하다고 들었습니다. 그리고 당구를 칠 때 초크 대신 통풍으로 생긴 결절에서 나온 고름으로 당구대 끝을 문지를 정도로 지독한 구두쇠라고 합니다. 이제 껏 고드프리에게 단 1실링도 주지 않았다고 들었습니다. 결국에는 전 재산이 그 친구에게 가겠지만요."

"마운트제임스 경에게서 답장이 왔나요?"

"아닙니다."

"마운트제임스 경이 그 친구의 행방을 알고 있을 것이라고 생각한 이유는 무엇인가요?"

"고드프리가 어젯밤에 걱정이 있어 보였고 만일 그게 돈 문제였다면 돈이 많은 삼촌을 찾아갔을 수도 있겠다고 생각했습니다. 물론 여태까지 삼촌이 도움을 준 적은 없었다고 했지만 혹시 모르지 않습니까? 사실 고드프리는 그 영감을 그다지 좋아하지 않았습니다. 하지만 정말 어쩔 수 없는 상황이었다면 삼촌에게 가지 않았겠습니까?"

"글쎄, 스탠턴 선수가 마운트제임스 경에게 갔다는 것은 늦은 밤 그를 찾아온 손님이나 그가 읽고 몹시 혼란스러워했다는 편지와 별로 연관이 없어 보이는군요."

"아아! 도대체 뭐가 뭔지 하나도 모르겠습니다. 대체 그는 이런 중요한 시점에 어디로 가 버린 걸까요?"

시릴 오버튼이 두 손으로 머리를 쥐어짜며 괴로워했다.

"자, 마침 내가 한가하니 기쁜 마음으로 이 일을 조사해 드리죠. 아마도 당신은 그 선수 없이 경기 치를 준비를 해야 할 것 같습니다. 당신도 말했듯이 그 선수가 그렇게 사라진 데에는 어떤 커다란 이유가 있는 것 같으니 말입니다. 자, 호텔로 가서 안내인에게 또 다른 이야기를 들어 봅시다.”

홈즈는 순진한 증인을 안심시키는 데 탁월한 재능을 가지고 있었다. 이번에도 홈즈는 고드프리 스탠턴의 빈방에서 유일한 증인인 호텔 안내인으로부터 들을 수 있는 말을 모조리 끄집어 냈다. 안내인의 말에 따르면 그날 밤 찾아온 낯선 손님은 신사도 서민도 아닌, 그저 중산층으로 보이는 남자였다. 반백의 턱수염을 기른 쉰 살쯤 되어 보이는 얼굴에 수수한 옷차림이었다고 했다. 그의 증언에 따르면 고드프리는 물론이고 그 남자도 몹시 당황한 상태였다고 한다. 안내인에게 편지를 건네주는 손이 부들부들 떨리고 있더란 것이다. 고드프리 스탠턴은 편지를 주머니에 쑤셔 넣고 로비로 내려가 인사도 악수도 하지 않고 곧바로 그 남자와 몇 마디의 짧은 대화를 나누었다고 한다. 안내인이 들었던 말은 ‘시간’이란 단어 하나였다. 그들은 곧 급하게 호텔을 뛰쳐나갔고 그때 안내인이 언뜻 봤던 시계는 10시 30분을 가리키고 있었다고 한다.

“어디 보자, 자네는 주간 근무인가?”

홈즈가 스탠턴이 사용하던 침대에 걸터앉으며 말했다.

“그렇습니다, 선생님. 밤 11시에 근무가 끝납니다.”

“그 후 야간 담당자는 뭐 별다른 걸 못 봤다고 하나?”

“제가 들은 바로는 그렇습니다. 제가 퇴근한 후 밤늦게 극단 사람 한 명이 왔던 것 말고는 아무도 오지 않았답니다.”

“어제는 하루 종일 근무했나?”

“네, 그렇습니다요.”

“스탠턴에게 온 우편물이 있었나?”

"전보 한 통이 왔습죠."

"아, 그랬군. 그게 몇 시였나?"

"한 6시쯤 됐을 겁니다."

"전보가 왔을 때 스탠턴 군은 어디에 있었지?"

"이 방에 있었습죠."

"전보를 뜯을 때 자네도 옆에 있었나?"

"예, 선생님. 혹시 답장을 전해 받아야 할지도 몰라서 기다렸습죠."

"그래, 답장을 쓰던가?"

"예. 답장을 썼습니다."

"자네에게 주었고?"

"아닙니다. 스탠턴 씨가 그걸 들고 직접 나가셨죠."

"하지만 자네는 그가 쓰는 것을 보긴 했지?"

"예. 저는 문 앞에 있었고 그분은 탁자 쪽으로 등을 돌리고 답장을 쓰시더군요. 그런 다음에 '됐습니다. 이건 내가 직접 부칠 겁니다.'라고 말씀하셨고요."

"편지를 무엇으로 쓰는지 보았나?"

"펜으로 쓰시던데요."

"탁자 위에 있던 전보용지에 썼고?"

"예, 선생님. 맨 윗장에 쓰셨지요."

홈즈가 몸을 일으켜 전보용지를 들고 창가로 가서 맨 윗장을 오래 살펴보았다.

"연필로 썼으면 좋았을 것을, 안타까운 일이야."

홈즈가 실망한 표정으로 어깨를 으쓱하더니 전보용지를 탁자에 던져 놓았다.

"왓슨, 자네도 알겠지만 연필 자국은 뒷장에 흔적이 잘 남거든. 행복하던 부부들이 그것 때문에 많이 갈라서게 되지. 하지만 이렇게 살짝이나마 뒷장에 흔적이 남아 있는 걸 보면 다행히도 그 선수는 적어도 촉이 굵은 깃펜으로 쓴 것이 틀림없어. 그래, 바로 이거야!"

홈즈가 압지 한 장을 떼어 내 어떤 문자를 보여 주었다.

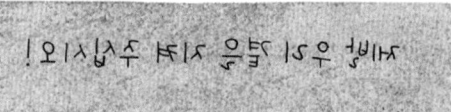

"그걸 거울에 비춰 보면 되겠군요!"

오버튼이 흥분하여 외쳤다.

그가 소리쳤다.

"뭐, 그럴 필요까지야. 종이가 얇아 뒤집으면 다 보이는 것을. 이것을 보시죠."

홈즈가 이렇게 말하며 압지를 뒤집었고 우리는 그 글씨를 제대로 볼 수 있었다.

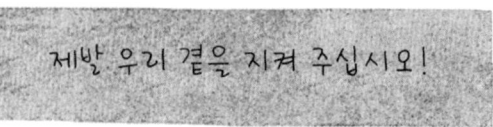

"이것이 고드프리 스탠턴이 사라지기 몇 시간 전에 보낸 전보의 마지막 부분입니다. 우리가 볼 수 없는 단어가 적어도 여

섯 개는 더 있을 것입니다. '제발 우리 곁을 지켜 주십시오!'라니……. 이 말은 그 선수가 커다란 위험에 맞닥뜨렸다는 사실과 함께 그를 지켜 줄 사람이 어딘가에는 있다는 것을 알려 주고 있군요. 그나마 다행입니다. 여기에 '우리' 라는 단어는 적어도 이 일에 관련된 사람이 한 명 이상이라는 것을 말해 주고 있기도 하고요. 아마 안내인이 봤다던 창백한 얼굴에 턱수염을 길렀다는 그 사내일 겁니다. 그도 위험을 알고 있었기 때문에 그렇게 불안에 떤 것이겠죠. 절체절명의 위기를 맞은 두 사람이 이토록 간절한 요청을 보낸 사람은 대체 누구일까? 여기까지가 지금 우리가 알아낸 사실입니다."

"그 전보가 누구에게 전해졌는지만 알아내면 되겠군."

내가 말했다.

"그렇지, 왓슨. 좋은 결론이야. 나도 이미 생각해 봤는데 말일세, 만약 자네가 우체국 직원인데 어떤 사람이 가서 타인이 보낸 전보의 기록을 좀 보여 달라고 부탁한다면 보여 줄 수 있겠나? 이런 문제에는 언제나 행정상의 걸림돌이 끼어 있지. 하지만 내가 생각해 낸 작은 꼼수를 활용한다면 아무 탈 없이 문제를 해결할 수 있을 것 같네. 어쨌든 오버튼 군, 탁자 위의 서류를 조사해 봐야겠군요."

탁자 위에는 여러 통의 편지와 영수증, 그리고 수첩이 있었고, 홈즈는 익숙한 자세로 그것을 조사하기 시작했다.

"별거 없긴 하군요."

조사를 마친 홈즈가 말했다.

"그런데 그 친구 혹 어디 아픈 데가 있었나요?"

"무쇠처럼 튼튼한 친구입니다. 경기 중에 정강이를 차여 쓰러진 적도 있었고 무릎을 삔 적도 있었지만 그는 아무 일 없다는 듯 훌훌 털고 일어나서 경기를 치르곤 했습니다."

"아마 당신이 모르는 게 있었을 것입니다. 그 친구는 보이는 것처럼 건강하지 않았던 것 같군요. 병을 앓았지만 숨기고 있었던 것 같습니다. 괜찮으시다면 여기 서류 중 한두 개를 제가 가지고 갔으면 합니다. 조사에 필요할 것 같군요."

"어허, 지금 뭐하는 겐가!"

짜증 가득한 목소리로 누군가 고함을 쳤다. 고개를 돌려 보니 방문 앞에 괴상하게 생긴 키 작은 노인 하나가 몹시 노여운 표정을 하고 서 있었다. 나이가 많기 때문인지 몸이 떨리고 있었다. 그는 빛바랜 검정색 외투에 챙이 넓은 중산모를 쓰고 흰색 넥타이를 느슨하게 매고 있었다. 꼭 시골의 목사나 장의사 같았다. 하지만 초라하고 시골뜨기 같은 외모와 달리 그의 카랑카랑한 목소리에서는 뭔지 모를 위엄이 느껴지기도 했다.

"대체 누군데 남의 서류에 손을 대는 건가?"

"사립 탐정입니다. 실종된 고드프리 스탠턴 선수를 찾으려고 조사 중이었습니다."

"오, 탐정이라고? 대체 누가 당신에게 일을 맡긴 게지?"

"스탠턴 군의 친구인 이 청년이 런던 경찰을 거쳐 제게 사건을 의뢰했습니다."

"자네는 누구지?"

"시릴 오버튼입니다."

"오호라, 그럼 내게 전보를 친 게 바로 자네군. 내가 바로 마운트제임스스네. 그래, 자네가 탐정에게 일을 의뢰했나?"

"예, 어르신."

"비용을 지불할 능력은 되고?"

"고드프리를 찾게 되면 그가 지불할 것이라고 생각합니다."

"만약 못 찾으면? 말해 보게!"

"그렇다면 아마 그의 가족 중 누군가가……."

"그런 일은 절대로 일어나지 않네, 젊은이!"

그 왜소한 노인이 소리 질렀다.

"나에게서 1페니라도 나올 줄 아는가! 정신 차리게! 탐정 양반, 당신도 똑똑히 알아 두는 게 좋을 걸세. 고드프리의 가족은 나 하나뿐이고 나는 책임지지 않을 생각이란 말이지. 그 아이가 유산을 조금이라도 상속받게 된다면 그것은 내가 이런 쓸데없는 데 돈을 낭비하지 않은 덕분이지! 그리고 지금 막 결정한 사항인데 나는 그 아이에게 내 재산을 한 푼도 물려주지 않을 것이오. 탐정 양반, 당신이 제멋대로 들쑤시고 있는 서류 중에 뭔가 중요한 것이 있을 수도 있으니 거기에서 뭐가 나왔는지, 어떻게 이용했는지 모두 나에게 보고하도록 하시오."

"그렇게 하지요."

홈즈가 대답했다.

"그런데 어르신은 조카분이 사라진 것에 대해 혹시 짚이는 것이 없으십니까?"

"그런 건 없소이다. 고드프리는 이미 장성한 청년이오. 그 아이가 길을 잃을 정도의 바보라면 나는 그 아이를 찾는 일을 조금도 도와주고 싶은 마음이 없군."

"어르신의 마음을 충분히 알겠습니다."

이렇게 말하는 홈즈의 눈에는 왠지 장난기가 어려 있었다.

"하지만 어르신은 제 생각을 이해하지 못하시는군요. 고드프리 스탠턴은 매우 가난한 학생 같더군요. 그런 가난한 학생을 납치했다면 분명 돈 때문은 아니겠지요. 하지만 어르신의 부는 외국에까지 소문이 났을 정도로 엄청나지요. 강도들이 어르신을 협박하거나 혹은 어르신의 재물에 대한 정보를 빼낼 요량으로 조카분을 납치했을 가능성이 매우 높을 듯싶습니다만."

순간 노인의 얼굴이 그가 매고 온 넥타이처럼 하얗게 질렸다.

"이럴 수가! 아니 탐정 양반, 무슨 그런 끔찍한 추리를 하는 게요! 상상조차 하지 못할 말이외다. 아무리 말세라지만 그렇게까지 나쁜 놈은 없소. 게다가 고드프리는 아주 착한 아이오. 심지가 곧은 아이지. 무슨 일이 있어도 이 늙은 삼촌에게 해가 되는 짓을 하지는 않을 아이오. 이런. 오늘 당장 금괴를 은행으로 옮겨야겠군. 탐정 양반! 이 일을 최대한 잘 조사해 주시오. 그 아이를 찾을 때까지 철저한 조사를 해 준다면 그 대가로 5파운드, 아니 10파운드까지는 수고비를 지불해 드리리다."

구두쇠 영감은 이렇게 홈즈에게 우호적으로 돌아선 뒤에도 우리에게 별로 도움이 되지 못했다. 왜냐하면 조카의 사생활에 대해서 전혀 아는 바가 없었기 때문이다. 우리가 가진 유일한 증거는 전보의 일부뿐이었고, 홈즈는 그것을 다른 메모에 베껴 적은 후 호텔을 나왔다. 노인도 집으로 돌아갔고, 오버튼도 경기에 대비할 방법을 모색하기 위해 발길을 돌렸다.

호텔에서 가까운 곳에 우체국이 있었는데 홈즈와 나는 우체국 앞에 멈춰 서서 계획을 세워 보았다.

"왓슨, 시도는 해볼 수 있지 않은가? 물론 영장이 있다면 좋겠지만 그럴 단계는 아니고. 이 지점은 바쁜 곳이니 직원들이 사람들의 얼굴을 다 기억하지는 못할 거야. 시도나 한번 해 보세."

홈즈가 우체국 안으로 들어가 창구 너머에 앉은 젊은 여직원에게 이렇게 말했다.

"실례합니다만 제가 어제 전보를 보낼 때 작은 실수를 한 것 같습니다. 아직 답장을 받지 못했는데 아무래도 제가 제 이름을 적지 않은 것 같아서요. 확인해 주실 수 있으신지요?"

"몇 시쯤 보내셨는데요?"

여직원이 물었다.

"6시가 조금 넘었을 겁니다."

"받는 사람을 누구로 넣으셨나요?"

"마지막 말을 '지켜 주십시오.'라고 썼습니다만."

홈즈가 이렇게 속삭였다.

"이것 같은데요, 이름을 쓰지 않으셨군요."

직원이 창구 위로 전보를 펼쳐 올려놓으며 말했다.

"아, 역시 그것 때문이었군요! 이런 멍청이 같은 짓을 하다니! 좋은 하루 되십시오, 아가씨. 감사합니다."

거리로 나와 홈즈가 신이 난 듯 두 손을 비비며 큭큭대고 웃었다.

"대체 뭔가?"

내가 물었다.

"왓슨, 일이 잘 풀릴 것 같아. 나는 직원이 이렇게 정통으로 보여 줄지 몰랐어. 그저 직원이 확인하는 과정에서 어떻게 하면 훔쳐볼 수 있을까 고민했네. 그 방법도 무려 일곱 가지나 생각해 두었는데 다 필요 없게 되었지 뭔가. 하하!"

"어떤 걸 알아냈나?"

"어디서부터 조사를 시작해야 할지 알아냈어."

홈즈는 지나가던 마차를 불러 세웠다.

"킹스크로스 역으로 가 주십시오."

"기차를 탈 것인가?"

"그래. 어서 케임브리지로 가야만 해. 모든 정황들이 그쪽을 가리키고 있네."

"말해 보게."

내가 덜컹이는 마차 안에서 물었다.

"실종 원인에 대해 뭔가 감을 잡은 건가? 수많은 사건을 해결했지만 이렇게 사건의 시작이 안개에 싸인 적은 처음이네. 정말로 어떤 놈이 돈 많은 삼촌의 정보나 캐자고 유명한 럭비 선수를 납치하진 않았을 테고 말이야."

"솔직히 그럴 가능성은 거의 없지. 구두쇠 영감의 태도를 바꾸기 위해 생각해 낸, 가능성이 제일 낮지만 일반 사람들이 생각하기에는 가장 그럴 듯한 가정이었을 뿐이야."

"효과 만점이었지. 그러면 자네가 진짜 알고 있는 것은 뭔가, 홈즈?"

"몇 가지 예상되는 것이 있지. 이번 사건이 중요한 경기 전날 일어났다는 사실과 사라진 사람이 팀의 승리에 결정적 역할을 하게 될 선수라는 사실은 우연이든 아니든 눈여겨봐야 할 사실이야. 아마추어 스포츠는 본래 경기에 내기를 걸지 않지만 장외에서는 수많은 사람들이 내기를 하는 것이 현실이네. 경마 도박을 하는 자들이 경주마에게 해를 입히는 것처럼 누군가 선수에게 부상을 입히려 했을 수도 있어. 가능성이 높아. 또 다른 가능성 하나는 그 선수가 막대한 자산가의 상속자이기 때문에 현재로서는 가난하다 할지라도 훗날 받을 재산을 노리거나 아니면 그 선수의 몸값 자체를 요구하기 위해 납치했을 경우야."

"하지만 그럼 전보는 대체 누구에게, 무엇 때문에 보낸 거지?"

"바로 그걸세. 우리가 조사해야 할 단 한 가지지. 증거물은 오직 전보 하나이고. 우리는 그것에 집중해야만 해. 지금 케임브리지로 가는 이유도 그때문일세. 아직까지는 안개 속에 있지만 저녁 때까지는 문제가 완전히 해결되거나 적어도 상당히 진척되어 있을 거라고 믿네."

우리는 얼마 후 유서 깊은 대학의 도시, 케임브리지에 도착했다. 해는 이미 져 있었다. 홈즈는 마차를 잡아탄 뒤 레슬리 암스트롱 박사의 집으로 가자고 했고, 우리는 곧 번화가에 있는 커다란 저택 앞에서 내렸다. 우리는 집 앞에서 꽤 오랜 시간을 기다린 뒤에야 겨우 집 안으로 안내를 받았다. 암스트롱 박사는 서재의 책상 앞에 앉아 있었다. 내가 레슬리 암스트롱이라는 이름을 알지 못했다는 사실은 내가 얼마나 오랫동안 전공 분야에서 떨어져 지냈는지를 실감케 했다. 그는 케임브리지대학교 의과대학의 원로 교수이며 의료 과학의 여러 분야에서 유럽 전역에 걸쳐 명성을 떨치고 있는 학자였다. 이런 이력을 알지 못한다 해도 그의 크고 각진 얼굴과 짙은 눈썹, 그리고 그 아래 자리 잡은 깊은 눈동자, 화강암 같은 강인한 턱은 그에게서 어떤 권위와 엄숙함을 느끼게 했다. 깊고 진지한 성격이며, 이성에 따라 행동하고 절제하며 금욕적인, 과묵하고 무뚝뚝하여 다가가기 힘든 사람. 이것이 내가 판단한 레슬리 암스트롱 박사의 첫인상이었다. 그는 홈즈의 명함을 받아 들고 떨떠름한 표정으로 우릴 바라봤다.

"셜록 홈즈, 당신의 이름을 들어본 적이 있지. 그리고 당신이 무엇을 하는 사람인지도 잘 아오. 어떤 일이 있어도 좋게 봐 줄 수 없는 직업이지."

"박사님이 만일 그렇게 생각하고 계시다면 이 나라에서 일어나는 모든 범죄를 찬성한다는 뜻이 됩니다."

홈즈가 점잖은 목소리로 말했다.

"그대의 노력이 범죄율을 낮추는 데 일조하고 있다면 나를 포함한 지식인들의 지지를 받고 있었을 테지. 물론 나는 범죄율을 낮추는 일은 경찰로도 충분하다고 판단하네. 탐정이란 범죄율을 낮추기보단 개개인의 비밀을 캐내거나 들춰낼 필요 없는 가족사를 들춰내고 자신보다 훨씬 더 바쁜 사람들의 시간을 빼앗아 낭비할 뿐이지. 당장 지금만 봐도 당신은 논문을 집필하고 있어야 할 나의 시간을 빼앗고 있지 않은가."

"무슨 말씀이신지 잘 알겠습니다, 박사님. 하지만 논문보다 더 중요한 일일지 모릅니다. 이왕 시작된 이야기니 잠시 해명을 하자면 우리는 박사님께서 말씀하신 것과는 정반대의 일을 하고 있는 듯합니다. 우리는 개인의 사생활이 최대한 보호 받도록 일을 하는 편입니다. 만일 사건이 경찰에게 넘어간다면 그게 불가능해지지요. 저를 이 나라의 '정통파'를 조금 앞지르는 '비정통파' 정도로 봐 주시면 좋겠습니다만. 어쨌든 오늘은 고드프리 스탠턴 군에 대해 여쭤 볼 말이 있어 찾아왔습니다."

"무슨 일인가?"

"잘 아는 사이시지요?"

"아끼는 아이지."

"스탠턴 군이 사라졌습니다. 알고 계셨습니까?"

"저런!"

박사는 이렇게 외쳤지만, 애석하게도 나는 박사의 표정에 조금도 변화가 없다는 것을 눈치챌 수 있었다.

"스탠턴 군이 어젯밤 호텔을 떠났고 그 후로 행방불명되었습니다."

"곧 돌아갈 테지."

"내일 대학 대항 경기가 있는 것을 아십니까?"

"그런 아이들 장난 따위에는 관심을 두지 않소. 물론 내가 아끼는 아이이니 그 아이가 걱정되긴 하지만 말이오. 럭비 경기라, 하하."

"그러십니까? 그러면 스탠턴 군의 실종 사건에 조금만 관심을 가져 주시고 협조해 주셨으면 합니다. 그 친구가 지금 어디에 있는지 알고 계신지요?"

"전혀 아는 바 없소이다."

"어제 이후로 그 친구를 본 적이 있으신지요?"

"본 적이 없소."

"스탠턴 군이 건강한 상태인지요?"

"물론이지."

"예전에 병을 앓은 적도 없고요?"

"전혀."

이 시점에서 홈즈가 서류 한 장을 박사에게 내밀었다.

"그럼 고드프리 스탠턴 군이 케임브리지의 레슬리 암스트롱 박사님에게 지불한 이 13기니의 진료 영수증은 무엇인지 설명해 주셔야겠습니다. 그 친구의 책상 앞에 있던 것을 제가 직접 가지고 왔지요."

박사의 얼굴이 당혹스러움과 노여움으로 벌게졌다.

"탐정 양반, 난 그 질문에 대답해야 할 이유나 의무가 없다는 생각이 드는데."

홈즈가 영수증을 도로 수첩에 집어넣었다.

"공개적인 해명을 선호하는 거라면 조만간 자리를 마련해 드릴 수 있습니다. 이미 말씀드렸지만 경찰 같았으면 이 일을 공식화하여 수사하겠지요. 하지만 저는 그렇게 하지 않고도 일을 진행할 수 있다는 장점을 가졌습니다. 어떻게 하시겠습니까?"

홈즈가 물었다.

"나는 아는 것이 없소."

"런던에서 스탠턴 군에게 연락을 받으셨다고 생각합니다."

"못 받았소, 그런 연락."

"자꾸 이러실 겁니까! 제가 꼭 전보라고 말씀드려야 합니까!"

홈즈가 체념한 듯 한숨을 내쉬었다.

"어제 저녁 6시 15분, 고드프리가 박사님에게 급한 전보를 쳤습니다. 이 사건과 깊은 관계가 있는 전보였습니다. 헌데 박사님은 그런 전보를 받은 적이 없다고 말씀하시는군요. 어쩔 수 없이 관할 경찰서에 신고를 해야겠습니다."

홈즈가 이렇게 말하자 분노로 얼굴이 붉으락푸르락해진 암스트롱 박사가 의자에서 벌떡 일어났다.

"당장 내 집에서 나가시오! 그리고 이 사건을 의뢰한 마운트 제임스 경에게 나는 아무것도 상관하고 싶지 않다고 전하시오. 더 이상 아무 말도 듣고 싶지 않소!"

박사는 이렇게 소리친 뒤 벨을 잡아당겼다.

"존! 이분들을 밖으로 내보내게!"

집사가 거만하고 거친 태도로 우리를 문 밖으로 쫓아냈기 때문에 우리는 하는 수 없이 저택 밖으로 나와야 했다. 거리 한복판에서 홈즈가 웃음을 터뜨렸다.

"저 의사 양반, 성질이 보통이 아니군. 보기 힘든 인물이야. 박사가 이쪽으로 재능을 발휘한다면 모리어티가 남기고 간 공백을 메워 주기에 충분했을 텐데 말이야. 왓슨, 우리는 졸지에 이런 불친절한 마을에서 오도 가도 못하는 신세가 되었네. 마침 저기 암스트롱 박사 댁 앞에 여관이 하나 보이는군. 저기 들어가서 앞쪽의 방을 잡고 오늘 밤에 필요한 물건들을 조금 사 놓아 주게. 나는 몇 가지 더 조사할 것이 있어. 오래 걸리지는 않을걸세."

하지만 홈즈의 조사는 예상보다 훨씬 길어져서 그가 여관에 돌아온 것은 9시가 다 되어서였다. 홈즈는 먼지에 뒤덮인 채 돌아왔는데, 허기와 피로에 지쳐 안색이 파리했다. 홈즈는 내가 식탁에 준비해 두었으나 이미 차갑게 식어 버린 음식으로 저녁 식사를 마친 뒤 담배를 한 모금 피웠다. 그 뒤에도 일이 잘 풀리지 않을 때 짓는 특유의 냉정하고 무뚝뚝한 표정을 지우지 못했다. 그때 밖에서 마차의 바퀴 소리가 들려왔다. 홈즈는 벌떡 일어나 창밖을 내다보았다. 말 두 필이 끄는 사륜마차가 박사의 저택 앞에 서 있었다.

"세 시간 만이야."

홈즈가 입을 열었다.

"저녁 6시 30분에 출발해 지금 도착했지. 그렇다면 반경 20킬로미터 내의 거리에 목적지가 있다는 소린데……. 왓슨, 박사는 매일 같은 시간에 어디론가 외출을 한다는군."

"왕진하는 의사들에게는 별로 이상한 일이 아닌데."

"박사는 진료를 하는 일반의가 아니야. 대학에서 강의를 하고 있는 전문의란 말이야. 논문 쓰기에도 바쁜 의학 박사들은 일반 진료를 하지 않아. 대체 무슨 이유로 저렇게 왕진을 다니는 걸까? 대체 누구에게로?"

"아마 마부는 알지 않……."

"왓슨. 나는 이미 마부를 만나 보았어. 나를 무시하지 말게. 저 마부란 사람, 원래부터 안하무인인지 아니면 주인이 명령했는지 모르겠지만 내게 개를 풀더군. 사람이든 개든 내 지팡이를 보고 좋아하지 않는 것은 당연하지만, 어쨌든 어이없이 당해 버렸어. 분위기가 너무 나빠지는 바람에 나는 더 이상 조사를 할 수 없었어. 정보를 얻을 수 있었던 곳은 우리 여관 마당에 있던 동네 사람 한 명뿐이었네. 박사의 생활 습관이라든가, 그의 왕진이라든가, 모두 그 사람에게서 얻은 정보야. 그 사람과 이야기하고 있을 때 마차가 저택 문 앞에 나타났지."

"따라가 보는 게 좋지 않았을까?"

"지금 내가 그걸 하고 왔다니까! 왓슨, 그런데 오늘 밤 자네는 정말 훌륭한 탐정 같은걸? 나도 당연히 따라가야 한다고 생각하고 여관 옆에 있는 자전거 가게에서 자전거를 한 대 빌려 마차의 뒤를 추격했어. 100미터 정도 간격을 벌려 놓고 마차가 시내를 벗어날 때까지도 완벽하게 마차의 불빛을 쫓아갔지. 그런데 시골길에 들어선 마차가 갑자기 멈추더니 박사가 내려서 내게 다가오더군. 자신의 마차가 도로를 막고 있어서 더 빨리 못가는 거라면 먼저 지나가라며 나를 조롱했지. 더 이상 쫓지 말라는 소리었어. 나는 자전거로 마차를 지나쳐 몇 미터를 더 갔네. 그리고 숨기 좋은 장소를 골라 자전거를 세우고 박사의 마차가 지나가기를 기다렸어. 하지만 마차는 오지 않았어. 지나올 때 갈림길에서 다른 길로 꺾어졌던 거야. 다시 자전거를 타고 되돌아가 봤지만 마차는 찾을 수 없었어. 하는 수 없이 나는 이곳으로 되돌아왔고 이제야 박사가 돌아온 거야. 박사의 왕진이 고드프리 스탠턴의 일과 연관되어 있다는 데에는 큰 가능성을 두지 않았어. 그저 박사의 모든 것을 조사하고 싶었을 뿐이지. 하지만 박사가 왕진을 다니면서도 미행하는 것을 알아챌 정도로 신경을 곤두세우고 다닌다는 사실은 분명 참고할 만한 가치가 있어. 왓슨, 나는 저 자의 정체를 꼭 밝혀내고 말 거야."

"우리에게는 내일도 기회가 있지 않은가?"

"왓슨, 방금 우리라고 했나? 이 일은 그렇게 간단한 일이 아니야. 자네는 케임브리지셔 주의 지리도 잘 모르는 데다 미행을 들키지 않는 것은 아주 어려운 일이니 참아 주게. 게다가 오늘 밤 일로 느꼈겠지만 저 사람은 만만치 않은 상대야. 나는 오버튼에게 런던에서 뭔가 새로운 일이 있으면 우리 여관 주소로 알려 달라고 전보를 쳐 놨어. 그동안 우리가 할 수 있는 일이라곤 박사를 관찰하는 것뿐이야. 우체국에서 여직원이 보여 준 전보에는 바로 암스트롱 박사의 이름이 적혀 있었어. 박사는 분명히 사라진 청년의 소재를 파악하고 있어. 우리는 무슨 수를 써서라도 알아내야만 하네. 지금 좋은 패를 쥐고 있는 것은 박사지만 그렇다고 게임을 포기할 수는 없어."

홈즈는 결의를 다졌지만 안타깝게도 다음날 역시 수사가 전혀 진전되지 않았다. 아침 식사를 마친 후 우리는 편지 한 통을 받았는데 내용은 다음과 같았다.

선생,

당신이 내 뒤를 조사하는 것은 헛수고라는 것을 알리고 싶소. 어젯밤에 당신도 봤겠지만 내 마차는 뒤에도 창문이 나 있소. 만일 당신이 32킬로미터를 돌아 다시 출발 지점으로 되돌아가는 놀이를 하고 싶다면 내 뒤를 따라와도 좋소. 또 한 가지, 나를 이렇게 염탐하고 다니는 일이 결코 고드프리 스탠턴 군에게 도움이 안 된다는 사실을 빨리 깨우쳤으면 하는 바람이 있소. 만일 그 청년을 위해 무언가를 하고 싶다면 속히 런던으로 돌아가 사건을 의뢰한 자에게 조카를 찾는 것은 실패했다고 알리고 이 사건에 대해서는 잊으시오. 당신이 케임브리지에 있어 봤자 애꿎은 시간만 낭비하는 셈이 될 것이오.

"참으로 허심탄회하게 말씀해 주시는군."

홈즈가 말했다.

"하지만 이런 점이 더 호기심을 발동시키지. 정체를 밝히기 전에는 절대 못 떠나."

"앗, 홈즈. 문 앞에 또 마차가 대기하고 있네. 박사가 올라타는군. 엇, 그러면서 이쪽을 흘끗 봤어. 오늘은 내가 자전거를 타고 운이 있는지 없는지 한번 시험해 볼까?"

내가 말했다.

"왓슨, 절대 안 돼! 물론 자네가 통찰력도 깊고 실수도 하지 않을 사람이라는 것은 잘 알지만 자네는 저 의사에게는 상대가 되지 않을 것 같아. 나 혼자 수사를 하는 편이 우리의 목적을 달성하는 데 더 빠를 것 같네. 이 유서 깊은 도시에는 기분 전환을 할 만한 것이 좀 있을 거야. 어두워지기 전에 돌아와 좋은 소식을 전해 주도록 노력하지!"

불행하게도 나의 친구는 한 번 더 실패를 겪어야 하는 운명이었다. 그는 한밤중이 되어서야 터덜터덜 돌아왔다. 물론 좋은 소식도 없었다.

"왓슨, 하루가 통째로 날아갔어. 박사가 가는 쪽에 위치한 마을을 모두 가 보았네. 지역의 정보통이나 관계자를 모두 만나 조사했어. 체스터틴, 히스틴, 워터비치, 그리고 오킹턴까지 말이야. 매우 실망스러워. 사람이 별로 살지 않는 도시에서 말 두 필이 끄는 사륜마차가 매일 나타났다면 분명 사람들이 알고 있을 텐데 어떻게 이럴 수가 있는가? 이번 판도 박사에게 한 점을 더 내주었군. 전보 온 것은 없나?"

"있어. 내가 미리 뜯어 봤네."

내가 홈즈에게 전보를 건네주었다. 전보에 적힌 말은 아래와 같았다.

트리니티 대학의 제러미 딕슨에게 폼피를 달라고 하십시오.

"이게 대체 무슨 말인지⋯⋯."

내가 말하자 홈즈가 대답해 주었다.

"나는 무슨 말인지 알아. 내가 오버튼에게 한 가지 물어본 것이 있는데 그에 대한 대답을 한 거야. 어서 제레미 딕슨이란 사람에게 연락해 봐야겠어. 이번에는 틀림없이 행운의 여신이 우리의 손을 들어 주겠지. 참, 럭비 경기는 어떻게 됐는지 알고 있나?"

"그래. 오늘 지역 석간신문의 마지막 장에 겨우 실렸더군. 옥스퍼드대학이 1골 2트라이 차로 케임브리지에 이겼더군. 기사 마지막 부분에 이런 흥미로운 이야기까지 실려 있네. '케임브리지 팀의 패배는 국제적으로 명성을 떨치고 있는 고드프리 스탠턴 선수의 불참이 가장 큰 원인으로 분석된다. 위기 때마다 스탠턴 선수의 빈자리가 아쉬웠고, 스리쿼터 라인 선수들의 호흡은 맞지 않았다. 공격과 수비가 전체적으로 약해져 팀 전체가 끝까지 열심히 뛰었음에도 불구하고 아쉬운 결과를 남기고 말았다.'

라고 말이네."

"불쌍한 오버튼, 그가 왜 그렇게 걱정했는지 알 만하군. 개인적으로 이 사건에 관해선 나도 암스트롱 박사와 입장이 같아. 럭비 경기 같은 건 중요하지 않아. 왓슨, 오늘 밤은 일찍 잠자리에 드세. 내일은 바쁜 하루가 될 것 같은 느낌이 드네."

다음날 아침 홈즈를 발견한 나는 뒤로 넘어갈 뻔했다. 그가 작은 주사기 하나를 들고 난롯가에 앉아 있었기 때문이다. 주사기는 홈즈가 가지고 있는 유일한 약점과 깊은 관계가 있었다. 나는 그의 손에 들려 있는 반짝이는 주사기를 보고 최악의 상황을 떠올렸다. 홈즈가 나의 이런 얼빠진 모습을 발견하고 크게 웃더니 주사기를 탁자 위에 올려놓았다.

"이런. 아니야, 친구. 그런 것이 아니야. 이번에는 악의 도구가 아니라 미스터리를 풀어 줄 선의 도구가 될 것이야. 나는 이 주사기에 모든 희망을 걸었네. 방금 밖에 나가 주변을 살펴 확인했는데 모든 것이 순조로워. 왓슨, 오늘은 암스트롱 박사의 뒤를 쫓아야 하니 아침을 든든히 먹어야 해. 그의 흔적이 있는 곳이라면 지구 끝까지 쫓아갈 작정이야."

홈즈의 집요한 면을 엿볼 수 있는 말이었다.

"홈즈, 그렇다면 음식을 싸 갖고 가는 게 어떤가? 박사는 일찍 출발할 것 같은데? 저길 봐, 박사의 마차가 이미 대기하고 있어."

내가 말했다.

"염려 붙들어 매라고. 먼저 가게 내버려 둬도 상관없네. 마차를 타고 내가 쫓아갈 수 없는 곳까지 간다면야 정말 엄청난 사람이겠지. 아침 식사를 끝내고 나서 아래층에 자네에게 소개해 줄이가 하나 있어. 탐정인데, 이쪽 분야에서는 그의 이름을 모르는 사람이 없을 정도로 명성이 자자하다네."

우리는 곧 아래층으로 내려갔고, 나는 마구간으로 가는 홈즈를 따라갔다. 마구간의 한 칸으로 들어간 홈즈는 비글과 폭스하운드의 중간쯤 되는 개 한마리를 꺼냈다. 개는 귀가 작고 축 처졌으며 흰색과 갈색 털이 섞여 있었다.

"인사하게. 이 녀석이 바로 폼피야. 지역 사냥개 중 최고로 후각이 뛰어난 녀석이네. 몸을 보면 알겠지만 뜀박질은 그리 잘하지 못할 걸세. 하지만 냄새 맡는 것 하나는 믿을 만하지. 폼피, 이 녀석. 네가 그렇게 빠르지 않다 해도 런던 출신의 중년 남자 둘에게는 벅찰 수 있으니 미안하지만 네 목에 가죽 끈을 좀 채워야 할 거야. 이해해 주길 바란다. 자, 오늘은 네 실력을 마음껏 펼쳐 다오!"

우리는 개를 끌고 박사의 집 앞으로 갔고 폼피는 킁킁거리며 냄새를 맡으며 이리저리 돌아다녔다. 그러다 폼피가 갑자기 흥분한 듯 낑낑 소리를 내며 줄이 팽팽해지도록 달려 나갔다. 폼피를 정신없이 쫓다 보니 30분 뒤에는 시내를 완전히 벗어나 시골길에 와 있었다. 폼피는 여전히 킁킁대며 어디론가 움직이기 바빴고, 홈즈와 나는 그런 폼피를 헐떡대며 쫓아가느라 정신이 없었다.

"홈즈, 이게 대체 무슨 상황인가?"

"낡아 빠지고 진부한 방법이긴 하지만 가끔 그런 것이 유용할 때가 있어. 오늘 아침에 박사의 집 마당에 몰래 들어가 주사기에 담은 아니시드(*한해살이풀의 열매로, 식초 맛이 나는 향료와 약재의 재료가 된다.) 용액을 마차 뒷바퀴에 시원하게 쏘아 주었지. 폼피는 아니시드 냄새를 따라 여기까지 온 것이네. 여기는 존 오그로츠(*영국 스코틀랜드 최북단 지역.)야. 박사는 케임브리지를 완전히 벗어나기 전까지는 절대로 폼피의 추격에서 벗어날 수 없어."

폼피가 갑자기 큰길에서 벗어나 풀이 무성하게 자란 오솔길로 들어섰다.

"이런, 그 교활한 영감이 나를 어떻게 따돌렸는지 알겠군!"

홈즈가 흥분했다.

우리가 800미터쯤 더 갔을 때 오솔길은 다시 넓은 도로로 이어졌는데, 그 도로는 다시 우측으로 꺾어지는 도로로 우리가 방금 떠나온 도시를 향하고 있었다. 더 놀라운 것은 이 도로가 도시의 남쪽을 크게 돌아 우리가 출발했던 곳으로 되돌아가는 길이었다는 사실이다.

"우리를 따돌리기 위해 이렇게 수도 없이 돌고 돌았단 말인가!"

홈즈가 기가 막히다는 듯 말했다.

"이 마을 저 마을 돌아다니며 조사하고도 아무것도 알아내지 못했던 이유가 바로 여기에 있었어. 대체 박사의 정체는 뭐란 말인가! 이렇게 교묘한 짓을 해 가면서까지 우리를 골탕 먹여야 했던 이유가 대체 뭐냔 말이야! 저 오른쪽 마을이 트럼핑턴일 거야. 그리고…… 헉! 저기 사륜마차가 모퉁이를 돌아 이쪽으로 오고 있어! 들킬지도 모르겠네, 왓슨, 어서!"

홈즈가 다른 방향으로 가겠다고 낑낑대는 폼피를 겨우 끌어 와 밭으로 뛰어들어 몸을 숨겼다. 우리는 울타리의 그늘 아래로 간신히 숨을 수 있었는데 마차가 덜컹거리며 우리 앞을 스윽 지나갔다. 나는 마차 안에 있던 암스트롱 박사를 언뜻 보았는데 그는 어깨를 움츠린 채 두 손으로 얼굴을 감싸고 비통한 모습으로 앉아 있었다. 홈즈의 표정이 굳어지는 것을 보니 그도 내가 본 박사의 모습을 본 것이 틀림없었다.

"어쩌면 이 사건은 셰익스피어의 어느 비극보다 더 슬프게 끝날지도 모르겠네. 폼피! 이쪽으로! 아, 저기 집이 보이네."

암스트롱 박사의 목적지였다. 우리는 폼피가 사륜마차 바퀴 자국이 아직 남아 있는 정문 앞에서 정신없이 날뛰는 바람에 애를 먹었다. 그 집은 좁은 오솔길 하나로 들판과 이어져 있었는데 우리는 개를 울타리에 묶어 두고 집 앞으로 다가갔다. 홈즈가 여기저기 약간씩 녹이 슨 현관문을 두드렸다. 여러 번을 두드려도 안에서는 아무런 대답도 없었다. 하지만 빈집이 아닌 것만은 분명했다. 집 안에서 절망과 슬픔이 담긴 미세한 소리가 들려왔기 때문이다. 홈즈는 초조해 하다가 또 다른 기척 소리에 뒤를 돌아보았다. 우리가 방금 온 길을 따라 사륜마차 한 대가 달려오고 있었다. 그것은 바로 회색 말 두 필이 끄는 암스트롱 박사의 마차였다.

"어랏, 이러면 안 되는데, 박사가 돌아오고 있어!"

홈즈가 소리쳤다.

"할 수 없지. 박사가 도착하기 전에 집 안에서 어떤 일이 벌어지고 있는지 알아야 해."

홈즈가 억지로 문을 밀었는데, 의외로 문은 열려 있었다. 우리는 집 안으로 들어갔다. 미세한 사람의 소리가 더 확실하게 들렸다. 우리는 곧 그 소리가 누군가의 애절한 울음소리라는 것을 알 수 있었다. 소리는 2층에서 들려왔다. 홈즈가 재빨리 계단으로 뛰어 올라갔고 나도 홈즈의 뒤를 따랐다. 2층의 방 중 문이 반쯤 열려 있는 방이 있었다. 우리는 그 문을 기세 좋게 밀치고 들어갔다. 하지만 우리는 눈앞에 펼쳐진 장면 때문에 그만 그 자리에 얼어붙고 말았다.

그 방엔 젊고 아리따운 여인 한 명이 죽은 채 누워 있었다. 창백한 얼굴이었지만 편안해 보였다. 그녀의 아름답고 긴 금발은 침대 위에 흐트러져 있었고 살아생전 아름답게 빛났을 푸른 눈동자는 허공을 향한 채 움직임이 멎어 있었다. 한 켠에는 한 청년이 무릎을 꿇은 자세로 침대에 얼굴을 묻고 울고 있었다. 그의 애절함과 침통함이 우리의 마음까지 먹먹하게 할 정도였다. 한동안 청년을 바라보던 홈즈는 조심스럽게 청년의 어깨에 손을 얹었고, 그제야 청년이 얼굴을 들어 우리를 돌아보았다.

"혹시, 고드프리 스탠턴 군……."

"네……. 그렇습니다만……. 하지만 늦으셨습니다. 그녀는 죽었습니다, 선생님."

청년은 우리가 연락을 받고 달려온 의사라고 생각하고 있었다. 홈즈가 짧은 위로의 말을 건넸고, 곧이어 그가 사라지는 바람에 그의 친구들과 삼촌이 얼마나 걱정하고 있는지 설명하려 했다. 그때 계단에서 발자국 소리가 들려왔다. 잠시 후 암스트롱 박사가 나타나 심기가 불편하다는 듯 우리를 노려보았다.

"이런! 두 분은 드디어 목적을 달성했군. 망자를 앞에 두고 소란을 피우지는 않았으리라 믿지만 내가 조금만 젊었더라도 당신들의 오만을 가만두지 않았을 거요!"

"죄송합니다, 암스트롱 박사님. 오해가 있었던 것 같습니다. 저희와 함께 아래층으로 내려가 지금 이 슬픈 상황에 대한 오해를 풀어 줄 수 있으시겠습니까?"

홈즈가 정중하게 말했다.

잠시 후, 우리는 암스트롱 박사와 함께 아래층 거실에 앉았다. 오랫동안 살벌하고도 어색한 침묵이 흘렀다.

"그래, 오해가 있었다고?"

박사가 오랜 침묵을 깨고 이렇게 물었다.

"먼저 제가 마운트제임스 경에게 고용된 사람이 아니라는 것을, 그리고 그 어르신의 편을 들 생각이 조금도 없다는 것을 알아주십시오. 누군가 실종된 상황에서 저희의 역할은 실종자의 안전을 확인하는 것이고 저는 방금 그 임무를 끝냈습니다. 아무런 범죄가 일어나지 않은 상황이라면 개인사를 공적으로 떠벌리지도 않습니다. 저는 오히려 제가 할 수 있는 한 그것을 덮으려고 노력하는 편입니다. 그리고 제가 보기에 이번 일에는 어떤 범죄도 개입되어 있지 않은 듯하고요. 이 사건이 다른 어떤 곳에도 누설되지 않을 것이라는 저의 약속을 박사님께서 믿어 주셨으면 합니다."

홈즈의 말이 끝나자 암스트롱 박사는 한 걸음 앞으로 나와 홈즈의 손을 잡았다.

"좋은 사람이군."

박사가 말했다.

"내가 실수를 한 것 같네. 불쌍한 스탠턴을 이런 상황에서 혼자 놔두고 가는 것이 마음에 걸려 마차를 돌려 돌아왔고 그 덕에 이렇게 당신과의 오해를 풀었으니 하늘이 도우셨소. 이 일이 어떻게 된 거냐 하면……. 1년 전에 고드프리 스탠턴은 런던의 하숙집에 잠시 머물다가 그곳의 주인집 딸과 절절한 사랑에 빠졌소. 결국 결혼까지 했지. 고드프리의 아내는 빼어난 미인이었던 것은 물론 마음씨가 말도 못 하게 고운 사람이었소. 게다가 똑똑하고 지혜로웠어. 숨겨야 할 사이가 전혀 아니었지만 만일 고드프리가 결혼한 사실이 알려진다면 그 괴팍한 늙은이의 유산을 상속받지 못하게 될 것이 뻔했소. 고드프리는 내가 참으로 아끼는 청년이오. 그런 아이를 돕고 싶었소. 이런 이야기는 한 사람에게만 새어 나가도 소문이 쫙 퍼지곤 하지. 부인이 이렇게 외딴 집에서 살고 있었고 무척이나 조심했기 때문에 그동안 고드프리가 비밀을 유지하고 살 수 있었던 것이오. 고드프리가 기혼자라는 사실을 아는 사람은 오직 나와 지금 트럼핑턴으로 의사를 부르러 간 나의 하인뿐이었지. 하지만 안타깝게도 고드프리와 그녀의 행복은 오래가지 않았소. 부인이 끔찍한 병에 걸린 게지. 악성 폐결핵이오. 고드프리는 이것 때문에 괴로워했지만 이번 시합이 워낙 중요한 데다 빠질 만한 구실도 찾지 못했기 때문에 시합에 출전하기로 결정했소. 나는 고드프리에게 응원차 전보를 보냈고 고드프리는 내게 최선을 다해 자신의 부인을 돌봐 달라고 부탁하는 내용의 답장을 보내왔지. 그것이 아마 당신이 봤다던 전보였을 게요. 사실 그날 고드프리의 부인은 매우 위독했소. 하지만 고드프리가 알아봤자 어찌할 방도도 없고 괜한 걱정만 할 것이기에 나는 아무것도 말하지 않았소. 하지만 그녀의 아버지, 그러니까 고드프리의 장인에게만은 사실을 알렸지. 아버지는 있어야 할 것이 아니오? 그런데 친정아버지가 부정에 이끌려 그만 사위에게 달려가 자신의 딸이 위독하다는 것을 알렸소. 고드프리는 이 사실을 알자마자 반쯤 정신이 나가서 그 길로 자신의 장인과 함께 이곳으로 달려온 것이오. 그때부터 오늘 부인이 죽을 때까지 저렇게 침대 곁을 떠나지 못하고……. 여기까지요, 홈즈 선생. 나는 당신과 당신의 친구분이 현명하고 좋은 선택을 하리라 믿고 싶소."

홈즈가 아무 말 없이 박사의 손을 굳게 잡고 고개를 끄덕였다.

그러고는 내게 이렇게 말했다.

"왓슨, 이제 그만 가세."

우리는 그렇게 슬픔이 가득 찬 집에서 나와 옅은 겨울 햇빛 속으로 걸음을 옮겼다.

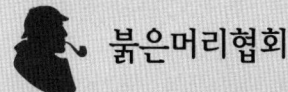 붉은머리협회

작년 가을 어느 날이었다. 나는 홈즈에게 불려 그의 집으로 찾아갔다. 그는 뚱뚱한 체격에 혈색이 좋아 보이는 늙은 신사와 한창 진지한 대화를 나누고 있었다. 신사의 불타는 듯한 붉은색 머리가 인상적이었다. 나는 대화를 방해한 것 같아 사과를 하고 다시 나가려고 했지만 홈즈가 일어나 나를 방 안으로 잡아끌었다.

"하하, 마침 딱 맞춰 왔군, 왓슨."

홈즈가 나를 반겼다.

"손님이 계신 듯해 그냥 가려 했네."

"그래, 손님이 계시지."

"그렇다면 옆방에서 기다리겠네."

"전혀 그럴 필요 없네."

홈즈는 이렇게 말하며 붉은 머리의 신사에게 나를 소개했다.

"윌슨 씨, 이 친구는 저의 오랜 파트너입니다. 지금까지 해결한 대부분의 사건에서 이 친구의 도움이 아주 컸답니다. 당신이 의뢰한 사건에도 큰 도움을 줄 것이라고 믿어 의심치 않습니다."

신사가 의자에서 몸을 반쯤 일으키더니 가볍게 머리를 숙여 인사했다. 살집 있는 눈꺼풀 아래로 보이는 작은 눈이 나에게 무언가를 묻는 듯했다.

"일단 앉아 보게나."

홈즈는 나에게 건너편의 긴 소파를 권한 뒤 팔걸이가 달린 그의 의자로 돌아가 앉았다. 홈즈가 두 손가락의 끝을 맞대어 산 모양을 만들었다. 그가 깊이 생각을 할 때마다 하는 동작이었다.

"왓슨, 자네도 지루한 일상에서 벗어나 특이한 경험하는 걸 좋아하지 않는가? 우리가 함께 하는 모험을 열심히 기록하고 있다는 것도 다 알고 있어. 자네의 멋진 글솜씨가 나와 내 사건을 지나치게 미화시키는 것이 조금 걱정스럽기도 하지만 말일세."

"자네의 사건이 너무 재미있어서 그랬지."

"그래, 고마워. 메리 서덜랜드 양이 의뢰한 간단한 사건을 조사하기 전이었나? 내가 이런 말을 했을 텐데 기억하는지 모르겠군. '신기한 일이나 놀라운 사건을 찾고 싶다면 우리의 일상생활 속에서 찾아야 한다.' 일상생활은 어떤 특별한 상황, 심지어는 상상으로 만든 상황보다 훨씬 더 괴상하고 엉뚱한 사건을 감추고 있기 마련이라고 말이네."

"기억하고 있네. 나는 그때 그 의견에는 동의할 수 없다고 말했던 것 같아. 홈즈."

"맞아, 맞아. 그랬지. 하지만 왓슨, 아마 자네는 곧 내 의견에 동의하지 않을 수 없을 거야. 지금도 계속 동의하지 않는다면 할 수 없지. 그런 사건들을 질리도록 보여 줘서 내 생각에 동의하도록 만드는 수밖에. 오늘 아침에 여기 계신 자베즈 윌슨 씨가 내게 어떤 이야기를 들려주셨는데 아주 특별한 사건이 될 것 같아. 기괴한 사건은 언제나 커다란 범죄보다는 작은 범죄 안에 감춰져 있는 법이거든. 심지어 범죄가 있었는지조차도 모를 정도로 작은 범죄를 틈타 그냥 덮어지는 경우도 종종 있단 말이지. 이번 의뢰인이신 윌슨 씨의 이야기도 범죄가 성립되는 건지는 잘 모르겠지만 언뜻 듣기에도 매우 특이한 사건의 조짐이 보인단 말이지. 윌슨 씨, 죄송합니다만 다시 한 번 처음부터 말씀해 주실 수 있을까요? 제 친구도 처음부터 이야기를 들어야 하고 저도 한 번 더 들으며 제가 놓쳤던 세세한 부분을 되짚어 보고 싶습니다. 이전까지는 사건의 경위를 듣고 몇 가지 힌트를 얻기만 하면 전에 해결했던 비슷한 사건과 비교해 보며 추리하기가 쉬웠어요. 하지만 이번 사건은 다른 사건과 공통점이 한 가지도 없는 아주 특별한 사건이 틀림없는 것 같습니다."

그렇지 않아도 체격이 큰 우리의 의뢰인은 자랑스럽다는 듯 가슴을 더 쭉 펴고 외투 안주머니에서 꼬깃꼬깃 접혀 있던 신문을 꺼냈다. 그는 그것을 무릎 위에 펴면서 광고란을 응시했다. 그가 신문을 꺼내는 동안 나는 남자를 유심히 관찰했다. 그동안 홈즈가 가르쳐 준 대로 입고 있는 옷과 태도를 하나도 놓치지 않으려고 노력했고 무언가 힌트를 얻고 싶었다. 하지만 나는 거의 아무것도 얻어 내지 못했다. 그는 그저 비만이었고, 약간 거만하며, 행동거지가 느릿느릿한, 어디에서나 흔히 마주칠 수 있는 평범한 중년의 영국 상인이었다. 헐렁한 회색 줄무늬 바지에 그다지 깨끗하지 않은 검은색 프록코트(*18~19세기의 남성용 정장의 한 종류로 길이가 무릎까지 오는 두툼한 소재의 코트.)를 단추를 잠그지 않은 채 입고 있었으며, 코트 안으로 보이는 빛바랜 갈색 조끼에는 놋쇠로 만든 알버트 시곗줄이 늘어뜨려져 있었다. 의자 위에는 그의 낡은 실크 중산모(*꼭대기가 둥글고 높은 서양 모자.)와 주름진 갈색 벨벳 외투가 놓여 있었다. 아무리 봐도 새빨간 머리색과 불만과 짜증이 잔뜩 붙은 얼굴 외에는 별다른 점이 없었다.

홈즈는 내가 뭘 하고 있는지 알고 있다는 듯 나를 바라봤고 그와 눈이 마주친 나는 모르겠다는 눈빛을 보냈다. 그러자 그는 머리를 가볍게 좌우로 흔들며 미소를 지었다.

"이분은 말이지, 왓슨. 꽤 오랫동안 손을 사용하는 일을 하셨고 코담배를 태우시며 프리메이슨(*18세기 초 영국에서 창설된 이후 세계로 퍼진 박애주의 단체.)의 회원이셔. 중국에도 한 번 다녀오신 것 같네. 최근에는 어떤 집필 활동을 열심히 하신 듯하고. 내가 확실하게 알 수 있는 건 대략 여기까지네."

의뢰인 월슨은 의자에서 벌떡 일어나 검지로 신문을 누른 채 홈즈를 바라봤다.

"아니, 홈즈 씨! 어떻게 그걸 다 아십니까? 그렇소, 손을 사용하는 노동직을 했죠. 배 만드는 일을 오래 했소이다."

"손을 보고 알았습니다. 왼손에 비해 오른손이 훨씬 더 크더군요. 오른손을 많이 사용하는 일을 하셨기 때문에 오른손의 근육이 더 발달한 것이지요."

"그렇군요. 하지만 코담배는? 게다가 프리메이슨 회원이라는 건 또 어떻게 안게요?"

"일일이 설명하면 아마 불편해지실 겁니다. 게다가 어르신은 지금 프리메이슨의 엄격한 규율을 어기고 계십니다. 원호와 부장 배지를 달고 계시는군요."

"아, 이런. 깜빡했소이다. 하지만 내가 글을 썼다는 사실은 어찌 아셨소?"

"오른쪽 소매 깃에서부터 위쪽으로 13센티미터 정도까지 맨질맨질 빛이 나지요? 왼쪽 팔꿈치 부분에 헝겊을 대어 놓으셨는데 그쪽 역시 그러합니다. 양쪽 다 글을 쓰다 보면 책상과 노트에 지속적으로 닿는 부분이지요."

"그렇담 중국은요?"

"오른손 손목에 있는 물고기 문신을 보면 알 수 있습니다. 저는 문신을 잠깐 연구했고 잡지에 관련 글을 쓴 적도 있습니다. 제가 보기에 그 문신은 오직 중국에서만 새길 수 있는 겁니다. 물고기 비늘을 그렇게 오묘한 분홍색으로 칠하는 기술은 아직까지는 오직 중국에만 있다고 알고 있습니다. 게다가 시곗줄에 중국 동전까지 끼워 놓으셨으니 확실하다고 판단됩니다."

의뢰인 월슨이 어색하게 웃었다.

"난 또 뭔가 대단한 방법으로 알아낸 줄 알았소. 얘기를 듣고 보니 별것 아니올시다."

"이보게, 왓슨. 방금 아주 괜한 짓을 한 것 같지? '모르는 것은 모두 위대해 보인다.'라는 말도 있거늘, 이렇게 일일이 설명했다가는 그나마 남아 있는 내 유명세도 곧 사라지겠군."

홈즈가 내게 말했다.

"그건 그렇고 윌슨 씨, 저희한테 광고를 보여 주시려던 것 아니었나요?"

홈즈가 의뢰인에게 물었다.

"안 그래도 찾았소이다. 여기, 바로 이거요. 이게 모든 일의 시발점이란 말이외다. 직접 읽어 보시오."

의뢰인의 붉은 기가 도는 굵은 손가락은 광고란의 가운데를 가리키고 있었다. 나는 신문지를 받아서 광고에 실린 글을 읽어 보았다.

붉은머리협회

미합중국 펜실베이니아 주 레바논의 고(故) 이제키아 홉킨스 회장님의 유언에 의해 설립된 붉은머리협회에 빈자리가 생겼음을 공지함. 회원은 간단한 일을 하며 보수로 주 4파운드의 급여가 지급됨. 건강한 신체와 건전한 사고를 갖춘 21세 이상의 남성으로 머리카락이 붉은색이어야 가능함. 월요일 오전 11시 플리트가의 포프 코트 7번지에 위치한 협회 사무실로 방문하여 담당자 던컨 로스에게 등록 요망.

"이게 대체 무슨 소리지?"

나는 광고를 두 번이나 읽고도 혼란스러워서 큰 소리로 외쳤다. 홈즈는 기분이 좋을 때면 언제나 그렇듯이 의자에 앉은 채로 몸을 흔들며 크게 웃었다.

"굉장하지, 왓슨?"

홈즈가 말했다.

"월슨 씨, 당신이 겪은 그 황당한 일에 대해서 처음부터 다시한 번 이야기해 주십시오. 왓슨, 신문 이름과 광고가 난 날짜가 정확히 어떻게 되지?"

"〈모닝 크로니클〉, 1890년 4월 27일자 신문이네. 약 2개월 전일세."

"그래, 고마워. 월슨 씨, 시작해 주시겠습니까?"

"그럽시다. 아까 당신에게도 말씀드린 것처럼 나는 시내 근처 코버그 광장에서 전당포를 하나 운영하고 있습니다. 그다지 크지는 않습니다. 특히나 요즘에는 한 명 남은 직원 월급이나 겨우 주는 정도입니다. 예전에는 두 명을 두었는데 요즘은 사정이 그다지 좋지 않습니다. 다행히도 이 친구는 일을 배우는 것만으로도 좋다며 다른 사람의 절반 정도의 보수에 만족하며 일하고 있습니다."

"그 청년의 이름을 여쭤 봐도 되겠습니까?"

홈즈가 물었다.

"빈센트 스폴딩이라고 합니다. 정확한 나이는 모르지만 그렇게 어린 편은 아닙니다. 제가 사람을 많이 고용해 봤지만 이 사람처럼 일을 잘 하는 사람도 드물 겁니다. 마음만 먹으면 조금 더 좋은 조건으로 일할 곳을 찾을 수 있을 텐데, 본인이 별다른 불만이 없으니 저는 그냥 다행이라 여기며 내버려 두고 있습니다."

174

"그런 조건으로 사람을 고용하다니 정말 운이 좋으신 듯합니다. 요즘 시대에 그런 사람을 만나기란 쉽지 않은 일일 것 같은데요. 그 점원도 이 광고만큼이나 특이한 사람이군요."

"아니, 그 사람에게도 단점은 있지요. 사진에 아주 푹 빠져 있어요. 조금 더 일을 열심히 배울 수도 있을 텐데, 틈만 나면 사진을 찍어 대고 토끼가 굴속으로 들어가는 것처럼 곧장 지하실로 내려가 사진을 현상하는 데 시간을 낭비하곤 합니다. 그런 단점이 있긴 하지만 전체적으로는 일을 잘합니다."

"지금도 데리고 계신 거지요, 윌슨 씨?"

"그럼요. 저는 그 점원과 간단한 집안일을 해 주는 열네 살된 여자아이와 함께 살고 있습니다. 사별을 했기 때문에 지금 제 가족은 이렇게 셋이지요. 어쨌든 끼니 거르는 일 없고 비바람 막아줄 집도 있고 예전에 진 빚도 갚아 나가고 있으니 별 불만은 없습니다. 그러다 이 광고를 만난 거지요. 스폴딩이 갑자기 이 신문을 가게로 가지고 와서 이렇게 말하더군요. 정확히 8주 전이었습니다.

'사장님, 전 왜 머리카락이 빨갛지 않을까요?'

'뜬금없이 그게 무슨 소린가?'

제가 되물었습니다.

'아니, 그게 아니라 '붉은머리협회'에 이번에 드디어 결원이 생겼다네요. 여기 회원이 되기만 하면 누구든지 돈을 모을 수 있거든요. 결원은 자주 생기는데 회원이 부족해서 협회가 남아도는 돈을 감당하지 못한다는 소문까지 있대요. 아, 정말 제 머리카락이 빨간색으로 변할 일은 절대 없는 거겠죠? 그래 주기만

175

한다면 금세 큰돈이 생길 텐데 말이에요.'

'그게 무슨 소린가?'

제가 재차 물었죠. 홈즈 씨, 저는 늘 집에 있는 편이기 때문에 세상 물정에 어둡습니다. 그래서 작은 뉴스에도 관심을 갖게 되지요. 일도 제가 손님을 찾아다니는 게 아니라 손님이 가게로 오는 것이라 가게에만 틀어박혀 있으면 몇 주일씩 바깥세상 구경 한번 못하고 지나치는 경우가 허다하죠.

'붉은머리협회에 대해서 모른다는 말씀이세요?'

스폴딩이 눈을 크게 뜨고 물어보더군요.

'금시초문이야.'

'어떻게 그러실 수가 있어요? 사장님이야말로 붉은머리협회의 회원 자격을 완벽히 갖추셨는데 말이에요.'

'회원이면 뭐 좋은 거라도 있는가?'

'일 년에 200파운드를 받게 되지요. 그리 대단하다고는 말 못해도 일이 아주 쉬우니 거의 거저 받는 거나 마찬가지예요.'

홈즈 씨, 이 이야기를 듣고 제가 얼마나 혹했는지 짐작이 가시겠죠? 지난 몇 년간 전당포 벌이도 시원찮았는데 일 년에 200 파운드의 부수입이 생긴다니요. 저는 스폴딩에게 붉은머리협회를 더 자세히 알려달라고 말했죠. 그러자 스폴딩이 이 광고지를 내밀며 제게 말해 주었습니다.

'사장님이 읽어 보면 아시겠지만 협회에 공석이 생겼대요. 여기 나온 협회 사무실로 가시면 되고요. 붉은머리협회는 이제키아 홉킨스라고 하는 미국의 백만장자가 설립했다는데, 붉은 머리카락을 가진 괴팍한 사람이었다지요 아마. 자신처럼 붉은 머리를 가진 사람이 잘 살았으면 하는 마음에서 괴팍하기 짝이 없는 유언을 남겼는데, 막대한 재산을 신탁에 맡기고는 거기에서 생기는 이자를 붉은 머리를 가진 사람에게 나눠주라고 했대요. 그냥은 아니고 소일거리를 주면서 말이에요. 소문으로는 아주 간단한 일이라는데, 그 일을 조금 하고 큰돈을 받는다고 하더군요.'

'하지만 나처럼 머리카락이 붉은 사람이 어디 한둘이겠는가?'

'생각만큼 그렇게 많지는 않은가 보던데요? 일단 런던에 살아야 하고, 참, 그 회장님이 런던에서 일을 시작해 성공했기 때문에 런던 사람에게 보답하는 거라고 하더라고요. 그리고 붉은 머리라고 해도 색이 옅거나 진하면 안 된다고 해요. 꼭 새빨간 붉은색이어야 한다는군요. 일 년에 겨우 200, 300파운드 때문에 사장님이 꼭 그런 일을 하실 필요는 없겠지만 그래도 혹시 마음이 있으면 한번 찾아가 보세요.'

선생님들, 보시다시피 제 머리는 이렇게 새빨갛죠. 아마 이 세상 사람을 통틀어 제가 제일 빨갈걸요. 스폴딩은 이 협회에 대해서 자세하게 알고 있더군요. 저는 가게 문을 일찍 닫고 그를 데리고 광고에 실린 주소를 찾아갔습니다. 일이 일찍 파해서인지 그도 신이 나는 눈치였습니다. 세상에나, 제 평생 그런 광경은 두 번 다시 보고 싶지 않습니다. 동서남북 할 것 없이 붉은색 머리카락을 가진 남자들이 일제히 한곳으로 걸어가고 있지 뭡니까. 광고의 효과가 대단하더군요. 런던 전 지역에서 어마어마하게 많은 사람이 몰려들었지요. 플라트가는 머리카락이 붉은 사람으로 가득 차 있었습니다. 포프 코트는 오렌지 장사꾼의 짐수

레처럼 붉은 머리로 그득했고요. 세상의 모든 불그스름한 색은 거기 다 모여 있더군요. 지푸라기색, 레몬색, 오렌지색, 벽돌색, 아이리시세터 사냥개색, 검붉은 색, 적토색, 어이쿠, 말도 마십시오. 그런데 말입니다. 스폴딩이 말한 것처럼 진짜 새빨간 색을 가진 사람은 거의 없었습니다. 건물에 도착해서는 기다리는 사람이 너무 많아 포기할까도 했습니다. 하지만 스폴딩이 그런 저를 말리고 사람들 사이를 어렵게 뚫어 저를 사무실 바로 앞의 계단까지 데리고 갔습니다. 사람들이 설레는 표정으로 사무실로 들어가기도 하고 실망이 가득한 표정으로 사무실을 나오기도 하더군요. 그 사람들 틈을 비집고 겨우겨우 사무실 안으로 들어갈 수 있었죠."

여기까지 말하고 윌슨은 잠시 코담배를 한껏 들이켰고, 홈즈는 정말 재미있는 경험을 하셨다며 다음 얘기를 재촉했다.

"사무실은 단출했습니다. 나무 의자 두 개, 소나무 판자로 만든 듯한 탁자 하나가 전부였습니다. 탁자 건너편에는 저보다 머리카락이 더 새빨간 작은 남자가 한 명 앉아 있었고요. 그는 지원자에게 두어 가지 질문을 던진 뒤 부족한 점을 찾아내 탈락시키더군요. 회원 발탁 절차가 꽤 까다로워 보였죠. 그런데 어쩐 일인지 나한테는 다른 사람을 대할 때와 달리 아주 친절했습니다. 그리고 보안 유지라도 해야 한다는 듯이 문까지 닫더라고요.

'이분은 자베즈 윌슨이라는 분입니다. 협회의 새로운 회원이 되고자 하십니다.'

제 곁에서 스폴딩이 그렇게 말해 주었습니다.

'이럴 수가, 당신은 우리가 원하는 조건을 모두 갖춘 분입니다. 이렇게 근사한 붉은 머리는 처음 보는군요. 하하하!'

사내가 이렇게 호들갑을 떨더군요. 그는 뒤로 한 발짝 움직여 고개를 갸우뚱거리며 제 머리카락을 이리저리 관찰해 봤습니다. 너무 세심하게 관찰하는 통에 민망하기까지 하더군요. 그러더니 갑자기 다시 제 앞에 다가와 제 손을 덥석 잡고 이렇게 말했죠.

'합격을 축하합니다. 정말 완벽하게 붉은 머리카락입니다. 마지막으로 잠시 실례를!'

그는 이렇게 말하더니 난데없이 두 손으로 제 머리카락을 힘껏 잡아당기지 않겠습니까?

'아얏!'

너무 아프니 저도 모르게 비명이 나오더군요.

'이런, 눈물까지 찔끔 흘리는 걸 보니 많이 아프셨나 봅니다. 정말 죄송합니다. 가발에도 두어 번 속은 데다 언젠가는 염색한 머리로 회원이 되겠다고 나서는 사람도 봤거든요. 사람들이 어찌나 잔머리를 잘 굴리는지요. 하하하.'

이렇게 말하고 사내는 창문으로 가더니 바깥까지 길게 줄 서 있던 사람들에게 합격자가 정해졌다고 소리쳤습니다. 건물 밑에서 실망한 사람들이 웅성웅성하는 소리가 들려오긴 했지만 이내 사라졌습니다. 건물에 있는 사람도 모두 나가고 머리카락이 붉은 가진 사람이라곤 저와 그 사내만 그곳에 남게 되었지요.

'저는 던컨 로스라고 합니다.'

사내가 깍듯하게 자기 소개를 하더군요. 그러고는 이렇게 말을 이었습니다.

'저 또한 그 위대한 어르신의 은혜를 받고 있습니다. 결혼은 하셨지요, 윌슨 씨?'

'아, 하지만 아내가 먼저 죽었습니다. 다른 가족은 없고요.'

'이걸 어쩐다? 우리 협회의 목적은 일차적으로는 머리카락이 붉은 사람을 도와주는 것이지만 그와 더불어 그 사람의 자손을 번창시키는 데에도 있습니다. 가족이 없으시다니 정말 안타깝군요.'

저는 실망스러웠습니다. 결국은 자격이 안 된다는 말이었으니까요. 몇 분간 생각에 잠겨 있던 사내가 다시 말했습니다.

'뭐 괜찮겠지요. 일반 회원이라면 결격 사유겠지만, 당신의 붉은 머리카락은 당신을 특별 회원으로 간주하여 특혜를 드리기에 충분할 것 같습니다.'

저는 말이 나온 김에 제가 예전부터 걱정하고 있던 이야기를 꺼냈습니다. 내가 장사를 하고 있어서 붉은머리협회에서 일하는 시간이 맞지 않으면 어떡하나 하는 것이었습니다. 그러자 옆에서 스폴딩이 먼저

'어휴, 그런 건 전혀 염려할 필요 없으세요, 사장님. 제가 대신 가게를 보면 되는걸요.'

라고 말했습니다. 제가 다시 일을 얼마만큼 하게 되느냐고 물었더니 사내가 오전 10시부터 오후 2시까지라고 대답해 주더군요.

홈즈 씨, 아시겠지만 전당포는 저녁 시간이 가장 바쁩니다.

특히 목요일과 금요일 저녁이 제일 바쁘지요. 사장들이 자신의 직원에게 급여를 줘야 하니까요. 오전 10시부터 오후 2시라니 저에게는 안성맞춤이었습니다. 거기다 스폴딩은 아주 훌륭한 점원이라 제가 마음 놓고 가게를 맡길 수 있었습니다.

'아주 잘 되었습니다. 급여는 얼마인지요?'

'일주일에 4파운드입니다.'

'무슨 일을 하게 되나요?'

'일이라고 할 것까지도 없는 형식적인 소일거리일 뿐입니다.'

'무슨 일인데요?'

'아, 그것보다도 중요한 게 있습니다. 근무 시간에는 반드시 사무실을 지켜 주셔야 합니다. 적어도 이 건물 안에는 항상 계셔야 합니다. 만약 건물 밖으로 한 발짝이라도 나간다면 영원히 회원 자격을 잃게 되실 겁니다. 유언장에 기재된 조건 중 하나이지요.'

'겨우 네 시간뿐인걸요. 밖으로 나가는 일은 없을 겁니다.'

제가 이렇게 대답했는데도 사내는 거듭 강조했습니다.

'어떤 상황이든지요. 변명은 통하지 않을 겁니다. 몸이 아프더라도, 가게에 무슨 일이 생기더라도, 절대 안 됩니다.'

'그런데 일은 무슨 일입니까?'

제가 다시 물었습니다.

'대영 백과사전을 필사하는 일입니다. 책장에 제1권이 보이시지요? 저것부터 시작해 주시면 되겠습니다. 잉크와 펜과 종이는 직접 준비해 주시길 부탁드리겠습니다. 여기 이쪽 테이블과 의자를 사용하시면 됩니다. 어떻게, 내일부터 가능하시겠습

니까?'

'물론입니다.'

'좋습니다. 오늘은 이만 돌아가셔도 됩니다. 저희 협회의 회원이 되신 것을 다시 한 번 진심으로 축하드리며, 환영합니다.'

그는 인사를 다 하고 우리를 친절하게 배웅해 주었죠. 돌아오는 길에 스폴딩과 저는 기뻐 날아갈 듯한 기분이었습니다. 집으로 돌아와서도 하루 종일 마음이 들떴습니다. 그런데 저녁이 되자 아무리 생각해 봐도 이 일이 믿겨지지 않아서 기분이 가라앉더군요. 그렇지 않나요? 이상한 유언도 그렇고, 겨우 백과사전을 필사하는 일로 일주일에 4파운드라는 거금을 지급하겠다니요. 고민하는 저를 보고 스폴딩은 이상할 게 없다고 설득했지만, 저는 잠잘 시간이 되었을 무렵에 그날 있었던 일을 없던 것으로 여기기로 마음먹었습니다. 하지만 다음날 아침에는 또 생각이 바뀌어 혹시 모르니 일단 가 보기나 하자는 마음이 되었습니다. 저는 반신반의하며 잉크병과 거위 깃털로 만든 펜, 그리고 종이 일곱 장을 들고는 포프 코트로 갔지요. 그런데 이것 참, 모든 것이 어제 약속한 대로였습니다. 테이블이 깨끗하게 준비되어 있었고 던컨 로스 씨도 와 있었지요. 로스 씨는 제가 A 항목을 써 내려가는 것을 확인하고는 밖으로 나갔습니다. 그리고 가끔씩 들어와 제가 일하는 것을 확인하곤 했지요. 2시가 되자 이젠 돌아가도 된다고 말하며 제가 필사한 내용을 칭찬해 주고 사무실 문을 잠갔습니다. 그렇게 하루하루가 가고 일을 시작한 지 일주일이 되자 로스 씨가 일주일 간의 급여라면서 1파운드짜리 금화 4개를 제게 줬습니다. 다음 주도, 그 다음 주도 똑같았습니다. 매일 아침 10시에 출근해서 오후 2시까지 일을 했지요. 로스 씨는 처음에는 오전 중에 한 번씩 얼굴을 비추더니 나중에는 전혀 사무실에 나오지 않았습니다. 하지만 저는 방 밖으로 나가지 않았어요. 언제 로스 씨가 나타날지도 알 수 없었고, 쓸데없이 실수를 저질러 좋은 일자리를 잃고 싶지도 않았기 때문입니다. 그렇게 8주가 지났고 저는 Abbots, Archery, Armour, Architecture, Attica 등등의 A 항목을 다 쓰고, 곧 B 항목을 시작할 예정이었습니다. 종이값으로도 돈이 꽤 나갔고 제가 필사한 종이가 놓인 선반도 벌써 하나가 꽉 차고 있었으니 어마어마하게 써 댔지요. 그런데 저의 평온한 일자리는 오래가지 않았습니다."

"오래가지 않았다니요?"

"오늘 아침입니다. 여느 때와 다름없이 10시에 출근을 했더니 문이 잠겨 있고 그 문 위에 네모난 종이가 붙어 있었습니다. 이건데, 한번 봐 주시지요."

윌슨은 이렇게 말하며 하얀색 메모를 내밀었고 거기에는 이렇게 적혀 있었다.

'1890년 10월 9일 – 붉은머리협회 해체'

짧고 냉정한 통지문 한 줄과 그 너머로 보이는 윌슨의 슬픈 얼굴을 보는 순간 홈즈와 나는 터져 나오는 웃음을 도저히 숨길 수가 없었다.

"뭐가 그렇게 우스운 거죠?"

두피 끝까지 빨갛게 물들일 만큼 붉어진 얼굴로 윌슨이 소리쳤다.

"비웃을 거라면 차라리 다른 곳으로 가지요."

"아니, 아니요. 그런 게 아닙니다, 윌슨 씨."

홈즈가 자리에서 일어나려던 윌슨 씨를 다시 의자에 붙잡아 앉히며 말했다.

"이번 사건은 놓칠 수 없습니다. 이렇게 특별한 사건도 드무니까요. 하지만 솔직히 말씀드리면 우스운 면도 없지 않은 것이 사실입니다. 이 종이를 발견한 뒤에는 어떻게 하셨습니까?"

"제가 얼마나 놀랐는지 아십니까? 힘이 쭉 빠지더군요. 어떻게 해야 좋을지 전혀 알 수 없었습니다. 눈앞이 깜깜하더이다. 건물 안의 다른 사무실을 찾아가 물어봤지만 아무도 붉은머리협회를 알지 못했습니다. 그래서 건물 주인을 찾아갔지요. 건물 주인은 1층에 있는 회계사입니다. 그런데 그는 붉은머리협회는 물론이고 던컨 로스라는 이름도 처음 들어 본다고 했습니다.

제가 말했죠.

'그 4호실의 신사 말입니다.'

'아, 그 머리가 빨간 사람을 말하는 거로군요?'

주인이 묻더군요.

'맞아요.'

'그 사람의 이름은 윌리엄 모리스요. 변호사인데 새로운 사무실이 준비될 때까지 잠시 이 사무실을 사용하겠다고 했고 어제

새로운 사무실로 이사한다고 하셨소.'

'어디로 가면 만날 수 있을까요?'

'새로운 사무실의 주소를 알고 있소. 그러니까 거기가……. 그렇지, 세인트 폴 성당 근처 킹 에드워드 17번지라고 일러 주고 갔소.'

나는 얘기를 듣자마자 바로 그곳으로 찾아갔습니다. 그런데 거기에 뭐가 있었는지 아십니까? 바로 의족을 만드는 공장이었습니다! 더 황당한 것은 그곳에 있는 사람 중 누구도 윌리엄 모리스나 던컨 로스를 알지 못한다는 거였습니다!"

윌슨이 흥분하며 말했다.

"그 다음엔 어찌하셨나요?"

홈즈가 물었다.

"집으로 돌아왔지요. 별다른 수가 있었겠습니까. 그리고 스폴딩에게 이 어이없는 사건을 이야기했습니다. 하지만 그 친구라고 뾰족한 수가 있겠습니까? 그는 조금 기다리면 편지라도 한 통 오지 않겠느냐며 저를 위로했습니다. 하지만 전혀 위로가 되지 않았습니다. 참 좋은 일자리였는데……. 예전에 홈즈라는 분이 어려운 사건을 해결해 준다는 소문을 들은 기억이 있어 이렇게 찾아오게 되었습니다."

"매우 현명한 결정을 하셨습니다. 말씀을 들어보니 아주 특별한 사건입니다. 그리고 겉으로 드러나 있는 것보다 훨씬 더 중요한 사건인 듯합니다. 혼신을 다해 조사해 보도록 하겠습니다."

"중요하고 말고요! 일주일에 4파운드나 받을 수 있는 일자리가 하루아침에 사라져 버렸는데요! 게다가 이번 주 급료는 아예 받지도 못했다니까요!"

"하지만 윌슨 씨, 그 협회에 불만을 품는 건 조금 욕심이신 듯합니다. 백과사전 A 항목의 내용을 모두 자세히 알게 되면서 30파운드 넘게 돈을 버신 것 자체가 행운이라고 생각됩니다. 외람된 말씀이지만 손해 보신 건 아무것도 없는 것 같습니다."

"그렇긴 하지요. 하지만 저는 그들의 정체를 알고 싶습니다. 그들이 누구인지, 왜 이런 장난을 쳤는지, 왜 갑자기 사라졌는지 말입니다. 장난에 32파운드라면 너무 과하지 않습니까?"

"제가 조사해 드린다고 말씀드리지 않았습니까. 그전에 몇 가지 여쭙고 싶은 게 있는데, 처음 그 광고를 보여 준 사람이 스폴딩이란 점원이라고 하셨죠? 언제부터 가게에서 일하기 시작했나요?"

"음, 그 신문 광고를 보기 약 한 달 전부터입니다."

"어떻게 고용하게 되셨나요?"

"제가 낸 구인 광고를 보고 찾아왔지요."

"광고를 보고 찾아온 구직자는 그 사람뿐이었나요?"

"아닙니다. 한 열두 명쯤 왔지요."

"그 사람들 중에서 스폴딩을 고용하신 특별한 이유가 있나요?"

"좋은 사람 같아 보였고, 무엇보다 원하는 보수가 높지 않았어요."

"아, 다른 사람들의 반 정도만 준다고 아까 말씀하셨죠?"

"바로 그거요!"

"스폴딩이란 사람, 어떤 사람입니까?"

"작지만 다부진 체격에 몸이 아주 민첩합니다. 서른이 넘은 것 같은데 얼굴에 수염이 없다는 게 좀 특이하지요. 그리고 이마에 화상으로 보이는 하얀 반점이 있습니다."

이 말을 듣고 홈즈는 귀가 솔깃한 듯 자세를 바꿔 앉았다.

"그럴 줄 알았습니다. 혹시 그 사람 양쪽 귀에 귀 뚫은 자국이 있지 않습니까?"

"맞아요. 어렸을 때 집시가 뚫어 줬다고 하더군요."

"흠."

홈즈는 의자에 등을 대고 잠시 생각에 잠겼다. 그러고 나서 다시 물었다.

"아직 가게에 있지요?"

"그럼요, 조금 전에 가게에서 보고 왔는걸."

"사장님이 안 계셔도 괜찮나요?"

"괜찮고 말고요. 업종의 특성상 오전에는 별로 중요한 일이 없습니다."

"알겠습니다, 윌슨 씨. 하루 이틀 내에 사건에 관한 제 의견을 알려 드릴 수 있을 것 같습니다. 오늘이 토요일이니 월요일까지는 해결할 수 있을 것으로 보입니다."

"왓슨, 자네 생각은 어떤가?"

의뢰인이 돌아가자 홈즈가 내게 물었다.

"사실 뭐가 뭔지 하나도 모르겠어. 정말 이상한 사건 같긴 하네."

나는 솔직하게 대답했다.

"사건이 이상해 보일수록 실체는 별것 아닌 경우가 많아. 평범하고 흔한 얼굴일수록 기억하기가 더 어려운 것과 같이 평범하고 흔해 보이는 사건일수록 복잡한 미로 같은 사건일 경우가 많은 법이지. 어쨌든 확실한 건 우리가 이 사건을 빨리 해결해야한다는 걸세."

"그럼 이제 어떻게 하나?"

내가 물었다.

"일단 담배를 피우겠네. 사실 말이지, 이번 사건은 담배를 한세 번만 피우면 해결될 문제일 것 같아. 한 50분 정도만 방해하지 말아 주게나."

홈즈는 이렇게 말하고는 의자에 앉아 그의 마른 다리를 날카로운 코끝에 닿을 만큼 들어 올려 몸을 둥글게 말았다. 그리고 점토로 만든 검은 파이프를 괴기스러운 새의 부리처럼 입에 물고는 눈을 감은 채 오랫동안 생각에 빠져들었다. 홈즈가 한동안 움직이지 않기에 나도 곧 꾸벅꾸벅 졸고 말았다. 그런데 갑자기 홈즈가 의자에서 벌떡 일어나더니 들고 있던 담뱃대 파이프를 난로 위에 올려놓으며 말했다.

"오후에 세인트 제임스 홀에서 사라사테의 연주회가 열려. 왓슨, 병원 일은 두어 시간쯤 안 해도 별 지장이 없겠나?"

"오늘은 꽤 한가해. 언제나 환자를 많이 받지 않았던 거 알지 않나."

내가 대답했다.

"잘 됐어! 모자를 쓰고 따라나서게. 시내에서 점심 식사를 하고 연주회에 가면 되겠네. 프로그램을 보면 독일 곡이 많아. 나는 이탈리아나 프랑스 곡보다 독일 곡을 더 좋아하지. 독일 음악은 생각을 많이 해야 할 지금 나에게 안성맞춤이야!"

우리는 지하철을 타고 올더스케이트까지 갔다가 그곳에서 멀지 않은 삭스 코버그 광장으로 갔다. 의뢰인인 윌슨의 가게와 집이 있는 곳이었는데, 작고 후미지며 답답했다. 철책으로 둘러쳐진 중앙의 작은 공터에는 무성한 잡초와 생기 없는 월계수들이 자라고 있었고, 사방으로는 거무칙칙한 색깔의 2층짜리 벽돌 건물들이 눈에 띄었다. 모퉁이 끝에 위치한 가게 앞에 '전당포'라고 적힌, 금빛 구슬이 세 개 달린 표지판이 걸려 있었다. 갈색 바탕에 하얀색 글씨로 '자베즈 윌슨'이라고 쓰인 간판도 함께 걸려 있었다. 바로 그 붉은 머리 의뢰인의 가게였다. 가게 앞에 멈춰 선 홈즈는 고개를 갸우뚱거리더니 눈을 가늘게 뜨고 초롱초롱한 눈빛으로 주위를 이리저리 관찰했다. 그리고 전당포 바로 앞 인도를 지팡이로 두어 번 두드려 보더니 이내 가게 문을 노크했다. 문은 바로 열렸다. 깔끔하게 면도한, 똑똑해 보이는 청년 하나가 얼굴을 내밀고 우리를 안으로 안내했다.

"감사합니다만, 길을 좀 묻고 싶어서요. 스트랜드로 가려 하는데 어떻게 가나요?"

홈즈가 말했다.

"아 네, 세 번째 골목에서 오른쪽으로 꺾어 쭉 가시다가, 다시 네 번째 골목에서 왼쪽으로 돌아가시면 됩니다."

청년은 빠른 속도로 똑 부러지게 설명하더니 이내 문을 닫고 들어가 버렸다.

"참 영특한 사내군. 아마 런던에서 네 번째로 비상한 머리를 가진 사내일 거야. 대담하기로 말하자면 세 손가락 안에 들겠지. 저 사람에 대해서라면 예전부터 조금 들은 바가 있지."

문에서 한 걸음 뒤로 발을 옮기며 홈즈가 말했다.

"저 점원이 붉은머리협회와 연관이 있을 거라고 생각하는 거지? 자네는 저 사람을 보기 위해서 길을 물어본 거였어."

내가 말했다.

"아니야. 저 사람을 보고 싶었던 게 아니야."

홈즈가 대답했다.

"그럼 무엇 때문에?"

"저자가 입고 있는 바지의 무릎을 확인하고 싶었어."

"그래? 확인하고 싶었던 걸 확인했나?"

"응, 내가 예상한 대로였어."

"그럼 조금 전에 인도는 왜 두드린 건가?"

"왓슨, 미안한데 지금은 조사를 할 때지 이야기를 할 때가 아닌 것 같네. 우리는 지금 적지에 들어와 있는 스파이거든. 삭스 코버그 광장 조사는 끝났으니 이제 그곳을 조사해 보도록 하지."

우리는 삭스 코버그 광장에서 모퉁이 하나를 돌아 큰 번화가 쪽으로 나왔다. 모퉁이 하나를 끼고 동전의 앞뒤 면과 같이 전혀 다른 풍광이 펼쳐졌다. 그곳은 구 시가지의 북쪽과 서쪽을 연결하는 대로 중 하나였다. 차도가 두 줄로 길게 뻗어 차들로 꽉 차 있었으며 인도는 거리를 걷는 수많은 사람들 때문에 아예 새카맣게 보일 정도였다. 번쩍번쩍한 가게들과 장대해 보이는 건물들이 늘어서 있었다. 이렇게 화려한 곳이 그토록 낡고 초라한 광

190

장과 등을 맞대고 존재한다는 것이 신기했다.

"어디 보자."

홈즈는 모퉁이에 서서 거리를 둘러보기 시작했다.

"여기 있는 건물들을 순서대로 말해 보도록 할까? 런던에 대해 정확한 정보를 수집하는 것은 내 오랜 취미거든. 제일 앞에 있는 것은 모티머 가게, 그 다음은 담배 가게, 그 다음은 신문 판매소, 그 다음은 시티 앤 서버밴 은행 코버그 지점, 그 다음은 채식 요리 전문점, 그리고 그 다음은 맥팔레인 마차 회사의 창고, 그 다음 건물부터는 다른 구역 관할! 친구, 이걸로 오늘 조사는 끝이야. 앞으로 벌어질 일이 기대되는군. 샌드위치에 커피라도 한잔한 다음 바이올린의 세계에 빠져 볼까. 붉은머리협회 같은 기묘한 이야기가 우리를 힘들게 하는 일이 없는 음악의 나라로 말이야."

홈즈는 대단한 음악 애호가였다. 연주 실력도 뛰어나고 작곡에도 능했다. 홈즈는 그날 오후, 세상에서 제일 행복한 표정으로 연주회장의 가장 앞좌석에서 음악에 심취해 공연 내내 길고 가는 손가락을 조용히 움직이며 연주를 즐겼다. 음악을 들을 때 그가 짓는 부드러운 미소와 꿈결을 거니는 듯한 표정은 평소 엄격하고 냉정한 명탐정 홈즈의 모습과는 전혀 딴판이었다. 홈즈는 두 가지 극단적인 성격을 가진 사람이었다. 지금과 같이 예술을 곁에 두고 깊은 명상에 잠긴 모습과 일할 때 나타나는 기민하고 날카로운 모습은 필요에 따라 반동하여 나타났다. 다시 말해, 홈즈가 며칠이고 팔걸이의자에 몸을 묻고 앉아 곡을 쓰거나 고서를 읽고 있을 때가 범인에게는 가장 위험한 순간이었다. 그런 예술적 영감 속에서 그의 추리력은 극에 달하기 때문이다. 그 시간이 지나면 홈즈는 곧 사건을 완전히 이해하고 범인을 옭아매곤 했다. 홈즈가 어떤 방법으로 조사하는지 알지 못하는 사람들은 홈즈가 이상한 힘을 가지고 있거나 그런 힘을 빌려 사건을 해결한다고 생각하기도 했다. 이날 세인트 제임스 홀에서 음악에 빠져 있는 홈즈를 바라보던 나도 그런 느낌을 받았다. 하지만 나는 지금 그가 쫓고 있는 사람이 곧 아주 심각한 곤경에 빠지게 되리라는 것을 짐작할 수 있었다.

"왓슨, 자네는 바로 돌아가야겠지?"

홀에서 나오면서 홈즈가 내게 물었다.

"응, 그래야 할 것 같아."

"거대한 범죄가 진행되고 있어. 하지만 아직 막을 시간은 있다고 믿네. 오늘이 토요일이라는 게 자네한테 조금 미안하긴 하지만 오늘 밤은 자네 도움이 필요할 것 같아."

"몇 시쯤?"

"밤 10시쯤."

"알았네. 10시까지 베이커가로 가지."

"고마워, 위험한 상황이 벌어질지도 모르니 군용 권총을 주머니에 숨겨 가지고 오는 게 좋겠어."

홈즈는 이렇게 말하고 손을 흔들며 인파 속으로 사라졌다. 나는 내가 평균보다 머리가 좋다고 생각하지만 홈즈와 있을 때면 항상 바보가 된 기분이 들었다. 이 사건만 해도 분명 나는 홈즈와 똑같은 말을 듣고 똑같은 것을 보았지만, 무슨 일이 일어나고 있는지 전혀 감을 잡지 못했다. 그에 비해 홈즈는 무슨 일이 일어나고 있는지, 그리고 앞으로 어떤 일이 진행될 것인지 꿰뚫고 있는 듯 보였다. 나는 켄싱튼의 집으로 돌아가는 마차 안에서 이번 사건을 처음부터 다시 되짚어 보았다. 대영 백과사전을 필사했던 붉은 머리의 의뢰인의 이야기부터 오후에 삭스 코버그를 둘러보았던 일, 그리고 홈즈가 나에게 해 줬던 이야기를 전부 조합해서 어떻게든 내 나름대로 사건을 생각해 봤다. 하지만 나는 이게 어떤 사건인지 전혀 알 수가 없었다. 홈즈가 내게 준 힌트를 종합해 보면 분명 전당포 점원은 악당이며 커다란 사건을 꾸미고 있는 듯했다. 그렇지만 나는 수수께끼를 풀 수 없었다. 오늘 밤에 도대체 무슨 일이 일어난다는 것인지, 왜 권총이 필요한지, 나와 홈즈가 어디서 무엇을 하게 될지, 궁금한 것 투성이었다. 나는 밤이 되면 모든 것을 알게 될 것이라는 생각으로 그때까지 기다리기로 했다.

나는 9시 15분에 집을 나섰다. 공원을 가로지르고 옥스퍼드 가를 지나 베이커가로 들어갔다. 홈즈의 하숙집 앞에 도착하니 집 앞에 두 대의 이륜마차가 서 있었다. 내가 입구에 들어섰을 때 2층에서 대화 소리가 들렸는데, 방에 가 보니 홈즈가 두 남자와 함께 신이 나서 이야기를 하고 있었다. 한 명은 나도 알고 있는 경찰청의 피터 존스였고, 또 다른 한 명은 나와 일면식도 없는 마르고 키가 큰, 얼굴에서 왠지 슬픔 같은 것이 느껴지는 사람이었다. 그는 아주 고급스러운 실크 모자를 손에 들고 있었고 지나치게 고급스러워 오히려 거북한 느낌까지 주는 프록코트를 입고 있었다.

"왓슨이군! 좋아, 이제 다 모였어!"

홈즈는 이렇게 말하고 두꺼운 모직 재킷의 단추를 채우며 사냥용 채찍을 선반 위에서 꺼냈다.

"왓슨, 런던 경찰청의 존스는 알고 있지? 이분은 메리웨더 씨네. 오늘 밤 우리와 함께 모험에 참여하실 분이네."

"이번에도 함께 사냥을 하게 되었습니다, 의사 선생님. 홈즈 씨가 사냥감을 모는 데 어찌나 탁월하신지요. 하지만 몰기만 해선 안 되지요. 사냥감의 숨통을 끊기 위해선 나처럼 숙련된 개 한 마리쯤은 필요한 법이거든요."

존스가 무척 오만한 말투로 말했다.

"설마 기러기 한 마리를 사냥하려고 이런 소란을 피우는 것은 아니시겠죠?"

메리웨더란 사람은 퉁명스럽게 말했다.

"홈즈를 믿으셔도 좋습니다. 그에게는 그만이 가진 고유의 수사법이 있으니까요. 물론 홈즈의 수사는 이론과 공상에 치우치는 면이 조금 있긴 하지요. 하지만 저는 그에게 탐정으로서의 자질은 충분하다고 생각합니다. 숄토 살인 사건을 봐도 그렇고, 아그라의 보물 사건 때도 우리 경찰보다 훨씬 더 정확하게 사건을 파악하고 계셨죠."

존스가 말했다.

"존스 씨, 당신이 그렇게 말씀하시니 믿어 보겠습니다. 하지만 토요일 밤에 카드 게임에서 빠지는 일은 27년 만에 처음 있는 일이라 개인적으로 참 안타깝습니다."

"너무 아쉬워하지 마시죠, 존스 씨. 오늘 밤, 지금까지 한 번도 경험하지 못했던 흥미진진한 승부를 가르게 되실 것입니다.

카드 게임보다 훨씬 더 가슴 뛰는 승부가 되겠지요. 메리웨더 씨, 당신은 이번 게임에 30,000파운드를 걸고 계십니다. 그리고 존스, 자네는 전부터 그렇게 잡고 싶어하던 바로 그 범인을 건 셈일세."

홈즈가 자신 있게 말했다.

"그렇죠. 존 크레이, 그 녀석! 살인을 비롯해 절도에, 화폐 위조에, 세상의 온갖 범죄란 범죄는 전부 다 저지르고 다닌 녀석이니까요. 젊은 녀석이 얼마나 범죄를 저질렀으면 그쪽에서는 아주 명성이 자자하지요. 메리웨더 씨, 그 녀석은 제가 꼭 잡아서 제 손으로 수갑을 채우고 싶은 놈입니다. 그 녀석의 할아버지는 공작이었습니다. 그 녀석도 이튼스쿨을 거쳐 옥스퍼드대학을 다녔을 정도로 엘리트였고요. 머리도 비상하고 손재주도 뛰어난데, 그런 능력을 이런 데 악용할 줄이야! 사건이 일어날 때마다 그 녀석의 짓이라는 흔적은 찾을 수 있었지만 절대 잡히지는 않더군요. 이번 주에 스코틀랜드에서 도둑질을 했다 싶으면 다음 주에는 콘월에서 사기꾼 짓을 하고 있었지요. 벌써 수년째 녀석을 잡으려고 쫓고 있지만 아직 녀석의 머리카락 한 올 제대로 보지 못했어요."

존스 씨가 푸념했다.

"하하, 오늘 밤에 제가 그를 소개해 드릴 수 있을 것 같군요. 저도 존 크레이의 사건에 한두 번 관여한 적이 있었는데, 어찌 됐든 간에 그 녀석은 이 방면의 일인자가 틀림없습니다. 이런, 벌써 10시가 넘었군요. 어서 출발합시다. 두 분이 함께 타고 가시면 왓슨과 제가 뒤따르겠습니다."

홈즈는 나와 함께 마차를 타고 가는 동안 좌석에 몸을 깊숙이 묻고 연주회에서 들었던 곡을 흥얼거릴 뿐 아무 말도 하지 않았다. 꽤 오래 가스등 불빛이 켜진 복잡한 길을 지나 마차는 드디어 파링턴가로 들어섰다. 홈즈가 드디어 입을 열었다.

"거의 다 왔군. 왓슨, 저 메리웨더라는 사람은 은행의 중역인데 이번 사건과 직접적인 관계가 있어. 존스는 나쁜 사람은 아닌데 영리하지가 못해. 하지만 불독처럼 용맹스럽고 한번 눈에 띈 범인은 결코 놓치지 않는 장점을 가진 경찰관이야. 아, 다 왔네. 저기 두 사람이 우리를 기다리고 있군."

그곳은 오늘 오전에 내가 본 그대로였다. 우리 일행은 마차를 돌려보내고 메리웨더가 안내하는 곳으로 갔다. 좁은 길을 따라가다 옆으로 따로 나 있는 골목으로 들어갔고, 메리웨더가 열어준 뒷문으로 건물 안으로 들어갔다. 내부는 좁은 복도로 연결되어 있었는데 복도 끝에는 아주 튼튼해 보이는 철문이 세워져 있었다. 메리웨더는 그 문을 열어 나선형의 돌계단으로 우리를 인도했는데 그 끝에는 육중한 문이 하나 더 버티고 있었다. 문 앞에서 멈춰 선 메리웨더는 램프에 불을 붙이고 우리를 문 너머의 어두운 흙벽 통로로 인도했다. 통로의 끝에는 지하 창고 같은, 동굴처럼 큰 방이 하나 있었는데 벽 주위로 크고 작은 상자들이 쌓여 있었다.

"위에서 들어오진 못하겠군요."

홈즈가 랜턴을 높이 들고 주위를 둘러보며 말했다.

"밑으로도 마찬가지입니다."

메리웨더가 손에 쥐고 있던 지팡이로 바닥에 깔린 돌을 두드리며 말했다. 그런데 그 순간 의기양양하던 메리웨더가 소스라치게 놀라며 소리쳤다.

"에엣! 이거 소리가 왜 이래? 무슨 텅 빈 소리가 나는데!"

"조용히 해 주세요! 어렵게 기회를 잡아 출동했는데 당신 때문에 모두 허사가 될지도 모른다고요. 제발 방해하지 말고 저기, 저쪽 상자 위에 조용히 앉아 계시길 부탁드리겠습니다."

홈즈가 엄격하면서도 낮은 목소리로 말했다.

메리웨더는 상처 받은 표정으로 나무 상자로 걸어가 그 위에 걸터앉았다. 홈즈는 랜턴과 돋보기를 든 채 바닥에 무릎을 꿇고 앉아 돌과 돌 사이를 들여다봤다. 2, 3초 지났을까, 홈즈가 뭔가를 알아냈는지 벌떡 일어나 주머니에 돋보기를 넣고 이렇게 말했다.

"적어도 한 시간 정도의 여유가 있겠군요. 전당포 주인이 잠들기 전까지는 녀석도 움직이지 않을 거예요. 하지만 그가 잠들면 곧장 일에 착수하겠지요. 조금이라도 빨리 일을 해치워야 그만큼 도망칠 시간을 벌 테니까요. 왓슨, 자네도 이미 짐작하고 있겠지만 지금 우리가 있는 곳은 런던에서 손꼽히는 은행 지점의 지하실이네. 메리웨더 씨가 이곳의 지점장이고. 런던의 악당들이 왜 이 지하실을 노리고 있는지 지금부터 이유를 설명해 주실 걸세. 메리웨더 씨?"

"프랑스의 금화 때문일 겁니다. 그렇지 않아도 악당들의 표적이 될지 모르니 주의하라는 권고가 위에서 계속 내려왔습니다."

메리웨더가 중얼거리듯 말을 시작했다.

"몇 개월 전에 프랑스의 은행에서 나폴레옹 금화를 30,000 개 빌렸고 그것을 개봉하지 않은 채로 이 지하실에 쌓아 두었는데 어찌어찌해서 그 일이 소문이 난 것 같습니다. 제가 지금 앉아 있는 이 상자에도 나폴레옹 금화가 2,000개씩 납으로 만든 얇은 판에 싸여 담겨 있지요. 이렇게 많은 금화를 하나의 지점에 보관하는 일은 처음이라 은행의 중역들 모두 걱정이 태산이긴 합니다."

"그러시겠지요. 자, 그럼 우리도 미리 계획을 세워야 하지 않을까요? 사건의 클라이막스는 앞으로 한 시간 안에 벌어질 테니까요. 메리웨더 점장님, 그때까지 램프에 덮개를 좀 씌워 주셨으면 합니다."

홈즈가 말했다.

"그럼 완전 암흑이 될 텐데요?"

메리웨더 점장이 물었다.

"그래도 어쩔 수 없습니다. 저도 사람이 네 명이니 두 사람이 한 편을 먹고 카드 게임이라도 할 수 있을까 하여 카드를 한 벌 준비해 왔습니다. 점장님께서 좋아하시는 카드 게임이지요. 하지만 막상 도착해서 보니 우리의 적이 준비를 보통 철저하게 해 놓은 것이 아니네요. 불을 켜고 기다리는 호사는 오늘 우리에게 허락되지 않을 것 같습니다. 우선 각자의 위치를 정해야 할 것 같은데, 신중을 기하지 않으면 우리가 다칠 수도 있습니다. 저는 이 나무 상자 뒤에 있겠습니다. 여러분은 저쪽에 있는 큰 상자 뒤에 숨으세요. 제가 범인에게 불을 비추면 일제히 달려오셔야 할 것입니다. 왓슨, 범인이 만일 총을 쏜다면 자네도 주저하

198

지 말고 쏴 버려."

나는 홈즈의 말에 따라 권총을 장전하여 내가 숨어 있을 나무 상자 위에 올려놓았다. 홈즈가 손전등에 덮개까지 씌우자 지하실은 순식간에 어둠에 점령됐다. 희미한 불빛조차 없는 칠흑 같은 어둠, 그 자체였다. 무언가 타는 냄새가 났기 때문에 나는 홈즈가 언제라도 불을 켤 수 있도록 준비하고 있다는 사실을 알 수 있었다. 긴장 때문인지 마음이 답답했고, 차고 눅눅한 지하실의 공기는 가슴을 더욱더 심하게 짓눌렀다.

"도망갈 길은 하나뿐이야. 건물 안을 지나서 삭스 코버그 광장으로 돌아가는 길. 존스 씨, 부탁한 대로 조치하셨죠?"

홈즈가 속삭였다.

"경관 세 명을 문 앞에 배치해 두었으니 염려 놓으시오."

존스가 대답했다.

"꼼짝없이 갇히겠군. 자, 이제 조금만 참고 조용히 기다립시다."

홈즈가 결의를 다지며 말했다.

하지만 시간은 왜 그리도 더디게 가는지! 나중에 홈즈와 이야기를 나누다 알게 된 사실인데 실제로 우리는 그곳에서 1시간 15분을 기다렸다. 나는 이미 해가 떠서 아침이 된 건 아닐까 하는 생각을 했을 정도로 1분 1초가 너무나 힘겨웠다. 부동자세로 오랜 시간 있었기 때문에 처음에는 손발이 저리다가 나중에는 나무 막대기처럼 딱딱하게 굳어 버렸다. 게다가 신경은 최고로 날카로워져 사람들의 숨소리가 아주 또렷하고 커다랗게 들려왔다. 거구인 존스 씨의 묵직한 숨소리와 메리웨더 점장의 가는 한

숨 소리가 정확하게 구분되었다.

나는 지쳐서 반쯤 넋이 나간 채로 상자 너머 바닥을 멍하니 바라보고 있었는데, 갑자기 그곳에서 반짝 하고 한줄기 불빛이 들어왔다. 처음에는 작고 푸르스름한 빛이 희미하게 보이더니 점점 커져 노란색 선이 되었고, 돌 사이로 갈라진 틈이 보였다. 그 틈 사이로 여자의 손처럼 허연 손이 불쑥 나타났고 그 손은 1분쯤 주위를 더듬었다. 그리고 어느 샌가 그 손은 쓱 사라졌다. 갈라진 틈으로는 푸르스름한 불빛만 남았다. 하지만 얼마 지나지 않아 또 덜컥덜컥하는 소리가 들려왔고 크고 하얀 돌이 위로 불쑥 솟아올랐다. 횡하게 뚫린 사각형 구멍 사이로 손전등의 불빛이 흘러나왔고, 그 안으로 잘생긴 앳된 얼굴 하나가 눈에 들어왔다. 그 청년은 주위를 휙 둘러본 다음 구멍 한쪽 끝을 손으로 잡고 자신의 몸을 위로 들어 올렸다. 그런 다음 뒤에 오는 사람을 잡아 올렸다. 뒤에 올라온 사람은 작은 체구에 창백한 얼굴을 한 사내였는데, 붉은 머리카락이 눈에 띄었다. 먼저 나온 남자가 '됐어. 끌하고 자루는 가지고 왔지?'하고 말하다가 갑자기 '앗! 뭐야! 아치, 뛰어내려! 걸렸어!'하고 소리쳤다.

홈즈가 달려들어 먼저 들어온 남자의 목깃을 붙잡았고, 그 틈에 아치라는 남자는 구멍으로 들어갔다. 존스도 그의 상의 옷깃을 붙잡았는지 찌이익하고 옷 찢어지는 소리가 들렸다. 총신이 번쩍하는 게 보였고 홈즈가 채찍으로 남자의 손목을 내려치는 것도 보였다. 총은 바닥으로 떨어졌다.

"허튼짓하지 마, 존 크레이. 이제 모든 게 끝났어."

홈즈가 조용히 말했다.

"하, 그런 것 같군."

남자도 담담한 목소리로 대답했다.

"내 친구는 잘 **빠져나갔을** 테지. 비록 옷깃을 남기기는 했지만 말이야."

"우릴 바보로 아는가? 밖에 세 사람이나 대기시켜 놨네."

홈즈가 말했다.

"오, 그런가? 준비성이 대단하구먼 그래."

"자네야말로. 붉은머리협회라, 하하. 아주 기발했어."

두 사람이 담담한 어조로 대화를 이어 가고 있을 때 존스가 끼어들었다.

"곧 친구를 만나게 해 주마. 그 친구 뛰어내리는 기술이 기가 막히더군. 내가 선생으로 모셔야 할 판이야. 자, 자네 손에 수갑을 채워 주지."

"어디 그 더러운 손을 내 몸에 갖다 대는가? 나는 왕실의 피가 흐르는 몸이야. 내게 말할 때는 예를 갖춰 말하게나! '황송하지만', '나리' 이런 용어들을 사용해서 말이지!"

수갑을 채우는 동안 존 크레이가 말했다.

어이가 없다는 듯 눈을 크게 뜬 존스는 킥킥대며 이렇게 말했다.

"어려울 것도 없지. 자, 황송하지만 계단을 좀 올라가 주시겠사옵니까, 크레이 님? 제가 경찰서까지 나리를 모실 마차를 대령해 놓았습니다."

"그렇지!"

존 크레이는 귀족처럼 침착하고 고상한 태도를 유지하며 우리 세 사람에게 가볍게 예를 갖춰 인사한 다음 존스와 함께 밖으로 나갔다. 우리도 곧 그 뒤를 따라 지하실에서 나와 계단을 올라갔다.

"홈즈 씨, 너무나 큰일을 해 주셨습니다. 저희 은행이 선생님께 보답할 방법이 있겠습니까? 이렇게 큰 피해를 막아 주시고 강도 또한 멋지게 체포해 주셨으니 말입니다."

메리웨더 점장이 말했다.

"저도 그 사람한테 당한 적이 몇 번 있어서 이번에 그걸 갚아 준 것뿐입니다. 이번 사건 때문에 쓴 비용이 약간 있는데 그것은 은행 쪽에서 처리해 주시는 것으로 알겠습니다. 여러 가지 재미있는 경험을 했고 붉은머리협회라는 기상천외한 이야기까지 들었으니, 저는 여한이 없군요."

그렇게 밤이 지나고 베이커가의 방으로 돌아온 우리는 아침 해를 기다리며 위스키소다를 마셨다. 그때 나는 홈즈의 설명을 들을 수 있었다.

"그러니까 왓슨, 붉은머리협회의 엉뚱한 광고와 백과사전 필사 같은 것은 어수룩한 전당포 주인이 매일 몇 시간씩 가게를 비우게 하려고 그자들이 꾸민 짓이었어. 이건 너무나 쉽게 알 수 있었지. 붉은머리협회라는 말을 듣자마자 나는 그것이 그저 장치에 불과하다는 것을 눈치챘네. 엉뚱하긴 하지만 정말 영리한 방법이었지? 물론 머리 좋은 크레이가 자기 동료의 빨간 머리카락을 잘 활용한 방법이었지. 몇 천 파운드가 들어오는 일을 진행 중인데 경비로 일주일에 4파운드 정도의 지출은 아무것도 아니었을 거네. 그들은 일단 신문에 광고를 내고, 한 명은 사무실에서 협회 관계자 역할을, 다른 한 명은 전당포 주인이 붉은머리협회에 가입하도록 유도하는 역할을 맡았지. 그렇게 둘이 합심해 전당포 주인이 매일 가게를 비우도록 만든 거야. 점원이 다른 사람이 받는 급여의 절반만 받으며 일한다는 말을 들었을 때부터 점원에게 다른 목적이 있다는 것을 알 수 있었어."

"그 목적은 어떻게 알아낸 건가?"

"전당포에 여자가 있었다면 어떤 음탕한 목적일 거라고 의심했겠지만 그런 것도 아니었고, 전당포 주인이 부유한 것도 아니어서 뭔가를 훔치려는 의도도 아니라고 생각했지. 그렇다면 답은 하나야. 집 밖의 다른 것에 이유가 있다는 거지. 그 점원이 사진을 좋아해 지하실로 자주 내려간다는 이야기를 듣고는 지하실에 뭔가 단서가 있다는 데 생각이 닿았네. 그래서 전당포 주인에게 점원에 관해 이것저것 물어 확인했고, 그 점원이 런던에서 가장 악명 높은 악당, 존 크레이라는 사실을 알아냈어. 그런 그가 매일 몇 시간씩 몇 달에 걸쳐 지하실에서 무언가를 하고 있다니 다른 건물로 통하는 터널을 파고 있다는 생각이 금방 들더군. 자네와 둘이 전당포를 보러 간 날 이미 거기까지 추리를 끝낸 상태였어. 자네는 내가 지팡이로 인도를 두드리는 것을 이상하게 생각했겠지만 그건 지하실이 어느 방향으로 나 있는지 확인하려는 것이었네. 확인 결과 지하실은 집 뒤쪽으로 나 있더군. 점원의 얼굴을 직접 확인하고, 녀석의 무릎을 유심히 봤어. 유난히 심하게 주름이 잡혀 있었고 많이 닳

앗을 뿐 아니라 흙투성이더군. 당연한 거야. 매일 같이 굴을 팠을 테니까. 남은 문제는 그들이 어디로, 무엇 때문에 터널을 파는가 하는 것이었네. 그것을 알아보기 위해 모퉁이를 돌아 뒤쪽으로 가 보니 시티 앤 서버밴 은행이 전당포를 바로 등지고 있었지. 그 순간 나의 생각은 모두 정리가 됐네. 연주회가 끝나고 자네와 헤어진 뒤 런던 경찰청에 들러 은행 지점장까지 만나고 돌아왔지. 그 후부터는 자네와 쭉 함께했으니 설명할 필요 없을 테고."

"그럼 범인들이 거사를 치를 날이 오늘이라는 것은 어떻게 알아낸 건가?"

"붉은머리협회가 해체됐다는 것은 이제 윌슨 씨가 가게에 있어도 된다는, 그러니까 터널을 다 팠다는 이야기겠지. 터널을 다 파 놓았다면 터널이 발견되거나 금화가 다른 지점으로 옮겨질지도 모르니 하루라도 빨리 금화를 빼내야 했을 걸세. 토요일에 금화를 빼돌리면 그 다음 날은 일요일이니까 은행 사람들이 금화를 도둑맞았다는 사실을 알 수 없네. 월요일까지는 도주할 시간을 버는 것이지. 그래서 난 그들이 토요일 밤에 나타날 거라고 확신했어."

"정말이지 대단한 추리력이야, 홈즈. 처음부터 끝까지 빈틈이 없군 그래."

나는 진심으로 감탄했다.

"뭐, 덕분에 즐거웠어."

홈즈가 하품을 하며 말했다.

"사건이 끝났으니 이제 지루한 날들이 계속되겠군. 나는 정말 무료한 날들이 싫은데 말이야. 그래도 종종 이런 사건들이 일어나 주니 얼마나 고마운 일인가."

"내 생각에 자네는 온 인류의 은인이야."

"그러니까 내가 조금은 세상에 도움이 되고 있는 거군? 프랑스의 유명한 소설가 플로베르가 조르주 상드에게 보낸 편지 중에 이런 말이 있지. '인간 자체는 무의미하다. 그가 한 일이 그의 모든 것을 말해 준다.'"

홈즈가 어깨를 으쓱하며 말했다.

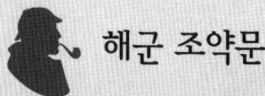 해군 조약문

내가 결혼한 직후였던 7월에는 아주 흥미로운 사건들이 세 건이나 있었다. 그 사건들은 아주 좋은 추억으로 남아 있다. 나는 홈즈와 함께 살지 않았음에도 불구하고 운 좋게 세 가지 사건에 모두 참여할 수 있었는데, 그의 추리 방식을 깊게 연구해 볼 수 있는 시간이어서 매우 유익했다. 세 개의 사건들은 '두 번째 얼룩', '해군 조약문', 그리고 '피곤한 선장의 모험'이란 제목을 달아 기록했다.

　첫 번째 사건은 영국의 상류층과 관련된 사건이기도 하고, 많은 사람들의 이해관계가 얽혀 있기도 해서 몇 년 동안은 대중에게 밝힐 수 없을 것이다. 하지만 홈즈가 해결한 사건 중에 그 사건처럼 그의 뛰어난 분석력이 분명히 드러나고 사람들에게 큰 감동을 준 사건도 없을 것이다. 나는 홈즈가 파리 경찰청의 무슈 뒤뷔그 씨와 단치히의 유명 탐정 프리츠 폰 발트바움에게 사건의 진상에 대해 설명하는 것을 옆에서 기록하며 들었다. 두 사람은 사건 자체는 건드리지도 못하고 사건 언저리에서 일어난 별로 중요하지 않은 일들을 쫓느라 시간을 낭비했다.

두 번째 사건은 국가적으로도 매우 중요한 사건이었고 굉장히 특이한 점이 많았던, 한마디로 말하면 난중지난(*어려운 가운데에 더욱 어려움이 있음.) 했던 사건이었다. 나는 학창 시절에 퍼시 펠프스라는 친구와 제법 잘 지냈다. 같은 나이였지만 퍼시가 두 학년 위였는데, 그는 매우 똑똑한 친구였다. 학교의 상이란 상은 전부 그가 휩쓸었다. 결국 그는 케임브리지대학에 장학생으로 진학했다. 집안 또한 아주 좋았다. 퍼시의 외삼촌이 유명한 보수 정치가 홀드허스트 경이라는 것을 우리는 모두 알고 있었다. 하지만 친척이 유명한 것이 학교생활에는 방해가 되는 듯했다. 학교의 못된 아이들은 퍼시를 쫓아다니며 괴롭혔다. 하루는 학교 체육 시간에 운동 경기를 했는데, 아이들이 그의 정강이를 걷어차기도 했다. 하지만 사회는 당연히 학교와 달랐다. 나는 동창을 통해 그가 뛰어난 두뇌와 좋은 집안 덕분에 외교부의 요직에서 근무하고 있다는 소식을 들었다. 그런데 어느 날, 잊고 있었던 퍼시에게서 편지 한 통이 날아왔다.

워킹의 브라이어브레이에서

친애하는 왓슨,

'올챙이' 퍼시를 기억하겠지? 내가 5학년일 때 자네는 3학년이었는데……. 나는 현재 외교부에서 일하고 있네. 외삼촌의 덕이 컸다고 할 수 있게지. 아마 자네도 내 소식은 들었을 거라고 믿네. 하지만 왓슨, 갑자기 여러 불행이 겹쳤고 지금은 나의 자리가 흔들리고 있네.

그 끔찍한 일을 편지에 자세히 적을 수는 없네. 자네가 나를 도와주기로 결정한다면 내가 직접 만나 얘기하겠네. 뇌염으로 9주 동안 생사를 넘나드는 고생을 했지만 이제는 좀 회복되었네. 자네 친구인 탐정 셜록 홈즈 씨와 함께 우리 집으로 와 줄 수 있겠나? 경찰은 이미 포기했지만 나는 홈즈 씨의 의견을 듣고 싶으니 꼭 함께 와 주었으면 하네. 최대한 빨리 말이야. 왓슨, 일 분이 마치 한 시간처럼 고통스럽네. 더 일찍 홈즈 씨에게 사건을 의뢰했어야 했는데 너무 어마어마한 사건이라 정신을 차릴 수가 없었네. 절대 그의 능력을 과소평가해서가 아니네. 병이 악화될 수도 있어 이제 사건에 대한 걱정은 하지 말아야 하는데 큰일이네. 아직 몸이 완전히 회복되지 않아 이 편지는 다른 사람이 대필했네. 홈즈 씨와 함께 와 주게. 부탁이네.

오랜 벗 퍼시 펠프스로부터

이 편지는 이상하게도 나의 마음을 움직였다. 홈즈를 데리고 와 달라는 그의 간청은 나에게 동정심을 불러일으켰고, 나는 해결해야 할 다른 바쁜 일이 있음에도 불구하고 홈즈를 찾았다. 홈즈는 언제든 의뢰인을 도와줄 준비가 되어 있는 탐정이다. 나는 홈즈에게 부탁하기로 결정했고 아내도 이런 나의 생각을 지지해 주었다. 나는 아침을 먹자마자 오랜 추억이 가득한 베이커가의 방을 찾아갔다.

홈즈는 나이트가운을 입은 채 책상에 앉아 화학 실험을 하고 있었다. 끝 부분이 구부러진 커다란 증류기(*끓는점의 차이를 이용해 혼합물을 분리하고 순수한 것을 얻는 장치.) 속의 액체가 버너의 푸른 불꽃 위에서 부글거리며 끓고 있었고, 2리터짜리 비커에는 증류된 액체가 방울방울 맺혀 모이고 있었다. 홈즈는 내가 들어갔는데도 돌아보지 않았다. 나는 이 실험이 꽤나 중요한 실험이라는 것을 직감하고 의자에 앉아 기다리기로 했다. 홈즈는 여러 용기에 담긴 액체들을 휘이 젓거나 유리 막대로 몇 방울씩 다른 액체를 떨어뜨리면서 실험을 계속했다. 한참 뒤, 홈즈는 액체가 담긴 시험관을 책상 위에 올려놓고 나에게 말을 걸었다. 그의 오른손에는 리트머스 시험용지가 들려 있었다.

"위기의 순간에 왔군 그래. 봐, 파란색이 그대로면 괜찮은 거지만 빨간색으로 변하게 된다면 한 사람의 목숨이 희생된다는 소리야."

홈즈가 들고 있던 리트머스 시험용지를 튜브에 넣었다가 빼내자, 종이가 흐릿한 붉은빛을 띠었다.

"흠! 예상이 적중했어! 왓슨, 곧 끝날 거야. 조금만 기다려 주게. 페르시아 산 실내화 안에 담배를 넣어 두었으니 그거라도 피우고 있게나."

홈즈는 이렇게 말하고는 책상으로 가서 전보문을 작성한 다음, 심부름하는 소년을 불러 전보를 넘겨주었다. 그러고는 맞은편 의자에 앉아 무릎을 턱 밑까지 끌어올린 채 이야기를 시작했다.

"살인 사건이지 뭐. 흔하디 흔한. 왓슨, 자네가 가져온 사건은 이것보다는 조금 더 재미난 사건이길 바라네. 오, 제발 그렇다고 말해 주게!"

홈즈는 내가 건네준 편지를 꼼꼼히 읽었다.

"사건의 내용은 전혀 씌어 있지 않군?"

홈즈가 내게 편지를 돌려주며 말했다.

"그렇지."

"하지만 글씨는 아주 흥미롭군."

"내 친구가 쓴 게 아니라고 했어."

"그렇겠지, 여자 글씨네."

"설마, 남자 아닌가?"

"아니, 여자야. 게다가 성격이 평범한 여자도 아니야. 자네 친구가 좋은 사람이건 그렇지 않건, 그는 지금 독특한 성격의 여성과 아주 특별한 관계일 거야. 좋아, 맡도록 하지. 아주 흥미로운 사건이야. 어떤가? 자네만 괜찮다면 나는 지금이라도 당장 워킹으로 가서 곤경에 빠진 외교관과 편지의 주인공을 만나고 싶은데 말이야."

워털루 역에서 기차를 일찍 잡아탄 덕분에 우리는 한 시간이 안 걸려 숲과 수목 덤불이 우거진 워킹에 도착할 수 있었다. 브라이어브레이 저택은 역에서 그리 멀지 않은 곳에 있었다. 현관 앞에서 우리의 명함을 받은 하인이 곧 우리를 화려한 응접실로 안내했고, 몇 분 뒤 아주 뚱뚱한 남자가 우리에게 다가왔다. 얼굴로만 보면 30대 후반 정도로 보였는데, 발그레한 두 뺨과 반짝이는 눈이 꼭 장난기 많은 소년 같아서 나이보다 어리게 보이기도 했다.

"이렇게 와 주셔서 영광입니다. 퍼시가 아침부터 손님들을 어찌나 기다리던지. 목이 빠질 것 같았다니까요? 불쌍한 사람이지요. 지푸라기 하나라도 잡고 싶은 심정일 거예요. 부모님이 두 분께 연락해 보라고 권유를 하셨어요. 사실 이번 일은 부모님께 말씀드리기도 어려운 상황이었지만."

그 남자가 우리의 손을 맞잡고 힘차게 악수를 하며 말했다.

"제가 아직 자세한 이야기를 듣지 못해 잘은 모르지만 당신은 이 댁의 식구가 아닌 모양입니다."

홈즈가 말했다.

남자는 깜짝 놀라 눈이 휘둥그레졌지만 곧 뭔지 알겠다는 듯 웃음을 터뜨리며 말했다.

"아, 제 팬던트에 새겨진 J.H.라는 이니셜을 보고 말씀하시는 것이군요. 순간 홈즈 씨가 뭔가 대단한 추리를 하신 줄 알고 놀랐습니다. 저는 조셉 해리슨이며, 동생 애니가 곧 퍼시와 결혼할 예정입니다. 사돈이 될 사이지요. 애니는 지금 퍼시와 함께 있습니다. 두 달 동안 퍼시를 극진히 간호했답니다. 퍼시가 두 분을 기다리고 있을 테니 어서 들어가 보시지요."

우리는 응접실과 같은 층에 있는 큰 방으로 안내되었는데, 안쪽에 침실 공간이 따로 있었고 방 안 곳곳마다 아름다운 꽃으로 장식되어 있었다. 퍼시는 창백하고 피곤한 얼굴로 창문 옆에 놓인 의자에 앉아 우리를 기다리고 있었다. 열린 창문으로는 한여름 정원의 짙은 녹음과 만개한 여름 꽃의 정취를 그득 실은 싱그러운 공기가 들어오고 있었다. 우리가 들어가자 퍼시 곁에 앉아 있던 여자가 일어나며 남자에게 물었다.

"퍼시, 나가 있을까요?"

퍼시가 여자의 손을 붙잡으며 왓슨에게 다정히 인사했다.

"잘 지냈나, 왓슨? 수염도 정돈하지 못한 채 자네를 맞는 나를 이해해 주게나. 옆에 계신 분이 자네의 친구인, 명탐정 셜록 홈즈 씨?"

나는 퍼시에게 홈즈를 인사시킨 후 함께 자리에 앉았다. 조셉은 방을 나갔지만 애니는 여전히 퍼시의 손을 잡은 채 우리와 함께 남아 있었다. 그녀는 키가 작고 통통한, 아름다운 여인이었다. 피부는 올리브빛으로 매끄러웠고, 검은 눈은 크고 빛이 났으며, 머리카락에서는 윤기가 흘렀다. 하지만 인상이 매우 강해 보였다. 너무나 생기 넘치는 그녀 때문에 외려 옆에 있는 퍼시의 병색이 더 짙어 보였다.

"바쁜 분들이시니 시간을 많이 뺏고 싶지는 않습니다."

퍼시가 소파에서 몸을 조금 일으켜 세우며 말했다.

"저는 꽤나 성공한 외교관이었습니다. 결혼도 앞두고 있어서, 행복한 나날을 보냈지요. 헌데 불행한 일들이 한꺼번에 일어나 모든 것을 망가뜨리고 있습니다. 왓슨이 이미 말했겠지만 저는 외교부에 근무하고 있습니다. 저의 외삼촌 되시는 홀드허스트 경 덕분에 진급이 조금 빨랐습니다. 외삼촌께서 외교부 장관이 되면서 제게 몇몇 주요 업무를 맡기셨는데, 다행스럽게도 제가 그 일들을 잘 마쳐 외삼촌의 신임을 얻었기 때문이지요.

거의 10주 전쯤이었는데, 정확한 날짜는 5월 23일이었습니다. 외삼촌이 저를 집무실로 불러 그동안 제가 했던 일을 다시 언급하며 칭찬을 하시더니 제게 맡길 일이 또 하나 생겼다고 말씀하셨습니다. 그러면서 외교부의 회색 서류 뭉치 하나를 제게 주셨습니다. 영국과 이탈리아 사이에 오간 비밀 조약서의 원본이라며 이런 말씀을 덧붙이셨습니다.

'안타깝게도 이미 언론에 이 이야기가 들어간 모양이야. 매우 중요한 건이라 어떤 일이 있어도 더 이상 기밀이 새어 나가서는 안 되네. 프랑스나 러시아 대사관 측에서는 무슨 수를 써서라도 조약 내용을 알아내려고 할 것일세. 내가 계속 가지고 있어야 하는 문서지만 개인적인 사정으로 복사본이 필요하게 됐네.'

이렇게 말씀하시며 제 사무실에 책상이 있느냐고 물어보셨습니다. 저는 있다고 대답했고요. 그랬더니 외삼촌은 문서를 그 안에 넣고 열쇠로 잠가 두라고 말씀하셨습니다. 그러면서 이런 부탁을 하셨지요.

'그리고 다른 사람들이 퇴근할 때까지 기다렸다가 아무도 없을 때 복사본을 만들어 주게. 그리고 원본과 사본 모두 책상에 넣어 잘 보관했다가 내일 아침에 출근하자마자 직접 가지고 올라오게.'

그래서 저는 문서를 받아서……."

"잠시만요, 그 대화가 오고 갔을 때 두 분 말고 아무도 없었는지요?"

홈즈가 중간에 이야기를 끊으며 말했다.

"아무도 없었습니다."

"외삼촌의 집무실은 큰가요?"

"각각의 벽이 9미터 정도 됩니다."

"가로 세로 각각 9미터란 말입니까?"

"네, 그렇습니다."

"목소리를 낮춰 말씀하셨겠지요?"

"네, 외삼촌은 항상 작은 목소리로 말씀하시는 편이고, 저는 그때 당시 거의 말을 하지 않았지요."

"감사합니다, 계속 이야기를 들려주십시오."

퍼시가 다시 말을 이었다.

"저는 외삼촌께서 시키신 대로 직원들이 모두 퇴근할 때까지 기다렸습니다. 하지만 찰스 고로란 직원이 늦게까지 업무를 보며 영 퇴근할 생각을 안 하더라고요. 하는 수 없이 저는 사무실에서 나와 저녁을 먹으러 다녀왔습니다. 다행히 제가 돌아왔을 때 그는 퇴근을 하고 없었습니다. 일을 서둘러야만 했지요. 저는 아까 만나신 조셉 해리슨과 11시 기차를 타고 워킹에 가기로 약속되어 있었습니다. 그래서 기차를 놓칠까 봐 마음이 조급했습니다. 이 자리에서 자세한 내용을 말씀드릴 수는 없지만 문서를 읽어 보니 외삼촌 말씀대로 정말 중요한 내용이었습니다. 3국의 해군 동맹에 관한 조약이었고, 우리 대영 제국의 입장을 밝히고 있는 문서였지요. 지중해에서 프랑스 해군이 우세해질 경우, 영국 해군이 이탈리아 편에 서겠다는 내용이었습니다. 문서 말미에는 각 나라 해군 참모 총장들의 서명이 포함되어 있었습니다. 아주 긴 문서였는데, 프랑스 어로 쓰여 있었으며 스물여섯 개의 조항이 있었습니다. 최대한 빨리 작업을 했지만 9시까지 겨우 아홉 조항을 끝냈을 뿐이었지요. 11시 기차를 탄다는 것은 불가능해 보였습니다. 저녁 식사도 든든히 한 데다 하루 종일 근무를 한 상태였기 때문에 졸음까지 몰려왔습니다. 커피라도 마시면 머리가 맑아질까 싶어 저는 벨을 울려 경비를 불러올렸습니다. 아래층에 있는 경비들이 야근하는 직원을 위해 커피를 늘 갖추어 둔다는 것을 알고 있었거든요. 하지만 그날은 이상하게 경비원 대신 한 여자가 올라왔습니다. 체격이 크고 교양이 없어 뵈는 중년의 여인이었는데 앞치마를 두르고 있었지요. 그 부인은 자신이 경비원의 부인이며 남편 옆에서 허드렛일을 도와주고 있다고 말했고, 저는 부인에게 커피 한 잔을 부탁했습니다. 커피를 기다리는 동안 두 조항을 더 베꼈는데 졸음이 점점 심해졌습니다. 저는 일어나서 사무실 안을 이리저리 걸어 보았습니다. 커피를 기다렸지만 오래도록 커피가 오지 않기에 저는 사무실 문을 열고 복도에 나갔습니다. 사무실 문은 하나뿐이고, 기다란 복도가 이어져 있지요. 복도 끝으로 굽이진 계단이 나오는데, 계단 밑에 경비실이 있습니다. 계단 중간에는 다른 쪽으로 통하는 길이 있고, 그 길은 건물 옆문으로 나가는 또 다른 계단으로 이어집니다. 찰스가에서 출퇴근하는 직원들은 그 길을 지름길로 이용하지요. 하지만 평상시에는 주로 하인들이나 이용하는 길입니다. 대충 이렇게 됩니다."

"아주 이해가 잘 되는군요."

퍼시가 간단히 그린 지도를 들여다보며 홈즈가 대답했다.

"이 부분이 중요하거든요. 어쨌든, 제가 계단을 내려가 아래층 복도로 가자 경비원이 조는 모습이 보였습니다. 알코올램프 위의 주전자에서 물이 끓고 있었는데 곧 넘칠 것 같아 저는 일단 주전자를 내려놓고 램프의 불을 껐습니다. 그리고 경비를 깨우려고 하는데 그 순간 천장에 매달려 있던 벨이 요란한 소리를 내며 울렸습니다. 그 소리에 경비도 벌떡 일어나더군요.

'아니, 펠프스 씨 아니십니까! 아직 퇴근을 하지 않으셨던 모양입니다.'

경비가 저를 발견하고 놀라 이렇게 물었습니다.

'커피가 다 되었는지 보려고 내려왔다네.'

'죄송합니다, 주전자를 올려놓고 깜빡 잠이 든 것 같습니다.'

경비는 이렇게 말하다가 아직도 흔들리고 있는 벨의 줄을 보며 놀란 듯 이렇게 물었습니다.

'아니, 그런데 펠프스 씨가 여기 계신데 대체 누가 벨을 울리고 있는 거지요?'

'벨? 어디서 울리는 건가?'

'펠프스 씨 사무실 벨입니다. 누군가 벨을 울리고 있어요.'

심장이 얼어붙는 것만 같았습니다. 누군가 그 방에 들어간 것입니다! 책상 위에 기밀문서가 고스란히 펼쳐져 있는 그 방에 말입니다! 저는 미친 듯이 계단을 뛰어 제 사무실로 올라갔습니다. 복도에서 마주친 사람도 없었고 사무실 안에도 아무도 없었습니다. 그리고, 그리고 말입니다! 그 문서가 사라진 것입니다! 베끼고 있던 문서는 남아 있었는데 원본이 온데간데없었습니다!"

홈즈가 자세를 고쳐 앉으며 손바닥을 비볐다. 나는 그의 모습을 보며 홈즈가 이 사건에 매료되었다는 것을 알 수 있었다. 홈즈가 퍼시를 재촉했다.

"그래서 어떻게 하셨는지요?"

"만약 복도로 빠져나갔다면 저와 마주쳤을 게 분명하기 때문에 저는 도둑이 아까 말씀 드린, 옆문으로 통하는 계단으로 나갔다고 확신했습니다."

"혹시 사무실에 숨어 있을지도 모르지 않습니까? 복도는요? 복도가 어두웠다고 하지 않았습니까? 건물 내부에 숨어 있을 가능성은 없었나요?"

"그것은 절대로 불가능합니다. 사무실과 복도 모두 쥐새끼 한 마리 숨어 있을 공간이 없습니다."

"그렇군요, 계속해 주시지요."

"경비원이 새하얗게 질린 저를 보고 뭔가 안 좋은 일이 생겼다고 짐작했던지 저의 뒤를 따라왔죠. 그래서 둘이 함께 복도를 달려 찰스가로 이어지는 경사가 심한 계단을 내려갔습니다. 문은 닫혀 있었지만 잠기지는 않았고, 우리는 그대로 밖으로 나갔습니다. 근처의 교회에서 종이 울리고 있었는데, 9시 45분이었습니다."

"대단히 중요한 문제가 아닐 수 없군요."

홈즈가 셔츠의 소매에 무언가를 메모하며 말했다.

"그날 밤은 유난히 날이 어두웠고 추적추적 비까지 내렸습니다. 찰스가는 텅 비어 있었는데, 항상 그렇듯이 화이트홀은 사람이 많이 모여 있었죠. 우리는 우산도 없이 길가를 내달렸고 그 길 끝에 서 있던 경찰을 발견하고는 이렇게 소리쳤습니다.

'도둑이 들었습니다. 중요한 외교부 문서를 도둑맞았단 말입니다! 이곳을 지나간 사람을 보지 못했습니까?'

'이곳에 서 있은 지 15분이 되었는데 그동안 검은 숄을 두른

키 큰 중년 여인 한 명만 지나갔습니다.'

경찰이 이렇게 대답했습니다.

'아, 아마 저의 안사람을 보신 것 같습니다. 다른 사람은요?'

경비가 말했습니다.

'다른 사람은 없었습니다.'

'그럼 도둑은 다른 길로 간 것입니다.'

경비원이 이렇게 말하며 내 팔을 잡아당겼습니다. 하지만 저는 오히려 경비원의 태도가 이상하게 느껴졌습니다.

'그 여자가 어디로 갔는지 보셨습니까?'

제가 물었습니다.

'그건 모르죠. 앞으로 휙 지나갔습니다. 무척 서두르는 것 같던데…….. 어디로 가는지는 못 봤습니다.'

'그게 몇 분 전인가요?'

'글쎄요, 방금 전이었는데.'

'한 5분 정도 되었나요?'

'아마 그 정도 된 것 같군요.'

제가 경찰관과 이런 대화를 나누고 있는데 갑자기 경비원이 이렇게 말했습니다.

'지금 시간을 허비하고 계신 거예요, 펠프스 씨. 아아, 시간이 없는데! 그 여자는 제 안사람이라니까요. 아무 상관도 없는 사람을 가지고선……. 얼른 길 반대편으로 가 봅시다. 펠프스 씨가 안 가시면 저 혼자라도 갑니다.'

경비원은 이렇게 말하더니 반대쪽으로 뛰어가더군요.

저는 경비원을 재빨리 쫓아 그의 팔을 잡아 멈춰 세우고 이렇게 물었습니다.

'자네, 사는 곳이 어딘가?'

'브릭스턴의 아이비 길 16번지입니다. 아니, 펠프스 씨, 제 집 사람은 신경 쓰지 않아도 된다니까 그러시네요. 길 반대쪽으로 가 범인의 흔적이라도 찾아내야 합니다.'

사실 경비원의 말에도 일리가 있었습니다. 저는 만에 하나 경비원의 아내가 범인이라 하더라도 나중에 잡을 수 있을 거란 생각이 들었습니다. 그래서 경찰과 경비원과 함께 서둘러 사람들로 가득 차 있는 그 길 반대쪽으로 갔습니다. 그곳에 있던 사람들은 돌아다니는 사람들이 워낙 많아 수상한 사람을 본 기억은 커녕 누가 지나갔는지 일일이 기억조차 하지 못했습니다. 하는 수 없이 우리는 사무실로 되돌아와 계단과 통로를 살펴보았습니다. 역시 아무런 단서도 없었습니다. 사무실로 이어지는 복도에는 흰색 리놀륨(*서양식 건물의 바닥이나 벽에 붙이는 것으로, 탄력성이 특히 강하다.) 바닥재가 깔려 있었기 때문에 혹시 발자국이 남아 있는지 보려고 했으나 발자국은 없었습니다."

"그날 밤 내내 비가 왔나요?"

"네, 7시 이후로는 계속해서 비가 왔습니다."

"그러면 9시쯤에 사무실에 왔다던 경비 부인의 발자국이 분명 있었을 텐데?"

"좋은 질문이십니다. 그것을 물어봤지만 그 부인은 항상 신고 온 신발을 벗어 두고 실내화로 갈아 신는답니다."

"그랬군요. 비 오는 밤에 일어난 사건 현장에 비에 젖은 흔적이 전혀 없었다……. 매우 흥미롭군요. 그 다음은 어떻게 되었습니까?"

"저는 사무실도 꼼꼼히 살펴보았습니다. 별다른 비밀 통로가 있는 것도 아니었고, 땅에서 9미터쯤 되는 높이의 사무실 창문 두 개는 모두 안에서 잠겨 있었습니다. 카펫이 깔려 있었으니 바닥으로 통하는 문이 달려 있을 리도 만무합니다. 천정은 평범한 흰색이었습니다. 범인이 방문으로 달아났다는 사실에 제 목숨을 걸 수도 있습니다."

"벽난로는 어떻습니까?"

"저희 사무실은 벽난로 대신 난로를 씁니다. 벨 말인데요, 벨은 제 책상 오른쪽 철사에 당김줄로 연결되어 있고, 벨을 울리려면 꼭 제 책상으로 와야만 합니다. 하지만 범인이 대체 왜 벨을 울렸을까요? 아무리 생각해도 그것만은 정말 이해가 되질 않습니다."

"평범한 사건은 아닌 게 확실하군요. 그 다음에는 어떻게 하셨죠? 도둑이 남긴 흔적이 있을까 해서 사무실을 더 살펴보셨겠군요. 혹시 담배꽁초라든가 장갑, 아니면 머리핀 같은 사소한 물건이라도 발견되지 않았나요?"

"아니요, 아무것도 없었습니다."

"특정 냄새는요?"

"냄새가 났던 것 같지는 않습니다."

"담배 냄새 같은 것이 난다면 수사가 극도로 빨리 진전되곤 하지요."

"제가 담배를 피우지 않기 때문에 만약 담배 냄새가 났다면 금방 느꼈을 텐데, 전혀 맡지 못했습니다. 저는 경비원의 부인이 급히 건물을 나갔다는 것이 의심스러웠는데, 경비원은 평소에도 부인이 그때쯤 집으로 돌아간다며 답답하다는 표정을 지었습니다. 경찰과 저는 그 여자가 문서를 가지고 갔다고 판단했고, 그 여자가 서류를 어디론가 빼돌리기 전에 체포하는 것이 최선이라고 생각했습니다.

런던 경찰국에 연락이 닿았는지 그때쯤 포브스 형사가 도착했고, 건물을 돌아보며 사건을 열정적으로 수사하기 시작했습니다. 30분 후, 우리는 마차를 불러 함께 경비원의 집으로 갔습니다. 어린 숙녀가 문을 열어 주었는데 경비원의 장녀라고 하더군요. 경비원의 딸은 어머니가 아직 돌아오지 않았다며 거실에서 기다리라고 했습니다. 10분쯤 지났을 때 현관에서 문을 두드리는 소리가 들렸습니다. 아! 저는 여기서 큰 실수를 하고 말았습니다! 우리가 문을 열어 바로 부인을 잡았어야 했는데……. 저희는 그 딸에게 문을 열도록 했습니다. 정말 크나큰 실수였습니다.

'어머니, 남자 두 분이 어머니를 기다리고 계세요.'

딸이 이렇게 말하는 순간 누군가 복도를 지나 집 안 어딘가로 도망치는 다급한 발소리가 들렸습니다. 포브스 형사는 소리를 쫓아가 문을 홱 열어젖혔습니다. 그곳은 부엌이었는데, 부인이 거기에 서 있었습니다. 웬일인지 그녀가 우리를 원망스러운 눈빛으로 노려보더군요. 그러더니 곧 나를 알아보고 매우 당혹스러워 했습니다.

'어머나, 사무실의 펠프스 씨 아니세요?'

그녀가 소리쳤습니다.

'대체 왜 도망친 겁니까?'

포브스 형사가 물었습니다.

'당신들이 중개인인 줄 알았어요. 저희가 요새 돈 문제가 조금 얽혀 있어서…….'

'변명이 그리 기발하지는 않군요. 당신이 중요한 외교 문서를 가지고 달아났다는 증거가 있소. 아마 당신은 그걸 없애려고 부엌에 들어왔겠지. 함께 런던 경찰국에 갑시다. 조사에 협조해 주시죠.'

부인은 저항했지만 소용이 없었습니다. 우리는 사륜마차를 불러 놓고 출발 전에 주방을 수색했습니다. 우리가 주의 깊게 봤던 것은 화로에 뭔가를 태운 흔적이 있는가 여부였습니다. 우리가 들어가기 전에 재빨리 그리로 문서를 던졌을 수도 있으니까요. 하지만 아무것도 발견하지 못했습니다. 우리는 곧 런던 경찰국에 도착했고 여자 경관이 그 부인의 몸을 수색했습니다. 하지만 이번에도 역시 그녀가 서류를 갖고 있다는 흔적이 발견되지 않았습니다. 저는 서류가 발견되기를 간절히 바랐으나 그것은 저의 바람으로 끝났습니다. 그 일로 인해서 저는 인생 최대의 위기를 맞이해야만 했습니다. 그때까지만 해도 저는 그 부인만 찾으면 문서를 되찾을 수 있다고 믿었기 때문에, 그렇지 않을 경우는 상상조차 안 하고 있었습니다. 문서가 사라졌다는 것을 인정하자 앞으로 제게 일어날 끔찍한 일들이 하나둘 떠오르기 시작했습니다. 왓슨은 알겠지만, 저는 겁이 많고 소심한 학생이었습니다. 외교부 장관이신 외삼촌과 동료들을 생각하자 제가 저지른 일이 너무나도 끔찍해 머릿속이 새하얘졌습니다.

홈즈 씨, 대체 이게 무슨 일이란 말입니까? 이 나라의 외교를 커다란 위기에 빠트린 제게 어떤 변명의 여지가 남아 있겠습니까. 저는 처참히 파멸당했습니다. 어떻게 여기까지 왔는지도 모르겠습니다. 그저 저를 진정시키던 관료의 무리가 저를 둘러싸고 웅성웅성하던 것이 드문드문 기억나고, 그중 한 명이 저를 워털루 역까지 데려다 주었다는 것, 그런 다음 워킹행 기차를 탔고, 제 곁에 어느새 의사인 페리어가 와 있었다는 것이 어렴풋이 기억날 뿐입니다. 집에 도착하기 전부터 제 몸은 열이 끓고 있었다고 합니다. 페리어가 초인종을 눌러 자고 있던 애니와 조셉이 나와 저의 그런 꼴을 보고 놀랐을 생각을 하니 더욱 비참합니다. 출발 전에 워털루 역에서 포브스가 페리어에게 무슨 일이 일어난 건지 간략하게 설명해 주었고 페리어가 그 이야기를 제 가족들에게 전했지만, 그들이 사라진 문서에 대해서 무엇을 할 수 있었겠습니까? 제 상태를 알게 된 조셉이 환자인 저를 위해 이 방을 내주었고, 저는 그 뒤로 9주가 넘도록 이렇게 몸을 추스르지 못하고 있습니다. 뇌염으로 인해 고열이 심했고 의식조차 없었다고 합니다. 애니와 의사의 도움이 없었더라면 저는 지금 이 자리에 앉아 이런 이야기를 하지도 못했겠지요. 애니가 제 곁에서 불철주야 간호한 덕분에 이렇게 살아 있습니다. 사흘 전에야 겨우 기억이 돌아왔습니다. 하지만 저는 차라리 기억이 돌아오지 않았더라면 좋았을 것이라고 생각하기도 했습니다. 괴로운 기억을 감당해 내기가 어찌나 힘이 들던지요! 어쨌든 저는 기억이 떠오르자마자 포브스 형사에게 전보를 쳤습니다. 그가 사건을 마무리했지만 문서는 결국 발견되지 않았다고 합니다. 경비원과 그의 부인을 모두 철저하게 조사했으나 헛수고였다고 해요. 경찰은 또 그날 야근을 하던 찰스 고로도 조사했습니다. 경찰은 고로라는 프랑스 성 때문에 더욱 찰스 고로를 의심했던 것 같지만 사실 고로란 성으로 그가 위그노(*프랑스의 개신교 칼뱅파와 그 신자들을 의미함. 많은 위그노 파들이 정치적, 종교적 대립 속에서 영국을 포함한 여러 나라로 망명했다.)의 후손이라는 것을 알았습니다. 그러니 그 사람은 저나 홈즈 씨와 같은 영국인이 아니겠습니까? 게다가 저는 고로가 퇴근한 후에 작업했기 때문에 그가 범인일리 없다고 확신했습니다. 찰스 고로에게서도 아무런 단서를 찾지 못한 경찰은 결국 이 사건을 흐지부지 마무리 지었습니다. 그래서 제가 당신을 찾을 수밖에 없었습니다. 당신이 저의 마지막 희망입니다, 홈즈 씨. 만약 당신이 실패하신다면 저는 두 번 다시 저의 지위와 명예를 되찾지 못할 것입니다."

퍼시는 여기까지 이야기하고 다시 몸을 눕혔다. 너무 이야기를 많이 해서인지 그는 기진맥진했다. 애니가 기력을 돕는 약을 물에 타서 그에게 건네주었다. 홈즈는 아무 말도 하지 않았다. 홈즈가 눈을 감은 채 아무런 표정도 짓지 않으면 사람들은 모두 그가 지금 그 이야기에 관심이 없거나, 혹은 잘 모르는 거라고 생각했다. 하지만 홈즈의 곁에서 오랫동안 일해 온 나는 지금 그가 온 신경을 곤두세워 사건을 정리하고 있다는 것을 알 수 있었다.

"힘드실 텐데도 불구하고 자세하게 설명을 잘 해 주셨습니다. 한두 가지만 더 질문해도 되겠습니까? 중요한 질문입니다. 이런 일을 맡았다는 것을 다른 누군가에게 말한 사실이 있습니까?"

"아무에게도 말하지 않았습니다."

"애니 양에게도 말씀하지 않으셨나요?"

"네, 그 일을 맡고 나서 워킹에 온 적이 없었으니까요."

"그럼 사무실 근처에서 누구라도 만난 적이 없으신가요?"

"아무도요."

"사무실 직원들 중 누구도 이 일을 몰랐다고 확신하시나요?"

"그럼요. 전혀 짐작도 못할 것입니다."

"아무에게도 그 문서에 대해 말씀하지 않으셨다니 이런 질문들은 무의미하겠군요. 실례했습니다."

"네, 정말입니다. 아무에게도 말하지 않았습니다. 맹세합니다."

"경비원은 어떤 사람입니까? 그 사람에 대해 아는 것이 있으신가요?"

"예전에 군인이었다는 것밖에 모릅니다."

"근무지는요?"

"들은 바로는, 콜드스트림이었다고 합니다."

"감사합니다. 더 자세한 사항들은 포브스 형사에게 듣도록 하겠습니다. 경찰이 그런 정보들은 은근히 많이 가지고 있지요. 활용을 못 한다는 것이 탈이긴 하지만요. 그나저나, 참 아름다운 장미로군요!"

홈즈가 의자를 지나 열려 있는 창문 너머로 장미 한 송이를 들어 올리며 말했다. 짙은 선홍색과 녹색의 섬세한 조화가 무척이나 아름다웠다. 장미를 들고 조심스럽게 내려다보는 홈즈의 모습은 나에게 무척이나 새로운 장면이었다. 홈즈가 동식물에 특별한 관심을 보인 것이 처음이었기 때문이다.

"종교는 참 많은 추리를 필요로 하지요."

홈즈가 창가에 등을 기대면서 말하기 시작했다.

"추리를 잘 하는 사람은 종교에서 뛰어난 과학적 입증을 이끌어 냅니다. 저는 오늘 문득 종교가 아닌 꽃 한 송이에도 그런 과학적 비밀이 숨어 있다는 것을 깨달았습니다. 인간의 능력과 욕망과 일용할 양식 같은 것은 우리가 존재하는 데 필요한 것들입니다. 하지만 장미는 별개지요. 장미의 향기와 색깔은 삶의 장식품이라고나 할까요. 자연이 우리에게 준 선물이지요. 꽃 한 송이에도 큰 희망을 품을 수 있으니 얼마나 감사한 선물이란 말입니까."

홈즈는 이런 엉뚱한 말을 툭 던져놓고는 손가락 사이에 장미를 낀 채 명상에 빠져 버렸다. 퍼시와 애니는 홈즈의 뜬금없는 이야기에 적잖이 놀란 듯했고 실망한 듯 보이기도 했다. 그도 그럴 것이 사건을 해결해 달라고 유명한 탐정을 모셔다 놓았는데 저런 철학적인 이야기를 하며 장미의 아름다움에 대해서나 논하니 말이다. 몇 분 뒤에 애니가 침묵을 깼다.

"이 사건을 해결해 줄 수 있을 것 같으세요, 홈즈 씨?"

애니가 간절한 어조로 물었다.

"아, 사건 말씀이시죠!"

홈즈가 명상 속에서 빠져나온 듯 밝게 대답했다.

"글쎄요, 이 사건이 매우 복잡하고 난해하다는 사실을 인정하지 않을 수 없습니다. 하지만 꼼꼼히 조사해서, 무언가를 발견한다면 바로 알려드리도록 하겠습니다."

"감이 잡히는 것이라도 있으신가요?"

"이 사건에 총 일곱 명이 연관되어 있다는 것은 확실합니다. 하지만 결론을 내리기 전에 조사를 조금 더 해야겠지요."

"그 중 의심이 가는 사람이 있나요?"

"제가 의심이 가는군요."

"뭐라고요?"

"제가 결론을 너무 빨리 내고 있는 것 같아서요."

"그럼 어서 런던으로 가서 확인해 보셔야 하지 않나요?"

"충고 감사합니다, 애니 양."

홈즈가 이렇게 대답하며 창가에서 몸을 뗐다.

"왓슨, 더 이상 여기에 머물 필요가 없을 것 같아. 퍼시 씨, 헛된 희망에 더 이상 마음 끓이지 마십시오. 사건이 매우 복잡합니다."

"당신을 다시 만날 때까지는 마음을 놓을 수 없을 것 같군요, 홈즈 씨."

퍼시가 울상을 지으며 말했다.

"내일, 같은 시간에 오겠습니다. 결과가 조금 안 좋을 수도 있겠지만 최선을 다 하겠습니다."

"다시 오신다는 것은 어쨌든 결론이 날 것이란 말씀이시지요? 다시 와 주시는 것만으로도 얼마나 감사한지요. 그리고 참, 외삼촌 홀드허스트 경에게 편지를 받은 게 있습니다."

"뭐라고 보내셨던가요?"

"아주 냉정하신 분입니다. 제가 사경을 헤매고 있어서인지 심한 말씀은 없으셨지만, 이 사건이 아주 엄청난 문제를 초래할 것이라는 사실과 사건이 해결되기 전까지는 제 장래가 불투명할 것이라는 점을 강조하셨습니다. 제가 해고 당했다는 말씀을 이렇게 하시는군요."

"합리적이고 진중한 분이신 듯하군요."

홈즈가 말했다.

"왓슨, 이제 그만 가지. 돌아가서 할 일이 산더미네."

조셉 해리슨이 우리를 역까지 태워다 주었고, 우리는 출발 신호를 알리는 포츠머스행 기차에 올라탔다. 그때부터 홈즈는 클래펌 나들목에 도착할 때까지 단 한 마디도 하지 않고 깊은 생각에 잠겨 있었다. 그러더니 문득 이렇게 말했다.

"런던 시내가 내려다보이는 높은 철로 위를 달리니 기분이 아주 그만일세."

나는 홈즈가 농담을 하고 있다고 생각했다. 창밖으로 보이는 풍경이 매우 지저분했기 때문이었다. 홈즈가 내 생각을 눈치챘는지 부연 설명을 했다.

"높이 솟은 저 건물을 보게, 왓슨. 마치 검은 바다에 둥둥 떠 있는 벽돌 섬들 같지 않은가?"

"기숙사 학교 건물이군."

"으음, 아니야. 등대지, 왓슨. 미래를 밝히는 횃불! 수백 개의 밝은 씨앗을 품고 있는 캡슐이지. 저기에 우리 영국의 미래가 달려 있어, 더 밝은 미래 말일세. 왓슨, 퍼시는 술을 하지 않는 것 같던데, 어떤가?"

"그래, 술을 전혀 못 한다고 알고 있어."

"나도 그렇게 생각해. 하지만 일단은 모든 가능성을 다 열어 두어야겠지? 자네 친구는 지금 진흙탕 속에 빠져 있어. 과연 내가 그를 그곳에서 끄집어내 줄 수 있을까? 애니 해리슨은 어떻게 보았나, 왓슨?"

"성격이 강해 보이더군."

"그래, 하지만 나쁜 여자는 아니야. 그게 아니라면 내가 잘못 본 거겠지만. 애니와 그녀의 오빠 조셉은 노섬버랜드 근처의 철공소 집 남매였다고 하더군. 퍼시가 작년 겨울 여행 중에 애니를 만나 사랑에 빠졌고. 가족에게 애니를 소개시키려고 이곳으로 데려올 때 오빠 조셉이 보호자 겸해서 따라온 모양이네. 사건이 터져 애니가 퍼시를 간호하느라 더 오래 머무르게 되자 조셉도 같이 머무르고 있다지. 왓슨, 나는 지금까지 사건과는 별 상관없는 조사를 했지만 지금부터는 그러지 않을 거야."

"나는 진료소가⋯⋯."

"환자를 보는 일이 이 사건을 지켜보는 것보다 더 흥미롭다면 그렇게 하게."

"나는 진료소가 요즘 그리 바쁘지 않기 때문에 하루 이틀은 괜찮을 것이라고 말하려던 참이었는데."

홈즈는 이 말에 의욕을 되찾았는지 퉁명스럽게 내던진 방금 전의 말투와는 다르게 밝은 목소리로 말했다.

"좋았어! 그러면 이 사건을 함께 조사하기로 하세. 일단 포브스 형사를 만나야겠어. 사건에 대한 다른 여러 가지 사실을 자세히 들을 수 있을 거야."

"무언가 실마리를 잡았다면서?"

"그렇긴 하지만 조사를 더 해 봐야 진위 여부를 확신할 수 있을 것 같네. 자고로 범죄 중에서도 목적 없이 벌인 범죄가 가장 추리하기 어려운 법인데, 이 사건이 딱 그렇네. 이 일로 이익을 얻는 사람이 누굴까? 프랑스 대사관과 러시아 대사관이겠지? 그리고 프랑스나 러시아에 조약 문서를 팔 만한 사람은 홀드허스트 경이지."

"홀드허스트 경이라니!"

"부하 직원인 조카가 실수로 문서를 잃어버렸다고 해도 자신의 명예가 실추되지는 않을 만한 위치에 앉아 계시는 분이지."

"아무리 그래도 그렇지, 홀드허스트 경처럼 저명한 정치가가. 설마!

"가능성 없는 얘기가 아니네. 오늘 홀드허스트 경을 만나 내 추측이 맞는지 확인할 걸세. 어떤 질문을 어떻게 던져야 할지도 다 생각해 두었지."

"벌써?"

"그렇네. 워킹 역에서 신문사에 전보를 보냈는데, 한번 보게. 런던의 모든 석간신문에 이 광고가 실리게 될 거야."

홈즈가 수첩에서 뜯은 종이 한 장을 내게 건네주었는데 그곳에는 연필로 이렇게 적혀 있었다.

보상 10파운드. 제보를 기다립니다. 5월 23일 밤 9시 45분쯤 찰스가의 외교부 건물 입구 근처에서 손님을 내려준 마차의 번호를 기억하는 분은 베이커가 221B번지로 연락 주십시오.

"홈즈 자네는 범인이 마차를 타고 왔다고 확신하는가?"

"아니라도 우리가 손해 보는 것은 없어. 하지만 만약 퍼시의 증언 중 방이나 복도에는 숨을 곳이 없다는 말이 사실이라면 범인은 외부에서 들어온 것이 확실하네. 외부에서 들어왔다면 그날의 비 때문에라도 옷이 젖어 있었을 텐데 복도 바닥에는 물기가 하나도 없었다고 했단 말이지. 그건 범인이 마차를 타고 건물 바로 앞에서 내렸다는 말이야. 아마 마차를 알아내는 것은 그렇게 어렵지 않을걸세."

"그럴 듯한걸."

"이게 내가 알아낸 실마리 중 하나인데 아마 이것을 시작으로 물고가 트일 거야. 또 하나는 그 벨인데, 이번 일에서 가장 말이 안 되는 거지. 대체 누가 벨을 울렸을까? 범인이 자만을 떤 걸까? 범인과 함께 있던 누군가가 양심의 가책으로 범죄를 알리려고 울렸던 걸까? 아니면 범인의 실수였을까? 아니면······."

홈즈는 다시 자신만의 깊은 추리 속으로 여행을 떠났다.

우리는 3시 20분에 기차에서 내렸고, 늦은 점심을 먹은 후 런던 경찰국으로 갔다. 홈즈가 보낸 전보를 받고 포브스 형사가 우리를 기다리고 있었다. 포브스 형사는 체구가 작고 교활한 인상이었다. 게다가 상냥하기는커녕 매우 날이 서 있는 듯한 태도로 우리를 맞이했다. 우리가 그곳에 온 이유를 듣고 그런 태도는 더욱 심해졌다.

"당신의 수사 방식은 익히 들어 알고 있습니다, 홈즈 씨. 경찰이 모은 정보를 가지고 가 혼자서 사건을 해결하고 경찰의 위신을 떨어뜨린다지요?"

형사가 쌀쌀맞게 말했다.

"이런, 한참 잘못 알고 계시는군요. 그 반대인데 말이지요. 저는 지금까지 총 53건의 사건을 수사했고 그 중 제 이름이 올라간 사건은 4건뿐이었습니다. 제 도움으로 해결된 49개의 사건으로 경찰의 위신이 섰지요. 이런 사실을 몰랐다고 당신을 비난할 생각은 없습니다. 아직 어리고 경험이 없으니 당연합니다. 하지만 이번에 맡은 사건을 해결하고 싶다면 제게 협조하는 편이 좋을 것이라는 충고만큼은 하고 싶군요."

홈즈가 대답했다.

"아······. 몰랐던 사실입니다. 사실 저는 이 사건에 대해 아직 밝혀낸 것이 없습니다."

형사의 어조가 공손히 바뀌어 있었다.

"어떻게 수사했습니까?"

"경비원인 탠지 씨를 조사했는데, 근위대를 우수한 성적으로 제대했다는 것 말고 별로 특이한 점이 없었습니다. 그의 부인은 뭔가 알고 있는 것 같기도 하고. 영 의심스럽습니다만······."

"그 부인도 조사했나요?"

"여자 경찰 한 명을 붙여 탠지 부인을 미행하도록 했습니다. 탠지 부인은 술자리를 꽤나 즐기는데, 부인이 술에 취해 있을 때 접근해 두어 번 정도 이야기를 나눠 보았지요. 하지만 별다른 소득이 없었습니다."

"집에 중개인들이 찾아와 곤혹을 겪고 있는 것 같던데, 그건 좀 알아봤습니까?"

"네, 그런데 빚을 갚았다고 하더군요."

"빚을 청산했다고? 그 돈의 출처는 어디입니까?"

"그건 염려하실 것 없습니다. 경비원이 연금을 탔답니다. 검은돈의 증거는 어디에도 없었습니다."

"그럼 퍼시 씨가 벨을 울려 커피를 주문했을 때 부인이 올라온 이유에 대해서는 해명한 것이 있습니까?"

"그날 탠지 씨가 매우 피곤한 상태여서 대신 도와준 거라고 설명했습니다."

"흠, 경비가 의자에 앉아 깜빡 졸았다던 상황과 앞뒤가 맞긴 하군요. 부인 성격이 좀 유난스러운 것 빼곤 그들 부부에게 수상한 점은 없는데 말입니다. 그날 밤 왜 그렇게 도망쳤는지에 대해선 조사했나요? 얼마나 허둥대며 달려갔으면 경찰이 그렇게 또렷이 기억할까요."

"예, 그런데 그저 평소보다 귀가 시간이 늦었기 때문이라고 대답하더군요."

"당신과 퍼시 씨가 부인보다 20분이나 늦게 출발했는데도 부인보다 일찍 집에 도착했단 사실에 대해서도 물어보았습니까?"

"사륜마차를 타고 오는 것이 버스를 타고 오는 것보다 훨씬 더 빠른 것은 당연하다고 하더군요."

"그러면 집에 도착 하자마자 주방으로 왜 그렇게 뛰어갔답니까?"

"그곳에 중개인에게 줄 돈이 있었다고 합니다."

"모든 변명들이 그럴싸하게 준비되어 있군요. 그녀가 찰스가를 지날 때 만났거나 본 사람은 없었나요?"

"그때 거기 있던 경찰관 외에는 아무도 못 봤다고 했습니다."

"흠, 경비원 부인을 아주 철저하게 조사하셨군요. 그 외에 더 조사하신 분이 있습니까?"

"그 고로라는 직원도 지금까지 9주에 걸쳐 계속 조사했습니다. 하지만 아무것도 얻지 못했습니다."

"벨이 울린 원인에 대해서는 어떻게 결론을 내셨나요?"

"사실 부끄럽지만 말입니다, 홈즈 씨. 저는 그것에 대해서는 정말 아무것도 모르겠습니다. 그저 벨을 울리고 갈 정도면 범인이 아주 대담한 사람일 것이라는 추측 정도만 하고 있습니다."

"예, 아주 이상한 행동이긴 하지요. 어쨌든 많은 도움이 됐습니다. 감사합니다. 범인을 잡게 되면 꼭 알려 드리겠습니다. 왓슨, 이만 가세."

"이제 우리는 무엇을 해야 하는가?"

내가 물었다.

"홀드허스트 경을 만나러 가야지. 외교부 장관이자, 장래의 영국 총리가 되실 분 말일세."

다행스럽게도 홀드허스트 경은 다우닝가 그의 집무실에 있었고, 홈즈의 명함을 전달하자 우리는 곧 방으로 안내되었다. 홀드허스트 경이 나이든 공무원 특유의 권위적이면서도 정중한 예를 갖춰 우리를 맞이했다. 그는 벽난로 옆의 의자 두 개를 우리에게 권했고 자신은 그 사이에 섰다. 홀드허스트 경은 큰 키에 마른 체형이었으며 날렵한 인상이었다. 진중함이 느껴지는 표정과 흰머리가 섞인 구불구불한 머리는 그가 영국의 정통 귀족이라는 것을 한눈에 보여 주었다.

"홈즈 씨, 당신의 명성은 이미 잘 알고 있습니다. 그리고 당신이 이곳에 오신 이유도 알고 있습니다. 이곳에 홈즈 씨의 관심의 대상이 되는 일은 한 가지뿐이지요. 실례지만 누구에게 이 일을 의뢰 받으셨는지 여쭤 봐도 되겠습니까?"

그가 미소 지으며 말했다.

"퍼시 펠프스 씨입니다."

홈즈가 대답했다.

"아, 안쓰러운 제 조카 말이로군요. 잘 아시겠지만, 친척이라는 점 때문에 오히려 감싸 주기가 더 힘들었습니다. 이번 일이 훗날 그의 경력에 나쁜 영향을 끼쳐선 안 될 텐데 참으로 걱정입니다."

"하지만 서류가 발견될 수도 있지 않습니까?"

"아, 그렇다면 물론 좋겠지요."

"몇 가지 질문을 드리고 싶습니다, 홀드허스트 경."

"최대한 협조하지요."

"이 방이 퍼시 씨에게 문서 사본을 작성하라고 하셨던 장소가 맞습니까?"

"그렇습니다."

"누군가 두 분의 대화를 엿들었을 가능성이 있을까요?"

"절대 없습니다."

"혹시 사본을 만들 거라는 계획을 다른 분에게 말씀하신 적은요?"

"전혀 없습니다."

"확실한가요?"

"확실합니다."

"그렇다면 장관님도 말씀하신 적이 없고 퍼시 씨도 말한 적이 없으니 사본에 관해서 아는 사람은 아무도 없는 거군요. 도둑이 그 방에 들어온 것은 절대적으로 우연한 일이겠고요. 우연히 방에 들어와서 우연히 그 문서를 훔쳤다, 그렇게 되나요?"

홈즈의 말을 듣고 있던 홀드허스트 경의 얼굴에 슬쩍 미소가 일었다.

"그것은 제가 추리할 수 있는 문제가 아닌 것 같군요."

홈즈는 잠시 생각하다 이렇게 말했다.

"의논드리고 싶은 것이 하나 더 있습니다. 장관님, 문서의 내용이 알려지면 안 좋은 상황이 될까 봐 두려우시죠?"

홀드허스트 경의 얼굴에 그림자가 드리워졌다.

"아주 심각한 상황이 초래됩니다."

"그 상황이 일어났나요?"

"아직은."

"만약 그 해군 조약 문서가 프랑스나 러시아의 손에 들어간다면 장관님은 그 사실을 알 수 있으시지요?"

"그렇겠지요."

이렇게 대답하는 홀드허스트 경의 얼굴이 살짝 일그러졌다.

"10주가 지났는데도 아무런 소식이 없다면 그 문서는 아직 프랑스나 러시아로 가지 않았다고 봐도 무방하겠지요?"

홈즈가 다시 물었고 홀드허스트 경이 어깨를 으쓱했다.

"그렇다고 설마 범인이 그 문서를 액자에 넣어 벽에 걸어 놓거나 하지는 않았을 것 아니오, 홈즈 선생?"

"어쩌면 더 비싼 가격에 팔려고 시간을 끄는 것일 가능성도 있습니다."

"그런가, 하지만 더 기다리다가는 한 푼도 받지 못하게 될 거요. 몇 달이 지나면 그 조약은 중지되기 때문이오."

"바로 그것입니다. 물론 범인이 갑자기 병이라도 난 경우를 제외한다면 말이지요."

홈즈가 말했다.

"허허, 그럼 도둑이 갑자기 뇌염에 걸리기라도 했단 말이오?"

홀드허스트 경이 홈즈를 날카롭게 노려보았다.

"뇌염이라고 말씀드리지는 않았습니다만. 어쨌든 제가 귀중한 시간을 너무 오래 빼앗았습니다. 이만 인사드리고 물러가겠습니다, 홀드허스트 경."

홈즈가 차분히 말했다.

"그래요, 어쨌든 수사에 진전이 있길 진심으로 바라는 바이니 범인이 누구인지 꼭 밝혀 주시오."

홀드허스트 경이 문 앞까지 나와 우리를 배웅해 주었다.

"좋은 분이야. 하지만 자리를 유지하는 것이 꽤 어려우신 모양일세. 재산가도 아니야. 구두 밑창을 갈아 신고 있는 것을 자네도 봤는지 모르겠네만. 그나저나 이제 더는 자네의 시간도 빼앗지 않겠네. 마차 광고에 대한 연락만 오면 오늘 일은 끝일 테니 말이네. 마지막으로 부탁하고 싶은 게 있는데, 자네가 아까 퍼시에게 한 약속처럼 내일 워킹으로 갈 때 함께 있어 주겠나? 자네가 동행해 준다면 참 좋을 텐데 말이야."

홈즈가 화이트홀가로 나오며 내게 말했다.

다음날 나는 약속대로 홈즈와 함께 워킹에 갔다. 가는 도중에 들은 바로는 애석하게도 홈즈는 광고에 대한 연락을 한 건도 받지 못했고 새로운 단서도 찾지 못했다고 한다. 홈즈는 내내 인디언 추장의 굳은 얼굴 같은, 속을 알 수 없는 표정을 하고 있었는데, 나는 그가 이 사건에서 만족할 만한 결과를 얻어서 가는 길인지 아니면 아무것도 없는 빈손으로 의뢰인을 만나러 가는 길인지 도무지 판단할 수 없었다. 홈즈는 그저 지문을 사용하는 베르티용 식의 범인 식별 방법에 대해 이야기하며 그와 관련된 연구를 하고 있는 프랑스 학자에 대한 찬사를 늘어놓을 뿐이었다.

퍼시는 애니의 정성스러운 간호 덕분인지 어제보다 훨씬 좋아 보였다. 퍼시는 침대에서 벌떡 몸을 일으키며 우리를 반겼다.

"새로운 소식이 있나요?"

퍼시가 간절한 어조로 물었다.

"예상했던 것과 같이 상황이 좋지 않습니다. 포브스 형사와 홀드허스트 경을 만나 여러 가지 질문을 더 해 봤지만, 별다른 것은 없었습니다."

"낙담할 만한 일은 없으셨죠?"

"네, 그런 일은 없었습니다."

"다행이에요. 용기와 끈기를 가지고 기다린다면 진실이 밝혀지리라 믿어요."

옆에 있던 애니 해리슨이 말했다.

"그나저나 드릴 말씀이 있습니다."

퍼시가 다시 소파에 앉으며 말했다.

"실은 어젯밤에 도둑이 들었습니다. 상황이 조금 심각하니

240

다."

퍼시의 얼굴에 그늘이 드리워졌고 그의 두 눈은 두려움에 빠진 듯 떨고 있었다.

"홈즈 씨, 저는 제가 어떤 무서운 음모에 빠졌다는 생각이 듭니다. 그들은 제 지위와 명예뿐 아니라 목숨까지도 노리고 있는 듯합니다."

"아!"

홈즈가 외쳤다.

"믿을 수 없습니다. 저는 누구에게도 원한을 산 적이 없습니다. 그런데 어젯밤 그 사건이 일어난 것입니다."

"말씀해 주세요."

"어제, 저는 아프고 난 뒤로는 처음으로 혼자 잠을 잤습니다. 옆에 간호하는 사람이 없어도 안심할 수 있을 만큼 몸이 회복되었기 때문입니다. 야간 등을 켜 놓고 잤는데, 새벽 2시쯤 되었을 때 낯선 소리가 나서 잠이 깼습니다. 잠을 깊이 자지 못했나 봅니다. 깨고 나서 무슨 소리인가 귀를 기울였는데, 처음에는 무슨 동물이 나무를 갉아먹는 소리 같았습니다. 그런데 소리가 점점 커지더군요. 그러더니 창문 밑으로 날카로운 가위가 튀어나왔습니다. 저는 깜짝 놀라 벌떡 일어났고 잠시 침대에 앉아 있었습니다. 그 소리는 누군가가 가위를 쑤셔 넣어 억지로 창문을 열려는 소리였습니다. 소리는 10분 정도 계속되다가 멈췄는데, 범인이 그 소리에 제가 잠이 깬 건 아닌지 인기척을 확인하려는 것 같았습니다. 그리고 잠시 뒤 조심스럽게 창문이 열리는 게 아니겠습니까? 저는 침대에서 일어나 창문을 확하고 열어젖혔습니다. 창문 밑에 한 남자가 웅크리고 있다가 그대로 달아났습니다. 어찌나 빠른지 정확히 보지는 못했습니다만 외투를 입고 있었고 얼굴을 반쯤 가리고 있었습니다. 손에 긴 칼 같은 것을 들고 있어서 그가 움직일 때마다 번쩍번쩍 빛이 반사되더군요."

"이럴 수가, 그래서 어떻게 하셨습니까, 퍼시 씨?"

홈즈가 물었다.

"제가 예전 몸만 같았더라도 그를 쫓아갔을 텐데 그럴 수 없어 벨을 울려 하인들을 깨웠습니다. 위층에서 자고 있던 하인이 내려왔고, 전 그에게 소리를 쳤습니다. 이 소리에 조셉이 깼고, 결국은 집 안에 있던 사람들 모두가 일어났지요. 조셉이 하인 하나를 데리고 나가 창문 밑 화단을 살펴보았지만, 건조한 날씨 탓으로 잔디에는 발자국조차 남아 있지 않았습니다. 정원에 울타리가 있었는데 누군가 그 울타리를 넘어간 흔적은 있다고 했습니다. 아직 경찰에는 알리지 않은 일입니다. 홈즈 씨의 생각을 먼저 듣고 싶었거든요."

퍼시의 얘기는 확실히 홈즈에게 충격을 준 듯했다. 홈즈가 의자에서 일어나 흥분을 감추지 못한 채 방 안을 돌아다녔기 때문이다.

"불행은 혼자 오지 않는다 했던가요."

퍼시가 억지웃음을 지으며 자신의 상황을 비관했다. 어젯밤 일어난 사건이 그의 가냘픈 희망에 또 다시 검은 그림자를 드리운 것이다.

"더 이상의 불행은 없을 것입니다. 저와 함께 집 주위를 산책이라도 하시겠습니까?"

홈즈가 말했다.

"그러지요. 햇빛이 몸을 회복하는 데 도움이 되겠지요. 조셉도 함께 가면 좋을 것입니다."

"저도 갈게요."

애니가 말했다.

"죄송하지만, 애니 양은 이곳에 계시는 게 좋을 듯합니다."

홈즈가 고개를 저으며 말하자 그녀는 실망한 눈빛으로 다시 자리에 앉았다.

조셉과 퍼시, 홈즈와 나는 함께 밖으로 나가 퍼시의 침실 밑 화단을 살펴보았다. 퍼시가 말한 대로 그 어떤 것도 눈에 띄지 않았다. 발자국 같은 것이 있긴 했지만 알아볼 수 없을 만큼 희미했다.

"거의 아무것도 남아 있지 않군요. 주위를 한 바퀴 둘러보며 강도가 왜 하필 퍼시의 침실로 들어오려 했는지 알아보고 싶습니다. 사실 거실이나 식당의 창문이 몰래 숨어들기에는 훨씬 더 편리할 텐데 말입니다."

홈즈가 어깨를 으쓱하며 말했다.

"길에서 더 잘 보이거든요."

조셉 해리슨이 말했다.

"아, 물론입니다. 그런데 이 문이 어쩌면 강도를 유인했는지도 모르겠군요. 이것은 무슨 문입니까?"

"저택에 드나드는 상인이 사용하는 문입니다. 물론 밤에는 잠가 둡니다."

"이런 일이 그전에도 있었습니까?"

"전혀 없었습니다."

퍼시가 대답했다.

"집 안에 고가의 물건이 많이 있습니까? 특별히 강도가 흥미를 느낄 만한 것이라도?"

"값나가는 물건은 전혀 없습니다."

퍼시가 대답했다.

홈즈가 주머니에 손을 찔러 넣은 채 냉정한 표정으로 집 주위를 둘러보았는데, 어쩐지 평소의 홈즈답지 않은 모습이었다.

"울타리에 강도의 흔적이 있었다고 하던데, 한번 가 보십시다."

홈즈가 조셉 해리슨을 보며 말했다.

조셉 해리슨이 뚱뚱한 몸을 이끌며 앞장섰고, 울타리에 다다르니 울타리 나무 중 하나의 끝 부분이 부러져 비스듬히 걸려 있는 게 보였다. 홈즈는 나뭇조각을 유심히 관찰하더니 이렇게 물었다.

"어젯밤에 부러진 게 맞을까요? 이렇게 된 지 꽤 되어 보이는군요."

"글쎄요, 그럴 수도 있겠지요."

"울타리 반대편으로 누가 넘어간 흔적은 없습니다. 밖은 이만 됐으니 실내로 들어가시지요."

퍼시 펠프스는 조셉의 팔에 의지해 천천히 걸음을 옮겼고, 홈즈는 빠른 속도로 걸음을 옮겨 정원을 가로지른 뒤 다른 사람들보다 먼저 퍼시의 침실 창가로 갔다. 그리고 열린 창문에 대고 이렇게 말했다.

"애니 양, 오늘은 하루 종일 이곳에 머물러 주십시오. 무슨 일이 있어도 자리를 뜨지 말아 주세요. 아주 중요한 문제입니다."

홈즈가 정중하게 말했다.

"그렇게 하겠습니다. 아무 데도 가지 않을게요."

애니 해리슨이 놀란 얼굴로 대답했다.

"주무시러 가실 때에는 밖에서 방문을 잠그고 열쇠를 꼭 가지고 계십시오. 약속해 주십시오."

"그런데 퍼시는요?"

"퍼시 씨는 저희와 함께 런던으로 가실 겁니다."

"전 여기 남아 있어야 하고요?"

"그렇습니다. 퍼시 씨를 위한 일이니 약속해 주십시오."

애니가 동의의 뜻으로 고개를 끄덕였고, 얼마 후 퍼시와 조셉이 창가에 도착했다.

"왜 그렇게 울상인 채 방 안에 앉아 있니? 밖에 나와 햇볕을 좀 쬐렴!"

조셉 해리슨이 이렇게 말했지만 애니는 거절했다.

"아니에요, 오라버니. 두통이 조금 있어요. 그냥 여기 있을게요. 방 안이 더 시원하고 편한걸요."

"이제 어떻게 하지요, 홈즈 씨?"

퍼시가 물었다.

"사소한 일에 시간을 빼앗기다가 중요한 일을 잊어버리면 안 되지요. 퍼시 씨, 오늘 저희와 함께 런던에 가 주시면 큰 도움이 될 것 같습니다."

"지금 당장 말입니까?"

"최대한 빨리 출발했으면 합니다. 한 시간 후 정도면 괜찮으시겠습니까?"

"몸도 어느 정도 회복되었으니 도움이 된다면 가야지요."

"감사합니다."

"그러면 런던에서 하룻밤 묵게 되나요?"

"예, 그것도 말씀드리려던 참이었습니다."

"그럼 강도가 집주인이 집을 비웠다는 사실을 알게 되어 상황이 더 안 좋아지지 않겠습니까? 홈즈 씨, 저는 이 상황을 모두 당신에게 맡기고 있습니다. 설명을 해 주십시오. 그리고 조셉도 함께 갔으면 합니다. 저를 돌봐 줄 사람이 필요할 것 같아서요."

"아니, 안 됩니다. 왓슨이 의사이니 퍼시 씨를 돌보는 데 충분할 것입니다. 이곳에서 점심 식사를 하신 후에 저희 세 명만 출발하는 것으로 하겠습니다."

애니 해리슨은 동의하지 않는 듯했지만 어쨌든 그렇게 결정이 났다. 나는 홈즈가 계획하고 있는 것이 정확히 무엇인지 알 수 없었다. 하지만 한 가지 확실히 알 수 있었던 것은 홈즈가 퍼시를 애니에게서 떼어 놓으려고 한다는 것이었다. 퍼시는 기력이 회복되어 무언가 할 일이 생겼다는 사실에 기분 좋아진 듯 보였다. 하지만 얼마 후, 홈즈는 우리를 한 번 더 놀래켰다. 워털루 역으로 가는 마차 안에서 홈즈가 자신은 워킹에 남아 있을 것이라고 말했기 때문이다.

"조사해야 할 것이 한두 가지 더 남아 있습니다. 퍼시 씨가 집을 잠시 떠나 주시는 게 조사에 도움이 되어서 이렇게 했습니다. 왓슨, 런던에 도착하면 베이커가의 집으로 가 내가 올 때까지 퍼시 씨와 함께 기다려 주게. 학창시절 선후배 사이니 옛 이야기를 나눌 수도 있고 다행이네. 퍼시 씨에게 침실을 준비해 주고 건강에 신경 써 주게. 내일 아침 8시에 런던에 닿는 기차가 있으니 아침 식사 전까지는 돌아가겠네."

"런던에서 조사할 것이 있다 하지 않으셨습니까?"

퍼시가 물었다. 불안한 듯한 눈빛이었다.

"그것은 내일 할 것입니다. 그런데 오늘은 제가 여기 남아야 할 것 같습니다."

"그럼 집안 사람들에게 제가 내일 밤에 돌아간다고 잘 전해 주십시오."

퍼시가 기차에 타며 홈즈에게 이렇게 말했다. 그런데 우리에게 손을 흔들며 한 홈즈의 대답은 기가 막혔다.

"아니, 전 브라이어브레이 저택으로 가는 것이 아닙니다."

퍼시와 함께 런던으로 가는 길에 우리는 계속해서 홈즈의 계획이 무엇일까 고민해 봤다. 하지만 성과는 없었다.

"내 생각에는 어젯밤 들었던 도둑에 대해 조사하려는 것 같네. 보통 도둑이 아닌 것 같았거든."

"선배님 생각에는 그 도둑이 예사스럽지 않았단 건가요?"

"자네는 내가 신경이 쇠약해져서 그렇다고 말할지도 모르겠지만 아무래도 지금 내 주변에는 정치적인 음모가 얽혀 있는 것 같네. 그들이 내 목숨을 노리고 있는 거야. 망상이라고 여기지 말고 생각해 보게, 대체 내 방에 칼을 든 도둑이 들 까닭이 무엇인가!"

"강도가 들고 다니는 쇠막대가 아니고요?"

"절대로. 분명히 칼을 들고 있었네. 내가 어둠 속에서 번쩍이는 칼을 똑똑히 보았다니까."

"선배님이 무슨 원한 살 일이라도 하신 겝니까?"

"모르겠네."

"음……. 만일 홈즈도 형님과 같은 생각이라면 정치적 음모, 그것도 일리가 있군요. 만일 이것이 정계와 관련된 일이라면 어젯밤의 강도와 9주 전에 해군 조약 문서를 훔친 범인을 찾기가 여간 어렵지 않겠군요. 게다가 이렇게 되면 범인이 두 명이 되는 것이고요. 선배님의 적이 두 명이나 되는데, 한 사람은 중요 문서를 도둑질해 가고 한 사람은 목숨을 노리고 있다니……. 믿을 수 없는데요?"

"하……. 그런데 홈즈 씨는 브라이어브레이 저택으로 가지 않는다고 했지?"

"네, 홈즈를 안 지 꽤 됐지만 이유 없는 행동은 절대로 하지 않는 친구입니다. 그러니 안심하세요."

이러면서 우리는 점점 사건과는 다른 주제의 이야기를 하게 되었다.

아주 피곤한 하루였다. 퍼시는 몸이 완전히 회복되지 않은 데다가 불행한 사건으로 인해 신경이 극도로 예민해진 상태였다. 나는 아프가니스탄이나 인도 등에서 일어나고 있는 사회 문제에 관한 여러 이야기를 들려주며 그의 흥미를 끌어 보려 노력했다. 하지만 퍼시의 무거운 심신을 달래기에는 역부족이었다. 우리는 결국 잃어버린 조약 문서에 대한 이야기를 다시 시작했다. 우리는 홈즈가 지금 뭘 하고 있을지 추측해 보기도 하고, 퍼시에 대한 홀드허스트 경의 냉대를 불평해 보기도 했으며, 아침에 홈즈가 좋은 소식을 갖고 올 거라는 희망을 이야기하기도 했다. 하지만 한밤중이 되자 또 다시 퍼시는 극도로 불안해 했다.

"자네는 홈즈를 믿나?"

퍼시가 물었다.

"저는 홈즈가 어려운 사건을 해결하는 모습을 옆에서 직접 봐왔죠."

"하지만 이번 일처럼 단서도 없이 막막했던 적은 없었겠지?"

"물론 있습니다. 그것보다 훨씬 더 단서가 부족했던 사건을 해결한 적이 있거든요."

"하지만 이번 일처럼 국가의 문제가 달린 사건은 아니었겠지?"

"잘은 몰라도, 세 번쯤 유럽 왕가에 관련된 중요한 사건을 해결했죠."

"하지만 자네는 홈즈를 잘 알지 않나? 나는 홈즈를 잘 모르네. 도대체 그가 무슨 생각을 하고 있는지 사건을 어디까지 조사한 건지 전혀 모르겠어. 나에게 희망이 있는가? 홈즈가 자네에게 이번 사건이 어떻게 될 것 같다는 언질을 준 적이라도 있는가?"

"아무 말도 못 들었어요."

"그건 안 좋은 의미이지?"

"그 반대일 거예요. 홈즈가 사건을 추리하는 데 실패한다면 대개는 제게 말을 해 준다는 것을 깨달았습니다. 아무 말 없이 묵묵히 조사를 해 나간다는 것은 오히려 사건이 잘 풀리고 있다는 뜻입니다. 자, 이제 이런 얘기는 그만합시다. 우리가 이렇게 걱정하고 토론해 봤자 정작 사건 해결에는 아무런 도움도 되지 않는다는 것을 아시죠? 어서 주무시고 내일 두고 봅시다."

나의 부탁으로 퍼시는 간신히 잠자리에 들었다. 하지만 나는 그가 푹 자지 못하리라는 것을 알고 있었다. 몸이 쇠약한 데다 잠자리도 낯설기 때문이었다. 퍼시의 불안감이 내게 전해졌는지 나마저도 이 사건에 대해 수천 가지의 상상을 해 가며 밤새도록 뒤척이고 말았다. 홈즈가 워킹에 남은 이유가 무엇인지, 왜 애니 해리슨에게 하루 종일 퍼시의 침상을 떠나지 말아달라고 한 건지, 왜 브라이어브레이 저택 사람에게조차 자신이 워킹에 남아 있다는 사실을 알리지 않으려고 했던 건지, 나도 궁금한 게 한두 가지가 아니었다.

다음날 나는 7시에 일어났다. 퍼시가 자고 있는 곳으로 가 보니 그는 밤새 한숨도 못 잔 것이 틀림없었다. 그는 나를 보자마자 홈즈가 도착했는지 물었다.

"약속한 시간에 정확히 올 겁니다. 더 늦지도, 더 빠르지도 않을 거예요."

홈즈는 정확히 8시가 되자마자 도착해 나의 말이 옳았다는 것을 증명해 주었다. 마차 하나가 집 앞에 멈춰 섰고 그 마차에서 홈즈가 내렸다. 창가에서 이 모습을 보고 있던 우리는 홈즈의 왼팔에 감겨 있는 붕대를 보고 깜짝 놀랐다. 방으로 올라온 홈즈는 피곤한 기색이 역력했다.

"누구한테 맞았나 보네!"

퍼시가 소리쳤다.

나도 심히 걱정이 되었다.

"이제 홈즈가 돌아왔으니 뭐라도 들을 수 있겠군요."

내가 말했다.

"홈즈가 돌아오기만을 잔뜩 기대하고 있었지만, 저렇게 손을 다쳐왔으니 원. 이것은 나쁜 징조가 아닐까?"

퍼시가 안타까워 끙끙거렸다.

"홈즈, 많이 다친 겐가?"

홈즈가 방에 들어서자 내가 물었다.

"좀 긁혔어. 내가 부주의했네."

홈즈가 아침 인사의 뜻으로 우리에게 고개를 끄덕이며 대답했다.

"퍼시 씨, 이번 사건은 마치 깊은 미로 같았습니다."

"무엇인지 두렵고 걱정됩니다."

"저는 아주 특별한 경험을 했습니다."

"그래, 그 붕대가 말해 주고 있지. 홈즈, 어서 말해 보게. 대체 무슨 일이 있었던 건가?"

내가 물었다.

"아침 식사 후에 해도 되겠나? 새벽부터 서리 주를 가르며 50킬로미터나 달려왔네. 혹시 그 광고에 대한 연락이 있었나? 흠, 항상 좋은 일만 일어나란 법은 없으니 할 수 없지."

우리가 식사 준비를 부탁하는 벨을 울리려는 찰나 허드슨 부인이 커피와 홍차를 가지고 올라왔다. 그리고 잠시 후 부인이 3인분의 아침 식사도 가지고 올라왔다. 배고픈 홈즈와 궁금한 나, 그리고 절망에 빠진 퍼시, 이렇게 세 사람이 아침 식사를 앞에 두고 식탁에 둘러앉았다.

"진수성찬을 차려 주셨군. 스코틀랜드 출신의 여성다워. 자네

앞에 놓인 음식은 뭔가?"

홈즈가 닭고기 카레가 담긴 자신의 접시를 내려다보며 말했다.

"햄과 달걀이네."

내가 대답했다.

"좋은걸! 펠프스 씨, 뭘 좋아하십니까? 닭고기 카레? 아니면 햄과 달걀? 드시고 싶은 걸로 맘껏 드세요."

"아니, 저는 괜찮습니다. 입맛이 없습니다."

"그러지 말고 퍼시 씨 앞에 놓인 음식이라도 좀 드셔 보세요."

"아뇨, 괜찮습니다. 정말이지 들어갈 것 같지 않습니다."

"그럼 무슨 요리가 나왔나 한번 확인이라도 해 보시지요?"

홈즈의 눈이 장난기를 가득 머금은 채 반짝였다.

퍼시가 홈즈의 말을 듣고 접시의 덮개를 들었다. 그러곤 곧 낮게 소리를 질렀다. 그의 눈은 음식 접시에 고정되어 있었는데 접시 위에 푸른 기가 감도는 종이 두루마리가 하나 놓여 있었다. 퍼시는 서류를 조심스럽게 집어 들고 이리저리 살펴보더니 갑자기 미친 듯이 방 안을 뛰어다녔다. 손을 가슴에 얹고 기쁨의 환호성을 지르며 두 발을 구르기도 했다. 나는 퍼시가 미친 듯이 날뛰는 동안 혹시 그가 발작이라도 일으키지 않을까 걱정하고 있었다. 그래서 퍼시가 다시 의자에 앉자 얼른 브랜디 한 잔을 따라 주며 마시게 했다.

"환자가 그렇게 흥분하시면 어떡합니까. 하긴, 저도 굉장히 극적인 경험을 해서 이해가 갑니다만."

홈즈가 퍼시의 등을 토닥이며 말했다.

퍼시는 홈즈의 손을 덥석 잡더니 키스를 했다.

"신의 축복이 당신께 영원히! 당신은 제 명예를 지켜 주신 분입니다!"

"그러게 말입니다. 제 명예도 위기에 빠져 있었죠. 당신이 중요한 임무를 수행하지 못했던 것처럼 저도 사건을 해결하지 못할 뻔했습니다."

퍼시는 조약 문서를 외투 안주머니 속으로 깊숙이 집어넣었다.

"배가 고프시다니 아침 식사를 방해하고 싶지는 않습니다만 제발 이것을 어디에서 찾은 건지 말씀해 주십시오."

홈즈가 커피를 한 모금 마셨다. 햄과 달걀을 잠깐 바라보더니 그대로 자리에서 일어나 담배에 불을 붙이고는 다시 의자에 앉았다.

"순서대로 설명해 드리겠습니다. 두 분을 보내고 역을 나와서 저는 어느 숲 속 길을 산책했습니다. 아름다운 길이었습니다. 리플리 마을은 정말이지 아름다운 곳이더군요. 한 여관에 들어가 차를 마시고, 물병에 물을 채우고, 샌드위치를 하나 포장해서 준비해 두었습니다. 저녁 때까지는 그곳에 머물다가 해가 진 직후에 워킹의 브라이어브레이 저택으로 갔습니다. 저는 원래 이런 행동을 자주 하는 놈이 아닌데……. 어쨌든 길가에 사람이 없을 때까지 기다리다가 울타리를 넘어 저택 안으로 들어갔습니다."

"울타리의 문이 열려 있었을 텐데요!"

퍼시가 말했다.

"그랬습니다만 특별한 이유가 있었기 때문에 그렇게 했습니다. 저는 하인들에게 발각되지 않으려고 나무 틈 사이에 숨은 다음, 덤불 숲 뒤로 몸을 조금씩 움직이며 퍼시 씨의 침실 창문 쪽으로 기어갔습니다. 제 바지의 무릎을 보면 제가 그곳에 쭈그려 앉아 있었다는 것을 알 수 있으시겠지요?

블라인드가 열려 있었기 때문에 방 안에서 책을 읽고 있는 애니 양의 모습을 볼 수 있었습니다. 10시 15분 경에 애니 양이 책을 덮고 방을 나갔습니다. 그리고 밖에서 자물쇠로 문을 잠그는 소리가 들렸습니다."

"자물쇠로 잠갔다구요?"

펠프스가 물었다.

"네, 제가 애니 양에게 밖에서 문을 잠그고 열쇠를 갖고 있어 달라고 부탁해 놓았습니다. 애니 양은 제가 부탁한 일을 모두 해 주셨습니다. 만일 그녀가 협조해 주지 않았더라면 퍼시 씨의 안주머니에는 지금 아무것도 없었을 것입니다. 애니 양이 불을 끄고 나간 뒤 저는 창가 밑 꽃나무 덤불 속에 몸을 숨기고 기다렸습니다. 밤공기가 좋긴 했지만 고역은 고역이었습니다. 다행히 경기를 치루는 선수가 시합 전에 느끼는 것처럼 기분 좋은 흥분도 느낄 수 있었습니다. 저는 아주 오래 기다렸습니다. 왓슨, 그 '얼룩무늬 끈' 사건을 기억하나? 그때 헬렌 양의 방에서 기다리던 것과 아주 비슷하더군. 교회 시계가 15분마다 종을 쳤고 저는 시간을 쟀습니다. 새벽 2시쯤 방문의 열쇠가 돌아가는 소리가 들리더군요. 그리고 하인들이 쓴다는 옆문이 열리더니 달빛 아래로 사람의 형상이 나타났습니다. 조셉 해리슨이었습니다."

"조셉이라뇨?"

퍼시가 외쳤다.

"머리에는 아무것도 쓰지 않고 검은 망토를 두르고 있었습니다. 만일의 사태에 대비해 얼굴을 가릴 수 있는 망토였습니다. 그는 살금살금 창가로 걸어와 어디선가 칼을 꺼내더니 창문 틈 사이로 칼을 찔러 넣고 열심히 쑤시기 시작하더군요. 그러고는 창문의 고리를 벗겨 내고 창문을 열었습니다.

저는 방 안이 잘 보이는 곳에 자리를 잡고 숨어 있었기 때문에 조셉이 하는 행동을 하나도 빠짐없이 볼 수 있었습니다. 조셉은 벽난로 위에 놓여 있던 양초에 불을 붙이고 방문 옆에 깔린 카펫의 한쪽 모서리에 섰습니다. 그러곤 그곳에서 마루의 널빤지 하나를 뜯어냈습니다. 대개 집에는 가스관의 연결 상태를 확인하기 위해 바닥에 뚜껑 문이 있지요. 바로 그곳이었습니다. 조셉은 그곳에서 둘둘 말아 놓은 종이 한 뭉치를 꺼냈습니다. 그러고는 마루 널빤지를 다시 제자리에 끼워 넣고 카펫의 매무새를 정리한 다음 촛불을 끄고 창문을 넘었습니다. 그대로 빠져나갈 수도 있었겠지만, 제가 창문 밑에서 기다리고 있지 않았습니까? 조셉은 제가 생각했던 것보다 훨씬 더 악한 사람이었습니다. 그가 칼을 들고 있었기 때문에 제가 두어 번 땅으로 넘어지기도 했습니다. 그러다가 겨우 조셉을 제압했지요. 그 과정에서 손에 상처를 입은 것입니다. 조셉은 제가 하는 말을 듣더니 결국 문서를 포기했습니다. 제 목적은 문서였기 때문에 조셉은 놓아주었습니다. 오늘 아침 돌아오는 길에 포브스 형사에게 전보를 쳤기 때문에 어쩌면 조셉이 잡힐지도 모르겠습니다. 하지만 조셉을 잡지 않는 게 정부로서는 더 나은 일일지도 모릅니다. 홀드허스트 경에게도 그렇고 퍼시 씨에게도 말입니다. 이번 사건이 재판까지 가지 않는 편이 더 나을 테니까요."

"신이시여! 그렇다면 저는 지난 10주 동안 문서가 있는 방에서 그렇게 괴로워했단 말입니까!"

퍼시가 커다란 한숨을 쉬며 말했다.

"그렇습니다."

"조셉! 이런 도둑놈을 보았나! 악당 같으니라고!"

"그러게 말입니다. 조셉 해리슨은 보기보다 훨씬 더 음흉하고 위험천만한 인물이었습니다. 오늘 아침에 조셉이 털어놓기를, 주식으로 큰돈을 잃어 돈이 필요했다고 하더군요. 자신의 이익 때문에 처남될 사람의 고통과 여동생의 슬픔을 모르는 척하다니, 참으로 이기적이고 나쁜 사람입니다."

퍼시가 의자 뒤로 몸을 떨구며 치를 떨었다.

"홈즈 씨의 말을 듣고 있으니 하늘이 노래지는군요."

"이번 사건이 그렇게 힘들었던 이유는 증거가 너무 많기 때문이었습니다. 쓸데없이 말이지요. 정말 중요한 문제는 아무런 상관없는 수많은 것들에 감춰져 있는 경우가 종종 있습니다. 그럴 땐 드러난 사실 중 중요한 것들을 차례대로 정리해 사건을 해결하는 수밖에 방법이 없지요. 사건 당일, 퍼시 씨가 조셉과 함께 워킹으로 갈 예정이었다고 말씀하셨을 때부터 저는 조셉을 의심하고 있었습니다. 조셉은 그날 저녁 당연히 퍼시 씨에게 가고 있었을 테고 미리 통화를 했겠지요. 조셉은 외교부 건물의 구조도 잘 알고 있었습니다. 퍼시 씨의 방에 누군가가 들어오려고 했다는 이야기를 듣고 나니 거의 확신이 들었습니다. 퍼시 씨가 지금 사용하고 있는 방은 원래는 조셉이 묵고 있던 방이었으니까요. 특히 그날은 처음으로 혼자 주무시던 날이라고 하지 않았습"

니까? 집 안에 있던 가족들은 이 사실을 알고 있었겠지요."

"어떻게 나를 이렇게 감쪽같이 속일 수가 있단 말입니까!"

"지금까지 제가 조사한 바로는 이렇게 된 것 같습니다. 그날 밤 퍼시 씨와 약속을 했던 조셉 해리슨은 찰스가로 통하는 옆문으로 외교부 건물로 들어갔고, 우연히도 퍼시 씨가 자리를 비웠을 때 퍼시 씨의 사무실로 들어가게 되었습니다. 아무도 없는 것을 보고 퍼시 씨를 찾으려고 벨을 울렸는데, 책상 위에 놓여 있던 서류를 발견한 것이지요. 한눈에 중요한 문서임을 파악한 그는 그것을 빼돌린 채 건물을 빠져나갔습니다. 당신이 경비원과 이야기를 나눈 시간은 그가 도망치기에 충분한 시간이었을 겁니다. 그는 그렇게 워킹으로 내려왔고 자신이 훔친 서류가 대단한 것임을 알고 안전한 곳에 숨긴 다음 하루이틀 뒤에 프랑스 대사관이나, 돈을 많이 주는 다른 곳에 팔려고 했습니다. 헌데 갑자기 퍼시 씨가 중병에 걸려 돌아왔습니다. 그래서 서류를 다른 곳으로 옮길 새도 없이 자신이 묵고 있던 방을 내주게 되었지요. 여동생을 비롯하여 의사와 간호사들이 밤낮으로 퍼시 씨를 지키고 있으니 문서를 꺼낼 수도 없었습니다. 아마 그도 참 괴로웠을 겁니다. 계속해서 기회를 엿보던 조셉은 그날 밤에 몰래 숨어 들어가 문서를 가지고 오려 했지만 퍼시 씨가 잠에서 깨는 바람에 실패하게 됩니다. 그날은 평소 복용하던 수면제를 먹지 않았다고 하셨죠, 퍼시 씨?"

"네, 그랬지요."

"조셉은 아마 당신이 평소처럼 수면제를 복용하고 잠이 들었다고 생각했던 것 같습니다. 여기까지 상황을 파악한 저는 조셉이 기회가 오면 다시 시도할 것이라고 판단했고, 일부러 퍼시 씨를 이리로 모셔온 것입니다. 조셉에게 기회를 준 것이지요. 애니 양에게 하루 종일 방 안에 있어 달라고 부탁해 제가 없는 낮에는 조셉이 그 방에 들어가지 못하도록 했고, 저녁 무렵에는 제가 집으로 숨어 들어가서 기다리고 있었던 것입니다. 그 방에 문서가 있으리라고 짐작은 했지만 그걸 찾기 위해 방을 수색하고 싶지는 않았습니다. 조셉이 직접 문서를 꺼내면 내가 문서를 찾는 수고도 덜고, 범인도 잡을 수 있을 테니까요. 이해되시나요?"

"근데 조셉은 왜 처음부터 문으로 들어가지 않았지? 창문으로 들어가려 한 이유가 대체 뭐야?"

내가 물었다.

"구조상, 문으로 들어오려면 방을 일곱 개나 지나쳐야 하네. 그리고 정원을 통해 빠져나가는 게 훨씬 수월했겠지. 다른 사람에게 들킬 염려도 덜하고. 또 다른 질문이 있나?"

"조셉이 살인을 할 생각은 아니었겠죠? 그 칼은 그저 창문을 열기 위한 도구로 가지고 왔을 뿐이었겠죠?"

퍼시가 물었다.

"그럴지도 모르죠. 하지만 제가 확신하는 것은 조셉 해리슨이란 사람은 절대 믿을 수 있는 사람이 아니라는 것뿐입니다."

홈즈가 어깨를 으쓱하며 이렇게 대답했다.

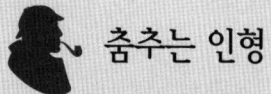 춤추는 인형

홈즈는 그의 삐쩍 마른 등을 둥글게 만 채, 몇 시간째 아무 말 없이 화학 실험용 책상에서 몸을 떼지 않고 지독한 냄새가 나는 약품들을 조합하고 있었다. 그의 그런 모습은 잿빛 깃과 검은색 벼슬을 가진 한 마리의 괴기스러운 새처럼 보였다.

"참, 왓슨. 남아프리카의 주식에 투자할 생각은 전혀 없는 거지?"

홈즈가 우연히 생각났다는 듯이 물었다.

나는 깜짝 놀랄 수밖에 없었다. 홈즈의 갖가지 신비한 능력에 이미 어느 정도는 익숙한 나였지만 이렇게 사람의 마음속까지 꿰뚫어 볼 때면 소름이 돋았다.

"대체 그걸 어떻게 안 건가?"

내가 물었다.

너무 오랜 시간 실험에 몰두해 움푹 들어간 홈즈의 두 눈이 재미있단 듯이 반짝이며 나를 바라봤다. 홈즈는 연기가 피어오르는 시험관을 한 손에 든 채 내 쪽으로 의자를 돌려 앉았다.

"자 이제, 지금 자네가 상당히 당황스럽다는 것을 인정하게."

"인정하지."

"그럼 그 사실을 종이에 쓰고 자네의 서명까지 덧붙여 주게."

"그건 왜?"

"자네가 5분도 채 지나지 않아 그렇게 간단한 거였냐고 말할 것이 분명하니까."

"그런 일은 없네."

"그런가? 그럼 믿고 설명해 주겠네."

홈즈는 시험관을 내려놓더니 마치 학생에게 강의하는 교수마냥 진지하고 근엄한 태도로 설명하기 시작했다.

"이전에 일어났던 일들 속에서 추리를 이끌어 내는 일이 쉬운 만큼 그 일들을 하나로 묶어 추리하는 것도 그리 어려운 일은 아니야. 하지만 중간 과정을 완전히 배제하고 시작과 결론만을 말해 주면 상대방은 굉장히 놀라워하지. 그런 의미에서 자네 왼손의 검지와 엄지 사이가 움푹 파여 있는 것으로 자네가 자네의 얼마 안 되는 재산을 금광에 투자하지 않기로 결심했다는 것을 추리하는 일도 그리 어렵지는 않네."

"아니 대체, 그게 무슨 관계가 있단 말인가?"

"관계가 없어 보이지? 그럼 여기서 바로 두 사실의 관계에 대해서 증명해 보지. 이 상황은 그저 작은 고리 하나가 **빠졌을** 뿐이고, 그것을 설명하자면 이렇게 되네.

1. 어제 저녁 자네가 클럽에서 돌아왔을 때 왼손 엄지와 검지

사이에 초크가 묻어 있었다.

2. 그 초크는 자네가 당구를 칠 때 큐가 미끄러지는 것을 방지하기 위해 바르다 묻은 것이다.

3. 자네는 서스톤하고만 당구를 친다.

4. 4주일 전쯤 자네가 내게 했던 말에 따르면, 서스톤은 남아프리카의 자산에 대한 선택매입권을 가지고 있는데, 한 달 후면 기간이 만료되니 자네에게 투자 하지 않겠느냐고 제안했다.

5. 자네의 수표책은 내 서랍 안에 있는데 자네는 아직 내게 열쇠를 달라고 하지 않았다.

6. 따라서 자네는 그곳에 투자할 생각이 없다."

"뭐야, 간단하잖아!"

내가 소리쳤다.

"이것 봐! 어떤 문제든 설명을 듣고 나면 어린아이도 알 수 있는 아주 간단한 문제가 되어 버린다니까. 이제 자네가 문제를 하나 풀어 봐 주겠나, 왓슨?"

홈즈는 이것 때문에 골치가 아팠다는 것을 투정이라도 하듯 종이 한 장을 탁자 위에 던져 주고는 다시 화학 약품과의 싸움을 시작했다. 종이를 들여다보자 거기에는 이상한 그림 문자 같은 것이 그려져 있었다.

"홈즈, 이건 애들이 그린 그림 같은데?"

내가 물었다.

"그래? 그게 자네 생각인가?"

"그럼 이게 뭐 대단한 거라도 된다는 말인가?"

"노퍽 주의 리들링 소프 저택에 계신 힐턴 큐빗 씨가 알고 싶어하는 게 바로 그거지. 오늘 아침 일찍 그 알 수 없는 그림이 내게 도착했는데 그분도 기차를 타고 오신다더군. 왓슨, 벨소리야. 큐빗 씨가 도착하신 것 같군."

잠시 뒤 계단을 올라오는 묵직한 발소리가 들려왔고 키가 크고 붉은 기가 도는 얼굴에 면도를 말끔히 한 신사 한 명이 방 안으로 들어섰다. 혈색이 좋고 눈이 맑은 것으로 보아 그가 안개 낀 베이커가와는 멀리 떨어진 곳에서 사는 사람이라는 것을 알 수 있었다. 그가 방 안으로 들어서자 신선하고 상쾌한 동부 해안의 공기가 함께 밀려오는 느낌이 들었다.

그는 우리와 차례로 악수를 나눈 뒤 의자에 앉으려다가 우리가 조금 전까지 보고 있었던 테이블 위의 종이를 발견하고 이렇게 말했다.

"홈즈 씨, 그림을 보셨군요. 어떻게 생각하시는지요? 당신은 특이하고 기이한 것에 흥미가 많으시다 들었습니다. 이렇게 특이하고 기이한 것도 그리 흔치는 않으리라 생각됩니다. 제가 오기 전에 이것을 검토해 주셨으면 해서 먼저 보내드렸던 것입니다."

의뢰인은 꽤 우렁찬 목소리를 갖고 있었다.

"틀림없이 그렇습니다. 아주 흥미롭습니다. 이상하고 작은 사람들이 늘어서서 춤을 추고 있을 뿐이니 언뜻 보기에는 단순히 아이들의 낙서처럼 보일 테지요. 먼저 여쭙고 싶은 게 있습니다. 이 그림이 왜 중요하다고 생각하신 건가요?"

홈즈가 말했다.

"그것은 제 아내가 이 그림을 중요하게 생각하고 있는 듯하기

263

때문입니다. 더 솔직히 말씀드리면 아내는 이 그림을 극도로 두려워하고 있습니다. 말을 하지는 않았지만 이 그림을 볼 때마다 아내의 눈에는 두려움이 차오르지요. 그래서 이 그림을 조사해 봐야겠다고 생각한 것입니다."

홈즈가 종이를 들어 햇빛에 정면으로 비춰 보았다. 종이는 수첩에서 찢긴 것이었고 다음과 같은 그림이 연필로 그려져 있었다.

홈즈는 종이를 한참 살펴본 뒤 조심스럽게 접어 수첩 안에 끼워 넣고 말했다.

"아주 흥미롭고 특별한 사건이 될 것 같습니다. 큐빗 씨가 주신 편지로 대부분의 사정을 들었지만 실례가 안 된다면 제 친구인 왓슨 박사를 위해 다시 한 번 상황의 전말을 설명해 주시겠습니까?"

의뢰인은 크고 힘 있어 보이는 손을 맞잡고 이리저리 움직였다. 많이 긴장한 듯 보였다.

"제가 말주변이 별로 없습니다. 매끄럽게 설명하지 못하는 부분이 있다면 언제든 다시 질문해 주십시오. 제가 결혼을 당시인 작년 일부터 말씀 드리는 게 순서일 것 같습니다. 아, 우선 저는 그리 큰 부자는 아닙니다. 하지만 저희 가문이 약 5세기 전부터 리들링 소프 저택에 살고 있었기 때문에 노퍽 주에서는 그래도 꽤 알려진 가문이라는 사실을 말씀드려야 할 것 같습니다.

저는 작년에 빅토리아 여왕님의 즉위 60주년 기념행사에 참석하려고 런던에 좀 오랫동안 머물렀습니다. 그때 저희 교구의 파커 목사님이 러셀 광장에 위치한 집에서 신세를 지셨기에 저도 그곳에서 하숙을 했습니다. 그리고 그곳에서 머물고 있는 미국 여성을 만났습니다. 그녀의 이름은 패트릭, 엘시 패트릭입니다. 우리는 우연한 기회에 서로 친해졌고 그곳에 머무르는 한 달 동안 서로 사랑에 빠졌습니다. 저희는 등기소에서 혼인 신고를 하는 것으로 결혼식을 대신하고 함께 노퍽으로 돌아왔습니다. 홈즈 씨, 명문가의 자손이 아무것도 모르는 미국 여성과 이런 식으로 결혼을 한다는 것이 잘못되었다고 생각하실 수도 있을 겁니다. 하지만 그녀를 만나 본다면, 그리고 그녀를 알게 된다면 틀림없이 저를 이해할 수 있으실 겁니다. 그녀는 저와의 신분 차이를 의식해서인지 저에게 매달리거나 하지 않았습니다. 오히려 저를 염려해 언제든지 자신을 떠나도 괜찮다고 이야기했습니다.

'저는 좋지 않은 과거가 있는 여자예요. 깨끗하게 잊고 싶은 기억이고 그 일에 대해서는 입에 담기조차 싫어요. 하지만 인격적으로는 한 치의 부끄러움이나 흠이 없다고 분명히 말할 수 있어요. 당신은 이 사실을 믿고 제가 제 과거에 대해서 말하지 못하는 것을 이해하고 덮어줘야만 해요. 만일 그렇게 하지 못하겠다면 저를 그냥 이곳에 내버려 두고 혼자 노퍽으로 돌아가세요.'

결혼하기 전날 밤에 그녀가 제게 한 이야기입니다. 저는 그것을 받아들이고 더 이상 문제 삼지 않겠다고 약속했고, 지금까지도 그날의 약속을 철저히 지키며 살아왔습니다. 그 후 일 년 동안 우리 부부는 아주 행복했습니다. 그런데 한 달 전인 6월 말쯤

부터 불길한 조짐이 하나둘 나타나기 시작했습니다. 어느 날 아
내 앞으로 미국 우표가 붙은 편지 한 통이 배달되어 왔습니다.
웬일인지 아내는 편지를 읽자마자 얼굴이 새하얗게 질려서는 편
지를 벽난로 안으로 던져 버리더군요. 아내는 그 일에 대해서는
한 마디도 하지 않았고, 저도 제가 한 약속이 있었기 때문에 아
무것도 묻지 않았습니다. 하지만 문제는 아내가 그 편지를 받
은 이후 계속 불안해 한다는 것이었습니다. 무엇인가를 기다리
는 듯 불안한 모습이 계속됐습니다. 제게 털어놓으면 제가 그녀
에게 힘이 되어 주리라는 것을 알면서도 그녀는 그렇게 하지 않
더군요. 저는 그녀가 먼저 말을 꺼내기 전에는 아무것도 할 수가
없었습니다. 아내는 신뢰할 수 있는 사람입니다. 과거에 무슨
일을 겪었는지 모르지만 그것이 절대로 아내의 잘못도, 아내의
책임도 아니라는 것을 저는 알고 있습니다. 저는 한낱 시골 마을
노퍽의 작은 지주일 뿐이지만 가문의 명예를 중시하는 영국의
신사입니다. 그 점은 아내도 결혼 전부터 잘 알고 있었기 때문에
저의 가문을 더럽히는 짓은 결단코 하지 않을 것이라고 믿습니
다."

　신사가 차분히 말을 이어 갔다.

　"이제 그 이상한 사건에 대해 말씀드리겠습니다. 일주일 전입
니다. 정확히는 지난주 화요일이었지요. 창틀 위에서 이 종이에
그려진 것과 똑같은, 작고 이상한 인형들이 춤추고 있는 그림을
발견했습니다. 분필로 그려 놓은 그림이었는데 처음에는 그저
저희 집에서 말을 돌보는 아이가 한 낙서라고 생각했어요. 그래
서 아이에게 물어보니 자신은 그림을 그리지 않았다고 펄쩍 뛰

더군요. 틀림없이 누군가가 밤에 그려 놓은 것일 텐데요. 저는 그냥 그것을 지우라고 했습니다. 잠시 후 아내에게 지나가는 말로 그림 이야기를 했는데, 뜻밖에도 아내는 그 일에 매우 심각하게 반응했습니다. 게다가 다음에 또 그런 것을 발견하면 자신에게 꼭 보여 달라고 부탁까지 하는 게 아닙니까? 그 후로 일주일 동안은 아무 일도 없다가 바로 어제 아침, 이 종이가 정원 시계 위에 놓여 있었습니다. 제가 먼저 발견하고 아내의 부탁대로 아내에게 보여 주었는데, 아내는 그대로 기절해 버렸습니다. 다시 깨어나긴 했지만 그 후로 계속해서 두려움에 휩싸인 채 정신을 반쯤 놓고 지내고 있습니다. 홈즈 씨, 이런 이유로 당신에게 편지를 쓰고 그림을 보내 드렸습니다. 이런 일은 경찰에 신고해 봐야 별로 소용도 없고 그저 조롱이나 받고 끝날 것입니다. 하지만 당신이라면 이것이 어떤 일이며, 어떻게 해야 하는지 알려 줄 수 있을 것 같아 이렇게 찾아왔습니다. 재산이 그리 많지는 않지만 사랑하는 아내를 위험에 빠뜨리는 일이라면 전 재산을 털어서라도 아내를 보호할 것입니다."

심지가 곧고 다부지며, 정직하고, 다정하며, 순수한 푸른 눈에 선이 곧은 멋진 남자였다. 그야말로 영국 신사의 기품을 그대로 지니고 있었다. 그의 얼굴에서 아내에 대한 굳은 신뢰와 깊은 사랑을 읽을 수 있었다. 홈즈는 의뢰인의 이야기가 끝난 후 한참동안 아무 말 없이 생각에 잠겨 있었다.

"큐빗 씨, 외람된 말씀이지만 제가 생각하기에 가장 좋은 방법은 지금 아내분을 힘들게 하는 것이 무엇인지 직접 여쭤 보는 것 같은데요?"

홈즈가 오랜 침묵을 깨고 물었다.

의뢰인이 머리를 가로저으며 말했다.

"홈즈 씨, 저는 약속을 했습니다. 만일 아내도 제게 말할 수 있는 일이었으면 말을 해 줬겠지요. 하지만 아내가 그럴 생각이 없는데 제가 억지를 부릴 수는 없습니다. 제가 제 나름대로 알아내서 도와줄 수 있는 것이 있으면 도와주고 싶습니다."

"정 그러시다면 제가 이 문제를 한 번 연구해 보겠습니다. 일단 최근 들어 마을에서 낯선 사람을 봤다는 이웃들의 말을 들은 적이 없으신가요?"

"없습니다."

"작고 조용한 마을이니 낯선 사람이 나타나면 틀림없이 소문이 나겠지요?"

"네, 마을 주변이라면 분명히 그럴 겁니다. 마을에서 멀지 않은 곳에 작은 해변이 몇 있어서 농가에서 민박을 하기도 합니다만은."

"큐빗 씨, 이 그림에는 분명 어떤 특별한 의미가 담겨 있습니다. 생각 없이 막 그린 것이라면 상관없지만 아무래도 어떤 규칙이 있는 그림인 듯합니다. 그렇다면 그림이 말하는 메시지가 있을 것입니다. 문제는 보내 주신 것만으로는 아직 그 규칙을 파악하기가 어렵고, 또 큐빗 씨가 알고 계신 부인의 상황이 매우 제한적이라는 점입니다. 현재로서는 사건을 푸는 데 한계가 있을 것 같습니다. 제 생각으로는 노퍽으로 돌아가서 주변을 조금 더 관찰하시다가 춤추는 인형 그림이 다시 눈에 띄면 그걸 똑같이 베껴 보내 주시는 게 좋을 듯합니다. 그때 창틀에 있었다던 분필로 그린 그림이라도 베껴 두었으면 좋았을 뻔했는데 안타깝습니다. 마을에 혹시 이방인이 나타나지는 않는지도 주의 깊게 보셔야 합니다. 새로운 증거를 발견하시면 그때 다시 오시는 게 좋겠습니다. 지금으로서는 이게 최선일 것 같습니다. 만일 어떤 긴박한 상황이 벌어진다면 연락을 주십시오. 그땐 제가 노퍽에 있는 댁으로 직접 찾아가겠습니다."

홈즈는 이렇게 말하고 의뢰인을 돌려보냈다. 그 후 홈즈는 종종 깊은 생각에 잠기곤 했고 의뢰인이 놓고 간 종이를 꺼내 거기에 그려진 그림들을 뚫어지게 바라보곤 했다. 홈즈는 이 사건에 대해서는 나에게 무언가를 상의하지도 어떠한 이야기를 꺼내지도 않은 채 2주일 정도를 보냈다.

그러던 어느 날 오후, 그가 외출하려는 나를 붙잡았다.

"외출을 조금 미루는 게 좋겠네, 왓슨."

"무슨 일인가?"

"아침에 큐빗 씨의 전보를 받았어. 기억하지? 춤추는 인형 그림을 보여 줬던 힐턴 큐빗 씨 말이야. 1시 20분경에 리버풀가의 역에 도착한다고 했으니 곧 이곳에 도착할 거야. 뭔가 중요한 일이 더 일어난 것 같네."

오래 기다리지 않아 노퍽의 지주 큐빗 씨가 이륜마차를 타고 도착했다. 그간 걱정을 많이 한 탓인지 침울하고 피곤해 보였으며 이마에도 주름이 패여 있었다.

"홈즈 씨, 이번 일이 저를 좀 많이 힘들게 하고 있습니다. 정체를 알 수 없는 누군가가 나쁜 음모를 꾸미며 저와 제 아내의 곁에 맴돌고 있다는 기분이 듭니다. 그래서 참을 수가 없습니다. 그 사람들은 제 아내를 죽이려고 하는 것 같습니다. 아내가 점점 기운을 잃고 여위어 가고 있습니다."

"부인께서는 아직 아무런 얘기도 하지 않으셨고요?"

"네, 입을 꼭 닫고 있습니다. 몇 번 무슨 말인가 하려고 망설이는 것을 눈치챘지만 그뿐이었습니다. 쉽게 말을 꺼내지 못하기에 그녀가 말할 수 있도록 편안한 분위기를 만들어 이야기를 유도해 보았지만 제가 그러는 게 오히려 마음을 닫게 만든 모양입니다. 아내가 저희 집안의 내력과 명성에 관한 자부심을 계속 지키고 싶다는 얘기를 꺼냈을 때 드디어 이야기를 해 주려나 하는 생각이 들었지만 결국 아내는 다른 얘기로 화제를 돌리고 말더군요."

"그럼 아내분 말고 다른 곳에서 무언가 알아낸 것이 있으셨군요?"

"그렇습니다, 홈즈 씨. 몇 가지 중요한 것을 발견한 것 같습니다. 춤추는 인형 그림을 몇 장 가지고 왔습니다. 더 중요한 것은, 제가 그 사람을 직접 목격했다는 것입니다."

"네? 그림 그리는 사람을 말입니까?"

"네, 그렇습니다. 그림을 그리고 있는 사람을 봤습니다. 모든 것을 차례대로 말씀드리겠습니다. 이곳에 왔다 간 다음날, 바로 춤추는 인형 그림을 발견했습니다. 저희 집 마당 옆에는 여러 가지 연장을 보관해 놓는 창고가 있는데, 저희 방 창문에서 아주 잘 보이는 곳에 위치해 있습니다. 바로 그 창고의 검은 나무문에 인형 그림이 그려져 있었습니다. 여기, 똑같이 옮겨 적어 왔습니다."

의뢰인은 접어 온 종이를 펼쳐 탁자 위에 올려놓았다. 그림은
아래와 같았다.

"좋습니다! 꼭 필요하던 것이었습니다!"
홈즈가 외쳤다.
"이것을 베낀 다음에 바로 그림을 지웠습니다. 그런데 이틀
뒤에 또 다시 새로운 그림이 그려져 있었습니다. 이것이 바로 두
번째 그림입니다."

"증거가 점점 늘어나고 있어."
홈즈는 기쁨과 흥분을 감출 수 없는 듯 두 손을 비비며 크게
웃었다.
"그리고 사흘 후에 해시계 위에서 돌로 눌러 놓은 종이가 발
견되었고 거기에는 이전 그림과 똑같은 그림이 그려져 있었습니
다. 그래서 저는 이번에는 숨어서 지켜보기로 결정했습니다. 권
총을 가지고 잔디밭과 정원이 잘 내려다보이는 서재의 창문 앞
에서 밤을 새며 기다렸습니다. 그날 밤 두 시쯤이었을까, 달빛
이 비추는 곳 외에는 전부 칠흑같이 어두운 한밤중이었습니다.
발소리가 들려왔는데, 그곳을 보니 아내가 가운을 걸친 채 서 있
었습니다. 아내가 제가 잠자리에 들지 않은 것을 알아채고, 그

만 자리에 들라고 말하러 왔던 것이지요. 저는 아내에게 솔직하게 털어놓았습니다. 이런 짓을 하는 사람이 누구인지 밝혀내려는 중이라고 말입니다. 아내는 의미 없는 장난일 뿐이니 신경 쓰지 말라고 말하며 이렇게 물었습니다.

'그렇게 신경이 쓰이면 함께 여행이라도 다녀오는 게 어때요?'

제가 이렇게 대답했습니다.

'이런 사악한 장난을 하는 녀석들 때문에 집을 비우다니 그럴 수는 없소. 사람들이 비웃을 거야.'

그랬더니 아내가 이렇게 대답했습니다.

'그래요, 그럼. 어쨌든 어서 주무세요. 내일 아침에 더 얘기해 보기로 해요.'

대화를 하며 아내의 얼굴을 봤는데 원래도 흰 편이었던 아내의 얼굴은 달빛 아래서 더욱 하얗게 변해 있었어요. 제 어깨에 얹은 손에도 힘이 들어가 있었고요. 바로 그때 창고 근처에서 무언가가 움직이고 있었습니다. 검은색의 사람 그림자가 기는 듯 천천히 움직여 창고 모퉁이를 돌아 나와 문 앞에서 웅크리고 있었습니다. 권총을 들고 뛰어나가려고 했지만 아내가 저를 말렸습니다. 놀랍도록 엄청난 힘이었습니다. 밖의 그림자보다도 아내의 모습이 더 이상했습니다. 저는 아내의 손을 뿌리치려고 했지만 아내는 필사적으로 저를 붙잡더군요. 간신히 아내를 뿌리치고 창고 앞에 도착했을 때는 이미 그 사람이 사라진 뒤였습니다. 그렇지만 흔적은 남아 있었습니다. 예전에 춤추는 인형을 남겼던 것처럼 이번에도 문 위에 춤추는 인형을 그려 놓았더군요. 정원을 샅샅이 뒤져 보았지만 그림 외에 다른 흔적은 어디에도 남아 있지 않았습니다. 하지만 소름 끼치게도 제가 그 사람을 찾기 위해 정원을 돌아다니는 동안에 상대방은 정원 어딘가에 숨어 있었던 것 같습니다. 왜냐하면 다음날 아침 제가 문 앞에 다시 갔을 때 새로운 그림들이 더 그려져 있었기 때문입니다. 전날 밤에 저 때문에 미처 다 그리치 못했던 모양입니다."

"그 그림도 베끼셨지요?"

"네, 아주 짧긴 하지만 베껴 가지고 왔습니다. 이게 그것입니다."

의뢰인이 종이 한 장을 더 꺼냈고, 그 그림은 아래와 같았다.

"그전에 한 가지 여쭤 보고 싶은데, 이것이 전의 것과 죽 이어져서 그려져 있었나요, 아니면 띄어쓰기 같은 게 되어 있는 새로운 것 같았나요?"

홈즈가 이렇게 물었다. 나는 그의 눈빛과 어조를 통해 그가 매우 흥분하고 있다는 걸 알 수 있었다.

"서로 다른 판자에 그려 놓았더군요."

"역시! 큐빗 씨, 이것은 이 사건을 해결하는 데 가장 중요한 사실입니다. 큰 도움이 될 것입니다. 이야기를 계속 들려주시지요."

"그 이후로 별다른 사건은 없었고, 저는 범인 잡을 기회를 놓치게 만든 아내에게 화를 냈습니다. 아내는 제가 범인을 잡다가 다치기라도 할까 봐 말렸다고 하더군요. 하지만 저는 당시에 아내가 저를 걱정하는 게 아니라 범인을 걱정하고 있다는 느낌을 받았습니다. 이상한 그림의 의미와 그림을 그리는 사람에 대해서 아내가 모두 알고 있는 것 같았기 때문입니다. 하지만 저와 대화하는 아내의 목소리와 눈빛에는 자신은 결백하며 의심하지 말아 달라는 간절한 메시지가 담겨 있었습니다. 저는 아내가 걱정한 사람은 저였을 것이라고 믿고 그 불쾌한 느낌에 대해서는 잊기로 했습니다. 이제 제가 어떻게 해야 좋을지 홈즈 씨가 속 시원하게 말씀해 주셨으면 좋겠습니다. 저는 농장의 일꾼 몇 명을 정원의 나무 밑에 배치 시켰다가 녀석이 다시 나타나면 가죽 채찍을 이용해 놈을 잡은 뒤, 두 번 다시 우리 집에 나타나지 못하게 하려고 합니다."

"큐빗 씨, 그러지 말라고 말씀드리고 싶습니다. 그러기에는 이번 사건은 아주 복잡하고 깊게 얽혀 있습니다. 언제까지 런던에 머무실 수 있나요?"

홈즈가 물었다.

"아, 저는 오늘 중으로 꼭 돌아가야 합니다. 아내가 신경이 매우 날카로워진 상태여서 아내를 밤에 혼자 있게 할 수가 없습니다. 아내도 꼭 오늘 돌아와 달라고 부탁하더군요."

"그렇다면 그렇게 하시는 게 좋겠군요. 만일 런던에 더 계실 수 있다면 내일이나 모레쯤 저와 함께 가자고 말씀드리려고 했습니다. 이 종이는 여기에 놓고 가시지요. 빠른 시일 안에 사건의 해결 방법을 찾겠습니다."

홈즈는 의뢰인이 돌아갈 때까지 탐정으로서의 냉정함을 유지했다. 하지만 나는 홈즈가 지금 매우 흥분한 상태라는 것을 알 수 있었다. 의뢰인이 시야에서 사라지자 홈즈는 탁자로 달려가 춤추는 인형이 그려진 종이 전부를 늘어놓고는 무언가를 계산하기 시작했다. 홈즈는 그렇게 두 시간 동안이나 내가 있다는 사실도 잊은 채 여러 장의 종이에 글자와 숫자를 쓰며 시간을 보냈다. 새로운 걸 알아낸 듯 휘파람을 불고 콧노래를 흥얼거리기도 했지만 생각이 막힌 듯 이마에 주름을 만든 채 한동안 멍하니 있기도 했다. 그러다가 드디어 큰 소리로 기쁨을 표현하고는 의자에서 일어나 두 손을 비비며 흥분한 듯 방 안을 왔다 갔다 돌아다녔다. 그러곤 곧 전보용지 위에 긴 편지를 쓰기 시작했다.

"만일 내가 쓰고 있는 전보에 대한 답이 내 예상과 같다면, 왓슨 자네는 자네의 사건 일지에 아주 특별한 사건 하나를 추가하게 될걸세. 내일은 노퍽으로 가서 의뢰인에게 이 일에 대한 결정적 비밀을 들려줄 수 있을 것 같네."

이 말을 들은 나는 궁금해서 견딜 수가 없었다. 하지만 나는 홈즈가 자신이 밝히고 싶을 때 자신이 원하는 방식으로 이야기를 털어놓는다는 사실을 누구보다 잘 알고 있었기에 아무것도 묻지 않기로 했다.

전보의 답장이 예상보다 늦어진 탓에 우리는 이틀을 초조한 마음으로 기다려야 했다. 홈즈는 그 이틀 동안 초인종 소리가 날 때마다 신경을 곤두세우곤 했다. 이틀째 되던 날 저녁에는 큐빗 씨로부터 그날 아침 해시계 위에서 긴 그림 문자를 하나 더 발견했다는 내용의 편지를 받기도 했다. 그가 동봉한 그림 문자는 아래와 같았다.

홈즈는 몇 분 동안이나 이 기묘한 그림을 들여다보더니 갑자기 소리를 꽥 지르며 자리를 박차고 일어났다. 그의 얼굴에 불안의 그늘이 엄습해 있었다.

"아무리 생각해도 내가 이 사건을 너무 오래 끌고 있었던 것 같아. 노스 월섬으로 가는 기차가 아직 있으려나?"

홈즈가 말했다.

나는 시간표를 찾아본 뒤 조금 전에 막차가 출발했을 거라는 사실을 알려 주었다.

"어쩔 수 없지. 내일 아침 일찍 첫차로 출발하세. 서둘러야 해. 아, 기다리던 전보가 도착했어."

홈즈가 전보를 받아 들고 말했다.

"허드슨 부인, 답장을 써야 할지 모르니 잠시만 대기해 주세요. 아, 괜찮습니다. 답장은 필요 없을 것 같습니다."

홈즈는 전보를 읽은 뒤 내게 외쳤다.

"왓슨! 내가 생각한 게 전부 맞았어! 빨리 큐빗 씨에게 사건의 정체를 알려야 해. 그 곧은 성품의 노퍽 지주는 지금 커다란 음모의 늪에 빠져 있어."

그렇다. 처음에는 어린아이의 장난으로밖에 보이지 않았던 사건이 결국에는 끔찍한 결말을 맞이하고야 말았다. 당시의 경악스러움과 공포는 선명하게 각인되어 아직도 그 일을 떠올릴 때마다 소름이 돋곤 한다. 내 이야기를 읽는 여러분에게 조금 더 밝은 내용을 전달했으면 좋겠지만 어쩔 수가 없다. 나는 사실을 기록하고 있는 것이며, 그 사실이 밝지 못하기 때문이다. 나는 지금, 그 당시에 리들링 소프 저택의 이름을 영국 전역에 널리 퍼뜨리고 며칠 동안이나 사람들의 화젯거리가 되었던 기묘한 사건을 철저하고 명확하게 기록하는 중이다.

우리가 노스 월셤 역에 도착해 행인에게 길을 묻던 순간 그곳의 역장이 달려와 말했다.

"런던에서 오신 탐정님이시죠?"

홈즈가 당황함을 감추지 못했다.

"어떻게 아셨죠?"

"지금 막 노리치의 마틴 경감님이 이곳을 거쳐 가셨거든요. 아, 그리고 선생님은 혹시 외과 의사이십니까? 조금 전에 들은 바로는 큐빗 씨의 부인은 아직 죽지 않았다고 합니다. 지금 서둘러 가시면 아마 그 여인의 목숨을 살릴 수 있을지도 모르겠습니다. 살아난다고 해도 결국에는 교수형에 처해지겠지만요."

순간 홈즈의 얼굴에 불안감이 확 덮쳤다.

"지금 리들링 소프 저택에 가는 중입니다만 전 아직 아무것도 듣지 못했습니다."

홈즈가 말했다.

"정말 끔찍한 일이 벌어졌습니다. 큐빗 씨와 그의 부인 모두 총에 맞았다더군요. 그 집 하인의 말에 따르면 부인이 남편을 쏜 뒤 자신도 쏘았다고 합니다. 큐빗 씨는 즉사하셨고 부인도 가망이 없어 보인답니다. 노퍽 주 최고의 명문가에서 이런 일이 벌어지다니 믿을 수가 없습니다."

역장이 말했다.

홈즈는 아무 말도 하지 않은 채 마차 쪽으로 달려갔다. 마차를 타고 11킬로미터를 달리는 동안 홈즈는 입을 꾹 닫고 한 마디도 하지 않았다. 홈즈가 이토록 낙담하는 모습은 본 적이 없었다. 그는 런던에서 기차를 타고 오는 동안에도 계속 불안해 하며 신문을 읽었는데, 이곳에 도착해 그가 가장 우려했던 일이 벌어졌다는 사실을 전해 들은 것이다. 그는 좌석 깊이 몸을 파묻고 앉아 깊은 생각에 잠겼다.

마차는 영국에서 흔치 않은 아주 한적한 시골을 배경으로 달리고 있었다. 창밖으로 흥미로운 풍경이 많이 눈에 띄었다. 띄엄띄엄 들어서 있는 집들은 이 지역의 적은 인구수를 말해 주었고, 사방에서 보이도록 사각형의 거대한 탑을 지은 교회들이 여기저기 서 있었다. 옛날 이스트 앵글리아 왕국(*중세 초기 영국의 7왕국 중 하나이다.)의 영광과 번영의 흔적이었다. 잠시 뒤 노퍽 해안의 나무 위로 북해의 보랏빛 해수면이 보였고 마부는 채찍을 들어 나무 사이로 보이는 벽돌과 나무로 지어진 두 채의 오래된 저택을 가리키며 말했다.

"저곳이 리들링 소프 저택입지요."

우리는 포르티코(*기둥을 나열하여 받쳐 만든 현관 지붕의 건축양식.) 형식의 현관문 앞까지 들어간 뒤 마차에서 내렸다. 정면에 있는 잔디로 된 테니스 코트 옆으로 말로만 들었던 검은 창고와 받침대가 있는 해시계가 눈에 띄었다. 남자 하나가 높다란 이륜마차에서 내리고 있었다. 날렵하고 다부진 체구였으며, 말끔한 복장에 기름을 발라 정돈한 콧수염을 기르고 있었다. 그 남자는 자신을 노퍽 경찰서의 마틴 경감이라고 소개했는데 내 친구의 이름을 듣더니 매우 놀라워했다.

"홈즈 씨! 범행은 오늘 새벽 3시에 일어났습니다. 런던에 계시던 분이 어떻게 저와 같은 시간에 현장에 당도할 수 있으셨지요?"

"일이 이렇게 될 줄 알고 있었습니다. 막아 보고자 이렇게 달려왔지만 한 발 늦었습니다."

"그러면 혹 저희가 모르는 것을 알고 계십니까? 이 부부는 아주 금실이 좋은 부부였다고 하던데요."

"춤추는 인형을 가지고 있었을 뿐입니다. 잠시 뒤에 설명해 드리도록 하겠습니다. 어쨌든 이미 비극은 일어났고, 저는 제가 알고 있는 사실을 바탕으로 벌을 받아야 할 사람이 벌을 받도록 만들고 싶습니다. 경감님과 함께 수사를 해도 괜찮을까요? 아니면 저 혼자 따로 수사를 할까요?"

홈즈가 말했다.

"홈즈 씨와 함께 일할 수 있다니 영광입니다."

마틴 경감이 진심으로 말했다.

"그럼 어서 증인의 이야기를 들어 보고 저택 안도 조사하도록 합시다."

마틴 경감은 이해심이 깊은 사람이었다. 그는 홈즈가 마음껏 조사하게 배려한 뒤 자신은 그저 결과를 자세히 기록하는 데 만족했다. 그리고 그때 마을의 외과 의사라는 백발노인이 큐빗 부인의 방에서 내려오며, 부인의 상처가 깊기는 하지만 생명이 위태롭지는 않다고 말했다. 총알이 이마를 뚫고 박혀서 의식을 회복하는 데는 시간이 필요할 것 같다는 소견도 덧붙였다. 우리는 부인이 타인의 총에 맞았는지 아니면 스스로 쏘았는지를 물었지만 의사는 그 부분에 대해 정확히 설명해 주지 않았다. 어쨌든 큐빗 부인은 아주 가까이에서 발사된 총에 맞았으며 권총은 한 자루밖에 발견되지 않았고, 그 권총의 탄창에는 두 발의 총알이 비어 있었다. 한 발은 큐빗 씨의 심장에 맞았고 권총은 두 사람의 중간에 떨어져 있었기 때문에, 큐빗 씨가 아내를 쏘고 뒤따라 자신의 목숨을 끊었거나, 반대로 그의 아내가 큐빗 씨를 죽이고 자살을 선택했다고 볼 수 있는 상황이었다.

"큐빗 씨를 다른 곳으로 옮기셨나요?"

홈즈가 물었다.

"아니오, 큐빗 씨의 부인 외에는 일절 건드리지 않았소. 부인은 부상을 치료해야만 해서 어쩔 수 없었지만 말이외다."

"선생님께서는 언제 이곳에 도착하셨나요?"

"새벽 4시쯤 도착했습니다."

"다른 분은요?"

"여기 이 경찰관이 있었소이다."

"뭐 건드리신 것이 있나요?"

홈즈가 의사 옆에 있던 경찰관에게 물었다.

"아무것도 건드리지 않았습니다."

"잘 하셨습니다. 아주 신중한 판단이셨습니다. 누가 신고를 했지요?"

"손더스라는 하녀가 신고하여 출동했습니다."

"첫 목격자도 그녀였나요?"

"네, 요리사 킹 부인과 함께 발견했다고 들었습니다."

"두 사람은 지금 어디에 있죠?"

"부엌에 있는 것 같습니다."

"지금 당장 그들을 만나서 이야기를 들어 봐야겠습니다."

홈즈가 서둘렀다.

우리는 벽에 높은 창이 나 있고 떡갈나무 판자가 대어진, 현관 옆의 오래된 응접실을 취조실로 사용했다. 여위고 그늘진 얼굴로 고풍스러운 의자에 앉은 홈즈의 눈은 그날따라 더욱 날카롭게 빛났다. 나는 친구의 눈빛에서 도움을 청한 자신의 의뢰인을 처참하게 보냈다는 죄책감과 그의 복수를 위해서라도 목숨을 다해 이 사건의 진실을 밝혀내겠다는 굳은 의지를 읽었다. 그런 홈즈 옆에 말끔한 신사 마틴 경감과 흰머리에 수염을 기른 늙은 시골 의사, 느긋한 성격의 마을 경찰, 그리고 내가 자리를 지켰다.

두 여자의 진술은 일치했고 매우 명확했다. 두 사람 모두 총소리를 듣고 잠에서 깼고 그 총소리가 나고 1분쯤 뒤에 두 번째 총소리가 들렸다고 했다. 두 사람은 서로 옆방을 쓰고 있었는데 놀란 킹 부인이 먼저 손더스의 방으로 들어갔다. 두 사람은 함께 계단을 내려갔는데 서재의 문은 열려 있었고 탁자 위에 있던 초에 불이 켜져 있었다고 했다. 큐빗 씨는 방 한가운데 쓰러져 있었는데 이미 죽은 후였다고 했다. 큐빗 씨의 부인은 머리를 벽에 기대고 몸을 웅크리고 있었다고 한다. 큰 상처가 난 듯 얼굴이 피범벅이었으며, 고통스러운 듯 숨을 헐떡이는 바람에 말을 하지 못하는 상태였다고 했다. 연기와 화약 냄새는 방뿐만 아니라 복도까지 들어차 있었고 창문은 닫혀 안쪽으로 걸쇠가 걸려 있었다고 했다. 그 후 두 사람은 바로 의사와 경찰을 불렀고 마부와 마구간 소년의 도움으로 부상당한 부인을 침실로 옮겼다고 한다. 부부 모두 사건이 있기 전에 침대에 있었던 흔적이 남아 있었고, 부인은 평상복을 입고 있었으며 남편은 잠옷 위에 나이트가운을 걸친 상태였다고 한다. 두 사람이 알고 있는 한 부부는 한 번도 부부 싸움을 한 적이 없었으며 모든 사람들이 그들이 사이좋은 부부였다고 입을 모았다. 마틴 경감의 질문에 모든 문은 안에서 잠겨 있었기 때문에 집 밖으로 도망간 사람은 있을 수 없다고도 말했다. 두 사람 모두 자신의 방에서 나오는 순간부터 화약 냄새를 맡았다고 했다. 두 사람의 방은 저택의 가장 위층에 있었다.

"이것은 아주 중요한 사실입니다. 자, 그럼 지금부터 저택 내부를 조금 자세히 조사하겠습니다."

홈즈가 경감에게 말했다.

서재는 그다지 넓지 않았다. 세 면의 벽 모두에 책이 빼곡히 들어차 있었고 창문은 평범했으며 정원을 향해 있었다. 창문 앞에는 책상이 놓여 있었다. 처음 눈에 들어온 것은 바닥에 쓰러져 있던 큐빗 씨의 시체였는데 입고 있던 옷이 흐트러져 있는 걸로 봐서는 자다가 급히 일어난 것 같았다. 총알은 정면에서 발사된 것 같았고 그의 심장을 관통해 있었다. 따라서 큐빗 씨는 즉사한 것으로 보였다. 가운과 손에는 화약의 흔적이 남아 있지 않았다. 늙은 마을 의사의 말에 따르면 큐빗 부인 역시 얼굴에는 화약의 흔적이 남아 있었지만 손에는 아무런 흔적이 없었다고 했다.

"손에 화약의 흔적이 조금이라도 남아 있다면 얘기가 달라지겠지만 그렇지 않으면 아무 의미가 없어요. 약협(*탄알의 화약을 넣는, 놋쇠로 만든 작은 통.)이 꼭 맞지 않아서 화약이 뒤로 분사되는 경우가 있는데 그런 경우가 아니라면 화약의 흔적을 손에 남기지 않고도 총을 쏠 수 있으니까요. 큐빗의 사체는 이제 치워도 되겠습니다. 그런데 의사 선생님, 큐빗 부인의 몸에서 아직 총알을 제거하지는 않으셨지요?"

홈즈가 물었다.

"총알을 뽑으려면 큰 수술이 필요하기 때문에 거기까진 못했소. 권총에는 총알이 아직 네 발 남아 있고, 두 개의 상처가 났습니다. 모든 것이 설명된 것 아니오?"

"그렇게 보이겠군요. 혹시 저 창틀에 명중해 있는 총알에 대해서도 설명할 수 있을까요?"

홈즈가 이렇게 말하며 몸을 돌려 그의 길고 가는 손가락으로 아래쪽 창틀에서 2.5센티미터 정도 떨어진 곳에 뚫린 구멍을 가리켰다.

"아니! 어떻게 저런 걸 보셨습니까?"

경감이 외쳤다.

"찾고 있었거든요."

"대단하십니다. 맞습니다, 맞아요. 그러니까 총알은 세 발이 발사되었고, 이곳에 또 다른 인물이 존재했다는 이야기가 되는 것이로군요. 대체 누구이며 또 어떻게 달아났을까요?"

늙은 의사가 말했다.

"바로 그 문제를 저희가 지금부터 풀어야 할 것 같습니다. 마틴 경감님, 기억하시죠? 하녀들이 방에서 나온 순간부터 화약 냄새가 났다고 진술했을 때, 제가 그것이 매우 중요한 일이라고 말씀을 드렸죠."

홈즈가 말했다.

"네, 기억합니다. 하지만 솔직히 저는 잘 모르겠습니다."

"그것은 총알이 발포될 당시 방문과 창문이 모두 열려 있었다는 뜻으로 해석할 수 있습니다. 그렇지 않고는 화약 냄새가 그렇게 빠른 속도로 집 안 전체에 퍼질 리가 만무하지요. 물론 문과 창문이 모두 열려 있었던 시간은 매우 짧았을 것입니다."

"그건 또 어떻게 아셨습니까?"

"초가 그렇게 많이 타지 않았으니까요."

"굉장합니다! 정말 대단하십니다!"

경감이 외쳤다.

"이 비극이 일어났을 당시 창문이 열려 있었던 것이 확실하다면 이 사건에는 제3의 인물이 개입했고, 그자가 창문 밖에서 총을 쐈을 것이라고 생각했습니다. 그리고 그 사람에게 실내에서 총을 쐈다면 총알이 창틀에 박혀 있을 가능성도 있다고 생각했습니다. 그래서 그걸 찾았던 것이고 바로 그 총알 자국을 발견한 겁니다!"

"하지만 창문은 닫혀 있었고 걸쇠로 잠겨 있었는데요?"

"아마 부인이 본능적으로 창문을 닫고 잠가 버렸을 겁니다. 앗! 이게 뭐지?"

홈즈가 발견한 것은 서재 탁자 위에 놓여 있던 여성용 핸드백이었다. 작고 세련된 악어가죽 재질의 은색 백이었는데, 홈즈는 서둘러 핸드백을 열고 내용물을 확인했다. 고무줄로 묶어 놓은, 영국 은행에서 발행된 50파운드짜리 지폐 20장이 들어 있었다.

"훗날 재판에서 결정적 증거로 사용하게 될 테니 잘 챙기는 게 좋겠습니다."

홈즈가 핸드백과 지폐 다발을 경감에게 건네주고 다시 말을 이었다.

"자, 그럼 세 번째 총알에 관해 생각해 볼까요? 창틀에 남은 흔적으로 봐서는 분명 실내에서 쏜 것입니다. 킹 부인께 다시 한 번 질문하겠습니다. 당신은 커다란 총성을 듣고 잠에서 깼다고 하셨죠? 그럼 두 번째 총성보다 처음의 소리가 더 컸다는 말씀이신가요?"

"글쎄요, 그 소리를 듣고 잠에서 깨어났기 때문에 어떤 소리가 더 컸는지는 확실히 말씀드릴 수 없어요. 어쨌든 엄청나게 큰 소리였지요."

"혹시 첫 번째 소리가 두 발이 거의 동시에 발사된 소리라고 생각할 수도 있습니까?"

"글쎄, 정확히 잘 모르겠네요."

"아마 그랬을 겁니다. 경감님, 이 방에서 찾을 수 있는 것은 다 찾았습니다. 괜찮다면 함께 정원으로 나가시죠. 새로운 증거를 찾을 수 있을지도 모르겠습니다."

서재의 창 밑에서부터 화단이 길게 이어져 있었다. 우리는 그 길로 걸어갔다. 놀랍게도 화단의 꽃은 짓밟혀 있었고 흙 위는 발자국투성이였다. 발자국은 발이 큰 남자의 것으로, 끝 부분이

유난히 길고 뾰족했다. 홈즈는 총에 맞아 떨어진 새를 찾는 사냥 개처럼 잔디와 나무 사이를 샅샅이 뒤졌다. 그러곤 곧 만족한 듯 탄성을 내지르며 놋쇠로 만든 조그만 원통 하나를 주워 올렸다.

"그래, 생각한 대로였어. 당연히 약협 제거 장치가 달린 권총을 사용했겠지. 자, 이게 바로 세 번째 총알의 약협입니다. 경감님, 드디어 사건의 윤곽을 확실히 알아냈습니다."

홈즈가 말했다.

시골 경감 마틴은 홈즈의 신속한 수사에 적잖이 놀란 표정을 지었다. 처음에는 그도 자신의 의견을 펼치고 싶어했던 것 같지만 지금은 홈즈의 실력에 감탄한 채 홈즈가 주관하고 있는 수사에 적극 협조하겠다는 낮은 자세를 취했다.

"누구를 의심하고 계신지 여쭤 봐도 되겠습니까?"

경감이 물었다.

"나중에 말씀드리겠습니다. 이번 사건에 대해서 말씀드릴 점이 몇 가지 있습니다. 수사가 꽤 진행되었으니 지금처럼 제 방식대로 수사를 마친 뒤 사건 전체에 대해서 한꺼번에 설명하겠습니다."

"네, 범인만 잡을 수 있다면 상관없습니다, 홈즈 씨."

"특별히 감추고 싶은 것은 없습니다. 다만 서둘러 수사를 마쳐야 하기 때문에 설명하는 데 걸리는 시간을 최대한 단축하려는 것입니다. 저는 지금 이 사건을 해결하는 데 필요한 단서를 모두 가지고 있습니다. 만일 큐빗 부인이 이대로 의식을 회복하지 못 한다고 해도 어젯밤 사건의 전말을 알 수 있습니다. 그리고 범인에게 죗값을 치르게 할 수도 있습니다. 한 가지 알고 싶은 것이 있는데 이 부근에 '엘리지'라는 여관이 있는지요?"

홈즈의 질문에 하인이 사람들을 통해 수소문해 봤지만 그런 이름의 여관을 알고 있는 사람은 없었다. 그런데 마구간 소년이 이스트 러스턴 쪽으로 몇 킬로미터쯤 가다 보면 그런 이름의 농장이 있다는 사실을 기억해 내 홈즈에게 큰 도움을 주었다.

"그 농장이 외진 곳에 있니?"

"네, 아주 많이요."

"그럼 그곳 사람들은 어젯밤에 이곳에서 일어난 일을 아직 모르겠구나?"

"아마 그럴 거예요."

잠시 뒤 홈즈의 얼굴에 의미를 알 수 없는 묘한 웃음이 번졌다.

"애야, 말을 좀 준비해 주련? 그 농장으로 편지를 보내야 할 것 같다."

홈즈가 주머니에서 춤추는 인형이 그려진 종이들을 펼쳐 놓은 다음 무언가를 열심히 적었다. 잠시 후 홈즈는 편지 한 통을 소년에게 건네주며, 봉투에 적힌 사람에게 편지를 직접 전해 주어야 하며 그 사람이 어떤 질문을 해도 절대 대답해서는 안 된다는 주의를 주었다. 봉투 겉면에는 평소 홈즈의 훌륭한 필체와는 달리 삐뚤빼뚤한 글씨로 적힌 글귀가 보였다.

'노퍽 주 러스톤 엘리지 농장, 에이브 슬래이니 씨께'

"경감님, 전보로 범인의 호송을 맡을 담당자들을 불러 주십시오. 제 생각대로라면 경감님께서 아주 큰 범인을 지역 형무소로 보내게 되실 것 같습니다. 전보는 편지를 전해 줄 소년에게 함께 부탁하면 될 것입니다. 왓슨, 오후에 런던으로 돌아가는 기차가 있으려나? 내가 하던 화학 분석을 마무리짓고 싶기도 하고 이번 사건도 거의 해결이 되어 가는 것 같은데 말이지."

소년은 편지와 전보를 들고 출발했고 홈즈는 큐빗 부인을 찾아오는 사람이 있으면 부인의 상황에 대해서는 말하지 말고 바로 응접실로 안내하라고 하인에게 당부했다.

그런 다음 그는 우리를 응접실로 데려갔고 당장은 급한 일이 없으니 앞으로 일어날 일을 기다리는 동안 유익한 시간을 보내지 않겠느냐고 말했다. 늙은 의사는 다른 환자를 보기 위해 돌아갔고 경감과 나만 남았다.

"지금부터 한 시간 정도 즐거운 시간을 한번 보내 볼까요?"

홈즈는 의자를 탁자로 끌어온 다음 춤추는 인형이 그려진 종이들을 우리 앞에 펼쳐 놓았다.

"왓슨, 자네가 얼마나 궁금해 했을지 상상이 가네, 미안하네. 이제 그 보상을 해 주도록 하겠네. 경감님, 이번 사건은 앞으로 경감님께서 일을 하실 때 커다란 밑거름이 될 것입니다. 일단 큐빗 씨가 베이커가에 찾아왔던 상황부터 말씀드리죠."

홈즈는 앞서 내가 기록한, 의뢰인이 우리를 찾아왔던 일을 간략하게 경감에게 설명했다.

"이제 본론으로 들어갑시다. 여기에 그 기묘한 그림들이 있습니다. 이것은 끔찍한 비극의 전주곡이었지만 보통 사람들이라면 그저 장난쯤으로 웃어넘겼겠지요. 저는 여러 암호문의 형식에 대해 어느 정도 기본 지식이 있었습니다. 관련 논문을 쓴 적도 있습니다, 물론 대단한 논문은 아니지만 말이죠. 하여튼 저는 그때 논문에서 160종의 암호 기법을 분석했는데 솔직히 말씀드리면 이번 것은 제가 전혀 접해 보지 못했던 암호 방식이었습니다. 이 암호를 생각해 낸 사람들은 의도적으로 이 기호가 암호가 아닌 어린아이의 낙서쯤으로 보이게 하려던 것 같습니다. 하지만 저는 이 그림들이 암호라는 것을 깨달았고 암호문에 통상적으로 적용되는 법칙을 이용해서 간단하게 그림을 해독했습니다. 제가 처음 본 문장은 매우 짧았기 때문에 한 글자밖에 알아내지 못했는데 바로,

이 그림이 알파벳 E를 의미한다는 것이었습니다. 아시겠지만 알파벳 E는 영어에서 가장 많이 사용되는 알파벳입니다. 그렇기 때문에 짧은 문장에서도 가장 많이 눈에 띄는 그림이었지요. 제가 처음에 본 암호문은 15개의 기호로 구성되어 있었고, 그 안에 똑같은 기호가 4개 있었는데, 저는 그것을 'E'라고 판단했습니다. 같은 기호라도 손에 깃발을 들고 있는 것과 그렇지 않은 것이 있었는데, 깃발이 휘날리는 모습은 한 단어의 끝을 의미한다고 생각했습니다.

여기까지는 비교적 쉬웠습니다. 하지만 E를 제외한 다른 문자를 밝혀내는 것이 쉽지 않았죠. 인쇄물 한 페이지에 평균적으로 사용되는 알파벳의 빈도수를 안다고 해도, 짧은 문장 속에서

는 그 순서가 별로 의미가 없습니다. 대체적으로 T, A, O, N, S, H, R, D, I의 순서로 많이 쓰이긴 하지만, T와 A와 O와 I가 사용되는 빈도수는 거의 같습니다. 이런 암호문에서 어떤 의미가 나타날 때까지 일일이 대조를 하면 시간이 너무 오래 걸립니다. 혼자 그걸 풀어낸다는 것은 계란으로 바위 치기나 마찬가지죠. 그래서 저는 또 다른 증거를 기다렸습니다. 큐빗 씨를 두 번째로 만났을 때 짧은 암호문 두 개와, 깃발이 없는 점으로 보아 하나의 단어로 보이는 암호문을 새로 받았습니다. 다섯 글자의 한 단어로 된 암호인데, 그중에서 두 번째와 네 번째 글자는 E였습니다. 이 단어는 예를 들자면 SEVER(자르다), LEVER(지렛대), NEVER(결코 ~ 하지 않다)와 같은 단어일 것이라고 생각했습니다. 만일 이 암호가 어떤 요청에 대한 답변이라면 'NEVER'일 가능성이 높았습니다. 그리고 이번 사건의 정황으로 미루어 볼 때, 이 단어는 큐빗 부인이 직접 썼을 확률도 매우 높았습니다. 만일 저의 이 가설이 맞는다면 문자

는 각각 N, V, R을 나타낸다고 유추할 수 있습니다. 여기까지 밝혀내긴 했지만 그래도 아직 갈 길이 멀었습니다. 그런데 문득 좋은 생각이 떠올랐고, 그 후로 몇몇 다른 문자들도 해독할 수 있었습니다. 만일 이 암호들이 큐빗 부인이 처녀 시절 친하게 지내던 사람에게서 온 것이라면 두 개의 E 사이에 세 개의 글자가 더 들어 있는 단어는 부인의 이름인 ELSIE를 나타낸 것이라

고 봐도 된다고 생각했습니다. 거기까지 생각이 미치자 이것은 누군가가 엘시에게 무엇을 요청하는 것이라는 생각이 들더군요. 어쨌든 이렇게 해서 L과 S와 I까지 찾아냈습니다. 그런데 대체 어떤 요청이었을까요? ELSIE 앞의 단어는 네 글자로 이뤄졌고 E로 끝납니다. 분명 'COME'일 것입니다. 네 글자로 이루어진 단어 중 마지막 철자가 E인 단어를 모두 살펴봤지만 COME 말고는 모두 이 경우에 해당하지 않았습니다. 이렇게 해서 저는 C와 O와 M의 기호를 더 찾아냈습니다. 아직 밝히지 못한 기호는 점으로 표시를 했습니다. 그랬더니 다음과 같은 문장이 나왔습니다.

.M .ERE ..E SL.NE.

여기까지 완성해 놓고 보니 이 상황에서 첫 알파벳에 들어맞는 것은 A뿐이었지요. 그런데 이런 구조가 짧은 문장 안에 세 번이나 나오게 되니 또 다른 것을 발견할 수 있었습니다. 두 번째 단어의 비어 있는 칸이 H라는 사실이지요. 그래서 이와 같은 문장이 완성되었습니다.

AM HERE A.E SLANE.

여기까지 완성한 뒤 사람의 이름이라고 생각되는 단어를 보충하자 이렇게 되었습니다.

AM HERE ABE SLANEY(*에이브 슬레이니가 왔다.)

많은 알파벳을 안 뒤라 두 번째 암호문은 상당히 간단하게 풀 수 있었습니다.

A. ELRI.ES

이렇게 되더군요.
그리고 조금 더 연구를 한 끝에 빈 칸에 T와 G를 넣어 문장을 완성했습니다.

AT ELRIGES(*엘리지에 있다.)

AT이라고 했으니 이어지는 단어는 암호문을 쓴 사람이 묵고 있는 장소의 이름일 것이라는 생각이 들었습니다."

여기까지 들은 마틴 경감과 나는 이 난해한 암호를 이렇게까지 완벽하게 푼 홈즈의 추리에 완전히 빠져 들었다.
"그 다음에는 어떻게 하셨는지요?"
경감이 재촉했다.
"에이브 슬레이니가 미국 사람이라는 것은 당연한 일이었습니다. 에이브란 아브라함이란 이름의 미국식 약칭이지요. 이 모든 일의 시작이 미국에서 온 편지로부터 비롯되기도 했고 말입니다. 저는 이 사건에 어떤 범죄의 비밀이 숨어 있다고 생각했습니다. 부인이 자신의 과거에 대해 모든 걸 밝히지 못했던 점, 그리고 그녀가 남편에게 끝까지 비밀로 했다는 점 때문이었죠. 저는 뉴욕 경찰국에 있는 친구 월슨 하그리브에게 전보를 보냈습니다. 런던 내에서 일어났던 범죄에 대해 여러 번 도움을 받았던 친구입니다. 에이브 슬레이니라는 사람을 아느냐고 물어보았더니 답장을 보내왔는데, '시카고에서 가장 악명 높은 악당'이라고 하더군요. 이 답장을 받은 날, 큐빗 씨가 보낸 마지막 암호문이 도착했고 저는 그 암호를 풀었습니다.

ELSIE .RE.ARE TO MEET THY GO.

빈 칸에 P 와 D를 넣어 암호문을 완성해 보니 이렇게 나오더군요.

ELSIE PREPARE TO MEET THY GOD(*엘시, 신에게 갈 준비를 해라.)

저는 그가 엘시를 설득하는 것을 포기하고 협박하기 시작했다는 것을 깨달았습니다. 시카고의 악당들이 얼마나 질이 나쁜지 잘 알고 있었기 때문에 시간이 없다는 것을 알았지요. 그래서 바로 제 협력자이자 친구인 왓슨 박사와 노퍽으로 왔는데, 불행하게도 제가 한 발 늦었습니다."

"홈즈 씨, 당신 같은 분과 함께 사건을 맡게 되어 정말이지 너무나 큰 영광입니다. 그런데 외람된 말씀이지만, 당신은 사건의 전말을 밝혀내는 것으로 맡은 일이 끝날지 모르지만 저에게는 또 다른 책임이 있습니다. 만일 그 엘리지라는 농장에 있는 에이브 슬레이니의 이야기가 사실이라면 저는 이렇게 한가하게 있을 처지가 못 됩니다. 만일 그가 도주라도 해 버린다면 저는 매우 곤란해집니다."

마틴 경감이 심각하게 말했다.

"도주할 일은 없을 테니 걱정 마십시오."

"그걸 어떻게 아십니까?"

"만일 도주한다면 범죄를 고스란히 인정하는 꼴이 될 테니까요."

"그럼 얼른 체포하러 가야겠네요."

"그러실 필요 없습니다. 조금 있으면 이곳으로 올 것입니다."

"아니, 그자가 왜 이리로 옵니까?"

"편지에 이곳으로 오라고 적었기 때문입니다."

"농담하시는 건지요? 홈즈 씨가 오라고 했다고 범인이 이리로 태연하게 나타날 거라고 생각하시는 겁니까? 오히려 사태를 알고 더 도망치지 않겠습니까?"

"걱정 안 하셔도 됩니다. 편지에 조금 수를 써 두었습니다. 자, 저기 보이십니까? 제가 본 것이 맞는다면 벌써 도착한 것 같은데요."

홈즈가 말했다.

한 남자가 현관으로 통하는 좁은 길을 자신 있게 걸어 들어오고 있었다. 큰 키에 가무잡잡한 피부를 가진 미남형의 사내였다. 턱수염을 기르고 있었고 코는 남자답게 뻗은 매부리코였다.

회색 플란넬 양복에 파나마모자(*파나마모자풀의 잎을 잘게 쪼개어 만든 여름 모자.)를 갖춰 썼고, 지팡이를 돌리며 마치 제 집에 들어오는 사람마냥 당당히 들어서고 있었다. 곧 그가 누른 벨소리가 크게 들려왔다.

"여러분, 일단 모두 문 뒤로 숨어 있는 게 좋겠습니다. 저런 녀석을 맞이할 때는 아무래도 주의할 필요가 있습니다. 경감님, 수갑을 사용하셔야 할 것입니다. 제가 먼저 녀석과 이야기해 보겠습니다."

우리는 홈즈의 말대로 1분 동안 숨죽인 채 기다렸다. 그 1분을 나는 영원히 잊을 수 없을 것이다. 드디어 문이 열렸고 남자가 안으로 들어왔다. 순간 홈즈는 남자의 머리에 권총을 들이댔고, 마틴 경감은 재빨리 손목에 수갑을 채웠다. 순식간에 일이 진행되었다. 남자는 사태를 미처 파악하기도 전에 체포됐다. 남자는 강한 눈빛의 검은 눈동자로 우리를 차례대로 노려봤다. 그러더니 갑자기 큰 소리로 웃기 시작했다.

"이런, 이번에는 내가 당했군. 완전히 정통으로 걸렸어. 하지만 나는 큐빗 부인의 초대를 받고 온 건데, 설마 부인까지 한 패로 넘어간 건 아니겠지? 나를 유인하는 데 그녀가 도와주었나?"

"안타깝게도 부인은 중상을 입고 지금 사경을 헤매고 있네."

이 말을 들은 남자는 집 안 전체가 울릴 만큼 크게 소리쳤다. 슬픔과 비통함이 가득한 목소리였다.

"아니! 어떻게 그럴 수가 있지! 다친 건 남자지 여자가 아니야. 내가 엘시를 조금이라도 다치게 했을 것 같나? 아, 신이시여, 저를 용서하소서! 하지만 나는 그녀를 조금도 건드리지 않았어! 지금 당장 그 말을 취소해! 엘시가 다쳤다니, 새빨간 거짓말이야!"

남자가 고래고래 소리치며 말했다.

"부인은 심한 부상을 입은 채 죽은 남편 곁에 쓰러져 있었네."

남자는 굵직한 신음 소리를 내며 의자에 걸터앉아 수갑이 채워진 두 손에 자신의 얼굴을 묻고 5분 넘게 꼼짝하지 않았다. 그 후에 들은 그의 목소리는 극도의 절망으로 오히려 차분하게 들렸다.

"당신들에게 뭔가를 숨길 생각은 없어. 내가 그 남자를 쏘긴 했지만 그가 먼저 나를 쐈단 말이야. 결국 살인이 아니란 얘기지. 그리고 내가 그녀를 쐈다고 생각하는 건 나와 그녀의 사이를 안다면 상상도 하지 못할 말이야. 똑바로 기억해. 이 세상에 나만큼 엘시를 사랑하는 사람은 없어. 그렇기 때문에 나는 엘시를 가질 권리가 있어. 엘시는 몇 년 전 나와 결혼을 맹세했지. 그런데 우리 사이에 난데없이 그 영국 놈이 끼어든 거야! 그녀와 결혼 약속을 한 건 내가 먼저였는데! 나는 그저 그 권리를 주장했을 뿐이란 말이야!"

그의 목소리가 점점 더 커졌다.

"이봐, 그녀는 아마 네가 어떤 사람인지 파악했기 때문에 네 곁을 떠난 걸 거야. 네게서 도망치기 위해 미국에서 벗어났고, 영국의 훌륭한 신사를 만나 결혼했어. 그런데 너는 그런 그녀를 끈질기게 따라다니며 괴롭혔어. 그녀의 생활을 망쳐 그녀가 사랑하고 존경하는 남편을 버리고 너와 함께 도망치도록 만들려

했어. 널 미워하고 원망하고 있는데 말이야. 결국 넌 고귀한 생명 하나를 죽음으로 몰고 갔고, 그의 아내까지 자살을 시도하도록 만들었지. 에이브 슬레이니, 이게 바로 네 죄의 실체야. 너는 법의 심판을 받아야만 하겠지."

홈즈는 엄하게 말했다.

"엘시가 죽는다면 내가 어떻게 되든 상관없어."

에이브 슬레이니는 이렇게 말하곤 한쪽 손을 펴 그 안에 있던 종이를 내려다보았다. 그러더니 의심스러운 눈초리로 말했다.

"그럼 이건 뭐지? 엘시가 중상을 입었다면 이 편지는 대체 뭐냔 말이야?"

그가 편지를 탁자 위로 집어던졌다.

"그건 내가 썼지, 너를 이 집으로 불러들이기 위해서."

"네가? 이걸? 춤추는 인형의 비밀은 우리 친구들 말고는 아무도 몰라. 네가 어떻게 이걸 쓴단 말이야?"

"하하, 문제를 만든 사람이 있으면 푸는 사람도 있는 법이야, 슬레이니. 곧 자네를 노리치로 호송해 갈 마차가 도착할 거야. 시간이 조금 있으니 자네가 저지른 범죄에 대해 조금이나마 짐을 더는 것이 어떤가? 지금 큐빗 부인은 남편을 살해했다는 의심을 받고 있네. 운 좋게도 내가 알고 있던 지식이 도움이 되었으니 망정이지 그게 아니었다면 그녀는 지금쯤 고소됐을 걸세. 자네가 그녀에게 조금이라도 미안함을 느낀다면, 그녀가 남편의 비극적인 죽음에 대해 직간접적으로 아무런 책임이 없다는 것을 확실하게 밝혀 주어야 하네."

홈즈가 말했다.

"뭐라고? 어떻게 그런……. 나도 절대 그녀가 잘못되기를 바라지 않아. 진실을 밝혀야지."

그가 말했다.

"아, 정말 말하고 싶진 않지만 직무상 일단 말이라도 하는걸세. 지금 자네가 하는 증언이 나중에 자네가 법정에 섰을 때 불리하게 작용할지도 모르니 주의하게."

경감이 영국 형법의 공정함에 대해 설명했다.

슬레이니는 어깨를 움츠리고 말을 시작했다.

"모든 것을 운명에 맡기지. 먼저 말하고 싶은 건, 나는 아주 어렸을 때부터 그녀를 알았다는 거야. 시카고에 있는 우리 친구들은 모두 일곱인데, 엘시의 아버지는 우리의 두목이었지. 그의 이름은 패트릭이었는데, 정말 머리가 좋은 분이었어. 암호를 만든 사람도 두목이었지. 이 암호는 언뜻 보면 어린아이들 장난으로밖에 보이지 않지. 한때 잠깐이지만 엘시도 우리 일에 가담한 적이 있어. 하지만 그녀는 끝내 우리 일에 적응하지 못했어. 그리고 그녀는 조금 모아 둔 돈을 들고 런던으로 도망쳤어. 나와 그녀는 결혼을 약속한 상태였어. 만일 내가 이쪽 일 말고 다른 떳떳한 직업을 가졌다면 틀림없이 나와 결혼했겠지. 하지만 그녀는 이쪽 세계에 치를 떨었어. 내가 그녀를 겨우 찾았을 때는 이미 그녀가 영국 남자와 결혼을 해 버린 뒤였고, 내가 편지를 보냈지만 그녀는 답장하지 않았지. 나는 직접 영국으로 건너왔고 그녀가 볼 수 있을 만한 곳에 암호문을 남겼어.

이곳에 온 지는 한 달이 넘었지만 농장의 방에 세 들어 살았기 때문에 지금까지 사람들 눈에 띄지 않고 매일 밤 이 집에 올 수 있었지. 난 어떻게든 엘시를 끌어내고 싶어서 별의 별 방법을 다 써 봤어. 그녀는 내 암호문을 읽고는 있었어. 한 번 뿐이었지만, 내가 쓴 암호문 밑에 그녀가 암호로 대답을 해 놓은 적도 있었어. 대답을 봐서는 그녀는 절대 이곳을 떠날 것 같지 않았지. 나는 참을 수가 없었어. 그래서 그녀를 협박했지. 그녀는 내게 이곳을 떠나달라고 간곡히 부탁했고, 만일 남편에게 안 좋은 소문이 나면 자신은 참을 수 없을 것이라는 내용의 편지를 보내 왔지. 내가 여기서 떠나만 준다면 남편이 잠들었을 시간인 새벽 3시에 잠시 대화를 나눠 줄 수 있다는 내용도 적혀 있었어. 장소는 1층의 가장 끝 창문 너머였지. 그녀는 약속대로 새벽 3시에 1층으로 내려왔는데 돈을 들고 있었어. 돈을 받고 자신을 포기해 달라는 뜻이었지. 화가 치밀어 오르더군. 그녀의 팔을 잡아 창밖으로 끌어내려 했어. 그런데 바로 그때 남편이란 작자가 권총을 들고 방으로 뛰어들어 왔지. 엘시가 바닥으로 쓰러지는 바람에 나는 그와 정면으로 마주 보게 됐어. 나도 권총을 들고 왔기 때문에 겁을 주고 도망칠 생각으로 권총을 겨눴지. 그자가 총을 쏘더군. 하지만 빗나갔어. 나는 그자가 총을 쏘는 것과 동시에 방아쇠를 당겼고 그자에게 명중했지. 정원으로 도망치는데 뒤에서 창문을 닫는 소리가 들렸어. 이게 내가 보고 듣고 겪은 어젯밤 이야기의 전부야. 한 치의 거짓도 섞이지 않은 사실이야. 그리고 오늘 말을 타고 온 소년에게 편지를 받고 이리로 왔지. 당신네들에게 이야기를 듣기 전까지 나는 아무것도 모르고 있었어."

슬레이니가 이야기를 하는 동안 호송 마차가 도착했다. 마차 안에는 제복을 갖춰 입은 경관 두 명이 타고 있었다. 마틴 경감이 자리에서 일어나 슬레이니의 어깨에 손을 얹고 말했다.

"자, 이제 가야할 시간이 된 것 같네."

"그 전에 엘시를 한 번이라도 볼 수 있을까?"

"그건 안 되네. 부인은 지금 의식이 없는 상태야. 홈즈 씨, 만일 제가 다시 이런 중요한 사건을 맞게 된다면 그때도 저를 도와주시겠습니까? 그렇다면 너무나 큰 영광이겠습니다."

경감은 홈즈에게 이렇게 인사하고 슬레이니를 데리고 나갔다. 우리는 창가에 서서 마틴 경감과 슬레이니를 태운 마차가 사라지는 모습을 지켜봤다. 탁자 위에는 슬레이니가 내던졌던 종이가 남아 있었다. 홈즈가 범인을 불러들인 그 메모였다.

"왓슨, 자네 이걸 읽을 수 있겠나?"

홈즈가 미소를 띤 얼굴로 물었다.

종이 위에는 춤추는 인형이 다음과 같이 늘어서 있었다.

"내가 조금 전 자네에게 설명해 준 대로 해독해 보면 간단해. 이것은 'COME HERE AT ONCE'(*지금 바로 이곳으로 와 주세요.)라고 쓰여 있네. 나는 그 자가 편지에 쓰인 대로 할 것이라고 확신했어. 큐빗 부인 외에 누가 이 암호를 썼으리라고 상상할 수 있었겠나. 춤추는 인형은 그동안 나쁜 일에만 사용되었겠지. 하지만 결국 이렇게 좋은 일에도 쓰이는군. 자, 이제 자네의 기록에 희귀한 사건을 하나 더 추가해 주겠다는 약속도 지켰지? 3시

40분 기차가 있으니 저녁 식사 전에 베이커가로 돌아갈 수 있겠지?"

사건은 이렇게 끝났지만, 이야기를 마무리하며 몇 가지 소식을 덧붙이고 싶다.

에이브 슬레이니라는 미국인은 겨울에 열린 노리치 재판에서 사형 선고를 받았다. 하지만 정상 참작의 여지가 있었고, 힐턴 큐빗이 먼저 총을 쐈다는 사실이 인정되어 후에 징역형으로 바뀌었다. 큐빗 부인은 다행히 목숨을 건졌고, 미망인으로서 남편의 재산을 관리하고 남편이 평소 바라던 대로 가난하고 불쌍한 사람들을 도우며 남편에 대한 그리움을 달래고 있다고 한다.

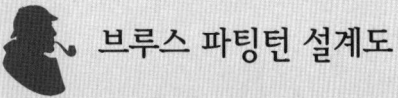 브루스 파팅턴 설계도

1895년 11월의 셋째 주였다. 짙은 안개가 런던 전체에 침투해 있었다. 월요일부터 목요일까지 베이커가는 길 건너편의 집들조차 볼 수 없을 정도로 안개가 심했다. 첫날, 홈즈는 두툼한 논문집들을 메모해 가며 연구하는 데 시간을 보냈고, 화요일과 수요일에는 그가 최근에 취미를 갖게 된 중세 음악을 감상하며 보냈다. 안개는 목요일 아침 식사를 마친 뒤에도 걷히지 않았으며 심지어는 유리창에 물방울까지 맺혀 있었다. 활동적이고 사건 외적인 일에는 전혀 끈기가 없는 나의 친구는 그런 시간들을 무척이나 힘들어 했다. 그는 지루함에 화딱지가 나는지 표정을 일그러뜨린 채 손톱을 물어뜯거나 가구들을 툭툭 쳐 가며 방 안을 서성거리기 시작했다.

"왓슨, 신문에 뭐 흥미로운 것이라도 있는지 봐 주게."

홈즈가 말했다.

홈즈가 말하는 흥미로운 것이란 범죄 기사를 의미했다. 하지만 신문에는 혁명이나 전쟁의 가능성, 그리고 곧 불어닥칠 정부의 구조 변화에 관한 기사들이 실려 있을 뿐 범죄 기사나 특이한 사건은 전무했다. 홈즈는 이 소리를 듣고 끙끙대며 다시 방 안을 이리저리 서성거리기 시작했다.

"런던의 범인들은 하나같이 멍청한가 보군."

홈즈는 마치 경기에서 진 선수처럼 짜증을 내며 말했다.

"창밖을 봐, 왓슨. 사람들이 희미하게 보였다가 다시 안개 속으로 사라지지? 도둑이나 살인자가 정글의 호랑이처럼 마음 놓고 배회하다가 먹이를 덮치기에 아주 좋은 날씨야. 희생자 외에는 목격자가 나오기 힘든 날이니까 말이야."

"작은 절도 사건들은 많이 있었네만."

내가 말했다.

홈즈가 코웃음을 쳤다.

"그것보다 더한 것이 일어났어야 하는 날씨야. 이런 날에 절도라니, 정말 한심하지 않나? 내가 범죄자가 아닌 것이 다행일 뿐이지!"

"암, 그렇고 말고."

나는 진심으로 그렇게 말했다.

"내가 브룩스나 우드하우스, 아니면 내 목숨을 노리는 나쁜 놈이라고 가정해 보게. 내가 과연 얼마 동안 나의 추격을 따돌릴 수 있을까? 나는 만나자는 전갈을 보내고 거짓 약속을 이끌어 낼 테고, 그러면 바로 걸려들겠지. 암살이 많이 일어나는 남미 국가들이 런던처럼 안개에 휩싸이지 않은 것이 천만다행일 정도야. 앗, 뭔가가 왔어. 나를 이런 지루한 생활에서 건져 줬으면 좋겠군!"

하인이 전보 한 통을 홈즈에게 전했고, 그것을 다 읽은 홈즈는 큰 소리로 웃었다.

"이런, 대체 무슨 일일까! 마이크로프트 형님이 오신다는군."

"그게 그렇게 웃을 일인가?"

"웃을 일이냐고? 왓슨, 형님이 여기에 오신다는 건 시내 전차가 철로를 이탈하는 것과 같은 의미야. 마이크로프트 형님은 언제나 노선을 따라 규칙적으로 움직이는 사람이야. 펠멜에 있는 그의 숙소와 디오게네스 클럽(*소설 『셜록 홈즈』 시리즈에 나오는 허구의 사교 모임 장소로, 셜록 홈즈의 형인 마이크로프트가 만든 곳이다. 철학자 디오게네스의 이름을 땄으며, 사람 만나는 것을 싫어하고 자신만의 시간을 원하는 사람들이 주로 모인다.), 그리고 화이트 홀만 쳇바퀴 돌 듯 도는 사람이란 말이야. 그가 여태껏 이곳에 온 건 딱 한 번뿐이었어. 대체 무슨 일이 생긴 걸까?"

"전보에 왜 오는지는 안 쓰셨나?"

홈즈는 내게 형님의 전보를 건네주었다.

캐도건 웨스트의 일로 만나야겠다. 곧 가마.

— 마이크로프트

"캐도건 웨스트라고? 어디선가 들어본 적이 있는 것 같은데."

"나는 떠오르는 것이 없는데? 하지만 형님이 이렇게 갑자기 찾아오다니, 행성이 궤도를 이탈하는 것만큼이나 대단한 일이야. 참, 우리 형님이 누군지는 알지?"

나는 '그리스 어 통역사' 사건 때의 일을 잠시 떠올렸다.

"정부 기관에서 일하고 계시지 않은가?"

홈즈가 웃었다.

"사실 그때 당시에는 자네를 그리 오래 안 편이 아니라 자세히 말하지 못했을 거야. 국가에 관한 일은 신중해야 하니 말이야. 자네 말이 맞아. 형님은 영국 정부에서 일하고 있어. 하지만 말이지, 어떤 면에서 형님은 정부, 그 자체이기도 해."

"뭐라고, 홈즈?"

"놀라는 게 당연해. 형님은 연봉 450파운드의 공무원일 뿐인데다 명예와 출세에도 관심이 없네. 하지만 나라에서 가장 중요한 일을 하고 있지."

"무슨 일 말인가?"

"직책이 조금 유별나. 형님이 직접 만든 자리인데, 그런 직책은 전무후무할 거야. 형님은 매우 논리적이고 똑똑한 분이시지. 특히 형님의 기억력은 아무도 따라갈 자가 없어. 내가 기억력을 이용해 범죄를 조사하는 것처럼 형님도 기억력으로 이 특별한 직책에서 아주 특별한 임무를 수행하지. 각 부서에서 결정된 사항을 보고하면 형님은 정보를 분석해 종합적인 결론을 내지. 한 단어로 얘기한다면 정보 처리 기관 같은 일이라고나 할까. 물론 각 부서에 그런 일을 하는 전문가들이 배치되어 있긴 하지만 형님은 이 모든 것을 아우를 수 있을 만큼 다방면으로 전문 지식을 갖고 있어. 예를 들면 어떤 장관이 해군, 인도, 캐나다, 또는 금은 화폐의 비율 문제에 관련된 정보가 필요하다고 가정해 보지. 일반적으로는 여러 부서에 가 관련 정보를 따로따로 수집해야 할걸세. 하지만 형님은 한 번에 모든 정보를 수집하고 분석하여 결론을 내릴 수 있는 거야. 초반에 정부는 형님을 그저 빠르고 편리하다고만 여겼어. 하지만 지금은 매우 중요한 인물로 받아들이고 있어. 형님의 머릿속에는 세상의 모든 정보가 저장되어 있고, 필요할 때마다 즉시 그 정보를 활용하신다네. 형님의 한 마디에 국가 정책이 결정되거나 변경된 적도 수차례였지. 형님은 일밖에 모르는 분이야. 내가 가끔 찾아가서 조언을 구할 때면 잠깐 짬을 내 나를 도와주시긴 하지만 이 또한 형님에게는 일의 연장선이지. 그런 형님이 나를 찾아오다니, 대체 무슨 일일까? 게다가 캐도건 웨스트는 대체 누구란 말인가? 형님과 무슨 관계지?"

"앗, 생각났다!"

나는 홈즈가 말하는 동안 계속해서 소파 위에 널려 있던 신문을 뒤적이다가 소리쳤다.

"그래! 내가 그 사람 기사를 봤다니까! 화요일 아침에 지하철에서 한 젊은이가 죽은 채로 발견되었다는 기사야."

홈즈가 내 말에 담배 파이프를 입에 물다 말고 자세를 고쳐 앉았다.

"그래? 그럼 꽤나 심각한 문제 같은데, 왓슨. 형님이 만사 제치고 이렇게 달려올 정도면 평범한 죽음이 아니겠지. 형님이 대체 이 사건과 무슨 연관이 있을까? 내 기억으로도 별다른 특징 없는 사건이었던 것 같은데. 그 청년은 기차에서 뛰어내려 자살했어. 소지품도 그대로였고 타살의 흔적도 없었지. 그렇지 않은

가?"

"그 후에 검시 결과를 통해 새로운 사실들이 좀 발견된 모양이야. 자세히 보게, 이건 확실히 보통 사건은 아니었던 것 같아."

"형님이 개입되어 일하고 있는 걸 보면 아주 특별한 사건이겠지. 왓슨, 그 사건에 대해 자세히 좀 말해 주겠나."

홈즈가 안락의자에 몸을 깊숙이 묻으며 내게 말했다.

"이름은 아서 캐도건 웨스트, 27세의 미혼 남성이었고, 울위치의 군수(*무기와 이동 장비 등의 군사 물자.) 공장 직원이었네."

"공무원이군. 그 점에서는 형님과 연관이 있겠군."

"월요일 밤에 실종되었는데, 그를 마지막으로 만난 사람은 그의 약혼녀인 바이올렛 웨스트베리 양이었다고 하네. 그날 저녁 7시 30분쯤, 안개가 심하던 그 시간에 갑자기 헤어졌다는군. 특별히 다툼이 있었던 것도 아닌데 그가 급히 가 버렸다고 해. 그리고 다음날 런던 지하철 노선이 지나는 앨드게이트 역 근처에서 메이슨이라는 철로 정비공이 웨스트 군의 시체를 발견했네."

"정확히 몇 시쯤인가?"

"화요일 오전 6시께라네. 시체는 동쪽으로 가는 왼쪽 선로 위에 누운 채로 놓여 있었다고 하네. 역이 있는 터널에서 꽤 가까운 지점이었어. 머리를 심하게 다쳐서 형체를 알아볼 수 없을 정도였다지, 아마. 기차에서 떨어질 때 그렇게 되었다는데, 조사관들은 그가 누운 자세를 보고 기차에서 뛰어내린 것이 분명하다고 판단을 내린 것 같아. 만일 누군가가 근처의 다른 장소에서 시체를 옮긴 것이라면 반드시 개찰구를 통과해야만 하네. 하지만 그곳은 역무원이 항시 근무하는 곳이기 때문에 그럴 가능성은 없다고 판단한 것이지."

"그렇지, 그건 확실해. 그 청년이 죽어 있었건 살아 있었건, 누가 밀었거나 직접 뛰어내렸거나, 기차에서 떨어진 것은 틀림없겠지. 계속 말해 주게."

"시체 옆의 선로는 서쪽에서 동쪽을 가르고 있네. 도심 순환 열차는 물론이고 윌레스덴과 시내에서 꽤 떨어진 곳에 위치한 환승역에서 출발하는 기차들도 지나는 선로야. 웨스트는 월요일 밤 늦게 이 선로를 지나는 어떤 열차에 타고 있었던 것이 분명하지만 어느 역에서 무슨 열차를 탔는지는 밝혀지지 않았어."

"차표를 보면 됐을 텐데?"

"주머니를 뒤져 봤지만 차표는 발견되지 않았다고 하네."

"차표가 없었다고? 이런! 표가 없으면 플랫폼에 들어갈 수조차 없는데, 이상하지 않은가! 그렇다면 청년이 어느 역에서 탔는지 은폐하려고 범인이 표를 빼돌렸단 말인가? 흠, 충분히 가능성 있는 이야기지. 어쩌면 기차 안에서 표를 분실했을 수도 있고. 그런데 도난당한 흔적이 없다고 했는가?"

"그래, 도난당한 흔적이 전혀 없었어. 여기 소지품 목록도 있네. 지갑에 2파운드 15실링이 들어 있었고 캐피탈 앤 카운티 은행의 울위치 지점 수표책 한 권이 있었지. 이것으로 시체의 신분을 파악했다고 하네. 그 밖에는 그날 밤 것이었던 울위치 극장의 특별석 티켓 두 장과 기술 문서 한 뭉치가 들어 있었다지."

"이제 알겠네, 왓슨! 영국 정부, 울위치의 군수 공장, 기술 문서, 마이크로프트 형님, 이 모든 것이 이제야 한눈에 연상되기 시작했어. 아, 형님이 오신 것 같네. 직접 들어 보기로 하세."

잠시 뒤 큰 키에 풍채가 좋은 마이크로프트 홈즈가 방으로 들어섰다. 체구가 크고 다부져서 투박스럽고 둔한 느낌이 들었지만, 근엄해 보이는 이마와 날카로운 잿빛 눈동자, 그리고 굳게 다물고 있는 입술 덕분인지 날카롭고 꼼꼼한 인상을 주었다. 그런 치밀해 보이는 인상이 그의 둔해 보이는 몸집보다 훨씬 더 강하게 눈에 들어왔다. 마이크로프트 홈즈 뒤로 우리의 오랜 지인인 레스트레이드 경감이 따라 들어왔다. 두 사람 모두 심각한 표정을 짓고 있었기 때문에 나와 홈즈는 사태의 심각성을 짐작할 수 있었다. 경감은 아무 말 없이 악수를 청해 왔고, 마이크로프트 홈즈 씨는 힘겹게 외투를 벗은 다음 안락의자에 털썩 앉았다.

"셜록, 아주 골치 아픈 사건이 생겼다. 난 내 습관을 깨는 것이 죽기보다 싫지만 이번만큼은 어쩔 도리가 없었지. 지금 태국과 관련된 일이 하나 터져 자리를 뜨면 안 되지만 이번 사건이 원체 다급해서 말이야. 총리님이 그렇게 걱정하는 것도 처음 보고, 해군 본부는 지금 아비규환이야. 사건에 대한 기사들은 좀 읽어 보았느냐?"

"지금 막 읽긴 했는데……. 대체 그 기술 문서라는 게 뭡니까, 형님?"

"아, 그거 말이냐. 아직 외부로 노출이 안 되어 다행이지. 만일 알려졌다가는 언론이 벌떼처럼 달려들어 관련 기사를 마구써 댈 게다. 청년의 주머니에서 발견된 기술 서류는 브루스 파팅턴 잠수함의 설계도란다."

마이크로프트 홈즈는 무거운 표정을 지우지 못한 채 말했는데, 그런 그의 표정이 이 사건의 심각성을 나타냈고, 홈즈와 나는 그가 계속 이야기하기를 기다렸다.

"들어 봤지? 알게 모르게 소문이 많이 났으니 들어 보긴 했을 거야."

"이름은 들어 본 적이 있어요."

"이 잠수함의 중요성은 말로 표현하기조차 힘들어. 정부에서 일급 기밀로 정해 관리하고 있고, 보안 유지를 위해 극도로 애를 쓰는 잠수함이야. 브루스 파팅턴 잠수함의 행동 반경 안에서는 어떤 군사 행동도 불가능하지. 2년 전 극비로 국가 예산 중 상당 부분을 들여 그 잠수함의 발명 특허권을 사들였고, 정부는 그 사실이 새어 나가지 않도록 노력했어. 설계도는 독립적으로 특허 등록된 30개의 도면들로 구성되어 있고, 하나하나가 전체 작업에 꼭 필요한 설계도야. 정부는 그 설계도를 군수품 창고 근처에 세운 비밀 사무소 내부에 정교한 금고를 만들어 보관하고 있었어. 사무실 문과 창문 모두 도난 방지 장치를 설치했기 때문에 누구도 설계도를 빼낼 수는 없어. 제 아무리 해군의 잠수함 총사령관이라 할지라도 그 설계도를 보려면 울위치에 있는 비밀 사무소까지 직접 가야만 하지. 그런데 이 설계도가 런던 한복판에서 죽은 청년의 주머니 속에서 발견되었어."

"그래도 어쨌거나 찾은 거 아닙니까?"

"그랬으면 얼마나 좋겠느냐만, 다 찾지 못했어. 울위치 비밀 창고에서 사라진 설계도는 30장 중 10장이었는데 캐도건 웨스트의 주머니에서 발견된 것은 고작 7장뿐이었어. 3장이 없어졌는데, 공교롭게도 가장 중요한 설계도면들이야. 셜록, 너는 지금 다른 일은 모두 접고 이 일을 도와야 해. 이 국제적인 큰일에 집중해 줘. 캐도건 웨스트가 대체 왜 그 설계도를 갖고 있었는지, 나머지 3장의 도면은 어디로 갔는지, 그가 어떻게 죽게 되었는지, 시체는 또 왜 선로 위에 떨어져 있었는지, 범인은 잡을 수 있는지, 이런 문제들 말이야. 너는 지금 국가를 위해 일하게 된 거야."

"어째서 형님이 직접 수사하지 않았죠? 저나 형님이나 비슷할 텐데요."

"그래, 셜록. 하지만 자료 수집이 문제야. 네가 자료를 좀 수집해 주었으면 좋겠다. 거기에 내가 알고 있는 것들을 더하면 좋을 것 같다. 나는 발로 뛰어가며 증거를 찾고 사람들을 만나는 일은 자신 없으니 말이다. 이 사건을 해결해 줄 사람은 너밖에 없다. 잘 하면 내년 국가 유공자 명단에 네 이름을 올릴 수도 있을 거야."

그 말에 홈즈는 웃으며 고개를 저었다.

"형님, 저는 순전히 좋아서 이 일을 하고 있습니다. 하지만 이 사건은 확실히 구미가 당기는군요. 좀 더 자세하게 말해 봐요."

"자세한 내용을 적어 왔으니 이걸 봐. 도움을 얻을 수 있는 곳도 적어 놨어. 지금 설계도를 보관하고 있는 사람은 정부 소속의 제임스 월터 경이야. 책임자지. 신사적인 인품에 경험도 풍부해서 여러 유명 인사들이 서로 자신의 집에 초대하려고 안달하는 인물이지. 거기에 애국심까지 각별하고. 설계도를 빼돌릴 만한 사람은 아니야. 두 개의 금고 열쇠 중 하나를 제임스 경이 갖고 있어. 월요일 업무 시간까지만 하더라도 설계도가 분명 금고 안에 있었고, 제임스 경은 열쇠를 소지한 채 오후 3시쯤 사무실에서 나와 런던으로 갔다고 했네. 사건 당일 밤에는 바클레이 광장에 있는 싱클레어 제독의 집에 있었다고 하고."

"믿어도 되는 사실이에요?"

"그래, 제임스 월터 경의 친동생인 발렌틴 월터 대령이 그가 울위치에서 출발했다는 사실을 증명해 주었고, 그가 런던에 있었다는 알리바이는 싱클레어 제독이 직접 입증해 주었지. 제임스 경은 설계도 도난 사건과 관계없는 것이 확실해."

"그럼 또 다른 열쇠는 누가 갖고 있었나요?"

"고위 사무관이자 도면 설계자인 시드니 존슨이란 사람이 가지고 있지. 40대이며 다섯 명의 자녀를 둔 기혼자야. 말수가 적고 항상 인상이 어두운 자지. 하지만 근무 성적은 좋은 편이야. 동료들과 잘 어울리지는 못해도 능력은 있는 것 같아. 그와 그의 부인이 진술하기를 사건 당일, 그는 퇴근 후 계속 집에 머물렀다고 하더군. 열쇠는 시곗줄에 매달아 놓고 다니며 단 한 번도 잃어버린 적이 없었다고 해."

"캐도건 웨스트에 대해서도 자세히 듣고 싶어요."

"군수 공장에서 10년 동안 근무한 자로 꽤 성실한 직원이었다지. 성격이 조금 욱하는 면도 있지만 정직하고 착실한 청년이었다고 해. 평판이 나쁘지 않아. 시드니 존슨보다 한 단계 아래의 직급이었고, 업무상 매일 설계도를 봤다고 하네. 사무실에서 도면을 직접 만져 볼 수 있는 사람도 캐도건뿐이었다고 하고."

"그날 밤에는 누가 마지막으로 금고 문을 잠갔다고 합니까?"

"시드니 존슨이었대."

"그렇다면 뻔한데? 상사가 문을 잠그고 퇴근한 다음 부하 직원인 캐도건 웨스트가 서류를 빼낸 것 아닙니까? 그리고 어쨌든 그에게서 도면이 발견되지 않았습니까?"

"하지만 셜록. 수상한 점이 꽤 많아. 가장 이해가 되지 않는 것은 그가 도면을 훔쳐간 이유지."

"훔쳐갈 만큼 가치 있는 것이기 때문 아니겠어요?"

"그렇지, 어디에 넘겨도 수천 파운드는 쉽게 받을 수 있겠지."

"런던에 도면을 가지고 와야 하는 이유가 있었나요?"

"아는 바가 없어."

"일단 그것을 어디론가 팔기 위해 빼돌렸다고 치면, 아마 웨스트는 복사한 열쇠로 금고를 열고 도면을 꺼냈겠지요?"

"복사한 열쇠를 모두 가지고 있어야 했겠지. 건물 출입문과 사무실 문도 열어야 했을 테니 말이야."

"네. 그럼 열쇠를 여러 개 갖고 있었다고 가정하고, 그는 도면을 런던의 누군가에게 팔아 베끼게 한 다음, 다음날 아침 사람들이 출근하기 전에 다시 금고에 넣어 둘 생각이었겠지요. 하지만 계획을 미처 달성하기도 전에 런던에서 살해당하고 말았던 것이고요."

"어떻게?"

"울위치로 돌아오는 길에 누군가가 죽였겠죠. 그런 다음 달리는 기차 밖으로 밀었을 테고요."

"시체가 발견된 곳은 앨드게이트야. 울위치로 가는 노선에 있는 런던 브리지 역에서 꽤나 떨어진 지점인데……."

"런던 브리지를 한참 지나서 떨어진 것에 대해서는 여러 가정을 할 수 있는데, 기차 안에서 누군가와 언쟁이 벌어져 격렬한 싸움으로 이어졌다가 싸움 도중에 기차 밖으로 떨어져 죽었을 수도 있고, 기차에서 내리다 실수로 떨어져 죽었을 수도 있겠지요. 짙은 안개에 뒤덮인 날이었으니 주위를 분간하기가 힘들었을 겁니다."

"셜록, 지금 우리가 갖고 있는 사실만으로는 더 이상 수사를 진행하기가 어려워. 하지만 네 추리에 의견을 조금 보탠다면, 너는 캐도건 웨스트가 서류를 런던에 가져가려 했다고 가정했지? 그럼 그는 외국인 스파이와 접선을 해야 했을 거야. 그러려면 저녁 식사 시간에 약속을 잡았어야 하지. 하지만 그는 저녁 시간 극장표 두 장을 사서 약혼녀와 함께 극장으로 가던 길이었어."

"알리바이를 만들려고 했을 수도 있지 않을까요?"

초조하게 두 사람의 대화를 듣고 있던 레스트레이드 경감이 의견을 제시했다.

"그럴지도. 어쨌든 그게 첫 번째 의문이고, 두 번째 의문이 있어. 캐드건 웨스트가 런던에 가서 외국 스파이와 만났다고 치지. 그럼 그는 아침까지는 서류를 가지고 돌아왔어야만 해. 그렇지 않으면 도면이 사라졌다는 사실이 들통 날 테니까 말이지. 그가 빼돌린 도면은 총 10장인데 7장밖에 발견되지 않았네. 그럼 대체 나머지 3장이 어디로 증발했다는 말인가? 아무런 대가 없이 도면을 넘기진 않았을 텐데, 대가로 받았을 돈이나 귀중품 같은 것은 또 어디에 있고?"

"저는 어떻게 된 건지 확신합니다. 웨스트는 도면을 팔아넘길 요량으로 스파이와 접선했으나 흥정에 실패한 것이죠. 그래서 그냥 돌아가는 길이었는데, 스파이가 뒤따라와 열차 안에서 그를 살해하고 급한 김에 가장 중요한 도면 3장만 갈취한 것입니다. 그리고 시체는 열차 밖으로 던졌겠지요. 어떻습니까, 모든 것이 맞아떨어지지요?"

레스트레이드 경감이 말했다.

"그럼 기차표라도 나와야 할 텐데, 대체 기차표는 어디로 간 건가?"

"차표가 발견된다면 그가 어디서 열차를 탔는지 밝혀질 테고, 그렇게 되면 스파이와의 약속 장소나 스파이가 사는 곳으로 수사망이 좁혀질 테니 웨스트의 주머니에서 빼냈겠지요."

레스트레이드 경감이 대답했다.

"훌륭하십니다."

듣고 있던 홈즈가 말했다.

"아주 훌륭해요. 이론상으로는 꼭 들어맞는군요. 하지만 만약 그 이론이 사실이라면 이 사건은 끝난 거나 마찬가지입니다. 웨스트는 죽었고, 브루스 파팅턴 잠수함의 설계도는 이미 다른 나라로 넘어간 지 오래일 테니까요. 우리의 역할은 시작도 하기 전에 끝나 버렸군요."

홈즈의 말에 마이크로프트 홈즈가 펄쩍 뛰었다.

"그게 무슨 말이야, 셜록! 빨리 조사를 시작해 줘. 그게 아니라는 확신이 들어. 본능적인 느낌이지만, 그렇게 된 게 아니라는 생각이 든단 말이야. 네 능력을 보여 줘. 범죄 현장으로 가서 관련된 자들을 하나도 빠짐없이 조사해 줘. 우리 영국을 구하는 일이야, 셜록."

"알겠어요, 형님."

셜록 홈즈가 어깨를 으쓱하며 대답했다.

"왓슨, 같이 가지. 레스트레이드 경감님, 한두 시간 정도만 내주시지요. 앨드게이트 역에 가서 조사를 할 것입니다. 형님은 돌아가 계세요. 저녁까지는 상황을 보고 드릴게요. 너무 기대는 하지 마시고요."

그로부터 한 시간 후 홈즈와 레스트레이드 경감과 나는 앨드게이트 역 앞 터널의 철로 위에 서 있었다. 기차가 지나는 지점이었다. 얼굴에 붉은 기가 도는 예의 바른 늙은 신사가 철도 회사를 대표하여 조사에 함께 했다.

"이곳이 시체가 떨어져 있던 지점입니다."

그가 선로에서 90센티미터 정도 떨어진 곳을 가리키며 말했다.

"보시다시피 방어벽이 있어서 위쪽 어딘가에서 떨어질 리는 없습니다. 결국 기차에서 떨어졌다는 이야기가 되지요. 저희가 조사한 바로는 월요일 자정쯤입니다."

"열차 조사 당시 폭행의 흔적을 발견하셨습니까?"

"없었습니다."

"문이 열려 있었던 흔적은요?"

"없었습니다."

"오늘 아침 새로운 단서가 하나 입수되었습니다."

레스트레이드 경감이 불쑥 말했다.

"승객 중 한 명이 월요일 밤 11시 40분쯤 도심 순환 열차를 타고 앨드게이트 역을 통과하고 있었는데, 역을 통과하기 직전에 무언가가 떨어지는 소리를 들었다고 했습니다. 아마 시체가 선로에 떨어지는 소리였겠지요. 이 사람은 소리를 듣긴 했지만 안개가 너무 짙었던 탓에 아무것도 보지 못했고, 그래서 바로 신고도 안 했는데, 신문에 난 기사를 보고 오늘에서야 신고를 했답니다. 아니, 왜 그러십니까, 홈즈 씨?"

홈즈가 몹시 격양된 표정으로 터널 밖으로 선로가 구부러져 나오는 지점을 뚫어지게 바라보았다. 앨드게이트가 환승역이었기 때문에 많은 선로들이 그물처럼 얽혀 있었다. 그는 진지하고 반짝이는 눈빛으로 그 지점을 한참이나 노려보았다. 입술은 굳게 다물어져 있었고, 콧구멍은 가늘게 떨렸으며, 눈썹이 잔뜩 찌푸려져 있었다.

"전철기(*철로의 교차로에 설치해 열차가 선로를 이동할 수 있게끔 하는 장치.), 전철기야."

홈즈가 중얼거렸다.

"전철기가 어쨌다는 말씀이신지요?"

철도 회사 관계자가 물었다.

"이런 전철기가 설치된 곳이 많지는 않겠지요?"

홈즈가 물었다.

"네, 많지는 않지요."

"게다가 곡선까지! 전철기와 곡선이라……. 맞아, 바로 그거다!"

"뭡니까, 홈즈 씨? 단서를 찾으셨나요?"

"생각난 것이 있습니다. 큰 것은 아닙니다. 이 사건, 아주 흥미롭습니다. 한 가지 여쭤 보겠습니다. 선로 위에 핏자국이 남아 있지 않은데……."

"원래부터 핏자국이 거의 없었지요."

"부상이 심했다고 하던데요."

"뼈가 부러지긴 했지만 외상이 별로 없어서 피가 나지 않은 것 같습니다."

"아무리 그렇다고 해도 어느 정도는 피를 흘려야 정상 아닙니까? 뭔가가 떨어지는 소리를 들었다던, 목격자가 탔던 기차를 조사해 볼 수 있습니까?"

"죄송하지만 그건 어렵습니다. 그 열차는 이미 분리되어 여러 다른 열차에 연결되었습니다."

"홈즈 씨, 모든 열차를 철저하게 조사했습니다. 제가 직접 말입니다."

옆에 있던 레스트레이드 경감이 말했다.

홈즈의 가장 치명적인 단점 중 하나는 자신보다 멍청한 사람을 견디지 못한다는 거였다. 참으로 안타깝게 생각하지만 나도 어쩔 도리가 없었다. 이날도 홈즈는 자신보다 두뇌 회전이 조금 느린 레스트레이드 경감에게 무안을 주었다.

"물론 그러셨겠지만, 제가 조사하려고 하는 것은 열차 자체가 아닙니다. 왓슨, 이제 여기 일은 다 끝났어. 레스트레이드 경감님, 이제 더 이상 당신께 수고를 끼치지 않아도 될 것 같습니다.

저는 지금 울위치로 가겠습니다. 안녕히 가십시오."

홈즈가 말했다.

홈즈는 런던 브리지에서 마이크로프트 홈즈에게 보낼 전보를 썼다. 나에게도 보여 주었는데, 내용은 아래와 같았다.

몇 가지 단서를 찾았지만 아직 확실치 않음. 영국에 상주하는 외국 스파이나 국제 조직의 명단과 주소를 베이커가로 보내 주십시오. - 셜록

"그 명단이 아주 큰 도움이 될 거야, 왓슨."

울위치행 기차 안에서 홈즈가 내게 말했다.

"형님 덕분에 정말 굉장한 사건을 맡게 됐어."

홈즈의 굳은 얼굴에 긴장감이 팽팽했다. 사건 조사에 횃불이 되어 줄 아주 중요한 부분에 다가서고 있음이 느껴졌다. 홈즈는 이미 몇 시간 전, 방 안을 초조하게 서성거리는 기력 잃은 삽살개의 모습에서 사냥감을 포착하고 눈을 반짝이는 사냥개의 모습으로 바뀌어 있었다.

"단서는 우리 앞에 있었어. 금방 알아볼 수도 있었는데, 전혀 생각도 못했던 거지."

"나는 아직도 모르겠네."

"이 사건의 결말이 어떻게 날지는 나도 모르겠지만, 사건 자체는 해결할 수 있을 것 같아. 그 청년은 다른 곳에서 죽었고 시체는 기차 지붕 위에 얹혀 있었어."

"지붕 위라니!"

"대단하지? 하지만 생각해 봐. 곡선 위를 지날 때 기차는 요동을 치게 될 거야. 그런데 바로 그 지점에 시체가 떨어져 있었어. 기차 안에 있었다면 전철기나 곡선의 영향을 받지 않아. 시체는 지붕에서 떨어졌을 가능성이 크고, 만약 그게 아니라면 어떤 우연의 일치로 그 자리에서 발견되었을 뿐이야. 핏자국만 봐도 그렇네. 다른 장소에서 살해된 후 옮겨졌다고 생각하면 선로 위에 핏자국이 없는 것은 당연해. 앞뒤가 모두 들어맞네."

"그러고 보니, 차표도!"

내가 외쳤다.

"맞아. 아무도 차표가 발견되지 않은 것에 대해 그럴싸한 해명을 하지 못했지만, 내가 지금 세운 가설에서는 그게 가능하지."

"그런데 홈즈, 아직 웨스트가 죽은 이유에 대해서는 수수께끼가 풀리지 않았군. 사건이 풀려 간다기보다 오히려 더 기묘해지고 있다는 느낌이 드네."

"그럴지도 모르지."

홈즈가 생각에 잠긴 듯 말했다.

홈즈는 그 말을 남긴 후 기차가 울위치 역에 들어설 때까지 아무 말도 하지 않은 채 깊은 생각에 잠겼다. 홈즈가 그의 형님이 건네준 종이를 꺼낸 것은 우리가 마차로 갈아탄 뒤였다.

"오후에 잠시 어디에 들를 걸세. 제임스 월터 경을 만나는 것이 순서일 것 같아."

유명한 공무원의 저택은 템즈 강을 따라 정원이 쭉 이어져 있었다. 우리가 도착했을 때는 안개가 걷히고 그 사이로 햇살이 엷

게나마 얼굴을 내밀고 있었다. 집사가 나와 우리를 맞았다.

"제임스 경의 손님이십니까?"

집사의 표정이 유독 엄숙해 보였다.

"제임스 경께서는 오늘 아침에 운명을 다하셨습니다."

"헉, 정말입니까?"

홈즈가 놀라 소리쳤다.

"어떻게 돌아가신 겁니까?"

"들어오셔서 제임스 경의 아우 되시는 발렌틴 대령을 만나 보시겠습니까?"

"예, 그러겠습니다."

집사의 안내로 우리는 거실에 들어갔다. 불을 환하게 밝히지 않아 어두침침했다. 잠시 후 키가 크고 미남인, 턱수염을 약간 기른 50대 남자가 들어왔고 자신을 발렌틴 대령이라고 소개했다. 탁한 눈빛과 눈물로 엉망이 된 두 뺨, 그리고 헝클어진 머리카락이 그의 상태를 말해 주고 있었다. 갑작스럽게 당한 상이라 큰 충격을 받았는지 그는 말을 제대로 잇지 못했다.

"다 그 끔찍한 소문 때문입니다. 형님이 명예를 얼마나 중요하게 생각하시는 분인데……. 그런 소문을 견디기가 힘드셨던 겁니다. 마음을 많이 다치신 게지요. 항상 당신이 담당하고 있는 부서가 가장 유능하다며 자랑스러워 하셨습니다. 이렇게 가실 줄은 정말 몰랐습니다."

"저희는 제임스 경에게 사건에 도움이 될 만한 단서를 얻을 수 있을까 해서 이렇게 찾아왔습니다만……."

"다른 사람에게도 그랬겠지만 형님에게도 그 사건은 참으로 불가사의한 일이었습니다. 형님은 조사 과정에서 모든 것을 사실 그대로 고백했던 것으로 압니다. 형님은 캐도건 웨스트가 범인이라고 생각하시는 것 외에, 아는 게 별로 없었습니다."

"혹시 동생분께서는 달리 짐작 가는 것이라도 있으신지요?"

"아니요. 저도 기사와 소문으로 접한 내용을 제외하면 아는 것이 없습니다. 그리고 죄송한 말씀이지만 제가 지금 상중이라 경황이 없습니다. 더 이상 대화를 나누기가 좀 그렇습니다."

"일이 이렇게 꼬여 버리다니……."

홈즈가 밖으로 나와 다시 마차에 오르며 말했다.

"자연사인가? 자살? 궁금하군……. 만약 자살했다면 사건으로 인한 부담감과 죄책감 때문일 거야, 그렇지? 이 문제는 다음에 고민해 보도록 하고 지금은 캐도건 웨스트의 집으로 가세."

웨스트의 집은 울위치의 변두리에 있었다. 작은 집이었지만 손질이 잘된 아담한 집이었다. 그곳에서는 얼마 전 아들을 잃고 깊은 슬픔에 잠겨 있는 노모가 혼자 살고 있었다. 노모는 우리에게 도움이 될 만한 어떤 이야기도 알지 못했다. 얼굴이 하얀 숙녀가 노모 곁을 지키고 있었는데, 바로 바이올렛 웨스트베리라고 하는 웨스트의 약혼녀였다. 그녀는 사건이 일어나던 날 밤 마지막으로 그를 본 사람이었다.

"정말 이해할 수 없어요, 홈즈 씨. 사건이 일어난 후부터 생각하고 또 생각했어요. 진실을 밝혀 주세요. 아서는 누구보다도 성실하고 용감하며 애국심이 강한 남자예요. 그런 사람이 나라의 기밀을 판다고요? 차라리 자신의 오른손을 자르라고 소리칠걸요. 그가 국가 기밀을 팔았다는 건 정말 말도 안 돼요. 절대 그럴 사람이 아니에요. 그의 지인 중 누구를 붙잡고 물어봐도 제 말과 다르지 않을 거예요."

"하지만 웨스트베리 양, 그가 범인이라는 증거가 버젓이 나온 상황이지 않습니까?"

"그게 이해가 안 된다는 거예요, 홈즈 씨."

"혹 목돈이 필요했던 게 아니었을까요?"

"아니에요. 그는 검소한 사람이고 월급만으로도 충분히 생활이 가능했어요. 저금해둔 돈도 있었고요. 저희는 내년에 결혼을 하려고 했는데, 그때 필요한 결혼 자금도 충분히 모아 둔 상태였어요."

"그에게서 마음의 동요 같은 것을 느낀 적이 없나요? 웨스트베리 양, 솔직하게 말씀해 주셔야 합니다."

아마 홈즈가 그녀의 태도에서 나타난 미세한 동요를 감지했던 것 같다. 웨스트의 약혼녀는 얼굴이 붉어진 채 잠시 망설이더니 곧 이야기를 시작했다.

"사실, 어떤 고민이 있는 것 같기는 했어요."

"언제부터요?"

"지난 주부터였을 거예요. 자주 딴 생각을 하는 듯했고, 걱정이 있어 보였어요. 제가 무슨 일이냐고 캐물었더니 직장 일인데 너무 중요한 일이라 저한테도 말을 할 수가 없다고 하더군요."

홈즈가 집중한 채 그녀의 이야기를 들었다.

"웨스트베리 양, 계속해 주세요. 설사 고인이 되신 약혼자분에게 불리한 말이라고 판단되실지라도 그게 아닐 수 있으니 숨기지 말고 모두 말씀해 주셔야만 합니다."

"그게 정말 전부예요. 한두 번 정도 제게 뭔가 말하려고 했던 것 같지만……. 언젠가는 아주 중요한 기밀이 하나 있는데, 외국 스파이라면 그것을 큰돈을 주고라도 살 것이라고 말한 적이 있었어요."

홈즈의 얼굴이 굳어졌다.

"또 다른 말은요?"

"나라에서 그 문제를 너무 간과한다고 말했던 것 같아요. 매국노들이 설계도? 아무튼 그런 것을 손에 넣기가 아주 쉽게 되어 있다고……."

"그게 언제 한 말이었나요?"

"얼마 안 됐어요."

"마지막으로 만나셨던 그날에는 어떻게 된 건가요?"

"극장에 가고 있었는데 안개가 너무 심해서 마차를 탈 수가 없었죠. 그래서 그냥 극장까지 함께 걷고 있었어요. 마침 그 사람 사무실 앞을 지나고 있었는데 갑자기 그 사람이 어디론가 뛰어가더니 그대로 사라져 버린 거예요."

"아무 말도 없이 말입니까?"

"악! 하고 소리를 질렀던 것 같아요. 하지만 그 뒤로는 아무 소리도 들리지 않았어요. 저는 그가 곧 되돌아올 줄 알고 기다렸는데 그는 영영 돌아오지 않았죠. 그게……. 마지막이었어요. 그날 저는 혼자 집에 돌아왔고 다음 날 아침에 사람들이 저를 조사하러 와서야 그가 죽었다는 사실을 알았어요. 홈즈 씨, 제발 부탁드려요. 그 사람의 누명을 벗겨 주세요. 그 사람은 진실한 사람이에요."

홈즈가 안타까운 듯 고개를 저었다.

"왓슨, 이만 가세. 다른 곳에서 단서를 찾아보세. 도면이 있었던 사무실로 가지."

우리는 다시 마차를 탔고, 덜컹거리는 마차 안에서 홈즈가 다시 말을 이었다.

"그 청년, 심증과 물증이 너무 확실해. 조사를 하면 할수록 혐의가 더 짙어지지. 결혼을 앞두고 있다는 사실은 범행 동기로 충분해. 결혼을 하려면 돈이 필요하니까. 약혼녀에게 비밀 이야기를 흘릴 때부터 아마 그의 머릿속은 돈에 대한 생각으로 가득차 있었을 거야. 약혼녀와 계획을 상의하고 공범으로 끌어들일 생각이 있었는지도 모르겠어. 그렇다면 정말 나쁜 사람인데 말이지."

"하지만 웨스트베리 양은 절대 그럴 사람이 아니라고 하지 않았나? 그리고 그런 경우라면 약혼녀를 길거리에 남겨 둔 채 갑자기 뛰어들어갔다는 것도 말이 안 돼."

"그렇지, 분명 이상한 점들이 있긴 하지. 왓슨, 이건 한 두 가지의 물증이 나왔다고 해결될 간단한 사건이 아닐세."

우리는 곧 사무실에 도착했고 상급 사무관 시드니 존슨이 우리를 맞이했다. 마른 체격에 무뚝뚝한 얼굴이었는데 푹 꺼진 두 뺨 위로 안경을 쓰고 있었으며, 미세하게 손을 떨고 있었다.

"기가 막힙니다. 기가 막힐 노릇이지요. 제임스 경이 돌아가신 걸 아십니까?"

"지금 그분 댁에 들렸다 오는 길입니다."

"사무실이 엉망진창입니다. 제임스 경과 캐도건 웨스트가 죽

었고 도면은 사라졌어요. 월요일 저녁 퇴근 때까지만 해도 평화
롭던 이곳에 이게 웬일이란 말입니까! 게다가 웨스트가 그런 짓
을 하다니!"

"웨스트가 범인이란 말씀이십니까?"

"상황이 그렇지 않습니까. 제 자신보다도 더 믿었던 사람이라
그가 그런 짓을 했다는 게 아직도 믿기지는 않습니다만."

"월요일 몇 시에 사무실 문을 닫으셨나요?"

"5시쯤이었을 겁니다."

"직접 마무리를 하셨나요?"

"그렇죠, 제가 항상 마지막으로 퇴근을 하니까요."

"설계도는 어디에 있었습니까?"

"당연히 금고에 있었죠. 제가 마지막으로 확인하고 금고 문을
잠갔습니다."

"건물에 경비원을 두십니까?"

"네, 하지만 경비원이라 해 봤자, 여기 말고 다른 부서들도
모두 관리하니까……. 은퇴한 군인인데 아주 믿을 만한 어르신
이죠. 그 경비원도 그날 밤 아무것도 못 봤다고 했습니다. 안개
가 오죽 심했습니까, 그 주에?"

"그러면 만일 캐도건 웨스트가 퇴근 후에 사무실에 잠입할 계
획이었다면 모두 세 개의 열쇠가 필요한 거군요? 금고의 도면을
꺼내려면 말입니다."

"그렇지요. 건물 출입문과 사무실 문, 그리고 금고 열쇠가 필
요하지요."

"열쇠는 제임스 월터 경과 당신만 가지고 계셨고요?"

"저는 건물 출입구와 사무실 문 열쇠는 없고, 금고 열쇠만 갖고 있습니다."

"제임스 경은 꼼꼼한 분이었나요?"

"네, 그럼요. 항상 같은 열쇠고리에 열쇠 세 개를 끼워 가지고 다니셨습니다. 열쇠고리를 들고 계시는 걸 사무실에서 자주 봤지요."

"런던에 가실 때도 열쇠고리를 가지고 가셨겠지요?"

"그랬다고 하셨습니다."

"당신도 항상 열쇠를 가지고 다니시나요?"

"그렇지요, 몸에서 떨어뜨려 본 적이 없습니다."

"그러면 만약 웨스트가 범인이라면, 그는 복사한 열쇠를 갖고 있었다는 말이 되겠군요? 하지만 시체에서는 열쇠가 발견되지 않았어요. 그리고 서류를 팔 생각이었다면 원본을 훔치는 것보다 베껴서 사본으로 파는 것이 훨씬 더 수월하지 않았을까 싶은데요?"

"도면을 베낀다는 것은 상당히 전문적인 지식과 기술이 있어야 하지요."

"하지만 이곳에서 일하시는 분들은 모두 전문적인 지식이 있는 분 아닙니까?"

"그렇긴 하지만……. 홈즈 씨, 제발 이 사건에 저를 끌어들이지 말아 주십시오. 웨스트의 시체에서 원본이 발견된 상황에 뜬금없이 저희를 의심하시는 의도가 뭡니까?"

"원본을 베낄 기회도 자주 있었고 베끼는 편이 더 쉬웠을 텐데도 불구하고 위험을 무릅쓰면서 원본 서류를 훔쳐 낸 것이 이

상해서 그럽니다."

"그렇긴 하지만 그가 훔친 건 사실이지 않습니까."

"수사를 하면 할수록 너무나 이상한 일들이 많습니다. 도면
중 돌아오지 못한 도면이 3장인 것으로 알고 있는데, 제일 중요
한 서류들이라지요?"

"그렇지요."

"그러면 그 3장만 손에 넣는다면 나머지 7장이 없어도 누구
나 브루스 파팅턴 잠수함을 만들 수 있습니까?"

"해군 본부에 그렇게 보고를 올린 적이 있기는 합니다. 하지
만 오늘 설계도를 다시 살펴보니 아닌 것 같기도 합니다. 되찾은
서류 중 자동 조절 홈이 있는 이중 밸브 도면이 있습니다. 만약
에 그걸 가진 자들이 이중 밸브를 만들지 못한다면 결국 잠수함
을 만들기는 어려울 겁니다. 오랜 시간 연구를 한다면야 못 만들
것도 아니지만 말입니다."

"어찌되었건 그 3장이 가장 중요한 도면인 것은 틀림없지
요?"

"그렇지요."

"괜찮으시다면 건물 안을 좀 둘러보겠습니다."

홈즈는 금고 자물쇠, 사무실 문, 그리고 창문의 덧창들을 조
사했다. 그 후에 건물 밖 잔디로 나와 건물 주변도 꼼꼼하게 관
찰했다. 창밖에 있던 월계수 한 그루는 가지가 구부러지고 잘려
나간 곳이 여러 곳 눈에 띄었다. 홈즈는 돋보기를 꺼내 땅바닥에
희미하게 남아 있는 발자국을 자세히 들여다보았다. 그리고 직
원에게 쇠로 된 덧창을 닫아 봐 달라고 부탁했다.

"덧창이 살짝 뜨네, 왓슨. 밖에서 안을 들여다볼 수가 있어. 하지만 사건 당일로부터 사흘이나 지나서 발자국은 거의 지워져 버렸어. 왓슨, 울위치에서는 더 이상 알아낼 게 없어. 런던으로 돌아가 나머지를 조사하세."

우리는 이렇게 울위치를 떠날 뻔했다. 하지만 뜻밖에도 우리는 울위치를 떠나기 직전에 단서 하나를 더 찾았다. 월요일 밤에 캐도건 웨스트를 보았다는 매표소 직원이 있었던 것이다. 직원의 말에 따르면 웨스트가 평소에도 자주 역을 오갔기 때문에 그의 얼굴을 기억하고 있었으며, 웨스트는 8시 15분에 출발한 런던 브리지행 기차를 타고 갔다고 했다. 그는 일행 없이 혼자였으며 3등석 표를 샀다고 했다. 직원은 웨스트가 자신이 돌려준 거스름돈도 제대로 받지 못할 정도로 몹시 흥분해 있었으며 초조해 하는 것 같았다는 증언을 덧붙였다. 웨스트가 7시 30분 경에 약혼녀와 헤어져 역으로 달려왔던 거라면 8시 15분 열차를 탔다는 직원의 증언은 매우 일리 있어 보였다.

"왓슨, 처음부터 다시 생각해 봐야겠어."

홈즈가 30분 동안 생각한 끝에 내게 말했다.

"아마 이 사건이 우리가 해결한 사건 중 가장 난해한 사건일 것 같네. 새로운 사실을 알아내면 또 다른 게 가로막고 있어. 하지만 이곳에 와서 소득이 아예 없었던 것은 아니야. 거의 캐도건 웨스트에게 불리하게 작용되는 것들이었지만 그에게 유리한 증거도 있었어. 창문에서 발견한 흔적 같은 거 말이야. 만약 그 도면에 대해 알고 있는 외국 스파이가 그에게 접근했다고 가정해 보지. 웨스트가 약혼녀에게 한 말을 되짚어 보면, 그는 분명 도면을 넘길 생각을 해 보기는 했던 것 같아. 그리고 다음으로는 웨스트가 약혼녀와 극장으로 가던 중 스파이가 사무실로 들어가는 모습을 발견했다고 가정해 보세. 그렇다면 그의 다급한 성격에 곧바로 스파이의 뒤를 쫓았을 거야. 팔아넘기고 싶은 유혹에 흔들렸을망정 도면을 훔친 스파이는 뒤따라 간 거지. 이렇게 생각해 본다면 범인이 군이 원본을 훔친 이유가 납득이 되네. 도면은 외부인이 훔친 것이니까. 이렇게 되면 사건의 틀이 어느 정도 잡히지."

"그래서 그 다음은?"

"그 다음이 골칫거리인데 말이야. 만약 그렇게 된 거라면 도면을 훔친 스파이를 잡아 바로 사람들에게 알렸겠지. 하지만 캐도건 웨스트는 그렇게 하지 않았단 말이지. 혹시 서류를 훔친 사람이 제임스 경이었다면 웨스트의 행동이 납득이 가. 자신의 상사를 어떻게 신고하겠어. 아니면 제임스 경을 안개 속에서 놓쳐서 혼자 다급하게 제임스 경의 목적지인 런던으로 가려고 했던 걸까? 아무 말도 없이 길에 약혼녀를 버려 놓고 사라졌다는 정황으로 봐서 그는 매우 급했던 거야. 그 다음은 추리하기가 힘들어. 아무런 단서가 없지 않은가. 지금 내가 세운 가정과 웨스트가 가지고 있었던 7장의 도면, 그리고 웨스트의 시체가 내부 순환 열차 지붕 위에 놓여 있었다는 것, 이 사실들이 서로 딱 맞아떨어지질 않아. 그러니까 이제부터 다른 쪽을 파야겠지. 형님이 스파이 명단을 보내 주면 그 중에서 용의자를 골라내 조사를 벌일 생각이네."

우리가 베이커가에 돌아왔을 때는 기대했던 것처럼 홈즈 형님의 답장이 도착해 있었다. 정부의 문서 담당자가 빠른우편으로 보내 온 것이었다. 홈즈가 먼저 편지를 읽고 나에게 건네주었다.

잔챙이 스파이들은 많지만 이번 일을 할 만한 거물급은 극소수야. 의심이 가는 사람 세 명을 뽑아 봤어.
  – 아돌프 메이어, 웨스트민스트 구, 그레이트 조지가 13번지.
  – 루이 라 로티에르, 노팅힐, 캠덴 저택.
  – 휴고 오버스타인, 켄싱턴 구, 콜필드 가든 13번지.
휴고 오버스타인은 월요일을 전후해 런던을 떠난 것 같다는 보고가 들어왔어. 네가 몇 가지 단서를 찾았다니 나는 너무나 기쁘다. 정부에서는 지금 네게 많은 기대를 걸고 있어. 상위 부서에서 긴급 대리인이 파견되어 내려와 있기도 하고 말이다. 우리는 전적으로 너를 도울 준비를 하고 있으니 모두가 너를 응원하고 있다는 점을 명심하고 사력을 다해 주길 부탁한다.

너의 형, 마이크로프트로부터

"여왕 폐하께서 갖고 계신 말과 병사 모두를 내어준다 해도 별로 쓸모가 없을 텐데 말이지. 너무 유난을 떠는 것 같지 않은가?"

홈즈가 미소 지으며 말했다.

홈즈는 커다란 런던 시 지도를 펼친 다음 이리저리 연구했다. 그리고 무언가를 발견한 듯 만족스러운 목소리로 이렇게 외쳤다.

"됐어! 이제야 뭔가 조금 풀리는군. 왓슨, 결말을 미리 말해 줄까? 우리는 이 사건을 완벽하게 해결하게 될걸세!"

홈즈가 격양된 표정으로 내 어깨를 두드리며 말했다.

"외출을 해야 해. 확인해 봐야 할 것이 있어. 자네 같은 믿을 만한 벗이 없었다면 이런 중요한 일을 해 내지 못했을 테지. 왓슨, 한 시간 후에 돌아오겠네. 혹시 기다리기 지루하다면 종이 와 펜을 꺼내 우리가 어떻게 이 나라를 구했는지 이야기를 쓰기 시작하는 것도 좋을 거야."

나는 홈즈가 웬만큼 기쁘거나 자신이 없어서는 이런 태도를 보이지 않는 사람임을 알기에 그의 의기양양한 모습이 매우 기뻤다. 나는 11월의 쓸쓸한 밤을 돌아오지 않는 홈즈를 애타게 기다리며 보냈다. 9시가 조금 지났을 때 홈즈를 대신해 짧은 편지 가 하나 도착했다.

켄싱텅 지구 글루체스터가 골디니 레스토랑에서 식사 중. 즉시 오기 바람. 지렛대, 손전등, 끌, 권총과 함께.

셜록 홈즈

평범한 시민이 그런 무기를 가지고 안개로 뒤덮인 캄캄한 밤 거리를 거닌다는 것은 참으로 난감하기 그지없는 일이었다. 나 는 홈즈가 말해 준 물건들을 외투 안에 안전하게 넣은 다음 홈즈 가 있는 레스토랑으로 향했다. 고급스럽고 화려한 이탈리아 레스토랑이었다. 홈즈는 입구에서 가까운 둥근 탁자에 자리 잡고 있었다.

"저녁은? 먹었다면 나와 함께 커피와 큐라소(*오렌지 껍질을 이용하여 만든 달콤한 맛의 술.)나 마시세. 참, 여기서 파는 시가를 한 대 피워 보게. 독하지도 않고 괜찮네. 얘기한 것들은 가져 왔나?"

"응, 외투 안에 있네."

"좋아. 간단하게 내가 여기서 조사한 것과 앞으로 우리가 해야 할 일을 말해 주겠네. 일단 젊은이의 시체는 열차 지붕에서 떨어진 것이 틀림없다는 사실을 확인했어."

"선로 위 다리에서 떨어졌을 가능성은 없고?"

"그건 불가능하지. 기차 지붕을 보면 약간 불룩한 데다 난간도 쳐져 있지 않아. 지붕에서 떨어진 게 분명해."

"그렇다면 열차 지붕 위에 올린 방법은?"

"애매하긴 한데 방법이 아예 없는 것은 아니야. 열차는 웨스트엔드의 한 지점에서 터널을 통과하는데, 그때 위쪽으로 창문이 보인단 말이지. 만약 기차가 그런 창문 아래 멈춘 적이 있었다면 지붕 위에 시체를 얹는 것도 그리 어려운 일만은 아닐 거야."

"그런가? 내가 보기엔 좀 힘들어 보이는데."

"잘 모를 때는 옛 격언을 살펴보는 게 하나의 방법이 될 수도 있지. '모든 것이 불가능해 보인다면 마지막에 남은 것이 곧 진실이다.' 어때? 들어 본 적이 있는가? 왓슨, 아무리 여러 가능성을 열어 놓고 생각해 봐도 이 상황에 맞아떨어지는 게 없어. 국제 스파이 중 얼마 전에 런던을 떠났다는 자가 하나 있었지? 그자가 바로 열차의 선로가 지나는 근처에 살고 있었어."

"아하, 그런가."

"콜필드 가든 13번지의 휴고 오버스타인, 나는 이 자를 집중적으로 뒤쫓을 거야. 글루체스터 역에서 역무원과 함께 선로를 따라가며 조사했는데 콜필드 가든의 뒤쪽 계단으로 있는 집은 창문이 선로 방향으로 나 있었어. 더 기가 막힌 사실이 뭔지 아는가? 그 지점이 선로가 교차되는 지점이기 때문에 기차가 그 지점을 지날 때 몇 분씩 정차를 한다는 거지."

"와, 대단한데! 자네가 드디어 해냈군!"

"지금까지는 말이지. 이만큼 오긴 했지만 그래도 아직 멀었어. 콜필드 가든 뒤편을 조사한 뒤 앞쪽으로 가 봤는데, 집주인은 이미 집을 비운 것 같았어. 2층 창문 너머로 실내를 살필 수 있었는데 가구가 하나도 없더군. 오버스타인은 자신이 입수한 도면을 넘기러 유럽 대륙의 자신의 나라로 넘어갔겠지. 웨스트 군에게 누명을 씌워 놨으니 체포당할 리도 없고, 달아난 것이 아니었으니 나 같은 사람이 집 안을 수색하리라고는 상상도 못 했겠지. 분명 증거 같은 것을 그대로 남겨 두고 갔을 거야. 다시 말하면 왓슨, 우리는 그 집을 수색할 거야!"

"정식으로 수색 영장을 받아 들어가는 건 안 되겠나?"

"증거가 없기 때문에 거의 불가능하다고 봐야겠지."

"무엇을 찾으러 들어가는 거지?"

"편지 같은 물증을 찾아내야지."

"별로 내키지 않는걸."

"오, 착한 왓슨. 그래, 자네는 걱정하지 말고 집 밖에서 망이

나 봐 주게. 뒤지는 것처럼 나쁜 짓은 내가 하지. 형님의 편지가 부담스럽지 않나? 해군 본부와 정부, 게다가 여왕 폐하까지도 이 사건이 해결되기를 기다리신다고 했네.”

“그래 홈즈, 자네 말이 맞아. 우리는 가야만 해.”

내가 자리에서 일어나며 말했다.

“왓슨! 자네가 그렇게 해 줄 줄 알았네!”

홈즈가 벌떡 일어나 내 손을 잡고 흔들며 소리쳤다.

그는 그때 거의 한 번도 보여 주지 않았던 따스한 눈빛으로 나를 바라봤다. 이내 평소와 다름없는 냉정하고 엄숙한 표정으로 돌아갔지만 말이다.

“스파이의 집은 이곳에서 1.5킬로미터쯤 떨어져 있네. 분초를 다투는 일은 아니니 그냥 걸어가는 게 어떻겠나? 내가 부탁했던 도구들을 잘 챙기게. 수상하게 보여 괜히 경찰에게라도 붙잡혔다가는 귀찮은 일만 생기게 되니까 말이야.”

콜필드 가든의 현관은 런던의 웨스트 엔드에 위치한 빅토리아 시대 중기의 건축 형식 중 하나인 포르티코(*기둥을 나열하여 받쳐 만든 현관 지붕의 건축 양식.) 현관이었다. 옆집에서는 아이들이 파티를 열었는지 와자지껄 떠드는 소리와 피아노 소리가 들려왔다. 그날도 역시 안개가 짙게 드리워져 있어서 우리는 특별히 조심하지 않고도 사람들의 눈에 띄지 않았다. 홈즈가 손전등으로 육중한 현관문을 비췄다.

“만만치 않아. 빗장에 자물쇠까지 채워 놓았군. 다른 쪽을 시도해 봐야겠어. 경찰한테 들킬지도 모르니 지하 쪽으로 난 통로로 들어가 보세. 왓슨? 좀 도와주게!”

우리는 서로를 잡아 주며 지하로 난 통로 안으로 들어갔다. 우리가 안으로 들어가자마자 위쪽에서 경관들의 발소리가 들렸다. 머지않아 발소리가 사라졌고, 홈즈는 내가 가져간 끌로 문을 따기 시작했다. 얼마 지나지 않아 날카로운 소리와 함께 문이 열렸고 우리는 깜깜한 복도를 따라 집안으로 들어갔다. 카펫이 깔리지 않은 곡선형 계단을 올라가던 중, 손전등이 비춰지자 윗층에 낮게 달린 창문 하나가 눈에 들어왔다.

"다 왔네, 왓슨. 여기야."

홈즈가 창문을 열었다. 나는 어둠 속에서 빠르게 달려오는 열차를 보았다. 낮은 웅얼거림처럼 들리던 열차 소리는 점차 커져서 나중에는 짐승의 으르렁거림처럼 커다랗게 들려왔다. 홈즈가 손전등으로 창턱을 비추니 창턱은 기차가 지나다녀 생긴 그을음으로 새까맸다. 군데군데 그을음이 벗겨진 자국도 보였다.

"바로 이곳에 시체를 놓았겠지. 이게 뭐야! 핏자국이다!"

홈즈는 창틀에 얼룩덜룩 묻어 있는 무언가를 가리키며 소리쳤다.

"계단의 돌 위에도 묻어 있네. 왓슨, 이제 우리는 증거를 확보한 거야. 기차가 하나 멈출 때까지 기다리세."

우리는 그리 오래 기다리지 않았다. 다음번에 오던 기차가 터널 밖을 빠져나오면서 서서히 속력을 늦췄고, 끼익끼익하는 마찰음을 내며 우리가 있는 창 바로 아래에 정확하게 멈추었다. 여기까지 확인한 홈즈가 조용히 창문을 닫았다.

"내 추리가 옳았어, 적어도 여기까지는 말이야. 어떻게 생각하나, 왓슨?"

"대단하네! 환상적인 추리야, 홈즈."

"그런 찬사를 듣자고 물어본 것은 아닌데. 왓슨, 시체가 기차 지붕 위에 얹혀 있었다는 것을 생각하는 것은 꽤 쉬운 일이야. 그리고 내 모든 추리는 거기서부터 시작됐어. 사실 이 사건은 정부와 외교 관계가 얽혀 있어서 그렇지, 그리 엄청난 사건은 아닌 것 같네. 적어도 지금까지는 말일세. 그리고 아직 갈 길도 멀어. 일단 여기에서 단서를 조금 더 찾아보겠네."

우리는 주방에 나 있는 계단을 이용해 2층으로 올라갔다. 2층에는 꽤 많은 방들이 있었고, 별 특이한 게 없는 거실과 역시 평범한 침실이 있었다. 홈즈는 우리가 제일 마지막으로 들어갔던 방에서 꽤 오랜 시간을 조사했다. 책과 서류들이 빼곡히 들어차 있는 것으로 봐서 서재가 분명했다. 홈즈는 익숙한 몸놀림으로 책장과 서랍 등을 확인했다. 하지만 한 시간이나 그렇게 조사를 하고도 별다른 수확이 없었다.

"흔적이 전혀 없네. 아주 교활한 작자인 것 같아. 의심할 만한 것이 하나도 없어. 편지를 모두 소각시켰거나 아니면 가지고 갔겠지. 왓슨, 이게 우리의 마지막 희망일세."

홈즈는 책상에 놓여 있던 양철 금고를 가리키며 말했다. 홈즈는 내가 가져간 끌로 금고 문을 열었다. 그 안에는 돌돌 말린 종이 뭉치 몇 개가 얌전히 들어 있었는데, 몇몇 글자와 숫자 외에는 별다른 표식이 없어 무슨 문서인지 알 수가 없었다. 수압과 평방인치당 압력 수치 등의 단어들이 여기저기 눈에 띄는 것으로 봐서는 잠수함과 관련된 서류인 것 같았다. 홈즈가 초조한 듯 문서를 옆으로 치웠고, 더 깊숙한 곳에서 신문 쪼가리들을 한데

339

모아 넣어 둔 봉투 하나를 꺼냈다. 홈즈는 봉투를 거꾸로 집어 들어 한 번 흔든 뒤에 책상 위에 내용물을 쏟았다. 곧 홈즈의 얼굴에 화색이 돌았다.

"이게 뭔지 아는가, 왓슨? 바로 신문 광고를 이용한 통신 기록이지. 종이 질과 인쇄법을 보니 〈데일리 텔리그래프〉지의 개인 광고란이야. 신문의 우측 상단에 기재되지. 날짜는 없지만 오간 내용을 보면 순서를 알 수 있지.

연락을 기다리고 있었다. 조건을 받아들인다. 카드에 적힌 곳으로 자세한 내용을 전달 바란다. – 피에로

그 다음 것은,

그것만으로는 파악할 수가 없다. 모든 것을 보고 받아야만 한다. 물건이 도착하면 현금으로 지불하겠다. – 피에로

이것은 그 다음 것,

상황이 긴박해졌다. 계약대로 이행하지 않으면 모든 것은 취소될 것이다. 만날 날짜를 편지로 달라. 답변은 광고로 내겠다. – 피에로

마지막이야.

월요일 밤 9시 이후. 노크 두 번. 우리 둘만 만날 것. 의심하지 말라.

물건을 받으면 현금으로 지불하겠다. - 피에로

"이것으로 충분해. 이제 범인을 잡는 일만 남은 것 같군."

홈즈는 탁자를 손끝으로 두드리며 생각에 잠겼다가 곧 벌떡 일어섰다.

"생각보다 어렵지 않겠어. 왓슨, 이제 〈데일리 텔리그래프〉 신문사로 가서 오늘의 마지막 일정을 치러 보세."

다음날 아침, 마이크로프트 홈즈와 레스트레이드 경감이 약속한 대로 베이커가에 찾아왔다. 홈즈는 그들에게 어제의 일을 자세히 설명했다. 경감은 우리가 스파이의 집에 몰래 침입한 부분에서 고개를 저으며 난색을 표했다.

"경찰관 같았으면 절대 못할 일을 하셨군요. 그렇게 하니 당신들이 우리보다 더 성과를 올릴 수 있지요. 게다가 이번 일은 해도 너무 하신 것 같습니다. 이건 차후에 문제가 될 수도 있습니다."

"이게 다 우리의 아름다운 조국, 대영제국을 위해 하는 일이지요. 그렇지 않은가, 왓슨?"

"잘했어, 셜록. 존경스러워! 하지만 그 광고를 갖고 뭘 할 건가?"

마이크로프트 홈즈가 물었다.

홈즈는 책상 위의 오늘 자 〈데일리 텔리그래프〉를 집어 들었다.

"형님, 오늘 자 〈데일리 텔리그래프〉 광고를 보셨나요?"

"뭐라고? 광고가 또 나왔나?"

"한번 보세요."

오늘 밤. 같은 시간, 같은 장소. 노크 두 번. 매우 중요함. 당신의 신변
이 위험함. - 피에로

"대단해요! 상대가 이 광고를 보고 오늘 밤 나타난다면 그대
로 범인을 체포할 수 있겠군요!"

레스트레이드 경감이 흥분하여 외쳤다.

"그게 바로 제가 광고를 낸 이유입니다, 경감님. 8시쯤 저희
와 함께 콜필드 가든에 가시지요. 이 사건의 화려한 폐막을 보여
드리겠습니다."

홈즈의 특징 중 하나는 자신이 맡은 사건의 결말이 드러나면
곧바로 수사 모드에서 일상 모드로 생활 방식을 전환한다는 것
이었다. 그날도 홈즈는 8시가 되기 전까지 라수스의 무반주 성
가에 대한 논문을 작성했다. 하지만 나는 도저히 그처럼 태연할
수가 없었다. 국가적으로 몹시 중요한 사건이 아직 끝을 보지 못
했기 때문이다. 나는 그동안의 수사 과정을 되짚어 보고, 범인
이 나타나지 않을 가능성을 걱정하며 길고 긴 하루를 보내야 했
다. 나의 초조함은 우리가 간단히 저녁 식사를 마치고 글루체스
터가 역에서 레스트레이드 경감과 마이크로프트 홈즈를 만날 때
까지 계속되었다. 어제 홈즈와 내가 오버스타인의 집 지하실 문
을 따 두었기 때문에 우리는 그쪽으로 들어가려 했다. 하지만 마

이크로프트 홈즈는 그렇게 들어가는 것은 꼭 도둑이 된 기분일 것 같다고 우겼다. 하는 수 없이 내가 먼저 안으로 들어가 현관 문을 열었다. 우리는 모두 함께 서재로 들어가 집주인이 돌아오기를 기다렸다. 9시부터 11시까지 기다렸지만 그가 나타나지 않아 우리 모두는 내심 낙담하고 있었다. 특히 레스트레이드 경감과 마이크로프트 홈즈는 초초한 얼굴을 감추지 못한 채 1분에 두 번씩 시계를 들여다보며 안달이었다. 홈즈는 눈을 감고 있었다. 나는 그가 한시도 긴장을 놓지 않은 채 범인을 기다리고 있다는 것을 느낄 수 있었다. 그때였다. 갑자기 덜컹하는 소리가 났다. 홈즈가 눈을 뜨고 고개를 들었다.

"그가 왔어!"

현관을 지나는 작은 발소리가 들려왔다. 발소리는 다시 돌아왔다. 발을 질질 끄는 소리가 들리고 두 번의 날카로운 노크 소리가 이어졌다. 홈즈가 자리에서 일어나며 우리에게는 자리에 앉아 있으라고 손짓했다. 현관에서는 가스등이 희미하게 불을 밝히고 있었는데, 홈즈가 문을 열자 검은 그림자가 집 안으로 휙 들어왔다. 홈즈는 문을 잠갔다.

"이쪽으로!"

홈즈의 목소리였다.

곧 이어 서재로 한 남자가 들어왔다. 홈즈가 그의 뒤를 바짝 따라왔다. 남자는 서재 안의 우리를 발견하고 도망치려 했지만 바로 뒤에 서 있던 홈즈가 그를 낚아챘다. 그러고는 그를 잡아 방 안으로 끌고 들어왔다. 범인이 무언가를 시도하기도 전에 홈즈가 방문을 걸어잠그고 방문에 등을 기대어 버티고 섰다. 남자가 우리를 매섭게 노려보더니 곧 휘청하고 몸을 가누지 못한 채 바닥에 쓰러졌다. 범인이 쓰고 있던 큰 모자가 머리에서 떨어졌고, 얼굴을 가렸던 삼각건도 풀어졌다. 그러자 살짝 기른 턱수염과 기품 있고 섬세한 얼굴이 드러났다. 바로 발렌틴 월터 대령이었다.

홈즈조차도 놀란 것 같았다. 내게 이렇게 말했으니 말이다.

"허, 왓슨. 이번 사건 일지에는 내가 멍청하다고 기록해도 좋아. 이 사람이 범인이라고는 전혀 생각하지 못했거든."

"이 사람은 대체 누구란 말인가?"

마이크로프트 홈즈가 물었다.

"잠수함 부서의 부장이었던 제임스 월터 경의 동생입니다, 형님. 아, 이제 알겠어. 깨어났군. 취조는 일단 제게 맡겨 주십시오."

우리는 몸을 가누지 못하는 대령을 소파 위로 옮겼다. 잠시 뒤 정신이 드는지 대령이 일어나 앉았고 두려움에 떨며 도저히 이 상황을 믿을 수 없다는 듯 두 손으로 얼굴을 감쌌다.

"대체 이게 어떻게 된 일입니까? 저희는 당연히 오버스타인 씨를 기다리고 있었습니다만. 월터 대령, 저희는 모든 것을 알고 있습니다. 영국 신사가 이런 짓을 했다는 게 믿어지지 않습니다만, 당신이 오버스타인과 내통했다는 사실과 캐도건 웨스트를 죽인 방법을 모두 알고 있습니다. 자백할 기회를 드리지요. 사건의 정황을 전부 말씀하십시오. 제가 미처 알아내지 못한 사소한 것도 몇 가지 있으니 그것도 당신의 입으로 직접 듣고 싶습니다."

대령은 신음하며 양손으로 얼굴을 감싼 채 괴로워했다. 그는 우리의 초조함에 아랑곳하지 않고 한참 동안이나 말을 하지 않았다. 잠시 뒤 홈즈가 다시 말했다.

"중요한 사항들은 이미 모두 알고 있습니다. 당신은 돈이 필요했고, 당신 형의 열쇠를 복사했습니다. 오버스타인과 내통했으며, 연락 방법은 〈데일리 텔리그래프〉지의 개인 광고란이었습니다. 안개가 유독 심했던 월요일 밤, 당신은 계획을 실행에 옮기려 사무실로 갔죠. 하지만 전부터 당신의 낌새를 눈치채고 있었던 캐도건에게 발각됐습니다. 그는 당신이 서류를 꺼내는 것을 봤지만 런던에 있는 도면 책임자인 제임스 경에게 가져다주려는 것일지도 몰랐기 때문에 섣불리 사람들에게 말하지 못했습니다. 정의로운 국민인 웨스트는 약혼녀를 길에 세워 둔 채 당신을 추격했고 여기까지 따라왔습니다. 그는 별일 아니기를 바랐지만 이곳에 도착한 뒤 자신의 바람이 희망사항으로 끝났다는 것을 알았지요. 웨스트는 당신과 서류를 두고 물러설 수 없는 한판 승부라도 벌였을 겁니다. 월터 대령, 당신은 국가의 기밀을 팔아넘긴 데다 살인까지 한 파렴치한입니다."

홈즈가 말했다.

"내가 아니오! 내가 죽이지 않았어! 하늘에 맹세합니다!"

"그런가요? 그럼 당신이 캐도건 웨스트의 시체를 열차 지붕 위에 얹기 전에 그가 어떻게 죽었는지 설명할 수 있겠지요?"

"그, 그렇소. 모두 말하겠소. 살인했다는 것만 빼고 나머지 일은 모두 홈즈 당신 말이 맞소. 주식을 했고, 큰 빚을 지게 됐소. 앞이 깜깜했소. 오버스타인이 도면의 대가로 5,000파운드를 제안했소. 내가 파산을 면하는 길은 그것뿐이라고 확신했지요. 하지만 절대 살인은 하지 않았소. 이것만큼은 결백하오."

"그럼 어떻게 된 건지 설명해 주십시오."

"그래요, 웨스트는 전부터 나를 의심했던 것 같습니다. 당신들 말대로 나를 미행했더군요. 나는 여기에 도착할 때까지 그가 나를 따라오고 있다는 것은 꿈에도 몰랐습니다. 한 치 앞도 보이지 않는 지독한 안개 탓도 있었죠. 이 집에 도착해 문을 두 번 두드렸고 오버스타인이 문을 열어 주었는데, 난데없이 웨스트가 나타나더니 대체 뭐하는 짓이냐며 윽박질렀습니다. 그가 집 안으로 들어오려 하자 오버스타인이 가지고 있던 지팡이로 그의 머리를 내려쳤고, 그는 그대로 즉사했습니다. 우리는 우발적인 살인에 너무나 당황한 나머지 잠시 얼어붙어 있었습니다. 그런데 오버스타인이 집 뒤쪽으로 기차가 지나다니는데 자주 멈춘다고 했습니다. 오버스타인은 제가 가져간 서류들을 확인한 후 그 중 3장을 빼서 자신이 가지고 있겠다고 했습니다. 원래는 베끼기로 되어 있었는데 말이죠.

'그럴 순 없소. 서류를 제자리에 빨리 가져다 놓지 않으면 일이 크게 번질 것이란 말이오.'

내가 말했죠.

하지만 오버스타인이 고개를 저으며 이렇게 말했습니다.

'아니, 내가 갖고 있어야겠소. 전문적인 문서라 베끼기도 힘들고 그럴 만한 시간도 없어. 3장은 내가 갖고, 나머지 도면은 이 사람의 주머니에 넣어 두면 될 것이오. 시체가 발견되면 모두 이 자가 도면의 도둑이라고 생각할 테지.'

뭔가 크게 잘못됐다는 것을 느꼈지만 저로서는 방법이 없었습니다. 그가 말하는 대로 30분 동안 창문 앞에서 열차가 멈추기를 기다렸고, 웨스트의 시체를 열차의 지붕 위에 떨구었습니다. 이게 전부입니다."

"제임스 경은 이런 사실을 알고 있었나요?"

"형님은 제가 열쇠를 갖고 있는 걸 본 적이 있습니다. 그렇기 때문에 절 의심하셨지요. 아무 말도 하지 않았지만 형님이 절 보는 눈빛에서 그런 형님의 속을 읽을 수 있었습니다. 그리고 아시는 바와 같이 형님은 갑작스럽게 돌아가셨습니다."

방 안에 잠시 침묵이 흘렀다. 침묵을 깬 것은 마이크로프트 홈즈였다.

"속죄하시오. 그러면 양심의 가책도 덜 테고 처벌도 가벼워질 것이오."

"어떻게 하면 좋을까요?"

"오버스타인과 서류가 지금 어디에 있는지 말하시오."

"저는 모릅니다."

"그가 행선지를 말하지 않던가요?"

"그저 필요할 때 파리의 루브르 호텔로 연락하면 된다고 했을 뿐입니다."

"당신은 지금 죗값을 치를 수 있는 기회를 얻은 겁니다."

홈즈가 말했다.

"할 수 있는 한 무슨 일이든 다 하겠습니다. 오버스타인을 감싸고 싶은 생각은 하나도 없습니다. 그자 때문에 제 인생이 이렇게 되어 버렸으니까요."

"펜과 종이가 있으니, 책상에 앉아 제가 부르는 대로 받아 적어 주십시오. 일단 봉투에 그가 가르쳐 준 주소를 쓰고……. 됐습니다. 그럼 지금부터 받아 적으십시오.

아마 지금쯤이면 당신도 깨달으셨으리라 믿지만, 아주 중요한 설계도 한 장을 빠뜨리고 가져가셨더군요. 제가 복사본을 가지고 있습니다. 이것이 있어야만 도면이 제 구실을 하게 될 것입니다. 하지만 저도 이것을 얻기 위해 엄청난 고생을 했으니 500파운드를 챙겨 주셨으면 합니다. 우편 송금은 믿을 수 없고, 직접 만나 금화나 지폐로 받고 싶습니다. 제가 그쪽으로 가고 싶지만 지금 영국을 떠나면 의심을 받을 것입니다. 그러니 토요일 정오에 채링크로스 호텔 휴게소에서 만나고 싶습니다. 돈은 반드시 영국 금화나 화폐로 환전하여 주시길 부탁드리겠습니다.

됐습니다. 아마 그는 오지 않고는 못 배길 것입니다."

정말 그랬다. 거물 스파이 오버스타인이 우리 앞에 제 발로 걸어왔던 것이다.

한 나라의 역사적 사건 중 가장 흥미로운 사건은 역사책에 기록되지 못하는 사건이다. 오버스타인은 우리가 쳐 놓은 덫에 걸려 그 후로 15년 동안 영국 땅을 떠날 수 없게 되었다. 영국 교도소에 수감된 것이다. 그가 유럽 모든 나라의 해군을 상대로 경매를 시도하려던 브루스 파팅턴 설계도는 그의 여행 가방 안에 고이 담겨 있었다. 안타까운 점은 월터 대령이 교도소 수감 2년 만에 교도소 안에서 사망했다는 사실이다. 착한 사람이었는데 교도소 생활이 견디기 힘들었던 듯싶다.

홈즈는 그 후 라수스 무반주 성가에 대한 논문을 마무리했고 전문가들에게 좋은 평가를 받았다. 얼마 후, 나는 우연히 홈즈가 여왕 폐하가 살고 있는 윈저 궁으로 불려 갔다는 사실을 알게 되었다. 그의 넥타이에 아주 화려하고 고급스러운 에메랄드 넥타이핀이 반짝이고 있었기 때문이었다. 내가 홈즈에게 새로 산 것이냐고 물어보자, 그는 빙그레 웃으며 어떤 귀부인이 선물한 거라고 말해 주었다. 자신이 작은 문제를 해결해 주었더니 보답으로 주었다고 했다. 홈즈는 이렇게밖에 말하지 않았지만 나는 그 귀부인이 누군지 금방 알 수 있었다. 우리는 아마 영롱한 빛을 내며 반짝이는 에메랄드 넥타이핀을 볼 때마다 스릴 넘쳤던 브루스 파팅턴 설계도 사건을 두고두고 기억하게 될 것이다.

걸작으로 만나는 세계 최고의 탐정,
셜록 홈즈!

깊고 날카로운 눈매, 훤칠한 키에 민첩한 움직임, 상상을 뛰어넘는 놀라운 추리 능력. 셜록 홈즈는 누구에게나 익숙한 세계 최고의 명탐정으로, 추리 문학의 거장 아서 코난 도일이 탄생시킨 작가의 분신과도 같은 인물이다. 셜록 홈즈는 지금 이 순간에도 책은 물론 드라마, 영화, 연극, 뮤지컬 등으로 전 세계에서 끊임없이 재탄생되며 많은 사람들에게 사랑받고 있다. 형태 또한 다양해서 원 작품을 그대로 옮긴 것부터, 재해석하거나 재구성한 것, 시대와 배경을 다르게 한 것, 작품 속의 특정 요소들만 차용한 것까지 끝이 없다. 이만하면 오랫동안 많은 사람에게 널리 읽힌, 진정한 고전이라고 불릴 만하다.

셜록 홈즈를 탄생시킨 작가 코난 도일의 원래 직업은 의사였다. 알려진 바에 의하면 그가 병원을 개업해 의사 생활을 하던 어느 날, 우연히 한 남자의 죽음과 관련된 사건에 개입하게 되었다고 한다. 그는 이 사건에서 영감을 받아 본격적으로 추리소설을 쓰기 시작했다고 전해진다. 코난 도일은 주인공 홈즈를 탄생시킬 때 자신의 의과대학 스승이었던 조셉 벨 교수를 모델로 했다고 밝혔다. 하지만 코난 도일의 아들인 에이드리언은 자신의 아버지가 셜록 홈즈의 진짜 모델이었다고 믿었으며, '나는 아버지만큼 홈즈에 버금가는 관찰력과 추리력을 갖춘 사람을 본 적이 없다.'는 말을 남기기도 했다. 1926년, 유명한 범죄 소설 작가인 아가사 크리스티가 실종되었을 때 경찰이 실제로 코난 도일에게 도움을 요청하기도 했다니, 셜록 홈즈의 실제 모델이 작가 본인이었다는 에이드리언과 많은 평론가들의 주장이 일리 있어 보이기도 한다.

셜록 홈즈는 19세기 말 무렵부터 20세기 초까지 시리즈로 연재되었다. 셜록 홈즈는 1887년에 발표된 장편소설『주홍색 연구』를 통해 처음으로 등장하는데, 안타깝게도 이 작품은 대중적으로 큰 인기를 끌지 못했다. 그러다가 1890년 코난 도일의 두 번째 장편소설『네 사람의 서명』이 발표되었고, 이 작품을 통해

비로소 셜록 홈즈는 사람들의 관심을 끌고 명탐정으로서의 명
성을 얻게 되었다. 셜록 홈즈의 개인사는 작품 속에서 구체적으
로 드러나지 않는다. 하지만 작품을 통해 보여지는 그의 소소한
매력과 인간미 넘치는 모습은 그가 실존 인물이 아닌가를 의심
하게 할 정도로 구체적이고 입체적이다. 실제로 작품을 읽은 사
람들이 그를 실존 인물이라고 착각하는 바람에 사건을 의뢰하는
편지가 매일 베이커가에 수북이 쌓였다고 한다.

작품 속에서 셜록 홈즈가 왓슨 박사와 함께 살면서 자신의 탐
정 사무소로 사용했던 주소는 '런던 베이커가 221번지 B호'였다.
연재 당시에는 가상의 주소였으나 현재는 이곳에서 셜록 홈즈
박물관을 운영하고 있다. 박물관에는 작품 속 셜록 홈즈가 살던
모습이 그대로 재현되어 있으며, 여러 가지 기념품도 전시·판매
하고 있다. 부득이한 사정으로 실제 행정상의 주소는 239번지
이지만, 시청과 우체국에서도 작품 속의 주소를 공식적으로 인
정하고 있다. 이 주소에는 '세상에서 가장 유명한 주소'라는 별
명도 붙어 있다고 한다.

》》

　『셜록 홈즈 걸작선』은 셜록 홈즈의 단편들 중에서도 홈즈의 추리력이 유난히 빛을 발하는 흥미로운 작품만을 골라 담았다. 첫 번째 이야기인 「얼룩무늬 끈」은 셜록 홈즈의 사건 가운데서도 가장 기이하고 끔찍한 사건으로 회자되는 작품이다. 특히 얼룩무늬 끈의 정체로 밝혀진 늪 살모사는 작품이 발표되자마자 사람들에게 큰 관심을 받았다. 사실 작가는 특정한 뱀을 지목하여 쓴 것이 아니었다고 한다. 하지만 생물학자들과 셜록 홈즈 연구가들은 이 뱀이 인도에서 왔다는 점, 맹독을 가졌으며 얼룩무늬를 띤다는 점, 그리고 목덜미를 치켜세운다는 점 등을 종합하여 인도 코브라일 가능성이 많다고 말하고 있다. 「너도밤나무 저택의 비밀」의 의뢰인인 바이올렛 헌터 양을 기억하는가? 많은 비평가와 셜로키언(*셜록 홈즈 시리즈를 좋아하며 그의 사건을 연구하는 사람들.)들은 작품을 보고, 왓슨 박사가 헌터 양과 홈즈가 잘 되기를 내심 바랐다고 판단하기도 했다. 작품을 읽은 독자라면 왜 그런 생각을 했는지 아마도 알 수 있을 것이다. 「춤추는 인형」은 미모의 미국 여성을 보고 첫 눈에 반해 결혼한 어느 영국 신사에게 닥친 불행한 사건을 다룬 이야기이다. 이 사건은 특히 홈즈의 뛰어난 암호 해독 활약이 눈부셨던 작품인데, 그는 아이들의 낙서와도 같은 암호로부터 단서들을 하나둘씩 찾아가기 시작한다. 셜록 홈즈를 사랑한 독자들은 이 암호를 익혀 재미 삼아 사용하기도 했다고 한다. 이처럼 셜록 홈즈의 단편들은 각각의 작품마다 수많은 궁금증과 이야깃거리를 남겼다. 독자들은 작품 속에 숨겨진 특별한 재미를 찾아내며 셜록 홈즈 못지않은 추리력을 선보이기도 했다.

셜록 홈즈는 뛰어난 지식과 추리력, 행동력, 판단력을 바탕으로 경찰, 형사, 검사 그리고 사건을 판단하는 판사에 이르기까지 모든 자질을 고루 갖춘 완벽한 탐정이었다. 더욱 놀라운 것은 그의 뛰어난 관찰력과 비상한 추리력이 현대의 사건 해결 과정에 견주어도 전혀 손색없다는 점이다. 오늘날의 경찰과 검찰, 그리고 사립 탐정들은 최첨단 과학 기술로 만든 교통, 통신, 추적, 분석 장비들과 고도로 발달된 법의학을 총동원하여 사건의 정황을 밝히고 범인을 잡는다. 범행 동기나 범행 방법을 밝힐 때도 갖가지 수사 기법을 동원한다. 하지만 홈즈는 과학이나 의학

》》》

의 힘을 빌리지 않고도 어떤 첨단 장비보다 더 날카롭고 정확하게 사건을 읽어낸다. 또 컴퓨터의 분석 능력이나 예측 능력에 견주어도 절대 뒤지지 않을 만큼 완벽하게 추리한다. 세월의 흐름이 무색할 만큼 탁월한 그의 탐정으로서의 면모 덕분에, 홈즈는 지금도 어디선가 왓슨 박사와 함께 분주히 사건을 해결하고 있을 것만 같은 느낌을 자아낸다.

작가 코난 도일은 1894년도에 발표된 작품 「마지막 사건」을 끝으로 셜록 홈즈 시리즈를 마무리 지으려고 했다. 그래서 홈즈가 그의 영원한 숙적인 모리어티와 대적하던 중 폭포에서 떨어져 죽는 것으로 그려 냈다. 하지만 그 후 많은 독자들이 작가에게 항의 편지를 보냈고 작가가 길을 지날 때면 야유를 보내며 홈즈의 부활을 강력하게 요구했다. 결국 작가는 몇 년 뒤, 독자들의 뜻에 따라 「빈집의 모험」이라는 단편소설로 홈즈를 다시 살려내게 되었다. 그리고 지금, 셜록 홈즈를 끊임없이 되살려 내고 있는 것은 셜록 홈즈의 이야기를 사랑하는 세상의 모든 독자들이다. 지금 이 책을 읽는 여러분처럼 말이다. 참, 홈즈의 영원한 친구이자 조력자였던 왓슨 박사도 잊어서는 안 된다. 박사가 기록해 주지 않았다면 우리는 이 모든 이야기를 들을 수 없었을 테니 말이다. 홈즈로부터 자신의 사건을 사사롭게 기록하여 사람들에게 퍼뜨린다는 불평을 들으면서도 꿋꿋하게 이야기를 기록해 준 그에게도 감사의 인사를 전하고 싶다.

—옮긴이 민예령

≪아서 코난 도일 연보≫

1859년 5월 22일 스코틀랜드 에든버러에서 찰스 알터먼트 도일과 메리 폴리 부부 사이의 7남매 중 막내로 출생.

1876년 에든버러대학 의학부 입학. 셜록 홈즈의 모델로 알려진 조셉 벨 박사를 만남.

1879년 필명으로 단편소설 「J. 하바쿡 제퍼슨의 증언」을 발표했으나 크게 인정받지 못함.

1882년 포츠머스 사우스시 지역에서 안과 병원 개원.

1885년 환자의 누나였던 루이즈 호킨스와 결혼.

1887년 셜록 홈즈가 등장하는 첫 번째 작품 『주홍색 연구』가 〈비튼의 크리스마스 연감〉에 실림.

1890년 딸 메리 루이즈 출생. 셜록 홈즈 두 번째 장편소설 『네 사람의 서명』을 발표해 인기를 얻음.

1891년 런던으로 이주해 안과 병원을 개원했지만 환자가 별로 없자 전업 작가의 길을 가기로 함. 〈스트랜드〉지가 창간되어 「보헤미아의 스캔들」 수록.

1892년 아들 킹슬리 출생. 단편집 『셜록 홈즈의 모험』 출간.

1894년 두 번째 단편집 『셜록 홈즈의 회상』 출간. 이 단편집의 마지막 작품인 「마지막 사건」을 통해 셜록 홈즈 시리즈를 마무리 짓고자 함.

1899년 보어 전쟁이 일어나자 영국 군대를 변호하는 작품 『남아프리카의 전쟁 : 원인과 행위』 출간.

1902년 〈스트랜드〉지에 장편소설 『바스커빌 가문의 사냥개』 연재.

1902년 기사 작위를 받음.

1905년 『셜록 홈즈의 귀환』 발간.

1906년 결핵으로 아내 루이즈 호킨스 사망.

1907년 진 래키와 재혼.

1909년 아들 데니스 출생.

1910년 아들 에이드리언 출생. 연극 〈얼룩무늬 끈〉 상연.

1911년 독일, 영국, 스코틀랜드를 횡단하는 자동차 경주에 참가. 첫 비행에 성공.

1912년 딸 레나 진 출생. 『잃어버린 세계』 출간.

1915년 잡지 연재 후 단행본으로 출간된 마지막 장편소설 『공포의 계곡』 출간.

1918년 제1차 세계 대전 중 아들 킹슬리 전사. 심령학에 빠지게 됨.

1921년 어머니 사망.

1924년 자서전 『회상과 모험』 출간.

1927년 마지막 단편소설 「쇼스콤 관」까지 묶어 마지막 단편집 『셜록 홈즈의 사건집』 출간.

1929년 유럽 순회강연을 마치고 돌아오던 중 협심증을 일으킴.

1930년 7월 7일 71세의 나이로 사망.

아서 코난 도일 1859년 스코틀랜드 에든버러에서 태어났으며, 1881년에 에든버러 의과대학을 졸업했다. 병원을 개원하고 의사로서의 삶을 살다가 1887년 셜록 홈즈가 등장하는 첫 번째 작품 『주홍색 연구』를 발표했다. 1890년 런던으로 이주한 이후, 월간지 〈스트랜드〉에 셜록 홈즈 시리즈를 연재하기 시작했으며, 이 시리즈가 인기를 끌자 작품 활동에만 전념했다. 4편의 장편소설을 포함하여 총 59편의 작품을 완성했으며, 1930년에 협심증으로 세상을 떠났다.

민예령 1984년 대전에서 태어나 중학교 때 캐나다로 건너갔으며, 브리티시 컬럼비아대학교 영문과를 졸업했다. 한국문학번역원의 번역가 과정을 거치며 문학 번역을 시작했고, 마해송문학상 수상작 『날마다 뽀끄땡스』를 영어로, 『나는 자유다』, 『보물섬』, 『노인과 바다』, 『위대한 개츠비』, 『셜록 홈즈 걸작선』 등을 한국어로 옮겼다.